国家社科基金
后期资助项目
GUOJIA SHEKE JIJIN HOUQI ZIZHU XIANGMU

朱熹《中庸》学阐释

A Restatement of Zhu Xi's Study on
The Doctrine of the Mean

乐爱国　著

北京师范大学出版集团
BEIJING NORMAL UNIVERSITY PUBLISHING GROUP
北京师范大学出版社

图书在版编目(CIP)数据

朱熹《中庸》学阐释/乐爱国著.—北京:北京师范大学出版社,
2016.12
国家社科基金后期资助项目
ISBN 978-7-303-18709-6

Ⅰ.①朱… Ⅱ.①乐… Ⅲ.①儒家 ②《中庸》-研究 Ⅳ.①
B222.15

中国版本图书馆 CIP 数据核字(2015)第 047074 号

营 销 中 心 电 话 010-58805072 58807651
北师大出版社学术著作与大众读物分社 http://xueda.bnup.com

ZHUXI ZHONGYONGXUE CHANSHI
出版发行:北京师范大学出版社 www.bnup.com
        北京市海淀区新街口外大街 19 号
        邮政编码:100875
印 刷:三河兴达印务有限公司
经 销:全国新华书店
开 本:730 mm×980 mm 1/16
印 张:19.25
字 数:355 千字
版 次:2016 年 12 月第 1 版
印 次:2016 年 12 月第 1 次印刷
定 价:58.00 元

策划编辑:曾忆梦   责任编辑:王 宁 王 强
美术编辑:王齐云   装帧设计:王齐云
责任校对:陈 民   责任印制:马 洁

国家社科基金后期资助项目

出 版 说 明

　　后期资助项目是国家社科基金设立的一类重要项目，旨在鼓励广大社科研究者潜心治学，支持基础研究多出优秀成果。它是经过严格评审，从接近完成的科研成果中遴选立项的。为扩大后期资助项目的影响，更好地推动学术发展，促进成果转化，全国哲学社会科学规划办公室按照"统一设计、统一标识、统一版式、形成系列"的总体要求，组织出版国家社科基金后期资助项目成果。

全国哲学社会科学规划办公室

目　录

导　论

　　清人全祖望称朱熹"致广大，尽精微，综罗百代"①。朱熹讲"天人合一"之道，察乎天地，涵括世间万事万物，至大而无外，可谓"广大"；深入具体事物，洞悉隐微，涵养心性，至小而无内，可谓"精微"；汇汉考据、词章之学与宋义理、心性之学于《四书章句集注》，集诸儒之大成，可谓"综罗百代"。

　　朱熹重视读书，尤重"四书"，以为"四书"乃"'六经'之阶梯"②。而且，在朱熹看来，读"四书"应当"先读《大学》，以定其规模；次读《论语》，以立其根本；次读《孟子》，以观其发越；次读《中庸》，以求古人之微妙处"③。他还说：

　　　　盖不先乎《大学》，无以提挈纲领而尽《论》、《孟》之精微；不参之《论》、《孟》，无以融贯会通而极《中庸》之归趣；然不会其极于《中庸》，则又何以建立大本，经纶大经，而读天下之书，论天下之事哉？④

在朱熹看来，《大学》是纲领，《中庸》是大本；同时二者又相互贯通。这就是他所谓"《大学》是通言学之初终，《中庸》是直指本原极致处，巨细相涵，精粗相贯，皆不可阙，非有彼此之异也"⑤。

　　因此，要真正了解朱熹以"四书"学为核心的学术思想体系，就应当起始于他的《大学章句》⑥，而终结于《中庸章句》，以揭示朱熹"致广大而尽精微"幽深玄远的"天人合一"之道，展现其"综罗百代"继往开来之深邃意蕴。

---

① （清）黄宗羲、全祖望：《宋元学案》（第二册）卷四十八《晦翁学案（上）》，北京，中华书局，1986，第 1495 页。

② （宋）黎靖德：《朱子语类》（七）卷一百五，北京，中华书局，1986，第 2629 页。

③ （宋）黎靖德：《朱子语类》（一）卷十四，北京，中华书局，1986，第 249 页。

④ （宋）朱熹：《四书或问·大学或问》，朱杰人等主编：《朱子全书》（第六册），上海，上海古籍出版社；合肥，安徽教育出版社，2002，第 515 页。

⑤ （宋）朱熹：《晦庵先生朱文公文集》卷四十六《答黄商伯》（四），四部丛刊初编本。

⑥ 为此，笔者曾先作《朱子格物致知论研究》（长沙，岳麓书社，2010），以入朱熹学术思想体系之大门。

儒家《中庸》学兴盛于宋代。宋初大儒范仲淹、胡瑗、陈襄、欧阳修等，都对《中庸》有所研究。此后，王安石、司马光、苏轼解说《中庸》，并对《中庸》的思想作了深入阐发。尤其是"北宋五子"，即周敦颐、邵雍、张载、二程（程颢和程颐），从理学的角度诠释《中庸》，对《中庸》的思想作了富有创新的发挥。二程门人吕大临、苏季明、游酢、杨时、侯仲良、谢良佐、尹焞等，共同切磋，相互砥砺，也对《中庸》作了各自的解说。

朱熹自十五六岁时开始读《中庸》，三十岁左右而有《中庸集说》，三十五岁前后，朱熹对杨时门人张九成的《中庸解》作了批评。此后，他热衷于《中庸》所谓"喜怒哀乐之未发谓之中，发而皆中节谓之和"，即"未发"、"已发"问题，经历了从"中和旧说"到"中和新说"的转变；四十八岁时，朱熹成《中庸章句》，并撰《中庸或问》和《中庸辑略》；六十岁时，正式序定《中庸章句》，从而构建了精到的《中庸》学体系。

朱熹《中庸》学是对"北宋五子"，尤其是二程《中庸》学的继承和发展。但由于二程没有留下传注《中庸》的完整文本，而且在朱熹看来，二程门人也没有能够很好地继承二程的《中庸》学思想，因此，朱熹继承二程《中庸》学思想作《中庸章句》，这本身就是对于二程《中庸》学思想的新贡献。

重要的是，朱熹《中庸》学在吸取二程《中庸》学思想的同时，又有所创新，从而把儒家《中庸》学发展到新的阶段。与作为汉唐《中庸》学代表的汉郑玄注、唐孔颖达疏《礼记正义·中庸》相比，朱熹《中庸章句》提出了许多不同的重要观点和思想，主要有以下九个方面。

第一，与郑玄、孔颖达只是从经学角度解说《中庸》不同，朱熹《中庸章句序》以为《中庸》是子思"忧道学之失其传而作"，进而提出了"道统"概念以及从尧、舜、禹至孔子、子思、孟子，再到周敦颐、二程的传道系统。而且，朱熹认为，这个传道系统所传之"道"在于"心"，在于古文《尚书·大禹谟》所言"人心惟危，道心惟微，惟精惟一，允执厥中"，而他作《中庸章句》正是为了接续这个传道系统。这就把《中庸》摆到了"道统"的位置上加以解说，使之具有了更为深层的理学意味。

第二，与郑玄、孔颖达把"中庸"解说为"中和之为用"而把"中庸"之"庸"诠释为"用"或"常"不同，朱熹《中庸章句》讲"中者，不偏不倚、无过不及之名；庸，平常也"。而且，朱熹把"庸"解说为"平常"，也不同于二程讲"不易之谓庸"，是对二程的"中庸"解说的创新。尤其是，朱熹特别强调"中庸"的"平常"之意，反对把"高明"与"中庸"二者分离开来，片面地讲"高明"，而是倡导一种"行远自迩，登高自卑"的境界。

第三，与先秦以及汉唐儒家强调人之性与物之性的区别不同，朱熹

《中庸章句》把"天命之谓性，率性之谓道，修道之谓教"解说为人与物具有共同的"天命之性"，并"各循其性之自然"而有其"道"，又由于气禀的不同，而其性、道各有差异，所谓"修道"则是圣人依据"道"而对人与物作出不同品级的节制和约束，既讲人之性与物之性的共同性，又讲二者的差别性，从而将视野扩展至更加高远的人与自然的统一。

第四，与郑玄、孔颖达把"慎独"理解为"慎其闲居之所为"、"慎其独居"不同，朱熹《中庸章句》认为，《中庸》所谓"君子戒慎乎其所不睹，恐惧乎其所不闻"，意在"未发"时戒慎恐惧，旨在"存天理之本然"；"君子慎其独"意在"已发"时谨慎于"人所不知而己所独知"，旨在"遏人欲于将萌"。这就把"慎独"理解为谨慎于"己所独知"的内心活动，把关注点直指人的行为背后、更为精微的心灵。

第五，与郑玄、孔颖达把"致中和，天地位焉，万物育焉"解说为"人君所能至极中和，使阴阳不错"则"天地位、万物育"不同，朱熹《中庸章句》以为"致中和"就能达到"静而无一息之不中"而"吾心正"，"动而无一事之不和"而"吾气顺"，因而能够把握"天下之大本"、"天下之达道"，在此基础上，通过"裁成天地之道，辅相天地之宜"，就可以实现"天地位"、"万物育"。

第六，与郑玄、孔颖达将"君子之道费而隐"解说为"道德违费则隐"不同，朱熹《中庸章句》将"费"释为"用之广"，将"隐"释为"体之微"，进而阐述了道兼体用、体在用之中、用是体之发见、体用一源等问题，特别是通过讨论道之用广以及体在用之中，以说明道的无所不在、无所不包，并且要求"由庸行之常，推之以极其至"，达到"天地圣人之所不能尽"。

第七，与郑玄、孔颖达把"诚"理解为"信"而内涵于"三达德"、"五达道"之中不同，朱熹《中庸章句》从天道与人道合一的层面，把"诚"界定为"真实无妄"，既是"天理之本然"，又是圣人之德，并为人性所固有，从而把"诚"看成是"三达德"、"五达道"的形上学基础，而且还进一步讲"诚"所以"成己"，"成己"然后"成物"，引领儒学进入了新的高度。

第八，与郑玄、孔颖达把《中庸》第三十三章引《诗》曰"不显惟德！百辟其刑之"中的"不显"解说为"显"不同，朱熹《中庸章句》以为这里的"不显"意在不显，以此推崇圣人的"不显之德"，以阐发圣人幽深玄远之意和"不显之德"的成德之序，因而要求在极盛之时，不求人知，然后"反身以谨独"，"以驯致乎笃恭而天下平之盛"，从而达到"中庸"之极致。

第九，与郑玄、孔颖达把《中庸》分为上、下两篇不同，朱熹《中庸章句》把《中庸》整合为首尾一贯的完整一篇,并且强调《中庸》前半部分讲"中庸",旨在讲"中即诚";后半部分讲"诚",旨在讲由"诚"而"中庸",从而提出"诚"为《中庸》之枢纽,以"诚"贯穿于《中庸》之始终,把儒家《中庸》学推向了又一个更高的层次,体现出"诚"是朱熹学术的最高境界。

除此之外,朱熹还对《中庸》中所提出的其他许多问题作了深入的研究和独特的诠释,并提出了一系列新观点和新思想,举例如下:

对于《中庸》讲"未发"、"已发",朱熹讲心的"未发"、"已发",以为"未发"时"心具众理","未发"与"已发"不可截然分开;同时,又在此基础上讲"敬",讨论"敬"与"未发"、"已发"的关系,要求以"敬"贯穿于"未发"、"已发"之始终,并且还进一步认为,"诚"比"敬"更为根本。

对于《中庸》讲"君子中庸,小人反中庸",朱熹通过分析"君子"与"小人"对于"中庸"的不同作为,进一步讨论了"知、仁、勇"及其与"中庸"的关系,认为"知"应当知而不过,并且兼行而有仁;"仁"则在于能择、能守,不仅出自真知,而且需要"无一毫人欲之私";"勇"就是坚守到底。所以,朱熹认为,知、行依乎中庸,并且能够坚守,不半途而废,这就是"知、仁、勇"的中庸之德。

对于《中庸》讲"君子尊德性而道问学",朱熹讲"尊德性"与"道问学"二者不可偏颇,并且强调"以尊德性为本"、"以尊德性为主",同时又十分重视"道问学",强调二者"交相滋益、互相发明"。在如何"尊德性而道问学"问题上,朱熹讲"存心"与"致知"交相发明,"如车两轮,如鸟两翼",既强调"存心"在于"敬",以"敬"为致知之本,又反对把持敬与致知割裂开来,并且还认为,涵养与致知"本不可先后,又不可无先后",要求既"以涵养为先",又不可"专于涵养而不致知"。

对于《中庸》讲"至圣"、"至诚",朱熹把二者统一起来,讲圣人至诚,而能尽性;尽人之性,尽物之性;能赞天地之化育,可以与天地参;并以此阐述圣人与天地同体、同用、同德,至圣与至诚互为表里,至诚之道与至圣之德并非二物,从而以"诚"把圣人之德与天地之道合二而一。

由此可见,朱熹《中庸》学不仅深入阐述天道、人道,探讨心性、修养,最能体现朱熹的学术思想,而且提出了不少新观点、新思想,是中国古代《中庸》学的新发展。尤其是,朱熹《中庸》学从人与自然统一的视角强调人与物的共同性,从天道与人道统一的层面强调真诚、真实,这些思想对于我们今天舒缓人与自然、人与人之间的紧张关系是有积极意义的。

现代学者对于朱熹学术的研究,大都先是从一些哲学概念出发,研究朱熹的理气论、心性论、格致论、理欲论，诸如此类。近年来，学者越来越注重研究朱熹经学，特别是研究朱熹"四书"学及其与理学的关系，其中也涉及朱熹的《中庸》学。但是，这些研究更多的是从宏观上探讨朱熹经学与理学二者的相互关系，对于其中具体的思想内涵、概念转换和内容阐述，尤其是对朱熹如何通过经学阐发理学的概念和思想，实现从经学向理学的过渡，还缺乏更为深入细致的分析研究。至于更加具体而直接地从朱熹《中庸》学入手，研究其与理学的关系，则尚待展开。

"中庸之难行"①，"《中庸》之书难看"②，朱熹《中庸章句》亦难读，但是，又不能不读。本书运用大量翔实的资料，深入分析朱熹《中庸》学的学术背景、思想来源；通过朱熹《中庸》学思想与郑玄、孔颖达《礼记正义·中庸》以及"北宋五子"及其门人《中庸》学的比较，展示朱熹从理学角度对《中庸》的独特解说和创造性诠释，尤其是对中庸、天道人道、心性、慎独、已发未发、诚等诸多概念的发挥与创新，全面系统地阐释朱熹《中庸》学思想及其对儒家《中庸》学的继承和发展，从新的视角揭示出朱熹"致广大，尽精微，综罗百代"的丰富思想内涵，以及朱熹理学天人合一的"诚"的最高境界。

---

① （宋）黎靖德：《朱子语类》（四）卷六十三，北京，中华书局，1986，第 1528 页。
② （宋）黎靖德：《朱子语类》（四）卷六十二，北京，中华书局，1986，第 1479 页。

第一章　《中庸章句》的形成

宋代是《中庸》学的兴盛时期，正是在这样的背景下，朱熹继承和发挥二程的《中庸》学思想，辨析和修正各家对《中庸》的解说，重新诠释《中庸》大义，成就《中庸章句》。

第一节　学术背景

《中庸》原集于儒家经典《礼记》之中而流传。东汉班固（32—92 年，字孟坚）所撰《汉书·艺文志》著录《中庸说》二篇，可能是最早对《中庸》的解说。郑玄（127—200 年，字康成）注《礼记》，对其中第三十一篇《中庸》作了注解。

《中庸》作为单篇而受到关注，大致始于南北朝时期。据《隋书·经籍志》载：宋散骑常侍戴颙撰《礼记中庸传》二卷，梁武帝撰《中庸讲疏》一卷，此外，还有《私记制旨中庸义》五卷。其中戴颙（378—441 年，字仲若）与道教、佛教都有交涉；而梁武帝（萧衍，464—549 年，字叔达）则是出于道教而宗佛教；《私记制旨中庸义》可能也为梁武帝所作。[1] 为此，余英时提出一假设之说："《中庸》的发现与流传似与南北朝以来的道家或佛教徒的关系最为密切。"[2]

唐代孔颖达（574—648 年，字冲远）在东汉郑玄注《礼记》的基础上作疏，而有《礼记正义》，其中包含了对于《中庸》的注疏，成为宋代之前儒家解说《中庸》的重要代表作。与孔颖达不同，韩愈、李翱较多地关注《中庸》的"性命"之学和"诚明"思想。韩愈（768—824 年，字退之，世称韩昌黎）的《省试颜子不贰过论》指出："夫圣人抱诚明之正性，根中庸之正德，苟发诸中形诸外者，不惟思虑，莫匪规矩，不善之心无自入焉，可择之行无自加焉，故惟圣人无过。……《中庸》曰：'自诚明谓之性，自明诚谓之教。''自诚明'者，不勉而中，不思而得，从容中道，圣人也，无过者

---

[1] 周一良：《论梁武帝及其时代》，《魏晋南北朝史论集续编》，北京，北京大学出版社，1991，第 47 页。

[2] 余英时：《朱熹的历史世界》（上），北京，生活·读书·新知三联书店，2004，第 86 页。

也。'自明诚'者，择善而固执之者也。不勉则不中，不思则不得，不贰过者也。"①李翱(772—836 年，字习之，谥号"文")撰《复性书》，旨在阐发《中庸》思想。据《复性书》所述，曰："敢问何谓天命之谓性？"曰："人生而静，天之性也；性者，天之命也。""率性之谓道，何谓也？"曰："率，循也。循其源而反其性者，道也。道也者，至诚也；至诚者，天之道也。诚者，定也，不动也。""修道之谓教，何谓也？"曰："诚之者，人之道也；诚之者，择善而固执之者也。修是道而归其本者，明也。教也者，则可以教天下矣。"②李翱还说："性者，天之命也，圣人得之而不惑者也。情者，性之动也，百姓溺之而不能知其本者也。"③因此，应当"妄情灭息"，以"复其性"。他说："妄情灭息，本性清明，周流六虚，所以谓之能复其性也。"④而且，只有复归到"无有思，动静皆离，寂然不动"的"至诚"之本，才能"无不知也，无弗为也，其心寂然，光照天地"，这就是《中庸》所谓"诚则明"。⑤

宋代《中庸》学的发展，肇始于佛教徒释智圆(976—1022 年，字无外，号中庸子)。陈寅恪指出："北宋之智圆提倡中庸，甚至以僧徒而号中庸子，并自为传以述其义(孤山闲居编)。其年代犹在司马君实作《中庸广义》之前(孤山卒于宋真宗乾兴元年，年四十七)，似亦于宋代新儒家为先觉。"⑥稍后，开宋代儒学之先河的范仲淹(989—1052 年，字希文，谥号"文正")以《中庸》授张载⑦。胡瑗(993—1059 年，字翼之，世称安定先生)著《中庸义》⑧，其同调，闽中的陈襄(1017—1080 年，字述古，世称古灵先生)著《中庸义》⑨。欧阳修(1007—1072 年，字永叔，号醉翁，谥

---

① (宋)朱熹：《朱文公校昌黎先生集》卷十四《省试颜子不贰过论》，四部丛刊初编本。
② (唐)李翱：《李文公集》卷二《复性书中》，四部丛刊初编本。
③ (唐)李翱：《李文公集》卷二《复性书上》，四部丛刊初编本。
④ (唐)李翱：《李文公集》卷二《复性书中》，四部丛刊初编本。
⑤ (唐)李翱：《李文公集》卷二《复性书中》，四部丛刊初编本。
⑥ 陈寅恪：《冯友兰中国哲学史下册审查报告》，《陈寅恪文集》之三《金明馆丛稿二编》，上海，上海古籍出版社，1980，第 252 页。
⑦ 据《吕大临横渠先生行状》所述，张载二十一岁时，上书谒见时任陕西经略安抚副使的范仲淹。范仲淹"一见知其远器，欲成就之，乃责之曰：'儒者自有名教，何事于兵！'因劝读《中庸》"。见《张载集》，北京，中华书局，1978，第 381 页。
⑧ (清)黄宗羲、全祖望：《宋元学案》(第一册)卷一《安定学案》，北京，中华书局，1986，第 25 页。
⑨ (清)黄宗羲、全祖望：《宋元学案》(第一册)卷五《古灵四先生学案》，北京，中华书局，1986，第 228 页。

号"文忠")①则认为,《中庸》"有异乎圣人者"②。

北宋中叶之后,宋代儒学得到了迅速的发展,出现了诸多学派,形成了以王安石为代表的荆公新学,以司马光为代表的温公学派,以苏轼为代表的苏氏蜀学派,以及以周敦颐濂学、邵雍象数学、张载关学以及二程洛学为代表的理学派。他们对于宋代《中庸》学的发展,都发挥了各自的重要作用。

王安石(1021—1086年,字介甫,世称临川先生、王荆公,谥号"文")着重于对《中庸》思想的运用。他解《周礼·春官·大司乐》"以乐德教国子:中、和、祗、庸、孝、友"曰:"中所以本道之体,其义达而为和,其敬达而为祗,能和能祗则庸德成焉。庸言之信,庸行之谨,在《易》之乾,所谓君德。"③他还解《尚书·洪范》"无偏无陂,遵王之义;无有作好,遵王之道;无有作恶,遵王之路。无偏无党,王道荡荡;无党无偏,王道平平;无反无侧,王道正直"曰:"始曰'无偏无陂'者,率义以治心,不可以有偏陂也;卒曰'无反无侧'者,及其成德也,以中庸应物,则要之使无反侧而已。路,大道也;正直,中德也。始曰'义',中曰'道',曰'路',卒曰'正直','尊德性而道问学,致广大而尽精微,极高明而道中庸'之谓也。"④

司马光(1019—1086年,字君实,世称涑水先生,谥号"文正")作《中庸广义》,要求"心"存乎"中"。他的《中和论》指出:"君子从学贵于博,求道贵于要,道之要在治方寸之地而已。《大禹谟》曰:'人心惟危,道心惟微,惟精惟一,允执厥中。'危则难安,微则难明,精之所以明其微也,一之所以安其危也,要在执中而已。《中庸》曰:'喜怒哀乐之未发谓之中,发而皆中节谓之和。'君子之心,于喜怒哀乐之未发未始不存乎中,故谓之中庸。庸,常也,以中为常也。及其既发,必制之以中,则无不中节,中节则和矣。"⑤在司马光看来,治心的关键在于"执中",未发"存乎中",已发"制之以中",这样就能"无不中节"。所以,他又说:"治心养气,专以中为事。动静语默,饮食起居,未始不在乎中,则物虽

①　欧阳修以文学而著称,在儒学上也颇多贡献,撰有《诗本义》十六卷、《易童子问》三卷、《易或问》(两篇)、《春秋论》、《春秋或问》等,清黄宗羲、全祖望的《宋元学案》专列有《庐陵学案》予以论述。

②　(宋)欧阳修:《欧阳文忠公文集》卷四十八《问进士策三首》,四部丛刊初编本。

③　(宋)王安石:《周官新义》卷十《春官三》,文渊阁四库全书本。

④　(宋)王安石:《临川先生文集》卷六十五《洪范传》,四部丛刊初编本。

⑤　(宋)司马光:《温国文正司马公文集》卷七十一《中和论》,四部丛刊初编本。

辐凑横至，一以中待之，无有不中节者矣。"①

苏轼（1037—1101 年，字子瞻，号东坡居士）②撰《中庸论》三篇，认为《中庸》之要有三："其始论诚明之所入，其次论圣人之道所从始，推而至于其所终极，而其卒乃始内之于中庸。"③关于"诚明"，苏轼引《中庸》所谓"自诚明谓之性，自明诚谓之教。诚则明矣，明则诚矣"曰："夫诚者，何也？乐之之谓也。乐之则自信，故曰'诚'。夫明者何也？知之之谓也。知之则达，故曰'明'。夫惟圣人，知之者未至，而乐之者先入。……若夫贤人，乐之者未至，而知之先入。"④关于"圣人之道所从始"，苏轼指出："君子之欲诚也，莫若以明。夫圣人之道，自本而观之，则皆出于人情。不循其本，而逆观之于其末，则以为圣人有所勉强力行，而非人情之所乐者。夫如是，则虽欲诚之，其道无由。故曰'莫若以明'，使吾心晓然，知其当然，而求其乐。"⑤关于"中庸"，苏轼说："夫君子虽能乐之，而不知中庸，则其道必穷。……君子非其信道之不笃也，非其力行之不至也，得其偏而忘其中，不得终日安行乎通途，夫虽欲不废，其可得邪？"⑥

朱熹的思想继"北宋五子"而来。周敦颐（1017—1073 年，字茂叔，世称濂溪先生）著《通书》，阐发《中庸》"诚"论。明刘宗周（1578—1645年，字起东，号念台，世称蕺山先生）称："濂溪为后世儒者鼻祖，《通书》一编，将《中庸》道理又翻新谱，直是勺水不漏。"⑦周敦颐《通书》讲《中庸》"诚"论，与《易传》相互印证，指出："诚者，圣人之本。'大哉乾元，万物资始'，诚之源也。'乾道变化，各正性命'，诚斯立焉。纯粹至善者也。故曰：'一阴一阳之谓道，继之者善也，成之者性也。'元、亨，诚之通；利、贞，诚之复。大哉《易》也，性命之源乎！"⑧又说："圣，诚而已矣。诚，五常之本，百行之源也。"⑨

---

① （宋）司马光：《温国文正司马公文集》卷六十三《答韩秉国书》，四部丛刊初编本。
② 苏轼不仅以文学称于时，而且在儒学上也颇多研究。据《宋元学案》载：苏轼"成《易传》，复作《论语说》"，后作《书传》等。参见（清）黄宗羲、全祖望：《宋元学案》（第四册）卷九十九《苏氏蜀学略》，北京，中华书局，1986，第 3287 页。
③ （宋）苏轼：《经进东坡文集事略》卷四《中庸论上》，四部丛刊初编本。
④ （宋）苏轼：《经进东坡文集事略》卷四《中庸论上》，四部丛刊初编本。
⑤ （宋）苏轼：《经进东坡文集事略》卷四《中庸论中》，四部丛刊初编本。
⑥ （宋）苏轼：《经进东坡文集事略》卷四《中庸论下》，四部丛刊初编本。
⑦ 引自（清）黄宗羲、全祖望：《宋元学案》（第一册）卷十一《濂溪学案上》，北京，中华书局，1986，第 482～483 页。
⑧ （宋）周敦颐：《周敦颐集》卷二《通书·诚上》，北京，中华书局，2009，第 13～14 页。
⑨ （宋）周敦颐：《周敦颐集》卷二《通书·诚下》，北京，中华书局，2009，第 15 页。

邵雍(1011—1077年，字尧夫，谥号"康节")亦发挥《中庸》"诚"论，以为他的"先天学"源于《中庸》所言至诚之心。他说："先天学，心法也。故图皆自中起，万化万事生乎心也。先天学主乎诚，至诚可以通神明，不诚则不可以得道。"①他还诠释《中庸》所谓"自诚明谓之性，自明诚谓之教"，指出："资性得之天也，学问得之人也。资性由内出者也，学问由外入者也。自诚明，性也；自明诚，学也。"②并解说《中庸》所谓"至诚无息"曰："惟至诚与天地同久，天地无则至诚可息；苟天地不能无，则至诚亦不息也。"③

张载(1020—1077年，字子厚，世称横渠先生)的学术始于范仲淹所授《中庸》，"以《中庸》为体"④。他指出："某观《中庸》义二十年，每观每有义，已长得一格。"⑤他所撰《正蒙》中有《诚明篇》、《中正篇》阐述《中庸》思想。他的《诚明篇》明确提出"性与天道合一存乎诚"⑥，因而非常重视"诚"，并诠释《中庸》所谓"诚者物之终始，不诚无物"曰："诚有是物，则有终有始；伪实不有，何终始之有！故曰'不诚无物'。"⑦他还用《易传》"穷理尽性以至于命"诠释《中庸》所谓"自诚明谓之性，自明诚谓之教"，指出："'自明诚'，由穷理而尽性也；'自诚明'，由尽性而穷理也。"⑧他的《中正篇》讲"中正然后贯天下之道"，并且指出："知德以大中为极，可谓知至矣；择中庸而固执之，乃至之之渐也。"⑨他还诠释《中庸》所谓"君子尊德性而道问学，致广大而尽精微，极高明而道中庸"曰："不尊德性，则学问从而不道；不致广大，则精微无所立其诚；不极高明，则择乎中庸失时措之宜矣。"⑩

程颢(1032—1085年，字伯淳，世称明道先生)、程颐(1033—1107年，字正叔，世称伊川先生)大力推崇《中庸》。程颢指出："《中庸》之言，放之则弥六合，卷之则退藏于密。"⑪又说："《中庸》始言一理，中散为万

---

① (宋)邵雍：《皇极经世书》卷十三《观物外篇上》，文渊阁四库全书本。
② (宋)邵雍：《皇极经世书》卷十四《观物外篇下》，文渊阁四库全书本。
③ (宋)邵雍：《皇极经世书》卷十四《观物外篇下》，文渊阁四库全书本。
④ 引自《朱轼康熙五十八年本张子全书序》，《张载集》，北京，中华书局，1978，第396页。
⑤ (宋)张载：《经学理窟·义理》，《张载集》，北京，中华书局，1978，第277页。
⑥ (宋)张载：《正蒙·诚明篇》，《张载集》，北京，中华书局，1978，第20页。
⑦ (宋)张载：《正蒙·诚明篇》，《张载集》，北京，中华书局，1978，第21页。
⑧ (宋)张载：《正蒙·诚明篇》，《张载集》，北京，中华书局，1978，第21页。
⑨ (宋)张载：《正蒙·中正篇》，《张载集》，北京，中华书局，1978，第26、27页。
⑩ (宋)张载：《正蒙·中正篇》，《张载集》，北京，中华书局，1978，第28页。
⑪ (宋)程颢、程颐：《河南程氏遗书》卷十一，《二程集》(第一册)，北京，中华书局，1981，第130页。

事，末复合为一理。"①程颐说："善读《中庸》者，只得此一卷书，终身用不尽也。"②据《宋史·艺文志》记载，程颢撰《中庸义》一卷；据宋晁公武（生卒年不详，字子止，号昭德）所撰《郡斋读书志》记载，程颢撰《明道中庸解》一卷。但据宋杨万里（1127—1206 年，字廷秀，号诚斋）记载："世传大程子《中庸》之书，非大程子之为也，吕子大临之为也。"③朱熹也说："（《中庸》）明道不及为书，今世所传陈忠肃公（陈瓘）之所序者，乃蓝田吕氏所著之别本也。"④以为所传《明道中庸解》实为二程门人吕大临所作。另据传，程颐曾作《中庸解》，后因自己不满意而焚之。⑤朱熹也说："伊川先生为《中庸解》，疾革，命焚于前。门人问焉，伊川先生曰：'某有《易传》在足矣，何以多为？'。尝见别本记或问和靖（尹焞）：'据《语录》，先生自言《中庸》已成书，今其书安在？'和靖曰：'先生自以为不满意，而焚之矣。'此言恐得其真。若无所不满于其意而专恃《易传》，逆废《中庸》，吾恐先生之心不如是之隘也。"⑥现存《河南程氏经说》有《中庸解》一卷，书后有编者按语："按晁昭德《读书志》，有明道《中庸解》一卷，伊川《大全集》亦载此卷。窃尝考之，《中庸》，明道不及为书，伊川虽言已成《中庸》之书，自以不满其意，已火之矣。反复此解，其即朱子所辨蓝田吕氏讲堂之初本、改本无疑矣。"⑦

二程题解《中庸》曰："不偏之谓中，不易之谓庸。中者，天下之正道；庸者，天下之定理。"⑧程颢还说："中则不偏，常则不易，惟中不足以尽之，故曰中庸。"⑨程颐则说："中者，只是不偏，偏则不是中。庸只是常。犹言中者是大中也，庸者是定理也。定理者，天下不易之理也，

---

① （宋）程颢、程颐：《河南程氏遗书》卷十四，《二程集》（第一册），北京，中华书局，1981，第 140 页。
② （宋）程颢、程颐：《河南程氏遗书》卷十七，《二程集》（第一册），北京，中华书局，1981，第 174 页。
③ （清）朱彝尊：《经义考》卷一百五十一《礼记》，文渊阁四库全书本。
④ （宋）朱熹：《晦庵先生朱文公文集》卷七十五《中庸集解序》，四部丛刊初编本。
⑤ （宋）程颢、程颐：《河南程氏遗书》卷十七，《二程集》（第一册），北京，中华书局，1981，第 175 页注。
⑥ （宋）朱熹：《晦庵先生朱文公文集》卷七十二《尹和靖手笔辨》，四部丛刊初编本。
⑦ （宋）程颢、程颐：《河南程氏经说》卷八《中庸解》，《二程集》（第四册），北京，中华书局，1981，第 1165 页。
⑧ （宋）程颢、程颐：《河南程氏遗书》卷七，《二程集》（第一册），北京，中华书局，1981，第 100 页。
⑨ （宋）程颢、程颐：《河南程氏遗书》卷十一，《二程集》（第一册），北京，中华书局，1981，第 122 页。

是经也。"①

二程非常重视《中庸》"诚"论，并以"无妄"释"诚"，指出："无妄之谓诚。"②程颐则说："真近诚，诚者无妄之谓。"③二程还把"诚"与天道联系在一起，并注《中庸》所谓"诚者，天之道也"曰："自性言之为诚，自理言之为道，其实一也。"④程颢还说："至诚可以赞天地之化育，则可以与天地参。"⑤

需要指出的是，程颐曾与门人吕大临（1040—1092 年，字与叔，号芸阁）、苏昺（生卒年不详，字季明）辩论"中"与"道"、"性"的关系以及"未发"、"已发"和"中"、"和"等问题：

吕大临说："中者道之所由出。"程颐认为，"此语有病"，并且指出："中即道也。若谓道出于中，则道在中外，别为一物矣。"吕大临又说："既云'率性之谓道'，则循性而行莫非道。此非性中别有道也，中即性也。在天为命，在人为性，由中而出者莫非道，所以言道之所由出也，与'率性之谓道'之义同，亦非道中别有中也。"程颐反驳说："'中即性也'，此语极未安。中也者，所以状性之体段。如称天圆地方，遂谓方圆即天地可乎？方圆既不可谓之天地，则万物决非方圆之所出。如中既不可谓之性，则道何从称出于中？盖中之为义，无过不及而立名。若只以中为性，则中与性不合，与'率性之谓道'其义自异。性道不可合一为言。中止可言体，而不可与性同德。"⑥

吕大临云："喜怒哀乐之未发，则赤子之心。当其未发，此心至虚，无所偏倚，故谓之中。以此心应万物之变，无往而非中矣。……"程颐曰："'喜怒哀乐未发谓之中'，赤子之心，发而未远于中，若便谓之中，是不识大本也。"他还说："所论意，虽以已发者为未发；反求诸言，却是认已发者为说。词之未莹，乃是择之未精尔。凡言心者，指已发而言，

① （宋）程颢、程颐：《河南程氏遗书》卷十五，《二程集》（第一册），北京，中华书局，1981，第 160 页。
② （宋）程颢、程颐：《河南程氏遗书》卷六，《二程集》（第一册），北京，中华书局，1981，第 92 页。
③ （宋）程颢、程颐：《河南程氏遗书》卷二十一下，《二程集》（第一册），北京，中华书局，1981，第 274 页。
④ （宋）程颢、程颐：《河南程氏粹言》卷一《论道篇》，《二程集》（第四册），北京，中华书局，1981，第 1182 页。
⑤ （宋）程颢、程颐：《河南程氏遗书》卷十一，《二程集》（第一册），北京，中华书局，1981，第 133 页。
⑥ （宋）程颢、程颐：《河南程氏文集》卷九《与吕大临论中书》，《二程集》（第二册），北京，中华书局，1981，第 605～606 页。

此固未当。心一也，有指体而言者，寂然不动是也。有指用而言者，感而遂通天下之故是也。惟观其所见如何耳。"①

苏季明问："中之道与喜怒哀乐未发谓之中，同否？"程颐曰："非也。喜怒哀乐未发是言在中之义，只一个中字，但用不同。"季明问："先生说喜怒哀乐未发谓之中是在中之义，不识何意？"程颐曰："只喜怒哀乐不发，便是中也。"曰："中莫无形体，只是个言道之题目否？"程颐曰："非也。中有甚形体？然既谓之中，也须有个形象。"曰："当中之时，耳无闻，目无见否？"程颐曰："虽耳无闻，目无见，然见闻之理在始得。"②

作为二程门人，吕大临虽然在《中庸》学上与二程有分歧，但就他的《中庸解》被误传为程颢所作而言，仍不失为重要的《中庸》学家。他的《中庸》学著作，除了《中庸解》，还有《礼记解·中庸》以及《中庸后解》。他推崇《中庸》，指出："《中庸》之书，学者所以进德之要，本末具备矣。……圣人之学，不使人过，不使人不及，喜怒哀乐未发之前以为之本，使学者择善而固执之，其学固有序矣。学者盖亦用心于此乎，则义礼必明，德行必修，师友必称，乡党必誉。仰而上古，可以不负圣人之传；付达于当今，可以不负朝廷之教养。"③

二程门人在《中庸》学上有所作为者，除吕大临之外，主要还有游酢（1053—1123年，字定夫，世称廌山先生）、杨时（1053—1135年，字中立，号龟山）、侯仲良（生卒年不详，字师圣）、谢良佐（1050—1103年，字显道，世称上蔡先生）、尹焞（1071—1142年，字彦明、德充，世称和靖先生）等。游酢撰《中庸义》一卷，又据《宋史·艺文志》载，游酢撰《中庸解义》五卷；杨时撰《中庸解》一卷；程颐、吕大临、游酢、杨时撰《四先生中庸解义》一卷。另据清朱彝尊（1629—1709年，字锡鬯，号竹垞、金风亭长）所撰《经义考》记载，侯仲良撰《中庸说》一卷。此外，谢良佐、尹焞也有关于《中庸》的论述，载于朱熹所编《中庸辑略》。

在二程门人中，杨时与朱熹有师承关系，其学传罗从彦，再传李侗，三传而及朱熹，为"南渡洛学大宗"④。杨时与吕大临、谢良佐、游酢合

① （宋）程颢、程颐：《河南程氏文集》卷九《与吕大临论中书》，《二程集》（第二册），北京，中华书局，1981，第607～609页。
② （宋）程颢、程颐：《河南程氏遗书》卷十八，《二程集》（第一册），北京，中华书局，1981，第200～201页。
③ （宋）吕大临：《中庸后解序》，陈俊民辑校：《蓝田吕氏遗著辑校》，北京，中华书局，1993，第592～593页。
④ （清）黄宗羲、全祖望：《宋元学案》（第二册）卷二十五《龟山学案》，北京，中华书局，1986，第944页。

称"程门四先生"。他追随二程推崇《中庸》，指出："圣学所传具在此书，学者宜尽心焉。"①他还说："伊川先生有言曰：'不偏之谓中，不易之谓庸，中者天下之正道，庸者天下之定理。'《中庸》之书，盖圣学之渊源，入德之大方也。"②

对于《中庸》，杨时最感兴趣的是其中所谓"喜怒哀乐之未发谓之中"。他说："《中庸》曰：'喜怒哀乐未发谓之中，发而皆中节谓之和。'学者当于喜怒哀乐未发之际，以心体之，则中之义自见。执而勿失，无人欲之私焉，发必中节矣。发而中节，中固未尝亡也。"③他认为，只要在喜怒哀乐未发之际，体验"中"，就能够"发必中节"。至于如何体验"中"，杨时指出："某尝有数句教学者读书之法，云：以身体之，以心验之，从容默会于幽闲静一之中，超然自得于书言象意之表。此盖某所为者如此。"④要求在"幽闲静一"中体验"中"。后来朱熹说："于静中体认大本未发时气象分明……此乃龟山门下相传指诀。"⑤

杨时门人胡宏（1106—1162年，字仁仲，世称五峰先生）游学于衡山二十余年，开湖湘之学统，形成了与杨时、罗从彦一脉不同的思路。胡宏不同意杨时把《中庸》"未发"说成是"寂然不动"。在《与僧吉甫书》中，胡宏说："窃谓未发只可言性，已发乃可言心，故伊川曰'中者，所以状性之体段'，而不言状心之体段也。心之体段，则圣人无思也，无为也，寂然不动感而遂通天下之故是也。未发之时，圣人与众生同一性；已发，则无思无为，寂然不动感而遂通天下之故，圣人之所独。"⑥他还说："圣人指明其体曰性，指明其用曰心。性不能不动，动则心矣。圣人传心，教天下以仁也。"⑦在胡宏看来，未发言性，已发言心；性为心之体，心为体之用。所以，他要求从心入手，强调"尽心成性"，指出："天命之谓性。性，天下之大本也。尧、舜、禹、汤、文王、仲尼六君子先后相诏，必曰心而不曰性，何也？曰：心也者，知天地，宰万物，以成性者也。六君子，尽心者也，故能立天下之大本。"⑧

杨时门人罗从彦（1072—1135年，字仲素，世称豫章先生）"尽得龟

---

① （宋）杨时：《龟山集》卷二十六《题中庸后示陈知默》，文渊阁四库全书本。
② （宋）杨时：《龟山集》卷二十五《中庸义序》，文渊阁四库全书本。
③ （宋）杨时：《龟山集》卷二十一《答学者其一》，文渊阁四库全书本。
④ （宋）杨时：《龟山集》卷十二《语录三》，文渊阁四库全书本。
⑤ （宋）朱熹：《晦庵先生朱文公文集》卷四十《答何叔京》（二），四部丛刊初编本。
⑥ （宋）胡宏：《与僧吉甫书三首》，《胡宏集》，北京，中华书局，1987，第115页。
⑦ 引自《宋朱熹胡子知言疑义》，《胡宏集》，北京，中华书局，1987，第336页。
⑧ 引自《宋朱熹胡子知言疑义》，《胡宏集》，北京，中华书局，1987，第328页。

山不传之秘，筑室罗浮山中，绝意仕进，终日危坐，以体验天地万物之理。……盖以寂然不动之中，而天下万事万物之理莫不由是而出。故必操存涵养，以为应事接物之本"①。他的门人李侗（1093—1163 年，字愿中，世称延平先生）也曾回忆说："某曩时从罗先生学问，终日相对静坐，只说文字，未尝及一杂语。先生极好静坐，某时未有知，退入室中，亦只静坐而已。先生令静中看喜怒哀乐未发之谓中，未发时作何气象。"②而且，李侗自己对于《中庸》也有颇多研究。李侗门人朱熹曾说："李先生教人，大抵令于静中体认大本未发时气象分明，即处事应物，自然中节。"③

分析《中庸》学的发展脉络可以看出，北宋时期，《中庸》受到了极大的关注，尤其是周敦颐、张载以及二程一脉对《中庸》更是推崇备至；而且，当时对于《中庸》的诠释存在颇多歧义，即便是二程与其门人之间也莫衷一是；尤其是，二程门人较为关注的是"中"，重视《中庸》所谓"喜怒哀乐之未发谓之中"，甚至要求亲身体认"中"。北宋末年，学术重心开始南移，形成了继二程《中庸》学以来的杨时、罗从彦、李侗一脉的《中庸》学。正是在这样的背景下，朱熹开始了对《中庸》的新的诠释，踏上了终其一生的《中庸》学研究之路。

第二节　学思历程

朱熹④很早就开始读《中庸》，并主要读二程门人吕大临的《中庸解》。他曾说：

> 某年十五六时，读《中庸》"人一己百，人十己千"一章，因见吕与叔解得此段痛快，读之未尝不竦然警厉奋发！⑤

---

① （清）张伯行：《罗豫章集原序》，《罗豫章集》，北京，中华书局，1985，第 1 页。
② （宋）朱熹：《延平答问》，朱杰人等主编：《朱子全书》（第十三册），上海，上海古籍出版社；合肥，安徽教育出版社，2002，第 322 页。
③ （宋）朱熹：《晦庵先生朱文公文集》卷四十《答何叔京》（二），四部丛刊初编本。
④ 朱熹（1130—1200 年），字元晦、仲晦，号晦庵，别号紫阳、考亭等，祖籍徽州婺源（今江西婺源）。生于福建尤溪，长期活动于福建，晚年定居于建阳（今属福建），其学被称为"闽学"。谥号"文"，世称朱文公，又称朱子。著作主要有《四书章句集注》、《四书或问》、《诗集传》、《周易本义》、《仪礼经传通解》、《楚辞集注》等，后人编成《晦庵先生朱文公文集》、《朱子语类》、《朱子全书》等。
⑤ （宋）黎靖德：《朱子语类》（一）卷四，北京，中华书局，1986，第 66 页。

后来，朱熹在一篇《乞进德札子》中更加详细地叙述了这段经历。他说：

> 臣闻《中庸》有言："人一能之，己百之；人十能之，己千之。果能此道，虽愚必明，虽柔必强。"而元佑馆职吕大临为之说曰："君子所以学者，为能变化气质而已。德胜气质，则愚者可进于明，柔者可进于强；不能胜之，则虽有志于学，亦愚不能明、柔不能强而已矣。盖均善而无恶者，性也，人所同也；昏明强弱之禀不齐者，才也，人所异也。诚之者，所以反其同而变其异也。夫以不美之质求变而美，非百倍其功不足以致之。今以卤莽灭裂之学，或作或辍，以求变其不美之质，及不能变，则曰'天质不美'，非学所能变，是果于自弃，其为不仁甚矣！"①臣少时读书，偶于此语，深有省焉，奋厉感慨，不能自已。自此为学，方有寸进。②

朱熹自十五六岁时开始读《中庸》，至淳熙四年（1177 年），四十八岁时，朱熹撰成《中庸章句》以及《中庸或问》和《中庸辑略》，淳熙十六年（1189 年），六十岁时，正式序定《中庸章句》，历经四十五年，构建了精到的《中庸》学体系。

一、初读《中庸》

据《朱子年谱》记载：朱熹五岁入小学；十一岁"受学于家庭"。当时，作为吏部员外郎的父亲，朱松（1097—1143 年，字乔年，世称韦斋先生）"以不附秦桧和议，出知饶州，请祠，居于家"。朱松是二程高徒杨时门人罗从彦的弟子，曾"日诵《大学》、《中庸》之书，以用力于致知诚意之地"③。他指出："《礼记》多鲁诸儒之杂说，独《中庸》出于孔氏家学。《大学》一篇，乃入道之门，其道以为欲明明德于天下，在致知格物以正心诚

---

① 吕大临说："君子所贵乎学者，为能变化气质而已。德胜气质，则柔者可进于强，愚者可进于明；不能胜气质，则虽有志于善，而柔不能立，愚不能明。盖均善而无恶者。性也，人所同也；昏明强弱之禀不齐者，才也，人所异也。诚之者，反其同而变其异也。……夫愚柔之质，质之不美者也。以不美之质求变而美，非百倍其功不足以致之。今以卤莽灭裂之学，或作或辍，以求变不美之质，及不能变，则曰'天质不美'，非学所能变。是果于自弃，其为不仁甚矣！"见（宋）吕大临：《礼记解·中庸》，陈俊民辑校：《蓝田吕氏遗著辑校》，北京，中华书局，1993，第 297 页。
② （宋）朱熹：《晦庵先生朱文公文集》卷十四《乞进德札子》，四部丛刊初编本。
③ （清）王懋竑：《朱熹年谱》，北京，中华书局，1998，第 2～3 页。

意而已。"①因而强调"入《大学》之门，以躏《中庸》之庭"。朱松才高而智明，其刚不屈于俗。为此，黄宗羲（1610—1695 年，字太冲，号南雷，世称梨洲先生）认为，朱熹"立朝气概，刚毅绝俗，则依然父之风也"②。

朱熹十四岁时，父亲去世；遵父遗训，从学于刘勉之（1091—1149 年，字致中，世称白水先生）、胡宪（1086—1162 年，字原仲，世称籍溪先生）、刘子翚（1101—1147 年，字彦冲，世称为屏山先生）三先生。③ 刘子翚撰有《圣传论》，论述了尧、舜、禹、汤、文王、周公、孔子、颜子、曾子、子思、孟子的思想。关于子思，刘子翚认为，最初圣人讲论发明，口传心授，使人反求诸己；后来，世衰学弊，子思惧斯文之遂绝，而笔之于《中庸》，"抽关启钥，发其秘奥，使学者洞然开晓"④。在三先生的指导之下，朱熹无所不学，"禅、道、文章、楚辞、诗、兵法，事事要学，出入时无数文字"⑤，并且系统学习儒家经典，包括读《中庸》，"每早起须诵十遍"⑥。

绍兴二十三年（1153 年），朱熹二十四岁，开始师事李侗⑦。李侗与朱熹的父亲同为罗从彦的弟子，上接杨时，热衷于静中体验《中庸》所谓"喜怒哀乐之未发谓之中"。他推崇《中庸》，称之为"圣门之传"，并认为"喜怒哀乐之未发谓之中"是《中庸》之指要，而且，他反对单纯的记诵，要求"体之于身，实见是理"，"默坐澄心，体认天理"，所以，讲诵之余，

---

① （清）黄宗羲、全祖望：《宋元学案》（第二册）卷三十九《豫章学案》，北京，中华书局，1986，第 1295 页。

② （清）黄宗羲、全祖望：《宋元学案》（第二册）卷三十九《豫章学案》，北京，中华书局，1986，第 1296 页。

③ 据朱熹回忆，其父去世前曾对他说："籍溪胡原仲、白水刘致中、屏山刘彦冲，此三人者，吾友也。其学皆有渊源，吾所敬畏。吾即死，汝往父事之，而惟其言之听，则吾死不恨矣。"见（宋）朱熹：《晦庵先生朱文公文集》卷九十《屏山先生刘公墓表》，四部丛刊初编本。

④ （宋）刘子翚：《屏山集》卷一《圣传论十首》，文渊阁四库全书本。

⑤ （宋）黎靖德：《朱子语类》（七）卷一百四，北京，中华书局，1986，第 2620 页。

⑥ （宋）黎靖德：《朱子语类》（二）卷十六，北京，中华书局，1986，第 319 页。

⑦ 朱熹曾回忆说："某年十五、六时，亦尝留心于此（禅）。一日在病翁（刘子翚）所会一僧，与之语。其僧只相应和了说，也不说是不是；却与刘说，某也理会得个昭昭灵灵底禅。刘后说与某，某遂疑此僧更有要妙处在，遂去叩问他，见他说得也煞好。及去赴试时，便用他意思去胡说。是时文字不似而今细密，由人粗说，试官为某说动了，遂得举（时年十九）。后赴同安任，时年二十四、五矣，始见李先生（李侗）。与他说，李先生只说不是。某却倒疑李先生理会此未得，再三质问。李先生为人简重，却是不甚会说，只教看圣贤言语。某遂将那禅来权倚阁起。意中道，禅亦自在，且将圣人书来读。读来读去，一日复一日，觉得圣贤言语渐渐有味。却回头看释氏之说，渐渐破绽，罅漏百出！"见（宋）黎靖德：《朱子语类》（七）卷一百四，北京，中华书局，1986，第 2620 页。

"危坐终日，以验夫喜怒哀乐未发之前气象为如何，而求所谓'中'者"。①
他特别强调"静坐"，说："大率有疑处，须静坐体究，人伦必明，天理必
察。"②但是，对于李侗的《中庸》体验，当时的朱熹并不尽心。后来，他
还说："当时亲炙之时，贪听讲论，又方窃好章句训诂之习，不得尽心
于此。"③

朱熹虽然不尽心于李侗的"默坐澄心，体认天理"，但在章句训诂方
面大有长进。他勤于著述，于绍兴二十九年（1159年）校定《谢上蔡先生
语录》，隆兴元年（1163年）撰《论语要义》、《论语训蒙口义》，隆兴二年
（1164年）成《困学恐闻编》，等等。当时，他还说："熹天资鲁钝，自幼
记问言语不能及人，以先君子之余诲，颇知有意于为己之学，而未得其
处，盖出入于释、老者十余年。近岁以来，获亲有道，始知所向之大
方。"④朱熹专注于著述，尤其在于章句训诂，这也许正是对李侗"危坐终
日，以验夫喜怒哀乐未发之前气象为如何"不尽心的缘故。

另据钱穆《朱子新学案》所述，朱熹师事李侗时，窃好章句训诂之习，
而且，"当时，《论语要义》已刊行，《孟子集解》、《中庸集说》皆已属稿，
又留意于二程及程门诸子之遗书语录。此在朱子与叔京最先各书中都有
提及"⑤。这里言及朱熹于此时已撰《中庸集说》。束景南《朱熹佚文辑考》
根据乾道二年（1166年）朱熹《答何叔京》（四）说："《中庸集说》如戒归纳，
愚意窃谓更当精择，未易一概去取。盖先贤所择，一章之中文句意义自
有得失精粗，须一一究之，令各有下落，方惬人意。然又有大者，昔闻
之师（李侗），以为当于未发、已发之几，默识而心契焉，然后文义事理
触类可通，莫非此理之所出，不待区区求之于章句训诂之间也。向虽闻
此，而莫测其所谓；由今观之，始知其为切要至当之说，而竟亦未能一
蹴而至其域也。"⑥推断朱熹《中庸集说》"作于师事李侗之时"，"其书在辑
集诸家之说，未脱于章句训诂之间"。⑦

---

① （宋）朱熹：《晦庵先生朱文公文集》卷九十七《延平先生李公行状》，四部丛刊初编本。
② （宋）朱熹：《延平答问》，朱杰人等主编：《朱子全书》（第十三册），上海，上海古籍出
版社；合肥，安徽教育出版社，2002，第341页。
③ （宋）朱熹：《晦庵先生朱文公文集》卷四十《答何叔京》（二），四部丛刊初编本。
④ （宋）朱熹：《晦庵先生朱文公文集》卷三十八《答江元适》（一），四部丛刊初编本。
⑤ 钱穆：《朱子新学案》（第三册），台北，三民书局，1971，第363页。
⑥ （宋）朱熹：《晦庵先生朱文公文集》卷四十《答何叔京》（四），四部丛刊初编本。
⑦ 束景南：《朱熹佚文辑考》，南京，江苏古籍出版社，1991，第614页。另据束景南《朱
子大传》载："早在师事李侗时他（朱熹）就已开始撰写一本'《中庸》集说'之书，主要辑
集诸家之说，选择不精，未能超越章句训诂之学。"见束景南：《朱子大传》，福州，福
建教育出版社，1992，第299页。

二、批评张九成《中庸解》

张九成(1092—1159 年,字子韶,号横浦居士、无垢居士),杨时门人,与当时著名禅师宗杲(1089—1163 年,字昙晦)交往密切,撰《中庸说》《中庸解》。乾道元年(1165 年)前后,朱熹作《杂学辨》,对苏轼《易解》、苏辙(1039—1112 年,字子由)《老子解》、张九成《中庸解》、吕本中(1084—1145 年,字居仁)《大学解》进行评析。在对张九成《中庸解》的批评中,朱熹明确认为该书是"以佛语释儒书",并指责张九成"逃儒以归于释",指出:"凡张氏所论著,皆阳儒而阴释。其离合出入之际,务在愚一世之耳目而使之恬不觉悟,以入乎释氏之门,虽欲复出而不可得。"①

针对《中庸》所言"天命之谓性,率性之谓道,修道之谓教",张九成说:"'天命之谓性',第赞性之可贵耳,未见人收之为己物也。'率性之谓道',则人体之为己物,而入于仁义礼智中矣。然而未见其施设运用也。'修道之谓教',则仁行于父子,义行于君臣,礼行于宾主,知行于贤者,而道之等降隆杀于是而见焉。"又说:"方率性时,戒慎恐惧,此学者之事也。及其深入性之本原,直造所谓天命在我,然后为君臣、父子、兄弟、夫妇之教,以幸于天下。至于此时,圣人之功用兴矣。"对此,朱熹说:

> "天命之谓性",言性之所以名乃天之所赋,人之所受义理之本原,非但赞其可贵而已。……且既谓之性,则固已自人所受而言之。今日未为己物,则是天之生是人也,未以此与之,而置之他所,必是人者自起而收之,而后得以为己物也。
>
> "率性之谓道",言道之所以得名者如此。盖曰各循其性之本然,即所谓道尔,非以此为学者之事,亦未有戒慎恐惧之意也。
>
> "修道之谓教",通上下而言之,圣人所以立极,贤人所以修身,皆在于此,非如张氏之说也。又曰"深入性之本原,直造所谓天命在我",理亦有碍,且必至此地然后为人伦之教以幸天下,则是圣人未至此地之时,未有人伦之教;而所以至此地者,

---

① (宋)朱熹:《晦庵先生朱文公文集》卷七十二《杂学辨·张无垢中庸解》,四部丛刊初编本。

亦不由人伦而入也。凡此皆烂漫无根之言，乃释氏之绪余，非
吾儒之本指也。

关于《中庸》所谓"致中和，天地位焉，万物育焉"，张九成说："由戒
慎恐惧以养喜怒哀乐，使为中、为和，以位天地，育万物。"对此，朱
熹说：

> 喜怒哀乐之未发，乃本然之中；发而中节，乃本然之和，
> 非人之所能使也。天地位焉，万物育焉，亦理之自然。今加
> "以"字，而倒其文，非子思之本意矣。此乃一篇之指要，而张
> 氏语之辄有差缪，尚安得为知言哉！

对于《中庸》所言"君子以人治人，改而止"，张九成说："人即性也，
以我之性觉彼之性。""使其由此见性，则自然由乎中庸，而向来无物之
言、不常之行，皆扫不见迹矣。"对此，朱熹说："愚谓详经文，初无此
意，皆释氏之说也。且性岂有彼我乎？又如之何其能以也？"还说：

> "见性"，本释氏语，盖一见则已矣。儒者则曰"知性"，既
> 知之矣，又必有以养而充之，以至于尽。其用力有渐，固非一
> 日、二日之功，日用之际，一有懈焉，则几微之间所害多矣。
> 此克己复礼之所以为难，而曾子所以战战兢兢，至死而后知其
> 免也。张氏之言，与此亦不类矣。然释氏之徒，有既自谓见性
> 不疑，而其习气嗜欲无以异于众人者，岂非恃夫扫不见迹之虚
> 谈，而不察乎无物不常之实弊以至此乎？然则张氏之言，其渊
> 源所自盖可知矣。

对于《中庸》所言"惟天下至诚，为能尽其性"，张九成说："此诚既
见，己性亦见，人性亦见，物性亦见，天地之性亦见。"朱熹则说：

> 经言"惟至诚故能尽性"，非曰诚见而性见也。"见"字与
> "尽"字意义迥别。大率释氏以见性成佛为极，而不知圣人尽性
> 之大。故张氏之言每如此。

在解说《中庸》所谓"至诚无息"时，张九成说："不见形象而天地自

章，不动声色而天地自变，垂拱无为而天地自成。天地亦大矣，而使之
章，使之变，使之成，皆在于我。又曰'至诚不息'，则有不见而章，不
动而变，无为而成，天地又自此而造化之妙矣。"对此，朱熹说：

> 至诚之理，未尝形见而自彰著，未尝动作而自变化，无所
> 营为而自成就。天地之道，一言而尽，亦不过如此而已。张氏
> 乃以为圣人至诚于此，能使天地章明、变化于彼，不惟文义不
> 通，而亦本无此理。其曰"天地自此而造化"，语尤险怪。盖圣
> 人之于天地，不过因其自然之理以裁成辅相之而已。若圣人反
> 能造化天地，则是子孙反能孕育父祖，无是理也。凡此好大不
> 根之言，皆其心术之蔽，又原于释氏"心法起灭天地"之意，《正
> 蒙》斥之详矣。

朱熹对于张九成《中庸解》的批评，不仅反映了他们之间在《中庸》文
本解说上的不同立场，而且更反映出他们在为学旨趣上的分歧。在解说
《中庸》所谓"人皆曰予知"时，张九成说："人皆用知于诠品是非，而不知
用知于戒慎恐惧，使移诠品是非之心于戒慎恐惧，知孰大焉。"朱熹则说：

> 有是有非，天下之正理，而是非之心，人皆有之，所以为
> 知之端也，无焉则非人矣。故诠品是非，乃穷理之事，亦学者
> 之急务也。张氏绝之，吾见其任私凿知，不得循天理之正矣。
> 然斯言也，岂释氏所称"直取无上菩提，一切是非莫管"之遗意
> 耶？呜呼，斯言也，其儒释所以分之始与！

张九成《中庸解》非常重视"戒慎恐惧"，以为"戒慎恐惧"可以使得未
发而为中，发而中节而为和，并所以位天地，育万物，因而忽视穷理之
事；与之不同，朱熹则较为强调穷理，并视之为"学者之急务"。

乾道二年(1166 年)，何镐(字叔京)作《杂学辨跋》，称："新安朱元
晦以孟子之心为心，大惧吾道之不明也，弗顾流俗之讥议，尝即其书破
其疵缪，针其膏肓，使读者晓然知异端为非而圣言之为正也。学者苟能
因其说而求至当之归，则诸家之失不逃乎心目之间，非特足以悟疑辨惑，
亦由是而可以造道焉。"[①]为此，朱熹在《答何叔京》中自谦说："《杂学辨》

---

① 引自(宋)朱熹：《晦庵先生朱文公文集》卷七十二《杂学辨》，四部丛刊初编本。

出于妄作，乃蒙品题过当，深惧上累知言之明，伏读恐悚不自胜。"①

三、中和旧说

据王懋竑《朱熹年谱》所载，乾道二年（1166年），朱熹先后四书张栻（1133—1180年，字敬夫，又字钦夫、乐斋，号南轩），讨论《中庸》所谓"喜怒哀乐之未发谓之中，发而皆中节谓之和"，即"未发"、"已发"问题，或中和问题。② 其一曰：

> 人自有生，即有知识，事物交来，应接不暇，念念迁革，以至于死，其间初无顷刻停息，举世皆然也。然圣贤之言，则有所谓"未发之中，寂然不动"者，夫岂以日用流行者为"已发"，而指夫暂而休息、不与事接之际为"未发"时耶？
>
> 尝试以此求之，则泯然无觉之中，邪暗郁塞，似非虚明应物之体；而几微之际，一有觉焉，则又便为已发而非寂然之谓。盖愈求而愈不可见。于是退而验之于日用之间，则凡感之而通，触之而觉，盖有浑然全体应物而不穷者，是乃天命流行、生生不已之机。虽一日之间万起万灭，而其寂然之本体则未尝不寂然也。所谓"未发"如是而已，夫岂别有一物，限于一时，拘于一处，而可以谓之"中"哉！③

其二曰：

> 前书所扣，正恐未得端的，所以求正。……自今观之，只一念间已具此体用，发者方往，而未发者方来，了无间断隔截处，夫岂别有物可指而名之哉！然天理无穷，而人之所见有远近深浅之不一，不审如此见得，又果无差否？更望一言垂教，幸幸。
>
> 所论龟山《中庸》可疑处，鄙意近亦谓然。又如所谓"学者于喜怒哀乐未发之际，以心验之，则中之体自见"，亦未为尽善。大抵此事浑然，无分段时节先后之可言。今着一"时"字、一"际"字，便是病痛。当时只云寂然不动之体，又不知如

---

① （宋）朱熹：《晦庵先生朱文公文集》卷四十《答何叔京》（四），四部丛刊初编本。
② （清）王懋竑：《朱熹年谱》，北京，中华书局，1998，第27～29页。
③ （宋）朱熹：《晦庵先生朱文公文集》卷三十《与张钦夫》（三），四部丛刊初编本。

何。……

　　向见所著《中论》有云："未发之前，心妙乎性，既发，则性行乎心之用矣。"于此，窃亦有疑。盖性无时不行乎心之用，但不妨常有未行乎用之性耳。今下一"前"字，亦微有前后隔截气象，如何如何，熟玩《中庸》，只消著一"未"字，便是活处，此岂有一息停住时耶？只是来得无穷，便常有个未发底耳！若无此物，则天命有已时，生物有尽处，气化断绝，有古无今，久矣！①

其三曰：

　　……大抵日前所见累书所陈者，只是笼统地见得个大本达道底影象，便执认以为是了，却于"致中和"一句全不曾入思议，所以累蒙教告以求仁之为急，而自觉殊无立脚下功夫处。盖只见得个直截根源倾湫倒海底气象，日间但觉为大化所驱，如在洪涛巨浪之中，不容少顷停泊。盖其所见一向如是，以故应事接物处，但觉粗厉勇果增倍于前，而宽裕雍容之气略无毫发。虽窃病之，而不知其所自来也。而今而后，乃知浩浩大化之中，一家自有一个安宅，正是自家安身立命、主宰知觉处，所以立大本、行达道之枢要。所谓"体用一源、显微无间"者，乃在于此。而前此"方往"、"方来"之说，正是手忙足乱、无著身处。道迩求远，乃至于是，亦可笑矣！②

其四曰：

　　……盖通天下只是一个天机活物，流行发用，无间容息。据其"已发"者，而指其"未发"者，则"已发"者人心，而凡"未发"者皆其性也，亦无一物而不备矣。夫岂别有一物，拘于一时，限于一处，而名之哉？即夫日用之间，浑然全体，如川流之不息，天运之不穷耳。此所以体用精粗、动静本末，洞然无一毫之间，而鸢飞鱼跃触处朗然也。存者存此而已，养者养此

① （宋）朱熹：《晦庵先生朱文公文集》卷三十《与张钦夫》（四），四部丛刊初编本。
② （宋）朱熹：《晦庵先生朱文公文集》卷三十二《答张敬夫》（三十四），四部丛刊初编本。

而已，必有事焉而勿正，心勿忘，勿助长也。①

在这四封书信中，朱熹认为，人自生到死，心"无顷刻停息"，不存在所谓"暂而休息、不与事接之际为'未发'时"；所谓"未发"，是指性，是"寂然之本体则未尝不寂然"，这就是所谓"未发之中，寂然不动"者。也就是说"'已发'者人心，而凡'未发'者皆其性也"。同时，"已发"与"未发"之间"了无间断隔截处"，所谓"体用一源、显微无间"，不存在所谓"未发之际"、"未发之时"、"未发之前"的阶段。后来，朱熹还将当时往返书信合为一编，题为《中和旧说》，并为之作序，②其中说道：

> 余蚤从延平李先生学，受《中庸》之书，求喜怒哀乐未发之旨，未达而先生没。余窃自悼其不敏，若穷人之无归。闻张钦夫得衡山胡氏（胡宏）学，则往从而问焉。钦夫告余以所闻，余亦未之省也，退而沉思，殆忘寝食。一日，喟然叹曰："人自婴儿以至老死，虽语默动静之不同，然其大体莫非已发，特其未发者，为未尝发尔。"自此不复有疑，以为《中庸》之旨果不外乎此矣。后得胡氏书，有与曾吉父论未发之旨者，其论又适与余意合，用是益自信。虽程子之言有不合者，亦直以为少作失传而不之信也。③

在朱熹《中庸》学的建构历程中，中和旧说的形成可谓一大转折，解决了他以往的各种疑问，使他认识到"天性、人心，未发、已发，浑然一致，更无别物。由是而克己居敬，以终其业，则日用之间亦无适而非此事。《中庸》之书，要当以是为主"④。在同年的《答许顺之》（十一）中，朱熹说道："秋来老人粗健，心间无事，得一意体验，比之旧日渐觉明快，方有下工夫处。日前真是一盲引众盲⑤耳。"⑥在此书中，朱熹还以一诗"半亩方塘一鉴开，天光云影共徘徊。问渠那得清如许？为有源头活水来"来表达当时他自己的心情。

---

① （宋）朱熹：《晦庵先生朱文公文集》卷三十二《答张敬夫》（三十五），四部丛刊初编本。
② （宋）朱熹：《晦庵先生朱文公文集》卷七十五《中和旧说序》，四部丛刊初编本。
③ （宋）朱熹：《晦庵先生朱文公文集》卷七十五《中和旧说序》，四部丛刊初编本。
④ （宋）朱熹：《晦庵先生朱文公文集》卷四十《答何叔京》（三），四部丛刊初编本。
⑤ 四部丛刊本为"一目引众盲耳"，宋本为"一盲引众盲耳"。
⑥ （宋）朱熹：《晦庵先生朱文公文集》卷三十九《答许顺之》（十一），四部丛刊初编本。参见陈来：《朱子书信编年考证》，上海，上海人民出版社，1989，第36页。

四、中和新说

乾道四年(1168 年)，朱熹编订成《程氏遗书》。他在《程氏遗书后序》中指出："先生(二程)之学，其大要则可知已。读是书者，诚能主敬以立其本，穷理以进其知，使本立而知益明，知精而本益固，则日用之间，且将有以得乎先生之心，而于疑信之传可坐判矣。"①乾道五年(1169 年)，朱熹在与门人蔡元定问辨之际，忽然对自己的"中和旧说"产生了疑问："斯理也，虽吾之所默识，然亦未有不可以告人者。今析之如此，其纷纠而难明也；听之如此，其冥迷而难喻也。意者乾坤易简之理，人心所同然者，殆不如是。"同时，他还意识到"中和旧说"与二程之说有矛盾，于是，"复取程氏书，虚心平气而徐读之，未及数行，冻解冰释，然后知情性之本然，圣贤之微旨，其平正明白乃如此"。② 随后，朱熹撰《已发未发说》，后又修订成《与湖南诸公论中和第一书》③，以说明"中和旧说"与二程之说的矛盾，阐述对未发、已发的新的理解，并且通过吸取二程关于"敬"的思想，形成"中和新说"。

当时，朱熹说道：

> 《中庸》未发、已发之义，前此认得此心流行之体，又因程子"凡言心者，皆指已发而言"，遂目心为已发，性为未发。然观程子之书，多所不合，因复思之，乃知前日之说，非惟心性之名命之不当，而日用功夫全无本领。盖所失者，不但文义之间而已。
>
> 按《文集》、《遗书》诸说，似皆以思虑未萌、事物未至之时，为喜怒哀乐之未发。当此之时，即是此心寂然不动之体，而天命之性当体具焉；以其无过不及，不偏不倚，故谓之"中"。及其感而遂通天下之故，则喜怒哀乐之性发焉，而心之用可见；以其无不中节，无所乖戾，故谓之"和"。此则人心之正，而情性之德然也。
>
> 然未发之前，不可寻觅；已发之后，不容安排。但平日庄敬涵养之功至，而无人欲之私以乱之，则其未发也，镜明水止；而其发也，无不中节矣。此是日用本领工夫。至于随事省察，

---

① (宋)朱熹：《晦庵先生朱文公文集》卷七十五《程氏遗书后序》，四部丛刊初编本。
② (宋)朱熹：《晦庵先生朱文公文集》卷七十五《中和旧说序》，四部丛刊初编本。
③ (清)王懋竑：《朱熹年谱》，北京，中华书局，1998，第 39~42 页。

即物推明，亦必以是为本。而于已发之际观之，则其具于未发之前者，固可默识。故程子之答苏季明，反复论辨，极于详密，而卒之不过以"敬"为言。又曰"敬而无失，即所以中"；又曰"入道莫如敬，未有致知而不在敬者"；又曰"涵养须是敬，进学则在致知"，盖为此也。向来讲论思索，直以心为已发，而日用工夫亦止以察识端倪为最初下手处，以故阙却平日涵养一段工夫，使人胸中扰扰，无深潜纯一之味，而其发之言语事为之间，亦常急迫浮露，无复雍容深厚之风。盖所见一差，其害乃至于此，不可以不审也。

程子所谓"凡言心者，皆指已发而言"，此乃指"赤子之心"而言；而谓"凡言心者"，则其为说之误，故又自以为未当而复正之。[①]

稍后，朱熹又在《与张钦夫》(四十九)中指出：

人之一身，知觉运用，莫非心之所为，则心者固所以主于身而无动静语默之间者也。然方其静也，事物未至，思虑未萌，而一性浑然，道义全具；其所谓"中"，是乃心之所以为体而寂然不动者也。及其动也，事物交至，思虑萌焉，则七情迭用，各有攸主。其所谓"和"，是乃心之所以为用，感而遂通者也。

然性之静也，而不能不动；情之动也，而必有节焉。是则心之所以寂然感通，周流贯彻，而体用未始相离者也。

然人有是心而或不仁，则无以著此心之妙；人虽欲仁而或不敬，则无以致求仁之功。盖心主乎一身而无动静语默之间，是以君子之于敬，亦无动静语默而不用其力焉。未发之前，是敬也，固已主乎存养之实；已发之际，是敬也，又常行于省察之间。……然则君子之所以致中和而天地位、万物育者，在此而已。盖主于身而无动静语默之间者，心也；仁则心之道，而敬则心之贞也。此彻上彻下之道，圣学之本统。明乎此，则性情之德、中和之妙，可一言而尽矣。[②]

---

① （宋）朱熹：《晦庵先生朱文公文集》卷六十四《与湖南诸公论中和第一书》，四部丛刊初编本。

② （宋）朱熹：《晦庵先生朱文公文集》卷三十二《与张钦夫》(四十九)，四部丛刊初编本。参见陈来：《朱子书信编年考证》，上海，上海人民出版社，1989，第57页。

"中和新说"摒弃了"中和旧说"所谓"心为已发,性为未发",认为其存在着两个问题:其一,"心性之名命之不当";其二,"日用功夫全无本领"。在"中和新说"看来,心与性始终是不可分离的,未发与已发是心理活动的两种不同状态。未发时,"此心寂然不动之体,而天命之性当体具焉",也就是说,"未发"是指心的未发,是心之本体,而具天命之性,"以其无过不及,不偏不倚,故谓之'中'";已发时,"喜怒哀乐之性发焉,而心之用可见",也就是说,"已发"是指心的已发,发而为情,即为心之用,"以其无不中节,无所乖戾,故谓之'和'"。显然,这里讲心兼体用,已经克服了"中和旧说"讲"心为已发,性为未发"而实际上是讲性体心用的缺陷。

与"中和旧说"相比,"中和新说"不是仅仅停留于对"未发"、"已发"的解说上,而是更为强调"平日庄敬涵养之功",认为只有这样,才能做到"其未发也,镜明水止;而其发也,无不中节"。而且,在"中和新说"看来,平日涵养工夫最重要的在于"敬",即二程所谓"涵养须是敬",因此,"未发之前,是敬也","已发之际,是敬也"。这样,"中和新说"通过"敬"而把"未发"、"已发"贯穿起来。当时,朱熹还在《答林择之》(二十)中指出[1]:

> 《中庸》彻头彻尾说个谨独工夫,即所谓敬而无失平日涵养之意。……未感物时,若无主宰,则亦不能安其静,只此便自昏了天性,不待交物之引然后差也。盖"中和"二字,皆道之体用,以人言之,则未发、已发之谓。但不能慎独,则虽事物未至,固已纷纶胶扰,无复未发之时,既无以致夫所谓"中",而其发必乖,又无以致夫所谓"和"。惟其戒谨恐惧,不敢须臾离,然后"中和"可致,而大本达道乃在我矣。此道也,二先生盖屡言之。[2]

在这里,朱熹把"敬"与《中庸》的"慎独"、"戒慎恐惧"等联系在一起,并把"敬"看作达到"中和"的重要途径。

---

① (清)王懋竑:《朱熹年谱》,北京,中华书局,1998,第45页。
② (宋)朱熹:《晦庵先生朱文公文集》卷四十三《答林择之》(二十),四部丛刊初编本。

第三节　成就新篇

一、《中庸章句》草成

乾道六年(1170 年)，朱熹与吕祖谦(1137—1181 年，字伯恭，世称东莱先生)讲论《中庸》首章之旨，同时讨论了杨时对《中庸》的解说，有《答吕伯恭问龟山中庸》。该篇就吕祖谦对杨时《中庸》解说的质疑，作了回应，指出："龟山《中庸》首章之语①，往者盖以为疑，钦夫亦深不取。自今观之，却未有病。但集中云：'喜怒哀乐未发之际，以心体之，则中之体自见。执而勿失，无人欲之私焉，发必中节矣。'此则不可。"而且还说："龟山《中庸》有可疑处，如论'中庸不可能'、'不可以为道'、'鬼神之为德'等章，实有病。"②

同年，朱熹还作《中庸首章说》③，对《中庸》首章作了解说，其中指出：

> "天命之谓性"，浑然全体，无所不该也。"率性之谓道"，大化流行，各有条贯也。"修道之谓教"，克己复礼，日用工夫也。知全体然后条贯可寻而工夫有序。然求所以知之，又在日用工夫下学上达而已矣。
>
> "率性之谓道"，则无时而非道，亦无适而非道，如之何而可须臾离也？可须臾离，则非率性之谓矣。故"君子戒慎乎其所不睹，恐惧乎其所不闻"，盖知道之不可须臾离，则隐微显著未尝有异，所以必慎其独而不敢以须臾离也。然岂怠于显而偏于独哉？盖独者致用之源，而人所易忽，于此而必谨焉，则亦无所不谨矣。
>
> 天命之性，浑然而已。以其体而言之，则曰"中"；以其用而言之，则曰"和"。中者，天地之所以立也，故曰"大本"；和者，化育之所以行也，故曰"达道"。此天命之全也；人之所受，

---

① 据朱熹《中庸辑略》载，杨时曰："天命之谓性，人欲非性也。率性之谓道，离性非道也。性，天命也；命，天理也。道则性命之理而已。"见(宋)朱熹：《中庸辑略》卷上，文渊阁四库全书本。

② (宋)朱熹：《晦庵先生朱文公文集》卷三十五《答吕伯恭问龟山中庸》，四部丛刊初编本。参见陈来：《朱子书信编年考证》，上海，上海人民出版社，1989，第 70 页。

③ 束景南：《朱熹年谱长编·卷上》，上海，华东师范大学出版社，2001，第 431 页。

盖亦莫非此理之全。喜怒哀乐未发，是则所谓"中"也；发而莫不中节，是则所谓"和"也。然人为物诱而不能自定，则大本有所不立；发而或不中节，则达道有所不行。大本不立，达道不行，则虽天理流行未尝间断，而其在我者或几乎息矣。惟君子知道之不可须臾离者，其体用在是，则必有以致之，以极其至焉。盖敬以直内，而喜怒哀乐无所偏倚，所以致夫"中"也。义以方外，而喜怒哀乐各得其正，所以致夫"和"也。敬义夹持，涵养省察，无所不用其戒谨恐惧，是以当其未发而品节已具，随所发用而本体卓然，以至寂然感通无少间断，则中和在我，天人无间，而天地之所以位，万物之所以育，其不外是矣。①

乾道八年（1172 年），朱熹四十三岁时，《中庸章句》草成，并寄张栻、吕祖谦讨论。② 淳熙元年（1174 年），《中庸章句》经新修订后，印刻于建阳。③ 该书还附《书中庸后》，明确指出：

《中庸》一篇，三十三章。其首章，子思推本先圣所传之意以立言，盖一篇之体要。而其下十章，则引先圣之所尝言者以明之也。（游氏曰："以性情言之，则曰'中和'，以德行言之，则曰'中庸'，其实一也。"④）至十二章，又子思之言。而其下八章，复以先圣之言明之也。（十二章明道之体用，下章庸言庸行，夫妇所知所能也。君子之道，鬼神之德，大舜、文、武、周公之事，孔子之言，则有圣人所不知不能者矣。道之为用，其费如此，然其体之微妙，则非知道者孰能窥之。此所以明费而隐之义也。第二十章据《家语》本，一时之言，今诸家分为五六者，非是。然《家语》之文，语势未终，疑亦脱"博学之"以下，今通补为一章。）二十一章以下至于卒章，则又皆子思之言，反复推说，互相发明，以尽所传之意者也。（二十一章承上章，总言天道人道之别。二十二章言天道，二十三章言人道，二十四

---

① （宋）朱熹：《晦庵先生朱文公文集》卷六十七《中庸首章说》，四部丛刊初编本。
② 束景南：《朱熹年谱长编·卷上》，上海，华东师范大学出版社，2001，第 479～481 页。
③ 束景南：《朱熹年谱长编·卷上》，上海，华东师范大学出版社，2001，第 510～512 页。
④ 游酢说："以性情言之，则为'中和'，以德行言之，则为'中庸'，其实一道也。"见（宋）游酢：《游廌山集》卷一《中庸义》，文渊阁四库全书本。

章又言天道，二十五章又言人道，二十八、二十九章承上章"为下居上"而言，亦人道。三十章复言天道，三十一、三十二章承上章"小德大德"而言，亦天道。卒章反言下学之始，以示入德之方，而遂极言其所至具性命、道教、费隐、诚明之妙，以终一篇之意，自人而入于天也。）熹尝伏读其书，而妄以己意分其章句如此。窃惟是书，子程子以为孔门传授心法，且谓善读者得之，终身用之有不能尽，是岂可以章句求哉？然又闻之，学者之于经，未有不得于辞而能通其意者。是以敢私识之，以待诵习而玩心焉。①

　　需要指出的是，该篇所述《中庸》的分章与后来《中庸章句》定本大致相同。

　　在《中庸章句》草成过程中，乾道九年（1173年），朱熹曾为石𡼖（生卒年不详，字子重）的《中庸集解》作序。石氏的《中庸集解》，辑录了二程门人所记周敦颐、程颢、程颐、张载之说，还包括二程门人吕大临、谢良佐、游酢、杨时、侯仲良、尹焞之说。朱熹在《中庸集解序》中，首先表达了对于秦汉之后《中庸》学传授的担忧。他说："秦汉以来，圣学不传，儒者惟知章句训诂之为事，而不知复求圣人之意，以明夫性命道德之归"；"至唐李翱始知尊信其书，为之论说，然其所谓'灭情以复性'者，又杂乎佛老而言之，则亦异于曾子、子思、孟子之所传矣。至于本朝，濂溪周夫子始得其所传之要，以著于篇；河南二程夫子又得其遗旨而发挥之，然后其学布于天下。然明道不及为书，……伊川虽尝自言'《中庸》今已成书'，然亦不传于学者"；"至于近世，先知先觉之士始发明之，则学者既有以知夫前日之为陋矣。然或乃徒诵其言以为高，而又初不知深求其意。甚者遂至于脱略章句，陵籍训诂，坐谈空妙，展转相迷，而其为患反有甚于前日之为陋者。呜呼！是岂古昔圣贤相传之本意与夫近世先生君子之所以望于后人者哉？"接着，朱熹还说：

　　　　熹诚不敏，私窃惧焉。故因子重之书，特以此言题其篇首，以告夫同志之读此书者。使之毋跂于高，毋骇于奇，必沉潜乎句读文义之间，以会其归；必戒惧乎不睹不闻之中，以践其实。庶乎优柔厌饫，真积力久，而于博厚高明悠久之域，忽不自知

---

① （宋）朱熹：《晦庵先生朱文公文集》卷八十一《书中庸后》，四部丛刊初编本。

其至焉，则为有以真得其传，而无徒诵坐谈之弊矣。①

朱熹的这段文字，既是为石氏《中庸集解》所作的序，也在一定程度上表达了他当时作《中庸章句》的动机。

二、《中庸章句》的完成

淳熙二年（1175年），朱熹与吕祖谦共同编订《近思录》②，其中汇集了周敦颐、程颢、程颐、张载等理学家的言论，其中也包括他们有关《中庸》的言论。比如，程颐曰："'喜怒哀乐之未发谓之中'，中也者，言'寂然不动'者也，故曰'天下之大本'。'发而皆中节谓之和'，和也者，言'感而遂通'者也，故曰'天下之达道'。""人安重则学坚固，'博学之，审问之，慎思之，明辨之，笃行之'，五者废其一，非学也。"程颢曰："《中庸》之书，是孔门传授，成于子思、孟子。其书虽是杂记，更不分精粗，一衮说了。今人语道，多说高便遗却卑，说本便遗却末。"周敦颐曰："惟中也者，和也，中节也，天下之达道也，圣人之事也。"等等。

淳熙四年（1177年），朱熹四十八岁时，撰成《中庸章句》以及《中庸或问》和《中庸辑略》，并作序。③ 此后，朱熹不断反复予以修订。淳熙十一年（1184年），朱熹在《答胡季随》（二）中说："熹于《论》、《孟》、《大学》、《中庸》一生用功，粗有成说。然近日读之，一、二大节目处犹有谬误，不住修削，有时随手又觉病生。以此观之，此岂易事？"④淳熙十三年（1186年），朱熹在《答詹帅书》（三）中说："《中庸》、《大学》旧本已领，二书所改尤多。……《中庸》序中推本尧、舜传授来历，添入一段甚详。"⑤淳熙十四年（1187年），朱熹在《答蔡季通》（九十五）中说："《中庸》首章更欲改数处，第二版恐须换却，第三版却只刊补亦可。……《中庸》所改皆是切要处，前日却慢看了，所以切己功夫多不得力，甚恨其觉之晚也。"⑥淳熙十五年（1188年），朱熹在《答应仁仲》（一）中说："《大学》、

---

① （宋）朱熹：《晦庵先生朱文公文集》卷七十五《中庸集解序》，四部丛刊初编本。
② （宋）朱熹、吕祖谦：《近思录》，文渊阁四库全书本。
③ 束景南：《朱熹年谱长编·卷上》，上海，华东师范大学出版社，2001，第585～588页。
④ （宋）朱熹：《晦庵先生朱文公文集》卷五十三《答胡季随》（二），四部丛刊初编本。参见陈来：《朱子书信编年考证》，上海，上海人民出版社，1989，第223页。
⑤ （宋）朱熹：《晦庵先生朱文公文集》卷二十七《答詹帅书》（三），四部丛刊初编本。参见陈来：《朱子书信编年考证》，上海，上海人民出版社，1989，第238页。
⑥ （宋）朱熹：《晦庵先生朱文公文集·续集》卷二《答蔡季通》（九十五），四部丛刊初编本。参见陈来：《朱子书信编年考证》，上海，上海人民出版社，1989，第264页。

《中庸》屡改，终未能到得无可改处，《大学》近方稍似少病。道理最是讲论时说得透，才涉纸墨，便觉不能及其一二，纵说得出，亦无精彩。"① 同年，朱熹在《答黄直卿》（二十）中说："《大学中庸集注》中及《大学或问》改字处附去，可子细看过，依此改定令写。但《中庸或问》改未得了为挠耳。"②

淳熙十六年（1189 年），朱熹六十岁，正式序定《中庸章句》。③ 其间，淳熙九年（1182 年），朱熹首次将《中庸章句》与《大学章句》、《论语集注》、《孟子集注》集为一编，刊刻于婺州，是为《四书集注》，"四书"由此得名。④

关于朱熹作《中庸章句》的缘由，如上所述，朱熹《中庸集解序》已有所表达，而《中庸章句序》则又作了进一步阐述。《中庸章句序》首先论述了子思作《中庸》，然后接着说：

> 自是而又再传以得孟氏，为能推明是书，以承先圣之统，及其没而遂失其传焉。则吾道之所寄不越乎言语文字之间，而异端之说日新月盛，以至于老、佛之徒出，则弥近理而大乱真矣。然而尚幸此书之不泯，故程夫子兄弟者出，得有所考，以续夫千载不传之绪；得有所据，以斥夫二家似是之非。盖子思之功于是为大，而微程夫子，则亦莫能因其语而得其心也。惜乎！其所以为说者不传，而凡石氏之所辑录，仅出于其门人之所记，是以大义虽明，而微言未析。至其门人所自为说，则虽颇详尽而多所发明，然倍其师说而淫于老、佛者，亦有之矣。⑤

朱熹认为，子思作《中庸》而传孟子，此后遂失其传。于是，"异端之说日新月盛"，老、佛之徒"大乱真矣"。二程"续夫千载不传之绪"，"斥夫二家似是之非"。但是，二程没有留下传注《中庸》的完整文本，所留下

---

① （宋）朱熹：《晦庵先生朱文公文集》卷五十四《答应仁仲》（一），四部丛刊初编本。参见陈来：《朱子书信编年考证》，上海，上海人民出版社，1989，第 275 页。

② （宋）朱熹：《晦庵先生朱文公文集·续集》卷一《答黄直卿》（二十），四部丛刊初编本。参见陈来：《朱子书信编年考证》，上海，上海人民出版社，1989，第 279 页。

③ 束景南：《朱熹年谱长编·卷下》，上海，华东师范大学出版社，2001，第 955～956 页。

④ 束景南：《朱熹年谱长编·卷上》，上海，华东师范大学出版社，2001，第 731～732 页。

⑤ （宋）朱熹：《四书章句集注·中庸章句序》，北京，中华书局，1983，第 15 页。

的一些论述并不能完全表达其真正的思想，所以，二程的《中庸》学思想实际上没有能够很好地得到传承；朱熹之作《中庸章句》就是要接续子思的《中庸》，继承和阐发二程的《中庸》学思想。如前所述，朱熹曾为石𡐛《中庸集解》作序，并予以推荐。而在《中庸章句序》中，朱熹又认为，石氏《中庸集解》所辑录的二程思想，仅是由二程门人所记述，"大义虽明，而微言未析"。至于其中所辑录的二程门人的言论，虽然有其"颇详尽而多所发明"的一面，但也有"倍其师说而淫于老、佛"的一面。所以，朱熹之作《中庸章句》就是要进一步明晰二程的《中庸》学思想，并且通过对二程门人有关《中庸》论说的评析，提供能够接续子思《中庸》的文本。《中庸章句序》还说："熹自蚤岁即尝受读而窃疑之，沈潜反复，盖亦有年，一旦恍然似有以得其要领者，然后乃敢会众说而折其中，既为定著《章句》一篇，以竢后之君子。"①

朱熹《中庸章句》，除"序"之外，将《中庸》分为三十三章，并逐句加以诠释和发挥，而且，还为一些重要章节添加了按语。比如："第一章，子思述所传之意以立言：首明道之本原出于天而不可易，其实体备于己而不可离；次言存养省察之要；终言圣神功化之极。盖欲学者于此反求诸身而自得之，以去夫外诱之私，而充其本然之善。杨氏（杨时）所谓'一篇之体要'是也。"②"第二章，此下十章，皆论中庸以释首章之义。"③"第十一章，子思所引夫子之言，以明首章之义者止此。"④"第十二章，子思之言，盖以申明首章道不可离之意也。其下八章，杂引孔子之言以明之。"⑤"第二十一章，子思承上章夫子天道、人道之意而立言也。自此以下十二章，皆子思之言，以反复推明此章之意。"⑥等等。

朱熹《中庸或问》以问答方式著文，所提出与回答的问题涉及《中庸》以及《中庸章句》的诸多方面，比如，或问：名篇之义，程子专以不偏为言，吕氏专以无过不及为说，二者固不同矣，子乃合而言之，何也？或问："天命之谓性，率性之谓道，修道之谓教"，何也？或问：既曰"道也者，不可须臾离也，可离非道也，是故君子戒慎乎其所不睹，恐惧乎其所不闻"矣，而又曰"莫见乎隐，莫显乎微，故君子慎其独也"，何也？或问："喜怒哀乐之未发谓之中，发而皆中节谓之和。中也者，天下之大本

① （宋）朱熹：《四书章句集注·中庸章句序》，北京，中华书局，1983，第15页。
② （宋）朱熹：《四书章句集注·中庸章句》，北京，中华书局，1983，第18页。
③ （宋）朱熹：《四书章句集注·中庸章句》，北京，中华书局，1983，第19页。
④ （宋）朱熹：《四书章句集注·中庸章句》，北京，中华书局，1983，第22页。
⑤ （宋）朱熹：《四书章句集注·中庸章句》，北京，中华书局，1983，第23页。
⑥ （宋）朱熹：《四书章句集注·中庸章句》，北京，中华书局，1983，第32页。

也；和也者，天下之达道也。致中和，天地位焉，万物育焉"，何也？或问：此其称仲尼曰，何也？或问："民鲜能久"，或以为民鲜能久于中庸之德，而以下文"不能期月守"者证之，何如？或问：此其言道之不行不明，何也？等等。① 应当说，《中庸或问》是对《中庸章句》的进一步辨析与解释。

朱熹《中庸辑略》是朱熹删正石𡐨的《中庸集解》而形成的。据《中庸章句序》所言，朱熹在著《中庸章句》之后，"复取石氏书，删其繁乱，名以《辑略》，且记所尝论辩取舍之意，别为《或问》，以附其后。然后此书之旨，支分节解、脉络贯通、详略相因、巨细毕举，而凡诸说之同异得失，亦得以曲畅旁通，而各极其趣"②。《中庸辑略》按照《中庸章句》的篇章顺序，引述周敦颐、程颢、程颐、张载以及二程门人吕大临、谢良佐、游酢、杨时、侯仲良、尹焞所言，是对《中庸章句》的补充和说明。

朱熹正式序定《中庸章句》后，于绍熙元年（1190 年）知漳州期间，刊刻了"四经"（《易》、《诗》、《书》、《春秋》）和"四子书"（《大学》、《论语》、《中庸》、《孟子》），并撰《书临漳所刊"四子"后》，指出：

> 圣人作经以诏后世，将使读者诵其文、思其义，有以知事理之当然，见道义之全体，而身力行之以入圣贤之域也。其言虽约，而天下之故、幽明巨细，靡不该焉。欲求道以入德者，舍此为无所用其心矣。然去圣既远，讲诵失传，自其象数、名物、训诂、凡例之间，老师宿儒尚有不能知者，况于新学小生，骤而读之，是亦安能遽有以得其大指要归也哉？故河南程夫子之教人，必先使之用力乎《大学》、《论语》、《中庸》、《孟子》之书，然后及乎六经。盖其难易、远近、大小之序，固如此而不可乱也。故今刻四古经而遂及乎此四书者，以先后之。③

明确提出先"四书"后"六经"的为学之序。

三、《中庸章句》的阐释

朱熹晚年依然对《中庸》进行诠释研究，并对《中庸章句》有所修正。

---

① （宋）朱熹：《四书或问·中庸或问》，朱杰人等主编《朱子全书》（第六册），上海，上海古籍出版社；合肥，安徽教育出版社，2002，第 548～565 页。

② （宋）朱熹：《四书章句集注·中庸章句序》，北京，中华书局，1983，第 15～16 页。

③ （宋）朱熹：《晦庵先生朱文公文集》卷八十二《书临漳所刊"四子"后》，四部丛刊初编本。

绍熙二年(1191年)，朱熹在《答黄直卿》(十七)中说："《中庸》三纸已细看，但元本不在此，记得不子细。然大概看得。恐是《或问》简径而《章句》反成繁冗，如'鸢鱼'下添解说之类。又《集解》逐段下驳诸先生说，亦恐大迫，不稳便，试更思之。或只如旧而添《集解》、《或问》以载注中之说，如何？"①同年，在《答徐彦章》(四)中，朱熹对中庸之"中"以及"未发"、"已发"作了讨论，指出："'不勉而中'之中以未发言，恐未安，此'中'字却是发而无过不及之中。……已发处言之则可，盖所谓时中也。若就未发处言之，则中只是未有偏倚之意，亦与'和'字地位不同矣。"②此外，还讨论了《中庸》"尊德性而道问学"等。在《答杨至之》(二)中，朱熹讨论了《中庸》"率性"、"修道"、"君子中庸"、"中庸不可能"等。③ 在《答郑子上》(十)中，朱熹强调读《中庸》应当"子细推考文意"，"细读而深味之"。④ 在《答陈安卿》(二)的最后，朱熹与陈淳讨论《中庸》"尚絅"条。⑤

绍熙三年(1192年)，朱熹在《答黄子耕》(九)中对《中庸》"率性之谓道"作了讨论，指出："'率性之谓道'，非是人有此性而能率之乃谓之道，但说自然之理循将去即是道耳。'道'与'性'字，其实无甚异，但'性'字是浑然全体，'道'字便有条理分别之殊耳。'修道之谓教'，乃是圣人修此道以为教于天下，如礼乐刑政之类是也。"⑥

绍熙四年(1193年)，朱熹又在《答黄直卿》(十四)中说："《中庸》不暇看，但所改'物之终始'处，殊未安，可更思之。"⑦同年，在《答许生》中，朱熹讨论了《中庸章句》有关道之体用问题，指出："夫道之体用，盈于天地之间，古先圣人既深得之，而虑后世之不能以达此，于是立言垂教，自本至末，所以提撕诲饬于后人者无所不备。……《中庸》之言，正谓道体流行。初无间断，是以无所不致其戒惧，非谓独戒惧乎隐微而忽

---

① (宋)朱熹：《晦庵先生朱文公文集·续集》卷一《答黄直卿》(十七)，四部丛刊初编本。参见陈来：《朱子书信编年考证》，上海，上海人民出版社，1989，第338页。

② (宋)朱熹：《晦庵先生朱文公文集》卷五十四《答徐彦章》(四)，四部丛刊初编本。参见陈来：《朱子书信编年考证》，上海，上海人民出版社，1989，第328页。

③ (宋)朱熹：《晦庵先生朱文公文集》卷五十五《答杨至之》(二)，四部丛刊初编本。参见陈来：《朱子书信编年考证》，上海，上海人民出版社，1989，第329页。

④ (宋)朱熹：《晦庵先生朱文公文集》卷五十六《答郑子上》(十)，四部丛刊初编本。参见陈来：《朱子书信编年考证》，上海，上海人民出版社，1989，第331~332页。

⑤ (宋)朱熹：《晦庵先生朱文公文集》卷五十七《答陈安卿》(二)，四部丛刊初编本。参见陈来：《朱子书信编年考证》，上海，上海人民出版社，1989，第334页。

⑥ (宋)朱熹：《晦庵先生朱文公文集》卷五十一《答黄子耕》(九)，四部丛刊初编本。参见陈来：《朱子书信编年考证》，上海，上海人民出版社，1989，第346页。

⑦ (宋)朱熹：《晦庵先生朱文公文集·续集》卷一《答黄直卿》(十四)，四部丛刊初编本。参见陈来：《朱子书信编年考证》，上海，上海人民出版社，1989，第356页。

略其显著也。"①

绍熙五年(1194年),朱熹至玉山,讲学于县庠,其中对《中庸》"尊德性而道问学"作了阐发,指出:"圣贤教人,始终本末,循循有序,精粗巨细,无有或遗。故才'尊德性',便有个'道问学'一段事。虽当各自加功,然亦不是判然两事也。"②

庆元二年(1196年)十二月,朱熹落职罢祠;次年正月,拜命谢表,离开仕途。但是,六十八岁的朱熹依然没有停止学术研究,没有停止对《中庸》的阐释。

庆元三年(1197年),在《答吕子约》(三十九、四十四、四十五)中,朱熹与吕祖谦之弟吕祖俭(? —1198年,字子约,号大愚)就《中庸》首章所涉及的"未发"、"已发"、"戒谨恐惧"、"慎独"等进行辨析。③ 朱熹还在后来《答黄直卿》(二十九)中说:"子约累书来,辨《中庸》首章戒谨恐惧与谨其独不是两事;又须说心有指未发而言者,方说得'心'字,未说得'性'字;又须说是耳无闻、目无见、心无知觉时,方是未发之中。其说愈多,愈见纷拏。"④同年,在《答欧阳希逊》(三)中,朱熹讨论了《中庸》引《诗》云"鸢飞戾天,鱼跃于渊",以及"鬼神"章等。⑤ 在《答甘吉甫》(一)中,讨论了《中庸章句》所谓"健顺五常之德",指出:"健顺之体即性也。合而言之,则健顺;分而言之,则曰仁、义、礼、智。仁、礼,健,而义、智,顺也。"⑥

庆元四年(1198年),在《答万正淳》(四、五、六)⑦中,朱熹就其门人万人杰(生卒年不详,字正淳)对二程门人吕大临、杨时、游酢、侯仲良等《中庸》解说的批评,作出了辨析。万人杰指出了二程门人的许多不足之处,涉及"尊德性而道问学,致广大而尽精微,极高明而道中庸"以及"率性之谓道"、"经纶天下之大经,立天下之大本"等,对此,朱熹既

---

① (宋)朱熹:《晦庵先生朱文公文集》卷六十《答许生》,四部丛刊初编本。参见陈来:《朱子书信编年考证》,上海,上海人民出版社,1989,第355页。

② (宋)朱熹:《晦庵先生朱文公文集》卷七十四《玉山讲义》,四部丛刊初编本。

③ (宋)朱熹:《晦庵先生朱文公文集》卷四十八《答吕子约》(三十九、四十四、四十五),四部丛刊初编本。参见陈来:《朱子书信编年考证》,上海,上海人民出版社,1989,第422~423页。

④ (宋)朱熹:《晦庵先生朱文公文集·续集》卷一《答黄直卿》(二十九),四部丛刊初编本。

⑤ (宋)朱熹:《晦庵先生朱文公文集》卷六十一《答欧阳希逊》(三),四部丛刊初编本。参见陈来:《朱子书信编年考证》,上海,上海人民出版社,1989,第432页。

⑥ (宋)朱熹:《晦庵先生朱文公文集》卷六十二《答甘吉甫》(一),四部丛刊初编本。参见陈来:《朱子书信编年考证》,上海,上海人民出版社,1989,第434页。

⑦ 参见陈来:《朱子书信编年考证》,上海,上海人民出版社,1989,第457页。

有肯定，也有"未安"。万人杰接受了批评，并对自己的欠妥之处作了检讨。此外，朱熹还就《中庸》末章与万人杰进行讨论。同年，在《答黄商伯》(四)中，朱熹讨论了"健顺五常之德"、"未发、已发"等问题；① 在《答彭子寿》(二)中，讨论了"修道之谓教"以及《中庸》第二十章，并且指出："修道之教，修之者固专出于人事，而所修之道，则天地万物之理莫不具焉。是乃天人之合，亦何害其为同耶？又论事豫之说，张、游不同，盖此章首尾以诚为本，而推其所以诚者，乃出于明善，故释其文义，且得以诚为言。"②

宋黎靖德所编《朱子语类》是朱熹与其门人问答的语录汇编；所记载的语录，自乾道六年(1170年)至庆元五年(1199年)，其中以记录淳熙十六年(1189年)之后的语录为多。《朱子语类》卷六十二至卷六十四记录了朱熹与其门人有关《中庸》的问答，涉及诸多方面。在"纲领"的名目之下，有朱熹对《中庸》的题解，并且还就"中庸"之"中"与"喜怒哀乐未发"之"中"的关系、"中庸"与"中和"的关系、"中"与"诚"的关系、"中"与"庸"的关系等展开问答；其后，《朱子语类》还记录了朱熹与其门人就《中庸》第一章至第三十三章的有关问题所展开的问答，其中朱熹门人林夔孙、钱木之、曾祖道、沈僴、胡泳、吕焘等人所录，均在庆元三年至五年朱熹落职罢祠之后。《朱子语类》的这些记录，较为详尽地反映了朱熹晚年的《中庸》学思想。

此外，在《朱子语类》的其他部分，也有朱熹与其门人就《中庸》有关问题的问答记录。《朱子语类》卷一百一十七记录了庆元五年(1199年)十一月中旬，陈淳(1153—1217年，字安卿，号北溪)再次拜见朱熹，③ 讨论如何为学问题。在讨论中，他们时不时地以《中庸》为例，多少体现出朱熹的《中庸》学思想，其中一段包含了朱熹对《中庸》"戒慎恐惧"以及"尊德性"与"道问学"关系的理解：

> 先生召诸友至卧内，曰："安卿更有甚说话？"淳曰："两日思量为学道理：日用间做工夫，所以要步步缜密者，盖缘天理流行乎日用之间，千条万绪，无所不在，故不容有所欠缺。若

---

① (宋)朱熹：《晦庵先生朱文公文集》卷四十六《答黄商伯》(四)，四部丛刊初编本。参见陈来：《朱子书信编年考证》，上海，上海人民出版社，1989，第455页。

② (宋)朱熹：《晦庵先生朱文公文集》卷六十《答彭子寿》(二)，四部丛刊初编本。参见陈来：《朱子书信编年考证》，上海，上海人民出版社，1989，第461～462页。

③ 参见束景南：《朱熹年谱长编·卷下》，上海，华东师范大学出版社，2001，第1378页。

工夫有所欠缺，便于天理不凑得著。……李丈说：'廖倅惠书有云：无时不戒慎恐惧，则天理无时而不流行；有时而不戒慎恐惧，则天理有时而不流行。'此语如何？"曰："不如此，也不得。然也不须得将戒慎恐惧说得太重，也不是恁地惊恐。只是常常提撕，认得这物事，常常存得不失。今人只见他说得此四个字重，便作临事惊恐看了。'如临深渊，如履薄冰'，曾子亦只是顺这道理，常常恁地把捉去。若不用戒慎恐惧，而此理常流通者，惟天地与圣人耳。圣人'不勉而中，不思而得，从容中道'，亦只是此心常存，理常明，故能如此。贤人所以异于圣人，众人所以异于贤人，亦只争这些子境界，存与不存而已。常谓人无有极则处，便是尧舜周孔，不成说我是从容中道，不要去戒慎恐惧！他那工夫，亦自未尝得息。子思说'尊德性'，又却说'道问学'；'致广大'，又却说'尽精微'；'极高明'，又却说'道中庸'；'温故'，又却说'知新'；'敦厚'，又却说'崇礼'，这五句是为学用功精粗，全体说尽了。如今所说，却只偏在'尊德性'上去，拣那便宜多底占了，无'道问学'底许多工夫。恐只是占便宜自了之学，出门动步便有碍，做一事不得。今人之患，在于徒务末而不究其本。然只去理会那本，而不理会那末，亦不得。……一日之间，事变无穷，小而一身有许多事，一家又有许多事，大而一国，又大而天下，事业恁地多，都要人与他做。不是人做，却教谁做？不成我只管得自家！若将此样学问去应变，如何通得许多事情，做出许多事业？学者须是立定此心，泛观天下之事，精粗巨细，无不周遍。"[1]

正是以这种"不知老之将至"的精神，朱熹不断地阐发着他的《中庸》学思想，直至庆元六年（1200 年）三月去世。

---

[1]　（宋）黎靖德：《朱子语类》（七）卷一百一十七，北京，中华书局，1986，第 2823～2824 页。

第二章　子思作《中庸》

关于《中庸》的作者，自宋代开始，就有多种说法。宋代理学家大都认为《中庸》为子思所作，朱熹也不例外。对此，清人提出了质疑；直至今天，也仍有一些疑义者。需要指出的是，朱熹对子思作《中庸》的目的做了阐释，进而提出了"道统"概念，并具体叙述了从尧、舜、禹至孔子、子思、孟子，再到周敦颐、二程的传道系统以及所传之"道"；同时也阐明其作《中庸章句》正是为了接续这个传道系统。朱熹《中庸章句》不仅认为《中庸》为子思所作，而且还就其篇章结构作了与郑玄、孔颖达《礼记正义·中庸》不同的安排，朱熹对于《中庸》的创造性解说由此而展开。

第一节　《中庸》为子思所作

朱熹《中庸章句序》指出："《中庸》何为而作也？子思子忧道学之失其传而作也。"①明确认为《中庸》为子思所作。《中庸章句》还说：

> 此篇(《中庸》)乃孔门传授心法，子思恐其久而差也，故笔之于书，以授孟子。②

关于子思，据《韩非子·显学》所说：孔子(公元前 551—前 479 年，名丘，字仲尼)之后，"儒分为八"，有子张之儒，有子思之儒，有颜氏之儒，有孟氏之儒，有漆雕氏之儒，有仲良氏之儒，有孙氏之儒，有乐正氏之儒。子思(公元前 483—前 402 年，姓孔名伋)，孔子嫡孙，相传受教于孔子的高足曾子(公元前 505—前 436 年，名参，字子舆)；《汉书·艺文志》著录《子思》二十三篇。子思之学再传孟子(公元前 372—前 289 年，名轲)。司马迁《史记·孟子荀卿列传》载："孟轲，邹人也。受业子思之门人。"孟子之后，《荀子·非十二子》把子思与孟子相提并论，后世则将二人合称为思孟学派。

---

① (宋)朱熹：《四书章句集注·中庸章句序》，北京，中华书局，1983，第 14 页。
② (宋)朱熹：《四书章句集注·中庸章句》，北京，中华书局，1983，第 17 页。

　　《中庸》为子思所作的说法，最早可以追溯到汉代。司马迁《史记·孔子世家》载："孔子生鲤，字伯鱼。……伯鱼生伋，字子思，年六十二，尝困于宋。子思作《中庸》。"东汉郑玄认为，《中庸》是"孔子之孙子思伋作之，以昭明圣祖之德"[①]。被朱熹认为"必是后汉时人撰者"[②]的《孔丛子》载："子思年十六适宋，宋大夫乐朔与之言学焉"，因惹恼了乐朔而被围困，"宋君闻之，驾而救子思。子思既免，曰：'文王厄于羑里作《周易》，祖君屈于陈蔡作《春秋》，吾困于宋可无作乎！'于是撰《中庸》之书四十九篇"[③]。唐代李翱则说："子思，仲尼之孙，得其祖之道，述《中庸》四十七篇，以传于孟轲。……轲之门人达者公孙丑、万章之徒，盖传之矣。"[④]

　　子思作《中庸》的说法，在宋代开始受到怀疑。欧阳修认为，子思为圣人之后，"其所传宜得其真"，但是，《中庸》"有异乎圣人者"。比如，《论语》述孔子曰："吾十有五而志于学，三十而立，四十而不惑，五十而知天命。"这说明"孔子之圣，必学而后至，久而后成"，但是《中庸》说："自诚明，谓之性；自明诚，谓之教。"自诚明，生而知之；自明诚，学而知之。如果孔子是学而知之者，那么，还有谁可以担当《中庸》所谓自诚而明的不待学而知者呢？又如，《中庸》说："诚者，不勉而中，不思而得。"事实上，这是尧、舜、禹、汤、孔子等圣人都不可能完全做到的。如果连这些圣人都不能做到，那么，还有谁可以担当《中庸》所谓"不勉而中，不思而得"者？所以，欧阳修说："若《中庸》之诚明不可及，则怠人而中止，无用之空言也，故予疑其传之谬也。"[⑤]

　　宋人陈善（生卒年不详，字子兼）曾撰《扪虱新话》，流传于世，认为《中庸》杂有汉儒的言论，指出："予旧曾为《中庸说》，谓《中庸》者，吾儒证道之书也。然至今疑自'春秋修其祖庙，陈其宗器'以下一段，恐只是汉儒杂记。或因上文论武王、周公达孝，遂附于此。当时虽为之解，然非成说也。"并且还认为，《中庸》所云"郊社之礼，所以事上帝也；宗庙之礼，所以祀乎其先也。明乎郊社之礼、禘尝之义，治国其如示诸掌乎"，尤不可晓，与《论语》中孔子所言相违背，"皆是汉儒误读《论语》之文，因

　　① 引自《礼记正义》卷五十二《中庸第三十一》，（清）阮元校刻：《十三经注疏》（下册），北京，中华书局，1980，第1625页。
　　② （宋）黎靖德：《朱子语类》（八）卷一百二十五，北京，中华书局，1986，第2989页。
　　③ 旧题（汉）孔鲋：《孔丛子·居卫》，四部丛刊初编本。
　　④ （唐）李翱：《李文公集》卷二《复性书上》，四部丛刊初编本。
　　⑤ （宋）欧阳修：《欧阳文忠公文集》卷四十八《问进士策三首》，四部丛刊初编本。

而立说，非孔子之意也"。①

子思作《中庸》的观点，尽管在宋代受到了一些质疑，但在当时仍处于主导。在北宋儒学中占有重要地位的王安石指出："古之善言性者，莫如仲尼；仲尼，圣之粹者也。仲尼而下莫如子思；子思，学仲尼者也。其次莫如孟轲；孟轲，学子思者也。仲尼之言载于《语》，子思、孟轲之言著于《中庸》而明于七篇。"②以苏轼为代表的苏氏蜀学派在北宋儒学中也十分重要。苏轼赞同"子思作《中庸》"③之说，并且明确指出："孔子，子思之所从受《中庸》也；孟子，子思之所授以《中庸》者也。"④

北宋理学的重要代表二程曾指出："《中庸》之书，决是传圣人之学不杂，子思恐传授渐失，故著此一卷书。"⑤又说："《中庸》之书，是孔门传授，成于子思。"⑥程颐还说："《中庸》乃孔门传授心法。"⑦朱熹的学术思想与二程有着密切的关系；《中庸章句》认为《中庸》"乃孔门传授心法，子思恐其久而差也，故笔之于书"，显然是沿袭了二程的说法。

二程门人吕大临曾说："《中庸》之书，圣门学者尽心以知性，躬行以尽性，始卒不越乎此书。孔子传之曾子，曾子传之子思，子思述所受之言，以著于篇。故此书所论，皆圣人之绪言，入德之大要也。"⑧朱熹对《中庸》的研究，与二程门人吕大临有密切的关系，不仅很早就读过吕大临的《中庸解》，而且予以较高的评价。他曾说："吕与叔《中庸》义，典实好看。"⑨"吕《中庸》，文滂沛，意浃洽。"⑩

二程门人杨时说："《中庸》，子思传道之书。"⑪又说："子思之《中庸》，圣学所赖以传者，考其渊源，乃自曾子，则传孔子之道者，曾子而

①　(宋)陈善：《扪虱新话》下集卷三，北京，中华书局，1985，第72页。
②　(宋)王安石：《性论》，《宋文选》卷十《王介甫文》，文渊阁四库全书本。
③　(宋)苏轼：《经进东坡文集事略》卷四《中庸论上》，四部丛刊初编本。
④　(宋)苏轼：《经进东坡文集事略》卷十五《策略四》，四部丛刊初编本。
⑤　(宋)程颢、程颐：《河南程氏遗书》卷十五，《二程集》(第一册)，北京，中华书局，1981，第153页。
⑥　(宋)程颢、程颐：《河南程氏遗书》卷十五，《二程集》(第一册)，北京，中华书局，1981，第160页。
⑦　(宋)程颢、程颐：《河南程氏外书》卷十一，《二程集》(第二册)，北京，中华书局，1981，第411页。
⑧　(宋)吕大临：《礼记解·中庸》，陈俊民辑校：《蓝田吕氏遗著辑校》，北京，中华书局，1993，第270页。
⑨　(宋)黎靖德：《朱子语类》(七)卷一百一，北京，中华书局，1986，第2561页。
⑩　(宋)黎靖德：《朱子语类》(四)卷六十二，北京，中华书局，1986，第1485页。
⑪　(宋)杨时：《龟山集》卷十一《语录二》，文渊阁四库全书本。

已矣。"①杨时门人罗从彦也说："《中庸》之书，孔子传之曾子，曾子传之子思，子思述所授之言以著于篇。'中'者，天下之大本，'庸'者，天下之定理，故以名篇。此圣学之渊源，六经之奥旨也。"②可见，朱熹提出《中庸》为子思所作，与二程可谓一脉相承。

朱熹与同时代的张栻、吕祖谦、陆九渊多有交往，虽然在学术思想上多少有一些差异，甚至分歧，但都认为《中庸》为子思所作。张栻说："《中庸》之书，子思述孔子之意，而孟子传乎子思者也。"③吕祖谦与朱熹合编的《近思录》收录了二程所谓"《中庸》之书，是孔门传授，成于子思"④的说法。陆九渊（1139—1193 年，字子静，世称象山先生）也说："夫子删《诗》定《书》，系《周易》，作《春秋》，传曾子则有《孝经》，子思所传则有《中庸》，门人所记则有《论语》。"⑤由此可见，朱熹所提出的《中庸》为子思所作，实为当时学术之主流。

朱熹很早就持子思作《中庸》的观点。隆兴二年（1164 年），朱熹《答李伯谏》（一）就说："三圣作《易》，首曰乾，元、亨、利、贞；子思作《中庸》，首曰天命之谓性。"⑥如前所述，朱熹于淳熙元年印刻的《中庸章句》所附《书中庸后》说："《中庸》一篇，三十三章。其首章，子思推本先圣所传之意以立言，盖一篇之体要。"乾道九年，朱熹所作《中庸集解序》也明确指出：

> 《中庸》之书，子思子之所作也。昔者曾子学于孔子，而得其传矣。孔子之孙子思又学于曾子，而得其所传于孔子者焉。既而惧夫传之久远而或失其真也，于是推本所传之意，质以所闻之言，更相反复，作为此书。⑦

朱熹认为，子思由于担心孔门所传授心法传之久远后可能会出现失真，而作《中庸》，并传授于孟子。

事实上，朱熹早年读《中庸》，也曾怀疑过子思作《中庸》的说法。他

①　（宋）杨时：《龟山集》卷十《语录一》，文渊阁四库全书本。
②　（宋）罗从彦：《罗豫章集》卷四《遵尧录四》，北京，中华书局，1985，第 45 页。
③　（宋）张栻：《孟子说》卷四《离娄上》，文渊阁四库全书本。
④　（宋）朱熹、吕祖谦：《近思录》卷三，文渊阁四库全书本。
⑤　（宋）陆九渊：《陆九渊集》卷二十四《策问》，北京，中华书局，1980，第 290 页。
⑥　（宋）朱熹：《晦庵先生朱文公文集》卷四十三《答李伯谏》（一），四部丛刊初编本。
⑦　（宋）朱熹：《晦庵先生朱文公文集》卷七十五《中庸集解序》，四部丛刊初编本。

说："某旧年读《中庸》，都心烦，看不得，且是不知是谁做。若以为子思做，又却时复有个'子曰'字，更没理会处。……后来读得熟后，方见得是子思参取夫子之说，著为此书。"①而且到后来，朱熹还针对当时有人以《中庸》直呼孔子的字"仲尼"而怀疑其作者为孔子之孙子思，做出辨析。朱熹《中庸或问》有言：

> 曰："孙可以字其祖乎？"曰："古者生无爵，死无谥，则子孙之于祖考，亦名之而已矣。周人冠则字而尊其名，死则谥而讳其名，则固已弥文矣，然未有讳其字者也。故《仪礼》馈食之祝词曰：'适尔皇祖伯某父'，乃直以字而面命之。况孔子爵不应谥，而子孙又不得称其字以别之，则将谓之何哉？若曰孔子，则外之之辞，而又孔姓之通称，若曰夫子，则又当时众人相呼之通号也，不曰仲尼而何以哉？"②

朱熹不仅提出《中庸》为子思所作，而且还把《中庸》与《大学》、《论语》、《孟子》合在一起，因它们分别是子思、曾子、孔子、孟子的言行录，而合称为"四子"，即"四书"。绍熙元年（1190 年），朱熹知漳州期间，刊刻"四书"，并撰《书临漳所刊"四子"后》。后来，他还在比较"四书"与"六经"、《近思录》的关系时，指出："'四子'，'六经'之阶梯；《近思录》，'四子'之阶梯。"③

然而，自朱熹提出《中庸》为子思所作开始，直至今天，时常都会出现不同观点。稍后于朱熹的叶适（1150—1223 年，字正则，世称水心先生）在其《习学纪言》中指出："汉人虽称《中庸》子思所著，今以其书考之，疑不专出子思也。"④"《中庸》未必专子思作，其徒所共言也。"⑤还说："孔子尝言'中庸之德，民鲜能'，而子思作《中庸》，若以《中庸》为孔子遗言，是颜（回）、闵（子骞）犹是足告，而独阙其家，非是。若子思所自作，则高者极高，深者极深，宜非上世所传也。然则言孔子传曾子、曾子传子

① （宋）黎靖德：《朱子语类》（四）卷六十四，北京，中华书局，1986，第 1591 页。
② （宋）朱熹：《四书或问·中庸或问》，朱杰人等主编：《朱子全书》（第六册），上海，上海古籍出版社；合肥，安徽教育出版社，2002，第 564 页。
③ （宋）黎靖德：《朱子语类》（七）卷一百五，北京，中华书局，1986，第 2629 页。
④ （宋）叶适：《习学纪言》卷八《礼记》，文渊阁四库全书本。
⑤ （宋）叶适：《习学纪言》卷四十四《荀子》，文渊阁四库全书本。

思，必有谬误。"①

清人崔述(1740—1816 年，字武承，号东壁)认为，《中庸》为子思之后宗子思者所作。他说："世传戴记《中庸》篇为子思所作。余按：孔子、孟子之言皆平实切于日用，无高深广远之言。《中庸》独探赜索隐，欲极微妙之致，与孔、孟之言皆不类。其可疑一也。《论语》之文简而明；《孟子》之文曲而尽。《论语》者，有子、曾子门人所记，正与子思同时；何以《中庸》之文独繁而晦，上去《论语》绝远，下犹不逮《孟子》。其可疑二也。'在下位'以下十六句见于《孟子》，其文小异，② 说者谓子思传之孟子者。然孔子、子思之名言多矣，孟子何以独述此语？孟子述孔子之言皆称'孔子曰'，又不当掠之为已语也。其可疑三也。由是言之，《中庸》必非子思所作。盖子思以后，宗子思者之所为书，故托之于子思，或传之久而误以为子思也。"③

清代还有些学者根据《中庸》有"载华岳而不重"、"车同轨，书同文"等语，"华岳"，即战国时秦国境内的华山与吴岳，子思未尝入秦，同时，"车同轨，书同文"，与《史记·秦始皇本纪》所记"一法度衡石丈尺，车同轨，书同文字"相似，由此认为《中庸》成书当在秦统一以后乃至西汉时期。④ 其中叶酉(生卒年不详，字书山)说："《中庸》填砌拖沓，敷衍成文，……是汉儒所撰，非子思作也，其隙罅有无心而发露者。孔、孟皆山东人，故论事就眼前指点。孔子曰'曾为泰山，不如林放'，曰'泰山其颓'，孟子曰'登泰山而小天下，挟泰山以超北海'。就所居之地，指所有之山，人之情也。汉都长安，华山在焉。《中庸》引山称华岳而不重，明明是长安之人，引长安之山，此伪托子思之明验，已无心而发露矣。"⑤ 袁枚(1716—1797 年，字子才，号简斋，世称随园先生)也说："古书伪托撰人姓名，有无端而发露其伪者。《中庸》汉儒所纂，而相传为子思所

---

① (宋)叶适：《习学纪言》卷四十九《吕氏文鉴》，文渊阁四库全书本。
② 《中庸》曰："在下位不获乎上，民不可得而治矣；获乎上有道：不信乎朋友，不获乎上矣；信乎朋友有道：不顺乎亲，不信乎朋友矣；顺乎亲有道：反诸身不诚，不顺乎亲矣；诚身有道：不明乎善，不诚乎身矣。诚者，天之道也；诚之者，人之道也。"《孟子·离娄上》曰："居下位而不获于上，民不可得而治也。获于上有道：不信于友，弗获于上矣。信于友有道：事亲弗悦，弗信于友矣。悦亲有道：反身不诚，不悦于亲矣。诚身有道：不明乎善，不诚其身矣。是故，诚者，天之道也；思诚者，人之道也。"
③ (清)崔述：《崔东壁遗书·洙泗考信余录卷三》，上海，上海古籍出版社，1983，第397～398 页。
④ 参见梁涛：《郭店竹简与思孟学派》，北京，中国人民大学出版社，2008，第262 页。
⑤ 引自(清)袁枚：《小仓山房尺牍》卷八《答叶书山庶子(又)》，《袁枚全集》(第五集)，南京，江苏古籍出版社，1993，第163 页。

作。按孔子、孟子皆山东人，故每言山必称泰山，曰'曾谓泰山'，曰'泰山其颓'，曰'挟泰山以超北海'，曰'登泰山而小天下'，皆言山东最尊之山，就近指点也。《中庸》一言山，即曰'载华岳而不重'，明明是长安之人说长安之华山，汉都长安故也。"①俞樾（1821—1907年，字荫甫，号曲园）说："子思作《中庸》，汉时已有此说，太史公亦信之。然吾谓《中庸》或孔氏之徒为之，而非子思所自为也。《中庸》盖秦书也。何以言之？子思之生当鲁哀公时，其殁也，当鲁穆公时，是春秋之末而战国之初。当是时，天下大乱，国自为政，家自为俗，而《中庸》乃曰：'今天下车同轨，书同文，行同伦。'此岂子思之言乎？吾意秦并六国之后，或孔氏之徒传述绪言而为此书。秦始皇二十八年，琅邪刻石文曰：'普天之下，抟心壹志，器械一量，同书文字。'二十九年之罘刻石文曰：'黔首改化，远迩同度。'皆与《中庸》所言合，故知《中庸》作于此时也。"②

《中庸》第二十六章曰："今夫地，一撮土之多，及其广厚，载华岳而不重，振河海而不泄，万物载焉。"其中"华岳"，东汉郑玄注曰："本亦作'山岳'。"③以为"华岳"，即"山岳"。晋郭璞注《尔雅·释山》"河南，华；河西，岳"，其中"华"为"华阴山"；"岳"为"吴岳"。④清代学者据此以为《中庸》"载华岳而不重"之"华岳"即指华山与吴岳。其实，《中庸》所谓"华岳"是否就是《尔雅》之"华岳"，尚待辨证。

《中庸》第二十八章曰："今天下车同轨，书同文，行同伦。"对此，朱熹《中庸或问》有言：

> 或问："子思之时，周室衰微，礼乐失官，制度不行于天下久矣，其曰'同轨同文'，何耶？"曰："当是之时，周室虽衰而人犹以为天下之共主，诸侯虽有不臣之心，然方彼此争雄，不能相尚，下及六国之未亡，犹未有能更姓改物，而定天下于一者也。则周之文轨，孰得而变之哉？"曰："周之车轨书文，何以能若是其必同也？"曰："古之有天下者，必改正朔，易服色，殊徽

---

① （清）袁枚：《随园随笔》卷二十五《古书伪托》，《袁枚全集》（第五集），南京，江苏古籍出版社，1993，第431页。
② （清）俞樾：《湖楼笔谈》卷一，续修四库全书本。
③ 《礼记正义》卷五十三《中庸》，（清）阮元校刻：《十三经注疏》（下册），北京，中华书局，1980，第1633页。
④ 《尔雅注疏》卷七《释山第十一》，（清）阮元校刻：《十三经注疏》（下册），北京，中华书局，1980，第2617页。

号，以新天下之耳目，而一其心志，若三代之异尚，其见于书传者详矣。轨者，车之辙迹也。周人尚舆，而制作之法，领于冬官，其舆之广六尺六寸，故其辙迹之在地者，相距之间，广狭如一，无有远迩，莫不齐同。凡为车者，必合乎此，然后可以行乎方内而无不通；不合乎此，则不惟有司得以讨之，而其行于道路，自将偏倚杌陧，而趑步不前，亦不待禁而自不为矣。……文者，书之点画形象也。《周礼》司徒教民道艺，而书居其一，又有外史掌达书名于四方，而大行人之法，则又每九岁而一喻焉，其制度之详如此，是以虽其末流，海内分裂，而犹不得变也。必至于秦灭六国，而其号令法制有以同于天下，然后车以六尺为度，书以小篆、隶书为法，而周制始改尔。孰谓子思之时而遽然哉？"①

在朱熹看来，《中庸》所谓"车同轨，书同文"是指周室衰微之时，周之车轨书文并没有随之改变。所以，并非就一定是秦灭六国之后的"车同轨，书同文字"。需要指出的是，出现于战国时期的《管子·君臣》说："衡石一称，斗斛一量，丈尺一绰制，戈兵一度，书同名，车同轨，此至正也。"②其中也有所谓"车同轨，书同文"的说法。

现代学者冯友兰认为，《礼记》中的《中庸》有"今天下车同轨，书同文，行同伦"之言，"所说乃秦汉统一中国后之景象"，"《中庸》中又有'载华岳而不重'之言，亦似非鲁人之语"，而且，《中庸》"所论命、性、诚、明诸点，皆较孟子为详明，似就孟子之学说，加以发挥者"。③ 所以他认为，《礼记》中的《中庸》"并非一个人的著作，也不是一个时期的著作"④。徐复观则更为明确地指出："今日之《中庸》，原系分为两篇。上篇可以推定出于子思，其中或也杂有他的门人的话。下篇则是上篇思想的发展。它系出于子思之门人，即将现《中庸》编定成书之人。……此人仍在孟子之前。"⑤

自20世纪末开始，不少学者研究郭店楚简与《中庸》的关系。李学勤

① （宋）朱熹：《四书或问·中庸或问》，朱杰人等主编：《朱子全书》（第六册），上海，上海古籍出版社；合肥，安徽教育出版社，2002，第601~602页。
② 赵守正：《管子通解》（上），北京，北京经济学院出版社，1989，第401页。
③ 冯友兰：《中国哲学史》（上册），上海，华东师范大学出版社，2000，第273页。
④ 冯友兰：《中国哲学史新编》（中），北京，人民出版社，1998，第129页。
⑤ 徐复观：《中国人性论史》，上海，华东师范大学出版社，2005，第64页。

认为，在郭店楚简的儒书中，《性自命出》论及'性自命出，命自天降'；同《礼记·中庸》'天命之谓性，率性之谓道'一致"；《尊德义》的体例和《中庸》等也颇相近似；竹简中有《鲁穆公问子思》；可见，"这些儒书都与子思有或多或少的关连"，"证实了《中庸》一书出于子思"。① 梁涛则认为，今本《中庸》应该包括原来独立的两篇：《中庸》和《诚明》，它们被编在一起乃是后来的事情，因此，简单地怀疑或是相信子思作《中庸》，都是不足取的。②

毫无疑问，《中庸》是否为子思所作的问题，今后还将继续讨论下去。但需要指出的是，朱熹提出《中庸》为子思所作这一观点，虽然受到一些质疑，但一直是其后学术界占主流的观点，而且事实上，朱熹本人也并没有将这种观点绝对化。重要的是，朱熹提出这一观点，实际上提高了《中庸》在先秦儒家传道过程中的地位，并在确立《大学》为曾子所作的同时，能够把《中庸》和《大学》、《论语》、《孟子》一起合并为"四子"，而最终形成作为新的儒家经典的"四书"，而对后世儒学的发展产生重要的推进作用。

第二节 《中庸》旨在道学之传

朱熹在淳熙十六年（1189 年）所撰《中庸章句序》中指出：

> 《中庸》何为而作也？子思子忧道学之失其传而作也。盖自上古圣神继天立极，而道统之传有自来矣。其见于经，则"允执厥中"者，尧之所以授舜也；"人心惟危，道心惟微，惟精惟一，允执厥中"者，舜之所以授禹也。尧之一言，至矣，尽矣！而舜复益之以三言者，则所以明夫尧之一言，必如是而后可庶几也。……夫尧、舜、禹，天下之大圣也。以天下相传，天下之大事也。以天下之大圣，行天下之大事，而其授受之际，丁宁告戒，不过如此。则天下之理，岂有以加于此哉？自是以来，圣圣相承：若成汤、文、武之为君，皋陶、伊、傅、周、召之为臣，既皆以此而接夫道统之传。若吾夫子，则虽不得其位，

① 李学勤：《先秦儒家著作的重大发现》，《郭店楚简研究》（《中国哲学》第二十辑），沈阳，辽宁教育出版社，2000，第 16 页。
② 参见梁涛：《郭店竹简与思孟学派》，北京，中国人民大学出版社，2008，第 262 页。

而所以继往圣、开来学，其功反有贤于尧、舜者。然当是时，见而知之者，惟颜氏、曾氏之传得其宗。及曾氏之再传，而复得夫子之孙子思，则去圣远而异端起矣。子思惧夫愈久而愈失其真也，于是推本尧、舜以来相传之意，质以平日所闻父师之言，更互演绎，作为此书，以诏后之学者。……自是而又再传以得孟氏，为能推明是书，以承先圣之统。①

在这段论述中，朱熹明确指出《中庸》是子思"忧道学之失其传而作"。同时，这里又论及源自"上古圣神"的"道统之传"，从尧、舜、禹，到商汤、文王、武王，以及皋陶、伊尹、傅说、周公、召公，直至孔子、颜子、曾子、子思、孟子。

关于朱熹《中庸章句序》所谓"道统"与"道学"，当今学者余英时指出："朱熹有意将'道统'与'道学'划分为两个历史阶段：自'上古圣神'至周公是'道统'的时代，其最显著的特征为内圣与外王合而为一。在这个阶段，在位的'圣君贤相'既已将'道'付诸实行，则自然不需要另有一群人出来，专门讲求'道学'了。周公以后，内圣与外王已分裂为二，历史进入另一阶段，这便是孔子开创'道学'的时代。宋代周、张、二程所直接承续的是孔子以下的'道学'，而不是上古圣王代代相传的'道统'。"②应当说，这一分析是有道理的。重要的是，自"上古圣神"的"道统之传"与孔子"继往圣、开来学"而形成的"道学之传"，所传的"道"是一贯的。

朱熹提出这个传道系统，其思想可以追溯到孟子。《孟子·尽心下》曰："由尧、舜至于汤，五百有余岁，若禹、皋陶，则见而知之；若汤，则闻而知之。由汤至于文王，五百有余岁，若伊尹、莱朱则见而知之；若文王，则闻而知之。由文王至于孔子，五百有余岁，若太公望、散宜生，则见而知之；若孔子，则闻而知之。由孔子而来至于今，百有余岁，去圣人之世，若此其未远也；近圣人之居，若此其甚也，然而无有乎尔，则亦无有乎尔。"唐代韩愈在其《原道》中指出："斯吾所谓道也，非向所谓老与佛之道也。尧以是传之舜，舜以是传之禹，禹以是传之汤，汤以是传之文、武、周公，文、武、周公传之孔子，孔子传之孟轲，轲之死不

①　（宋）朱熹：《四书章句集注·中庸章句序》，北京，中华书局，1983，第14～15页。
②　余英时：《朱熹的历史世界》（上），北京，生活·读书·新知三联书店，2004，第15页。

得其传焉。"①这里明确提出了一个与老、佛之道相抗衡的传道系统，即尧、舜、禹、汤、文、武、周公、孔子、孟轲。

二程也讲从尧、舜而至孔、孟的传道系统。程颐指出："尧、舜之让，禹之功，汤、武之征伐，伯夷之清，柳下惠之和，伊尹之任，周公在上而道行，孔子在下而道不行，其道一也。"②二程还说："二帝（尧、舜）、三王（汤、武、周文王）之道，后世无以加焉，孔子之所常言，故弟子聚而记之。"③重要的是，二程较为关注从孔子至孟子的传道系统。程颐指出："孔子没，曾子之道日益光大。孔子没，传孔子之道者，曾子而已。曾子传之子思，子思传之孟子，孟子死，不得其传。至孟子而圣人之道益尊。"④这就把曾子和子思列入传道系统。程颢还说："昔七十子学于仲尼，其传可见者，惟曾子所以告子思，而子思所以授孟子者耳。其余门人，各以其材之所宜为学，虽同尊圣人，所因而入者，门户则众矣。况后此千余岁，师道不立，学者莫知其从来。"⑤二程把曾子和子思列入传道系统，这是对韩愈传道思想的发展。

问题是，在孟子之后的传道系统中，为什么没有荀子及其他人的位置？关于荀子和扬雄，朱熹《孟子集注·孟子序说》引韩愈曰："尧以是传之舜，舜以是传之禹，禹以是传之汤，汤以是传之文、武、周公，文、武、周公传之孔子，孔子传之孟轲，轲之死不得其传焉。荀与扬也，择焉而不精，语焉而不详。""孟氏醇乎醇者也。荀与扬，大醇而小疵。"⑥对此，朱熹作了发挥，指出："自孟子后，圣学不传，所谓'轲之死不得其传'。如荀卿说得头绪多了，都不纯一。至扬雄所说底话，又多是庄老之说。至韩退之唤做要说道理，又一向主于文词。"⑦这里还涉及对韩愈的评说。朱熹还说："荀卿之学，杂于申商；子云（扬雄）之学，本于黄老。而其著书之意，盖亦姑托空文以自见耳，非如仲淹（王通）之学颇近于正而粗有可用之实也。至于退之《原道》诸篇，则于道之大原若有非荀、扬、

---

① （宋）朱熹：《朱文公校昌黎先生文集》卷十一《原道》，四部丛刊初编本。
② （宋）程颢、程颐：《河南程氏遗书》卷二十五，《二程集》（第一册），北京，中华书局，1981，第324页。
③ （宋）程颢、程颐：《河南程氏外书》卷三，《二程集》（第二册），北京，中华书局，1981，第369页。
④ （宋）程颢、程颐：《河南程氏遗书》卷二十五，《二程集》（第一册），北京，中华书局，1981，第327页。
⑤ （宋）程颢、程颐：《河南程氏文集》卷四《邵尧夫先生墓志铭》，《二程集》（第二册），北京，中华书局，1981，第503页。
⑥ （宋）朱熹：《四书章句集注·孟子序说》，北京，中华书局，1983，第198页。
⑦ （宋）黎靖德：《朱子语类》（八）卷一百二十二，北京，中华书局，1986，第2952页。

仲淹之所及者，然考其平生意乡之所在，终不免于文士浮华放浪之习、时俗富贵利达之求。"①朱熹还论及董仲舒和王通，指出："仲舒本领纯正。如说'正心以正朝廷'，与'命者天之令也'以下诸语，皆善。班固所谓'纯儒'，极是。至于天下国家事业，恐施展未必得。王通见识高明，如说治体处极高，但于本领处欠。如古人'明德、新民、至善'等处，皆不理会，却要斗合汉魏以下之事整顿为法，这便是低处。要之，文中（王通）论治体处，高似仲舒，而本领不及；爽似仲舒，而纯不及。"②显然，在朱熹看来，道统之外的荀子、董仲舒、扬雄、王通以及韩愈，都各有优劣。另据《朱子语类》载，朱熹还曾"令学者评董仲舒、扬子云、王仲淹、韩退之四子优劣"③。

朱熹《读余隐之尊孟辨·李公常语上》说：

　　"孔子传之孟轲，轲之死不得其传"，此非深知所传者何事，则未易言也。夫孟子之所传者何哉？曰"仁义而已矣"。孟子之所谓仁义者何哉？曰："仁，人心也；义，人路也。"曰："恻隐之心，仁之端也；羞恶之心，义之端也。"如斯而已矣。然则所谓仁义者，又岂外乎此心哉！尧、舜之所以为尧、舜，以其尽此心之体而已。禹、汤、文、武、周公、孔子传之，以至于孟子，其间相望，有或数百年者，非得口传耳授、密相付属也。特此心之体，隐乎百姓日用之间，贤者识其大，不贤者识其小，而体其全且尽，则为得其传耳。虽穷天地、亘万世，而其心之所同然，若合符节。……而孟子之所谓仁义者，亦不过使天下之人各得其本心之所同然者耳。④

朱熹认为，从尧、舜至孔、孟的传道系统所传之"道"在于"心"。荀子及其他人之所以没有被朱熹列入传道系统，其原因概在于此。

在朱熹《中庸章句序》看来，儒家的传道系统自尧以"允执厥中"授舜开始。据《论语·尧曰》载，尧曰："咨！尔舜！天之历数在尔躬，允执其（厥）中。四海困穷，天禄永终。"后来，舜在"允执厥中"前又增加了三句，授禹

---

①（宋）朱熹：《晦庵先生朱文公文集》卷六十七《王氏续经说》，四部丛刊初编本。
②（宋）黎靖德：《朱子语类》（八）卷一百三十七，北京，中华书局，1986，第3260页。
③（宋）黎靖德：《朱子语类》（八）卷一百三十七，北京，中华书局，1986，第3260页。
④（宋）朱熹：《晦庵先生朱文公文集》卷七十三《读余隐之尊孟辨》，四部丛刊初编本。

以"人心惟危，道心惟微，惟精惟一，允执厥中"，即所谓"十六字心传"。据《尚书·大禹谟》载，（舜）帝曰："来！禹！降水儆予，成允成功，惟汝贤。克勤于邦，克俭于家，不自满假，惟汝贤。汝惟不矜，天下莫与汝争能；汝惟不伐，天下莫与汝争功。予懋乃德，嘉乃丕绩，天之历数在汝躬，汝终陟元后。人心惟危，道心惟微，惟精惟一，允执厥中。……"①

关于尧以"允执厥中"授舜以及舜以"十六字心传"授禹，朱熹早在撰《中庸章句序》之前，绍兴三十二年（1162 年）上《壬午应诏封事》中就指出：

> 臣闻之尧、舜、禹之相授也，其言曰："人心惟危，道心惟微，惟精惟一，允执厥中。"夫尧、舜、禹，皆大圣人也，生而知之，宜无事于学矣，而犹曰精，犹曰一，犹曰执者，明虽生而知之，亦资学以成之也。……盖"致知格物"者，尧、舜所谓"精一"也；"正心诚意"者，尧、舜所谓"执中"也。自古圣人口授心传而见于行事者，惟此而已。②

后来，朱熹还说：

> 尧当时告舜时，只说这一句（"允执厥中"）。后来舜告禹，又添得"人心惟危，道心惟微，惟精惟一"三句，是舜说得又较子细。这三句是"允执厥中"以前事，是舜教禹做工夫处。说道"人心惟危，道心惟微"，须是"惟精惟一"，方能"允执厥中"。尧当时告舜，只说一句。是时舜已晓得那个了，所以不复更说。舜告禹时，便是怕禹尚未晓得，故恁地说。③

朱熹重视"十六字心传"，并且很早就以此讲道统所传之"道"。淳熙十二年（1185 年），朱熹在《答陈同甫》（八）中指出：

> 所谓"人心惟危，道心惟微，惟精惟一，允执厥中"者，尧、

---

① 《尚书正义》卷四《大禹谟》，（清）阮元校刻：《十三经注疏》（上册），北京，中华书局，1980，第 136 页。

② （宋）朱熹：《晦庵先生朱文公文集》卷十一《壬午应诏封事》，四部丛刊初编本。

③ （宋）黎靖德：《朱子语类》（五）卷七十八，北京，中华书局，1986，第 2016 页。

舜、禹相传之密旨也。……夫尧、舜、禹之所以相传者，既如此矣。至于汤、武则闻而知之，而又反之，以至于此者也。夫子之所以传之颜渊、曾参者，此也；曾子之所以传之子思、孟轲者，亦此也。①

显然，朱熹早就把"十六字心传"看成是从尧、舜至孔、孟的传道系统所传之"道"。

关于"人心惟危，道心惟微，惟精惟一，允执厥中"，朱熹在淳熙十五年(1188年)《戊申封事》中作了解说②，后被朱熹《中庸章句序》所引述。该序指出：

> 盖尝论之：心之虚灵知觉，一而已矣，而以为有人心、道心之异者，则以其或生于形气之私，或原于性命之正，而所以为知觉者不同，是以或危殆而不安，或微妙而难见耳。然人莫不有是形，故虽上智不能无人心，亦莫不有是性，故虽下愚不能无道心。二者杂于方寸之间，而不知所以治之，则危者愈危，微者愈微，而天理之公卒无以胜夫人欲之私矣。精则察夫二者之间而不杂也，一则守其本心之正而不离也。从事于斯，无少间断，必使道心常为一身之主，而人心每听命焉，则危者安、微者著，而动静云为自无过不及之差矣。③

朱熹还在注释《尚书·大禹谟》时，指出：

> 心者，人之知觉，主于身而应事物者也。指其生于形气之私者而言，则谓之人心；指其发于义理之公者而言，则谓之道

---

① （宋）朱熹：《晦庵先生朱文公文集》卷三十六《答陈同甫》（八），四部丛刊初编本。参见陈来：《朱子书信编年考证》，上海，上海人民出版社，1989，第229页。

② 朱熹《戊申封事》按："《尚书》舜告禹曰：'人心惟危，道心惟微，惟精惟一，允执厥中。'夫心之虚灵知觉，一而已矣，而以为有人心、道心之别者，何哉？盖以其或生于形气之私，或原于性命之正，而所以为知觉者不同，是以或危殆而不安，或精微而难见耳。然人莫不有是形，故虽上智不能无人心，亦莫不有是性，故虽下愚不能无道心。二者杂于方寸之间，而不知所以治之，则危者愈危，微者愈微，而天理之公卒无以胜乎人欲之私矣。精则察夫二者之间而不杂也，一则守其本心之正而不离也。从事于斯，无少间断，必使道心常为一身之主，而人心每听命焉，则危者安，微者著，而动静云为自无过不及之差矣。"见（宋）朱熹：《晦庵先生朱文公文集》卷十一《戊申封事》，四部丛刊初编本。

③ （宋）朱熹：《四书章句集注·中庸章句序》，北京，中华书局，1983，第14页。

心。人心易动而难反，故危而不安；义理难明而易昧，故微而不显。惟能省察于二者公私之间以致其精，而不使其有毫厘之杂，持守于道心微妙之本以致其一，而不使其有顷刻之离，则其日用之间思虑动作自无过不及之差，而信能执其中矣。①

朱熹认为，人的心分为两个层面，一是人心，"生于形气之私"；一是道心，"原于性命之正"，"发于义理之公"。他还具体解释说：

> 人心亦只是一个。知觉从饥食渴饮，便是人心；知觉从君臣父子处，便是道心。
>
> 形骸上起底见识，便是人心；义理上起底见识，便是道心。
>
> 道心是义理上发出来底，人心是人身上发出来底。虽圣人不能无人心，如饥食渴饮之类；虽小人不能无道心，如恻隐之心是。
>
> 如喜怒，人心也。然无故而喜，喜至于过而不能禁；无故而怒，怒至于甚而不能遏，是皆为人心所使也。须是喜其所当喜，怒其所当怒，乃是道心。
>
> 饥食渴饮，人心也；如是而饮食，如是而不饮食，道心也。②

在朱熹看来，人心"危殆而不安"，道心"微妙而难见"。据《朱子语类》载，

> 或问"人心、道心"之别。曰："只是这一个心，知觉从耳目之欲上去，便是人心；知觉从义理上去，便是道心。人心则危而易陷，道心则微而难著。微，亦微妙之义。"
>
> 问："如何是'惟微'？"曰："是道心略瞥见些子，便失了底意思。'惟危'，是人心既从形骸上发出来，易得流于恶。"③

但是，朱熹又认为，"生于形气之私"的人心"未能便是不好"，只是"不可一向狥之耳"；"如单说人心，则都是好。对道心说著，便是劳攘物事，

---

① （宋）朱熹：《晦庵先生朱文公文集》卷六十五《尚书·大禹谟》，四部丛刊初编本。
② （宋）黎靖德：《朱子语类》（五）卷七十八，北京，中华书局，1986，第2010～2011页。
③ （宋）黎靖德：《朱子语类》（五）卷七十八，北京，中华书局，1986，第2009、2011页。

会生病痛底"。① 他还说：

> 道心是知觉得道理底，人心是知觉得声色臭味底。人心不
> 全是不好，若人心是全不好底，不应只下个"危"字。盖为人心
> 易得走从恶处去，所以下个"危"字。若全不好，则是都倒了，
> 何止于危？危，是危殆。"道心惟微"，是微妙，亦是微昧。②
> 人心是此身有知觉，有嗜欲者，如所谓"我欲仁"，"从心所
> 欲"，"性之欲也，感于物而动"，此岂能无！但为物诱而至于陷
> 溺，则为害尔。故圣人以为此人心，有知觉嗜欲，然无所主宰，
> 则流而忘反，不可据以为安，故曰危。道心则是义理之心，可
> 以为人心之主宰，而人心据以为准者也。且以饮食言之，凡饥
> 渴而欲得饮食以充其饱且足者，皆人心也。然必有义理存焉，
> 有可以食，有不可以食。……又如父之慈其子，子之孝其父，
> 常人亦能之，此道心之正也。苟父一虐其子，则子必狠然以悖
> 其父，此人心之所以危也。惟舜则不然，虽其父欲杀之，而舜
> 之孝则未尝替，此道心也。故当使人心每听道心之区处，方可。
> 然此道心却杂出于人心之间，微而难见，故必须精之一之，而
> 后中可执。然此又非有两心也，只是义理、人欲之辨尔。③

朱熹认为，既然"人心惟危，道心惟微"，那么，就应当"惟精惟一，
允执厥中"。他说：

> 夫人自有生而梏于形体之私，则固不能无人心矣。然而必
> 有得于天地之正，则又不能无道心矣。日用之间，二者并行，
> 迭为胜负，而一身之是非得失，天下之治乱安危，莫不系焉。
> 是以欲其择之精，而不使人心得以杂乎道心，欲其守之一，而
> 不使天理得以流于人欲。则凡其所行，无一事之不得其中，而
> 于天下国家，无所处而不当。夫岂任人心之自危，而以有时而
> 泯者为当然，任道心之自微，而幸其须臾之不常泯也哉！④

---

① （宋）黎靖德：《朱子语类》（四）卷六十二，北京，中华书局，1986，第 1486 页。
② （宋）黎靖德：《朱子语类》（五）卷七十八，北京，中华书局，1986，第 2010 页。
③ （宋）黎靖德：《朱子语类》（四）卷六十二，北京，中华书局，1986，第 1488 页。
④ （宋）朱熹：《晦庵先生朱文公文集》卷三十六《答陈同甫》（八），四部丛刊初编本。

所以，朱熹强调要"察夫二者之间而不杂也"，"守其本心之正而不离"，这就是要"惟精惟一，允执厥中"。他还说：

> "惟精、惟一"，是两截工夫；精，是辨别得这个物事；一，是辨别了，又须固守他。若不辨别得时，更固守个甚么？若辨别得了又不固守，则不长远。惟能如此，所以能合于中道。①
>
> "惟精"是要别得不杂，"惟一"是要守得不离。"惟精惟一"，所以能"允执厥中"。②

朱熹认为，能够做到"惟精惟一"，就能真正达到无过不及而合于中道。

在朱熹《中庸章句序》看来，自尧以"允执厥中"授舜和舜以"十六字心传"授禹之后，"圣圣相承"，经过了汤、文、武以及皋陶、伊、傅、周、召，皆以"十六字心传"接道统之传；孔子则"继往圣、开来学"，传道学于颜子、曾子，又由曾子传于孔子之孙子思。朱熹认为，道学传于子思时，离先圣越来越远，出现了异端。子思担心道学失其传，于是"推本尧、舜以来相传之意，质以平日所闻父师之言"，而作《中庸》，"以诏后之学者"。朱熹《中庸章句序》还认为，在《中庸》中，"其曰'天命率性'，则道心之谓也；其曰'择善固执'，则精一之谓也；其曰'君子时中'，则执中之谓也"。这就把《中庸》与"人心惟危，道心惟微，惟精惟一，允执厥中"的"十六字心传"联系在一起，以阐明子思作《中庸》在儒家传道系统中的重要地位。

在阐明《中庸》是子思为道学之传而作的同时，朱熹实际上还延伸了儒家的传道系统。这个传道系统不仅包括了自尧、舜、禹而至孔子、子思、孟子，而且还包括了继子思、孟子之后的周敦颐、二程。这就是朱熹在《中庸集解序》中所述："至于本朝，濂溪周夫子始得其所传之要，以著于篇；河南二程夫子又得其遗旨而发挥之，然后其学布于天下。"③

淳熙四年（1177 年），朱熹作《江州重建濂溪先生书堂记》，指出："盖自周衰孟轲氏没，而此道之传不属，更秦及汉，历晋、隋、唐，以至于我有宋。圣祖受命，五星集奎，实开文明之运，……而先生（周敦颐）出焉，不繇师传，默契道体，建图属书，根极领要，当时见而知之有程氏者，遂扩大而推明之，使夫天理之微，人伦之著，事物之众，鬼神之

---

① （宋）黎靖德：《朱子语类》（五）卷七十八，北京，中华书局，1986，第 2010 页。
② （宋）黎靖德：《朱子语类》（五）卷七十八，北京，中华书局，1986，第 2013 页。
③ （宋）朱熹：《晦庵先生朱文公文集》卷七十五《中庸集解序》，四部丛刊初编本。

幽，莫不洞然毕贯于一，而周公、孔子、孟氏之传，焕然复明于当世。"①同年，朱熹成《孟子集注》，其最后部分说：

> 有宋元丰八年，河南程颢伯淳卒。潞公文彦博题其墓曰："明道先生。"而其弟颐正叔序之曰："周公殁，圣人之道不行；孟轲死，圣人之学不传。道不行，百世无善治；学不传，千载无真儒。无善治，士犹得以明夫善治之道，以淑诸人，以传诸后；无真儒，则天下贸贸焉莫知所之，人欲肆而天理灭矣。先生生乎千四百年之后，得不传之学于遗经，以兴起斯文为己任。辨异端，辟邪说，使圣人之道焕然复明于世。盖自孟子之后，一人而已。"②

在这里，朱熹明确指出程颐已经把程颢列入儒家的传道系统。后来，朱熹《大学章句序》说："宋德隆盛，治教休明。于是河南程氏两夫子出，而有以接乎孟氏之传。"③《中庸章句序》则说："程夫子兄弟者出，得有所考，以续夫千载不传之绪。"④绍熙五年（1194年），朱熹作《沧州精舍告先圣文》，指出：

> 恭惟道统，远自羲、轩。集厥大成，允属元圣。述古垂训，万世作程。三千其徒，化若时雨，维颜、曾氏，传得其宗。逮思及舆，益以光大。自时厥后，口耳失真，千有余年，乃曰有继。周、程授受，万理一原。⑤

　　与朱熹同时代的李元纲（生卒年不详，字国纪）撰《圣门事业图》，首页绘有"传道正统"图：尧、舜、禹、汤、文、武、周公、孔子—颜子、曾子—子思—孟子—明道、伊川。⑥ 这里也明确把程颢、程颐列入儒家的传道系统。

　　当然，朱熹认为，他作《中庸章句》也是为了接续这个传道系统。淳

① （宋）朱熹：《晦庵先生朱文公文集》卷七十八《江州重建濂溪先生书堂记》，四部丛刊初编本。
② （宋）朱熹：《四书章句集注·孟子集注》，北京，中华书局，1983，第377页。
③ （宋）朱熹：《四书章句集注·大学章句序》，北京，中华书局，1983，第2页。
④ （宋）朱熹：《四书章句集注·中庸章句序》，北京，中华书局，1983，第15页。
⑤ （宋）朱熹：《晦庵先生朱文公文集》卷八十六《沧州精舍告先圣文》，四部丛刊初编本。
⑥ （宋）李元纲：《圣门事业图》，北京，中华书局，1991，第1页。

熙三年（1176 年），朱熹在《建康府学明道先生祠记》中说："吾少读程氏书，则已知先生（程颢）之道学德行，实继孔孟不传之统。顾学之虽不能至，而心向往之。"①他的《中庸章句序》说：

> 熹自蚤岁即尝受读而窃疑之，沈潜反复，盖亦有年，一旦恍然似有以得其要领者，然后乃敢会众说而折其中，既为定著《章句》一篇，以竢后之君子。……虽于道统之传，不敢妄议，然初学之士，或有取焉，则亦庶乎行远升高之一助云尔。②

关于这个自尧以"允执厥中"授舜而开始，至子思、孟子，又接周敦颐、二程和朱熹的传道系统，最后是由朱熹门人黄榦（1152—1221 年，字季直、直卿，号勉斋）通过统一的"道统"概念完整地表述出来，这就是他的《圣贤道统传授总叙说》所言：

> 尧之命舜则曰："允执厥中。"中者，无所偏倚，无过不及之名也。存诸心而无偏倚，措之事而无过不及，则合乎太极矣，此尧之得于天者，舜之得统于尧也。舜之命禹则曰："人心惟危，道心惟微，惟精惟一，允执厥中。"舜因尧之命，而推其所以执中之由，以为人心形气之私也，道心性命之正也，精以察之，一以守之，则道心为主，而人心听命焉，则存之心，措之事，信能执其中。曰精曰一，此又舜之得统于尧，禹之得统于舜者也。其在成汤则曰："以义制事，以礼制心。"此又因尧之中，舜之精一，而推其制之之法。制心以礼，制事以义，则道心常存，而中可执矣。曰礼曰义，此又汤之得统于禹者也。其在文王，则曰"不显亦临，无射亦保"，此汤之以礼制心也；"不闻亦式，不谏亦入"，此汤之以义制事也，此文王之得统于汤者也。其在武王，受丹书之戒，则曰："敬胜怠者吉，义胜欲者从。"周公系《易》爻之辞曰："敬以直内，义以方外。"曰敬者，文王之所以制心也；曰义者，文王之所以制事也，此武王、周公之得统于文王者也。至于夫子则曰："博学于文，约之以礼。"又曰："文行忠信。"又曰："克己复礼。"其著之《大学》，曰格物、

① （宋）朱熹：《晦庵先生朱文公文集》卷七十八《建康府学明道先生祠记》，四部丛刊初编本。
② （宋）朱熹：《四书章句集注·中庸章句序》，北京，中华书局，1983，第 15～16 页。

致知、诚意、正心、修身、齐家、治国、平天下，亦无非数圣人制心制事之意焉，此又孔子得统于周公者也。颜子得于博文约礼、克己复礼之言，曾子得之《大学》之义，故其亲受道统之传者如此。至于子思，则先之以戒惧、谨独，次之以知、仁、勇，而终之以诚。至于孟子，则先之以求放心，而次之以集义，终之以扩充，此又孟子得统于子思者然也。及至周子，则以诚为本，以欲为戒，此又周子继孔、孟不传之绪者也。至二程子则曰："涵养须用敬，进学则在致知。"又曰："非明则动无所之，非动则明无所用。"而为《四箴》①，以著克己之义焉，此二程得统于周子者也。先师文公之学，见之"四书"，而其要则尤以《大学》为入道之序。盖持敬也，诚意、正心、修身而见于齐家、治国、平天下，外有以极其规模之大，而内有以尽其节目之详，此又先师之得其统于二程者也。②

按照余英时的说法，这里既发挥了朱熹《中庸章句序》的主旨，又直接以"道统"二字统合《中庸章句序》"道统"与"道学"两阶段之分，上起尧、舜，下迄朱熹，一贯而下。③

第三节　《中庸》的篇章结构

朱熹推崇《中庸》，而作《中庸章句》。需要指出的是，他的《中庸章句》把《中庸》作了不同于前人的篇章编排，并且进一步将其划分为若干段落，对后世产生了重要影响。

---

①　二程《四箴》，即"视箴"："心兮本虚，应物无迹；操之有要，视为之则。蔽交于前，其中则迁；制之于外，以安其内。克己复礼，久而诚矣。""听箴"："人有秉彝，本乎天性；知诱物化，遂亡其正。卓彼先觉，知止有定；闲邪存诚，非礼勿听。""言箴"："人心之动，因言以宣；发禁躁妄，内斯静专。矧是枢机，兴戎出好；吉凶荣辱，惟其所召。伤易则诞，伤烦则支；己肆物忤，出悖来违。非法不道，钦哉训辞！""动箴"："哲人知几，诚之于思；志士厉行，守之于为。顺理则裕，从欲惟危；造次克念，战兢自持；习与性成，圣贤同归。"见(宋)程颢、程颐：《河南程氏文集》卷八《四箴》，《二程集》(第二册)，北京，中华书局，1981，第588~589页。

②　(清)黄宗羲、全祖望：《宋元学案》(第三册)卷六十三《勉斋学案》，北京，中华书局，1986，第2023页。

③　余英时：《朱熹的历史世界》(上)，北京，生活·读书·新知三联书店，2004，第16页。

一、篇章的编排

郑玄注《礼记》，分为二十卷，《中庸》为其中一卷，即卷十六，并且无篇章之分，而孔颖达的《礼记正义》，分为六十三卷，《中庸》为其中两卷，即卷五十二、卷五十三，《中庸》被分为上、下两大篇，并依次分作三十三章。

与孔颖达不同，朱熹强调《中庸》的首尾一贯。《中庸章句》篇首引程颢所言："其书始言一理，中散为万事，末复合为一理。"①据《朱子语类》载，

> 问："《中庸》始合为一理，'天命之谓性。'末复合为一理。'无声无臭。'""始合而开，其开也有渐；末后开而复合，其合也亦有渐。"②

显然，朱熹赞同二程的说法，把《中庸》看作首尾相应的不可分割的完整篇章。在此基础上，朱熹分《中庸》三十三章。他还说："《中庸》三十三章，其次第甚密，古人著述便是不可及。此只将别人语言斗凑成篇，本末次第终始总合，如此缜密！"③显然，他特别强调《中庸》三十三章的次序之缜密、首尾一贯。据《朱子语类》载，朱熹门人辅广（生卒年不详，字汉卿，号潜庵）说：《中庸》一篇"首尾相贯，只是说一个中庸底道理"。朱熹回应说："固是。它古人解做得这样物事，四散收拾将来。及并合众，则便有个次序如此，其次序又直如此缜密！"④朱熹门人黄榦也说："此书之作，脉络相通，首尾相应。子思之所述，非若《语》、《孟》问答，章殊而旨异也。苟从章分句析，而不得一篇之旨，则亦无以得子思著书之意矣。"⑤所以，朱熹《中庸章句》是在肯定《中庸》首尾一贯的基础上进行篇章的编排。

朱熹《中庸章句》把《中庸》分为三十三章，与郑玄、孔颖达《礼记正义·中庸》是相同的，但是，二者在各章的编排上却不完全一致。这可以从以下列表的比较中看出：

---

① （宋）朱熹：《四书章句集注·中庸章句》，北京，中华书局，1983，第17页。
② （宋）黎靖德：《朱子语类》（四）卷六十二，北京，中华书局，1986，第1489页。
③ （宋）黎靖德：《朱子语类》（四）卷六十四，北京，中华书局，1986，第1565页。
④ （宋）黎靖德：《朱子语类》（四）卷六十四，北京，中华书局，1986，第1566页。
⑤ （宋）黄榦：《中庸总论》，《勉斋集》卷三，文渊阁四库全书本。

朱熹《中庸章句》与郑玄、孔颖达《礼记正义·中庸》就《中庸》篇章编排之比较

《中庸章句》			《礼记正义·中庸》	
第一章	天命之谓性……万物育焉。		第一章	天命之谓性……万物育焉。
第二章	仲尼曰：君子中庸……小人而无忌惮也。		第二章	仲尼曰：君子中庸……道其不行矣夫。
第三章	子曰：中庸其至矣乎！民鲜能久矣。		第三章	子曰：舜其大知也与……其斯以为舜乎。
第四章	子曰：道之不行也……鲜能知味也。		第四章	子曰：人皆曰予知……而不能期月守也。
第五章	子曰：道其不行矣夫。		第五章	子曰：回之为人也……中庸不可能也。
第六章	子曰：舜其大知也与……其斯以为舜乎。		第六章	子路问强……强哉矫。
第七章	子曰：人皆曰予知……而不能期月守也。		第七章	子曰：素隐行怪……察乎天地。
第八章	子曰：回之为人也……而弗失之矣。	上	第八章	子曰：道不远人……小人行险以徼幸。
第九章	子曰：天下国家……中庸不可能也。		第九章	子曰：射有似乎君子……父母其顺矣乎。
第十章	子路问强……强哉矫。	篇	第十章	子曰：鬼神之为德……诚之不可揜如此夫。
第十一章	子曰：素隐行怪……唯圣者能之。		第十一章	子曰：舜其大孝也与……故大德者必受命。
第十二章	君子之道费而隐……察乎天地。		第十二章	子曰：无忧者……无贵贱一也。
第十三章	子曰：道不远人……君子胡不慥慥尔。		第十三章	子曰：武王周公……治国其如示诸掌乎。
第十四章	君子素其位而行……反求诸其身。		第十四章	哀公问政……及其成功一也。
第十五章	君子之道……父母其顺矣乎。		第十五章	子曰：好学近乎知……怀诸侯则天下畏之。
第十六章	子曰：鬼神之为德……诚之不可揜如此夫。		第十六章	齐明盛服……所以怀诸侯也。
第十七章	子曰：舜其大孝也与……故大德者必受命。		第十七章	凡为天下国家有九经……道前定则不穷。

续表

《中庸章句》			《礼记正义·中庸》	
第十八章	子曰：无忧者……无贵贱一也。		第十八章	在下位不获乎上……不诚乎身矣。
第十九章	子曰：武王周公……治国其如示诸掌乎。		第十九章	诚者天之道也……择善而固执之者也。
第二十章	哀公问政……虽柔必强。		第二十章	博学之……虽柔必强。
第二十一章	自诚明……明则诚矣。		第二十一章	自诚明……明则诚矣。
第二十二章	唯天下至诚……则可以与天地参矣。		第二十二章	唯天下至诚……则可以与天地参矣。
第二十三章	其次致曲……唯天下至诚为能化。		第二十三章	其次致曲……唯天下至诚为能化。
第二十四章	至诚之道……故至诚如神。		第二十四章	至诚之道……故至诚如神。
第二十五章	诚者自成也……故时措之宜也。	下	第二十五章	诚者自成也……悠也、久也。
第二十六章	故至诚无息……纯亦不已。		第二十六章	今夫天斯昭昭之多……纯亦不已。
第二十七章	大哉圣人之道……其此之谓与。		第二十七章	大哉圣人之道……至道不凝焉。
第二十八章	子曰：愚而好自用……今用之，吾从周。	篇	第二十八章	故君子尊德性……敦厚以崇礼。
第二十九章	王天下有三重焉……而蚤有誉于天下者也。		第二十九章	是故居上不骄……其此之谓与。
第三十章	仲尼祖述尧舜……此天地之所以为大也。		第三十章	子曰：愚而好自用……亦不敢作礼乐焉。
第三十一章	唯天下至圣……故曰配天。		第三十一章	子曰：吾说夏礼……而蚤有誉于天下者也。
第三十二章	唯天下至诚……其孰能知之。		第三十二章	仲尼祖述尧舜……予怀明德，不大声以色。
第三十三章	《诗》曰：衣锦尚絅……至矣。		第三十三章	子曰：声色之于以化民……至矣。

需要指出的是，朱熹《中庸章句》对《中庸》篇章结构的编排，与孔颖达《礼记正义·中庸》的最大差别在于：在《礼记正义·中庸》中，第一章至第十七章为上篇，第十八章至第三十三章为下篇；而在《中庸章句》中，《中庸》第二十章包含了《礼记正义·中庸》中的第十四章至第二十章，即把《礼记正义·中庸》中分别属于上篇的第十四章至第十七章和属于下篇的第十八章至第二十章，融合为同一章，即第二十章"哀公问政"，因而

《中庸》合成为完整的一篇，而没有上、下篇之分。

在《礼记正义》中，《中庸》上篇第十四章"哀公问政……及其成功一也。"孔颖达疏曰："此一节明哀公问政于孔子，孔子答以为政之道在于'取人'、'修身'，并明'达道'有五，行之者三。"第十五章"子曰：好学近乎知……怀诸侯则天下畏之。"孔颖达疏曰："（夫子）为哀公广说修身治天下之道，有九种常行之事。"第十六章"齐明盛服……所以怀诸侯也。"孔颖达疏曰："此一节说行'九经'之法。"第十七章"凡为天下国家有九经……道前定则不穷。"孔颖达疏曰："此一节明前'九经'之法，唯在豫前谋之。"①

《中庸》下篇第十八章"在下位不获乎上……不诚乎身矣。"孔颖达疏曰："此明为臣为人，皆须诚信于身，然后可得之事。"第十九章"诚者天之道也……择善而固执之者也。"孔颖达疏曰："此经明至诚之道，天之性也，则人当学其至诚之性。"第二十章"博学之……虽柔必强。"孔颖达疏曰："此一经申明上经'诚之者，择善而固执之'事。"②

显然，在孔颖达看来，《中庸》上篇第十四章至第十七章主要讲君王的为政之道；下篇第十八至二十章主要讲臣子必须"诚"，"皆须诚信于身"。《礼记正义·中庸》之所以将它们分属上、下两篇，可能是认为讲君王的为政之道与讲臣子必须"诚信于身"，应当区分开来。

朱熹《中庸章句》将《礼记正义》的《中庸》上篇第十四章至第十七章与下篇第十八章至第二十章合并为完整的第二十章"哀公问政"，当然是由于看到了这些篇章之间的相互关联之紧密。据《朱子语类》载，

> 汉卿问"哀公问政"章。曰："旧时只零碎解。某自初读时，只觉首段尾与次段首意相接。如云'政也者，蒲卢也。故为政在人，取人以身；修身以道，修道以仁'。便说'仁者，人也，亲亲为大。义者，宜也，尊贤为大'。都接续说去，遂作一段看，始觉贯穿。后因看《家语》，乃知是本来只一段也。……此只将别人语言斗凑成篇，本末次第终始总合，如此缜密！"③

问："《中庸》第二十章，初看时觉得涣散，收拾不得。熟读

① 《礼记正义》卷五十二《中庸第三十一》，（清）阮元校刻：《十三经注疏》（下册），北京，中华书局，1980，第1629～1630页。
② 《礼记正义》卷五十三《中庸》，（清）阮元校刻：《十三经注疏》（下册），北京，中华书局，1980，第1632页。
③ （宋）黎靖德：《朱子语类》（四）卷六十四，北京，中华书局，1986，第1565页。

先生《章句》，方始见血脉贯通处。"曰："前辈多是逐段解去。某初读时但见'思修身'段后，便继以'天下之达道五'；'知此三者'段后，便继以'为天下国家有九经'，似乎相接续。自此推去，疑只是一章。后又读《家语》，方知是孔子一时间所说。"①

可见，朱熹之所以把《中庸》"哀公问政……虽柔必强"合为一章，主要是看到了其中文字与思想的连贯性。笔者认为，朱熹《中庸章句》的这种编排实际上贯穿着一种为政以诚的思想。

虽然在《礼记正义》中，《中庸》上篇第十四章至第十七章主要讲君王的为政之道，从字面上看，并没有讲到"诚"，但是，朱熹《中庸章句》把其中所言"天下之达道五，所以行之者三，……三者，天下之达德也。所以行之者一也"中的"一"注释为"诚"，所谓"一则诚而已矣"；并且还注"凡为天下国家有九经，所以行之者一也"曰"一者，诚也"，因而认为，君王必须"诚"，才能够行为政之道，行"五达道"、"三达德"以及"九经"之法。可见，在朱熹看来，不仅仅臣子必须"诚"，君王为政同样也必须"诚"。这样，朱熹就以"诚"为线索，把《礼记正义》的《中庸》上篇第十四至十七章主要讲君王为政之道与下篇第十八至二十章主要讲臣子必须"诚"连贯起来，从而凸显出为政以诚的思想。

此外，在《礼记正义》中，《中庸》第十七章与第十八章分属上、下篇，而在朱熹《中庸章句》中，这两章的关系尤为密切。朱熹《中庸章句》注第十七章"凡事豫则立，不豫则废"曰："凡事，指达道达德九经之属。豫，素定也。……言凡事皆欲先立乎诚。如下文所推是也。"朱熹又说："'素定'，是指先立乎诚"；"豫，先知也，事未至而先知其理之谓豫。"②同时，朱熹《中庸章句》注第十八章"在下位不获乎上，民不可得而治矣；……诚身有道：不明乎善，不诚乎身矣"曰："此又以在下位者，推言素定之意。……不明乎善，谓未能察于人心天命之本然而真知至善之所在也。"在朱熹看来，《中庸》第十七章讲凡事必须"素定"，"先立乎诚"，《中庸》第十八章讲"在下位者"，必须"素定"，先要"明乎善"、"诚乎身"；前者所言，"如下文所推是也"，后者虽只是就"在下位者"而言，但却是对前者的具体说明；因此，《中庸》第十七章和第十八章都是要说明凡事必须"素定"，"凡事皆欲先立乎诚"。

---

① （宋）黎靖德：《朱子语类》（四）卷六十四，北京，中华书局，1986，第 1566 页。

② （宋）黎靖德：《朱子语类》（四）卷六十四，北京，中华书局，1986，第 1562 页。

需要指出的是，朱熹《中庸章句》将《礼记正义》的《中庸》上篇第十四至十七章与下篇第十八至二十章合并为第二十章"哀公问政"，不仅看到了其中思想的连贯性，而且还参照了《孔子家语》。

《孔子家语》为三国时魏王肃(195—256 年，字子雍)所撰。该书历来颇多争议，甚至被一些学者认作伪书。但朱熹则认为，《孔子家语》"虽记得不纯，却是当时书"①。该书有"哀公问政"一章，其中有不少内容来自《中庸》，而且在《礼记正义》中所分开的《中庸》第十四至二十章，被合并在同一章之中，② 因而与朱熹《中庸章句》中的《中庸》第二十章颇为相似。如前所述，朱熹于淳熙元年印刻的《中庸章句》所附《书中庸后》已经指出："第二十章据《家语》本，一时之言，今诸家分为五六者，非是。然《家语》之文，语势未终，疑亦脱'博学之'以下，今通补为一章。"后来，淳熙十六年正式序定的《中庸章句》第二十章按语也说："《孔子家语》，亦载此章，而其文尤详。'成功一也'之下，有'公曰：子之言美矣！至矣！寡人实固，不足以成之也'。故其下复以'子曰'起答辞。今无此辞，而犹有'子曰'二字；盖子思删其繁文以附于篇，而所删有不尽者，今当为衍文也。'博学之'以下，《家语》无之，意彼有阙文，抑此或子思所补也欤？"③在朱熹看来，《孔子家语·哀公问政》在"哀公问政于孔子，孔子对曰：……成功一也"之后有"公曰：'子之言美矣！至矣！寡人实固，不足以成之也'"一段，所以，在其后接孔子所答，需要用"子曰"来引导；而《中庸》并没有"公曰"一段，所以，"哀公问政，子曰：……成功一也"之后的"子曰"当为衍文。此外，《中庸》在"诚之者，择善而固执之者也"之后，接"博学之……虽柔必强"；而在《孔子家语·哀公问政》中并没有这一段。显然，朱熹《中庸章句》之所以把《礼记正义·中庸》中的第十四章至第二十章融合为同一章，是参照了《孔子家语·哀公问政》，并作了相互比照。

朱熹把《中庸》分为三十三章，不仅不同于《礼记正义·中庸》，而且也不同于被误传为程颢所作、并对朱熹的《中庸》研究具有重要影响的吕大临所编《中庸解》④。吕大临《中庸解》分《中庸》为三十七章，与朱熹《中庸章句》相比，主要差别有四处：

其一，《中庸》"天命之谓性……万物育焉"，朱熹《中庸章句》作为第

---

①　(宋)黎靖德：《朱子语类》(八)卷一百三十七，北京，中华书局，1986，第3252页。

②　(魏)王肃：《孔子家语》卷四《哀公问政》，四部丛刊初编。

③　(宋)朱熹：《四书章句集注·中庸章句》，北京，中华书局，1983，第32页。

④　(宋)吕大临：《中庸解》，陈俊民辑校：《蓝田吕氏遗著辑校》，北京，中华书局，1993。

一章；吕大临《中庸解》则分为三章，即"天命之谓性……修道之谓教"，"道也者，不可须臾离也……故君子慎其独也"，"喜怒哀乐之未发谓之中……万物育焉"。

其二，"哀公问政……虽柔必强"，朱熹《中庸章句》作为第二十章；吕大临《中庸解》则分为六章，即"哀公问政……思知人，不可以不知天"，"天下之达道五……则知所以治天下国家矣"，"凡为天下国家有九经……凡为天下国家有九经，所以行之者一也"，"凡事豫则立……道前定则不穷"，"在下位不获乎上……不诚乎身矣"，"诚者，天之道也……虽柔必强"。

其三，"故至诚无息……其此之谓与"，朱熹《中庸章句》分为两章："故至诚无息……纯亦不已"，"大哉圣人之道……其此之谓与"；吕大临《中庸解》则分为三章："故至诚无息……故曰苟不至德，至道不凝焉"，"故君子尊德性而道问学……敦厚以崇礼"，"是故居上不骄……其此之谓与"。①

其四，"子曰：愚而好自用……君子未有不如此而蚤有誉于天下者也"，朱熹《中庸章句》分为两章："子曰：愚而好自用……今用之，吾从周"，"王天下有三重焉……君子未有不如此而蚤有誉于天下者也"；吕大临《中庸解》则分为不同的两章："子曰：愚而好自用……其寡过矣乎"，"上焉者虽善无征……君子未有不如此而蚤有誉于天下者也"。②

通过与吕大临《中庸解》篇章编排的比较可以看出，朱熹《中庸章句》将《中庸》"哀公问政……虽柔必强"合并为一章，不仅不同于《礼记正义·中庸》，而且也不同于吕大临《中庸解》，实为朱熹所独创。

二、段落的划分

朱熹《中庸章句》除了分《中庸》为三十三章，还进一步分为若干段落。如前所述，朱熹于淳熙元年印刻的《中庸章句》所附《书中庸后》说："其首

---

① 吕大临《礼记解·中庸》则分为与朱熹《中庸章句》相同的两章。见（宋）吕大临：《礼记解·中庸》，陈俊民辑校：《蓝田吕氏遗著辑校》，北京，中华书局，1993，第302～304页。

② 《蓝田吕氏遗著辑校》和《二程集》所载吕大临《中庸解》均可能疏漏。见（宋）吕大临：《中庸解》，陈俊民辑校：《蓝田吕氏遗著辑校》，北京，中华书局，1993，第491～492页；（宋）程颢、程颐：《河南程氏经说》卷八《中庸解》，《二程集》（第四册），北京，中华书局，1981，第1162页。另外，吕大临《礼记解·中庸》则将此段分为与朱熹《中庸章句》相同的两章。见（宋）吕大临：《礼记解·中庸》，陈俊民辑校：《蓝田吕氏遗著辑校》，北京，中华书局，1993，第304～305页。

章，子思推本先圣所传之意以立言，盖一篇之体要。而其下十章，则引先圣之所尝言者以明之也。至十二章，又子思之言。而其下八章，复以先圣之言明之也。二十一章以下至于卒章，则又皆子思之言，反复推说，互相发明，以尽所传之意者也。"这是朱熹《中庸章句》对于《中庸》段落划分的最重要的依据。将此与《中庸章句》按语相互参照，可以推知《中庸章句》对于《中庸》的段落划分之情状。

在朱熹《中庸章句》中，第一章按语说："第一章，子思述所传之意以立言。首明道之本原出于天而不可易，其实体备于己而不可离；次言存养省察之要；终言圣神功化之极。盖欲学者于此反求诸身而自得之，以去夫外诱之私，而充其本然之善。杨氏所谓'一篇之体要'是也。其下十章，盖子思引夫子之言，以终此章之义。"与朱熹《书中庸后》一样，这里说第一章是"一篇之体要"；显然可以认为第一章应当为独立一段。但是，这里又说"其下十章"都是要阐明"此章之义"，似乎第一章至第十一章，可合成一体而为一段。但是，这样的理解存在如下三个问题。

第一，根据《中庸章句》篇首所引程颢言"其书始言一理，中散为万事，末复合为一理"，《中庸》第一章是全篇的"始言一理"，而且，朱熹还非常强调《中庸》末章与首章相表里。待后再叙。所以，《中庸》第一章应当单独为一段，而这与第一章按语引杨时所谓"一篇之体要"的说法也是一致的。

第二，在《中庸章句》看来，《中庸》第一章是全篇的"体要"，而且，第十一章按语除了说"第十一章，子思所引夫子之言，以明首章之义者止此"之外，还说："余见第二十章。"可见，第二章至第十一章并不足以阐明第一章的"体要"，还需要后面的第二十章来阐明。所以，将第一章至第十一章合为一段，恐不妥。

第三，《中庸章句》除了第十一章按语说"第十一章，子思所引夫子之言，以明首章之义者止此"，第十二章的按语说："第十二章，子思之言，盖以申明首章道不可离之意也。其下八章，杂引孔子之言以明之。"可见，在《中庸章句》看来，《中庸》不仅第二章至第十一章，而且第十二章至第二十章，都是为了阐明"首章之义"或"首章道不可离之意"。

所以，在朱熹《中庸章句》的篇章结构中，《中庸》第一章应当独立为一段，即第一段。然后，第二章至第十一章为第二段，第十二章至第二十章为第三段，分别阐明第一章之"体要"。

《中庸章句》第二章按语说："此下十章，皆论中庸以释首章之义。"第十一章按语说："第十一章，子思所引夫子之言，以明首章之义者止此。

盖此篇大旨，以知、仁、勇三达德为入道之门。故于篇首，即以大舜、颜渊、子路之事明之。舜，知也；颜渊，仁也；子路，勇也。三者废其一，则无以造道而成德矣。"①可见，《中庸》第二章至第十一章可分为一段。尤其是，这里所谓"此篇"②，可能是指《中庸》第二章至第十一章为一篇。

《中庸章句》第十二章按语说："第十二章，子思之言，盖以申明首章道不可离之意也。其下八章，杂引孔子之言以明之。"第二十章的按语说："第二十章，此引孔子之言，以继大舜、文、武、周公之绪，明其所传之一致，举而措之，亦犹是耳。盖包费隐、兼小大，以终十二章之意。"可见，《中庸》第十二章至第二十章亦可分为一段。而且，《中庸章句》第二十章的按语还说："所谓诚者，实此篇之枢纽也。"这里所谓"此篇"，可能是指《中庸》第十二章至第二十章为一篇。

在《中庸章句》中，《中庸》自第二十一章开始，明显是论述"诚"。朱熹《书中庸后》说："二十一章以下至于卒章，则又皆子思之言，反复推说，互相发明，以尽所传之意者也。"《中庸章句》第二十一章有按语："第二十一章，子思承上章夫子天道、人道之意而立言也。自此以下十二章，皆子思之言，以反复推明此章之意。"可见，第二十一章至最后第三十三章似乎可以为一段。

但是笔者认为，在《中庸章句》中，《中庸》第二十一章至最后第三十三章，或可分为两段，即最后第三十三章可单独为一段，理由如下所示。

其一，如前所述，朱熹接受程颢所言"其书始言一理，中散为万事，末复合为一理"，显然，在朱熹看来，《中庸》第一章是"始言一理"，《中庸》第三十三章是"末复合为一理"。

其二，如前所述，朱熹所撰《书中庸后》认为，《中庸》第二十一章至第三十二章言天道或人道；"卒章反言下学之始，以示入德之方，而遂极言其所至具性命、道教、费隐、诚明之妙，以终一篇之意，自人而入于天也"，所以，最后一章应当独立出来。

其三，《中庸章句》第三十二章有按语："此篇言圣人天道之极致，至此而无以加矣。"这里所谓"此篇"，可能是指《中庸》第二十一章至第三十二章为一篇。而且，第三十三章的按语说："第三十三章，子思因前章极

① （宋）朱熹：《四书章句集注·中庸章句》，北京，中华书局，1983，第22页。
② 在朱熹《中庸章句》诸章的按语中，"此篇"一词共出现过三次，即在第十一章、第二十章和第三十二章的按语中。这似乎是指：《中庸》第二章至第十一章为一篇；第十二章至第二十章为一篇；第二十一章至第三十二章为一篇。

致之言，反求其本，复自下学为己谨独之事，推而言之，以驯致乎笃恭而天下平之盛。又赞其妙，至于无声无臭而后已焉。盖举一篇之要而约言之，其反复丁宁示人之意，至深切矣，学者其可不尽心乎!"可见，在《中庸章句》看来，《中庸》第三十三章与第三十二章有明显的差别。

其四，朱熹认为，《中庸》末章与首章相表里。据《朱子语类》载，

> 问："《中庸》首章只言戒惧慎独、存养省察两节工夫而已。篇末'尚絅'一章复发此两条。然学者须是立心之初，真个有为己笃实之心，又能知得'远之近、风之自、微之显'，方肯做下面慎独存养工夫。不审'知远之近、风之自、微之显'，已有穷理意思否?"曰："也须是知得道理如此，方肯去慎独，方肯去持养，故'可与入德矣'。但首章是自里面说出外面，盖自'天命之性'说到'天地位，万物育'处；末章却自外面一节收敛入一节，直约到里面'无声无臭'处，此与首章实相表里也。"①

朱熹认为《中庸》末章与首章相表里，不仅说明《中庸》第三十三章与第三十二章有差别，应当独立成一段，而且又说明了第一章也应当独立为一段。

通过以上对朱熹《中庸章句》的分析可以看出，《中庸章句》关于《中庸》的篇章结构应当为：第一章为第一段；第二章至第十一章为第二段；第十二章至第二十章为第三段；第二十一章至第三十二章为第四段；最后第三十三章为第五段。

三、后世的流传

朱熹后学大都采取《中庸章句》的三十三章分法，但是，段落的分法却各不相同。饶鲁（生卒年不详，字伯舆、仲元，号双峰）为朱熹门人黄榦的弟子。他说："《中庸》当作六大节看。首章是一节；自'君子中庸'以下十章是一节；'君子之道费而隐'以下八章是一节；'哀公问政'以下七章是一节；'大哉圣人之道'以下六章是一节；末章是一节。第一节说中和；第二节说中庸；第三节说费隐；第四节说诚；第五节说大德、小德；第六节复申首章之意。"②按此分法，《中庸》首章是第一段；第二章至第

---

① （宋）黎靖德：《朱子语类》（四）卷六十四，北京，中华书局，1986，第1598页。
② 引自（元）胡炳文：《四书通·中庸通》卷一《朱子章句》，文渊阁四库全书本。

十一章是第二段；第十二章至第十九章是第三段；第二十章至第二十六章是第四段；第二十七章至第三十二章是第五段；末章是第六段。显然，饶鲁的《中庸》段落分法与朱熹《中庸章句》是有差异的。但是，这种分法影响很大，在明胡广的《四书大全》中还被误认为朱熹所言。①

王柏（1197—1274年，字会之，号鲁斋）为朱熹三传弟子。② 他说："是篇（《中庸》）分为四大支。第一支，首章子思立言，下十一章引夫子之言以终此章之义；第二支，十二章子思之言，下八章引夫子之言以明之；第三支，二十一章子思承上章夫子天道人道以立言，下十二章子思推明此章之义；第四支，三十三章子思因前章极致之言，反求其本，复自下学立心之始，推言戒惧慎独之事，以驯致其极。"③王柏的再传弟子许谦④（1270—1337年，字益之，世称白云先生）继承王柏的看法，说："《中庸》一书分为四大章。如第一章、十二章、二十一章，皆言其略，而余章继其后者，皆详言之；三十三章，又一章之详者。"⑤王柏、许谦的《中庸》段落分法与朱熹《中庸章句》略有差异。

元代的吴澄（1249—1333年，字幼清，世称草庐先生）为朱熹四传弟子⑥。他所作的《中庸纲领》将《中庸》分为三十四章，与朱熹《中庸章句》相比，主要的差别在于将《中庸章句》中的《中庸》第二十章作了分拆，并将《中庸》三十四章分作七节："第一节，首章言性、道、教，是一篇之纲领也。""第二节，二章以下，总十章。""第三节，十二章以下，总八章。""第四节，二十章以下，总四章，论治国家之道在人，以行其教也。二十章说哀公问政，在人又当知天；二十一章说达道五、达德三，以修身；二十二章言天下国家有九经，以治国平天下；二十三章说事豫则立，诚者天之道，诚之者人之道，明知仁之事"，也就是《中庸章句》中的《中庸》第二十章。"第五节，二十四章以下，总六章，论明诚则圣人与天为一也。二十四章言诚则明、明则诚；二十五章言至诚能尽性，致曲能有诚；二十六章言至诚可以前知；二十七章言诚自成，道自道，故至诚无息；二十八章言天地之道，为物不贰，生物不测；二十九章言大哉圣人之道，苟不至德，至道不凝；三十章言愚而无德，贱而无位，不敢作礼乐，宜于今及王天下有三重焉"，也就是《中庸章句》中的《中庸》第二十一至第二

① 参见（明）胡广：《四书大全·读中庸法》，文渊阁四库全书本。
② 朱熹传门人黄榦，再传金华何基，三传王柏。
③ 引自（明）胡广：《四书大全·读中庸法》，文渊阁四库全书本。
④ 王柏传金履祥，金履祥再传许谦。
⑤ （元）许谦：《读四书丛说》卷二《读中庸丛说上》，四部丛刊续编本。
⑥ 朱熹传门人黄榦，再传饶鲁，三传程若庸，四传吴澄。

十九章。"第六节，三十一章以下，总三章，论孔子之德与天地为一也；三十一章言仲尼之道同乎尧、舜、文武、天时、水土；三十二章说至圣为小德川流；三十三章说至诚为大德敦化"，也就是《中庸章句》中的《中庸》第三十至第三十二章。"第七节，三十四章"，即《中庸章句》中的《中庸》第三十三章。① 显然，吴澄的《中庸》篇章编排和段落分法，与朱熹《中庸章句》差异较大。

朱熹后学陈栎②（1253—1334 年，字寿翁，世称定宇先生）说：《中庸》"朱子分为三十三章，而复截为三大段，其言曰：'首章，子思推本所传之意以立言，盖一篇之体要。其下十章，则引先圣之言以明之也。''以性情言之曰中和，以德行言之曰中庸，其实一也。'此是一大段。至十二章，又子思之言。其下八章，复以先圣之言明之。……二十一章以下至于卒章，则又皆子思之言，反复推明，以尽所传之意者也。"③认为朱熹除了把《中庸》分为三十三章，还分第一章至第十一章为一段，第十二章至第二十章为一段，第二十一章至末章为一段。陈栎的《中庸》段落分法与朱熹《中庸章句》也有差异。

事实上，朱熹之后，有不少学者既吸取朱熹《中庸章句》的三十三章分法，又采纳其五段分法。元代史伯璿（1299—1354，字文玑）所撰《四书管窥》说："《中庸》一书，章句以首章为一节，次十章说中庸，次九章说费隐，又次十二章说天道人道，末章明首章之意。"④元代景星（生卒年不详，号讷庵）所撰《中庸集说启蒙》说："此书五大节。首章总说，二章至十一章说中庸，十二章至二十章说费隐、小大，二十一章至三十二章说天道、人道，卒章又总说。"⑤显然，这里对《中庸》的分段，与朱熹是完全一致的。

明清之际的王夫之（1619—1692 年，字而农，号姜斋，世称船山先生）分《中庸》为五段。他说："（《中庸》）一部分为五段。第一章总论大要，以静存动察为体中庸之实学，上推其所以必然之理于天，而著其大用于天地万物，以极其功效之费。自'君子中庸'至'唯圣者能之'，辨能体中庸之人。自'君子之道费而隐'至'哀公问政'章，广陈中庸之道。自'自明诚'至'其孰能知之'，言能体中庸之人，备中庸之道者，惟其德。末章又

---

① （元）吴澄：《吴文正集》卷一《中庸纲领》，文渊阁四库全书本。
② 朱熹传门人滕璘，再传滕璘之子滕武子，三传黄智孙，四传陈栎。
③ （元）陈栎：《定宇集》卷一《中庸口义自序》，文渊阁四库全书本。
④ （元）史伯璿：《四书管窥》卷六《中庸》，文渊阁四库全书本。
⑤ （元）景星：《大学中庸集说启蒙·中庸集说启蒙》卷上，文渊阁四库全书本。

总论之，示学者由动察静存而深造之，则尽性至命，而上合于天载。第二段步步赶到圣者上；第三段'鬼神'及'问政'章归本诚上；第四段'大哉圣人之道'章言至德，'仲尼祖述'章言（小德）大德，皆归本德上。此一篇之脉络也。"①应当说，王夫之对《中庸》的分段，与朱熹一致："第一章总论大要"，即《中庸章句》中的《中庸》第一章，为第一段；"自'君子中庸'至'唯圣者能之'"，即《中庸章句》中的《中庸》第二章至第十一章，为第二段；"自'君子之道费而隐'至'哀公问政'章"，即《中庸章句》中的《中庸》第十二章至第二十章，为第三段；"自'自明诚'至'其孰能知之'"，即《中庸章句》中的《中庸》第二十一章至第三十二章，为第四段；"末章又总论之"，即《中庸章句》中的《中庸》第三十三章，为第五段。

---

①　（明）王夫之：《四书笺解》卷二《中庸》，《船山全书》（第六册），长沙，岳麓书社，1991，第 124 页。

第三章　何谓"中庸"

朱熹《中庸章句》在题解《中庸》时说："中者，不偏不倚、无过不及之名。庸，平常也。"①同时，又引二程所言"不偏之谓中，不易之谓庸。中者，天下之正道；庸者，天下之定理"②；引程颢所言"《中庸》始言一理，中散为万事，末复合为一理"③，"《中庸》之言，放之则弥六合，卷之则退藏于密"④。而且，朱熹还明确提出"'中庸'之'中'，实兼'中和'之义"，并认为，把"庸"解说为"平常"要比二程解为"不易"更为妥帖，进而强调"中庸"的"平常"之意，讲"'极高明'须要'道中庸'"。由此可见，朱熹对于"中庸"的解说，虽然来自于二程，但是，并不完全相同于二程，实际上又包含了对二程思想的发展。

第一节　二程及其门人论"中庸"

关于《中庸》之"中庸"，东汉郑玄《三礼目录》云："名曰'中庸'者，以其记中和之为用也。庸，用也。"⑤显然是把"中庸"之"中"解说为"中和"，把"庸"解说为"用"。郑玄把"中庸"之"中"解说为"中和"，概依据《中庸》"喜怒哀乐之未发谓之中，发而皆中节谓之和"。对此，孔颖达说："'喜怒哀乐之未发谓之中'者，言喜怒哀乐，缘事而生，未发之时，澹然虚静，心无所虑，而当于理，故'谓之中'。'发而皆中节谓之和'者，不能寂静，而有喜怒哀乐之情，虽复动发，皆中节限，犹如盐梅相得，性行和谐，故云'谓之和'。"⑥对于"庸"，郑玄不仅解说为"用"，有时也解说

---

①　(宋)朱熹：《四书章句集注·中庸章句》，北京，中华书局，1983，第17页。

②　(宋)程颢、程颐：《河南程氏遗书》卷七，《二程集》(第一册)，北京，中华书局，1981，第100页。

③　(宋)程颢、程颐：《河南程氏遗书》卷十四，《二程集》(第一册)，北京，中华书局，1981，第140页。

④　(宋)程颢、程颐：《河南程氏遗书》卷十一，《二程集》(第一册)，北京，中华书局，1981，第130页。

⑤　《礼记正义》卷五十二《中庸第三十一》，(清)阮元校刻：《十三经注疏》(下册)，北京，中华书局，1980，第1625页。

⑥　《礼记正义》卷五十二《中庸第三十一》，(清)阮元校刻：《十三经注疏》(下册)，北京，中华书局，1980，第1625页。

为"常",如注《中庸》"君子中庸"曰:"庸,常也。用中为常道也。"①注"庸德之行,庸言之谨"曰:"庸,犹常也,言德常行也,言常谨也。"孔颖达疏曰:"庸,常也。谓自修己身,常以德而行,常以言而谨也。"②由此可见,在郑玄、孔颖达那里,"中庸"之"中",为"中和";"庸",或为"用",或为"常"。

二程解"中庸",讲"不偏之谓中,不易之谓庸。中者,天下之正道;庸者,天下之定理",认为"中庸"之"中",即"不偏";"庸",即"不易",或"定理"。同时,程颐又说:"中者,只是不偏,偏则不是中。庸只是常。犹言中者是大中也,庸者是定理也。定理者,天下不易之理也,是经也。"③这里除了讲"庸"是"定理"、"不易",还讲"庸只是常",把"中庸"之"庸"注释为"常"。程颢说:"中则不偏,常则不易,惟中不足以尽之,故曰中庸。"④这里讲"常则不易",表明"常"即"恒常"。显然,在二程那里,把"庸"注释为"常",与注释为"不易"、"定理"是一致的。

二程门人吕大临对"中庸"作了不同的界定。吕大临起初师从张载。张载曾说:"今闻说到中道,无去处,不守定,又上面更求,则过中也,过则犹不及也。"⑤又说:"极善者,须以中道方谓极善,故大中谓之皇极,盖过则便非善,不及亦非善。"⑥吕大临明确以"无过不及"解说"中庸"之"中"。他说:"圣人之学,以中为大本。虽尧、舜相授以天下,亦云'允执其中'。中者,无过不及之谓也。"⑦他还说:"圣人之德,中庸而已,中则过与不及皆非道,庸则父子、兄弟、夫妇、君臣、朋友之常道。"⑧这里既讲"中"是"无过不及",又讲"庸"即是"常道"。应当说,吕大临以"无过不及"解说"中庸"之"中",并不完全相同于二程以"不偏"解说"中"。

① 《礼记正义》卷五十二《中庸第三十一》,(清)阮元校刻:《十三经注疏》(下册),北京,中华书局,1980,第1625页。
② 《礼记正义》卷五十二《中庸第三十一》,(清)阮元校刻:《十三经注疏》(下册),北京,中华书局,1980,第1627页。
③ (宋)程颢、程颐:《河南程氏遗书》卷十五,《二程集》(第一册),北京,中华书局,1981,第160页。
④ (宋)程颢、程颐:《河南程氏遗书》卷十一,《二程集》(第一册),北京,中华书局,1981,第122页。
⑤ (宋)张载:《经学理窟·气质》,《张载集》,北京,中华书局,1978,第266页。
⑥ (宋)张载:《张子语录下》,《张载集》,北京,中华书局,1978,第332页。
⑦ (宋)程颢、程颐:《河南程氏文集》卷九《与吕大临论中书》,《二程集》(第二册),北京,中华书局,1981,第608页。
⑧ (宋)吕大临:《礼记解·中庸》,陈俊民辑校:《蓝田吕氏遗著辑校》,北京,中华书局,1993,第270页。

吕大临既讲"中者，无过不及之谓也"，又讲"不倚之谓中，不杂之谓和"。对此，程颐说："不倚之谓中，甚善。语犹未莹。不杂之谓和，未当。"①至于程颐为什么说吕大临所谓"不倚之谓中"是"语犹未莹"？据《朱文公文集》记载，程颐门人王苹（生卒年不详，字信伯）曾说："昔伊川亲批吕与叔《中庸说》曰：'不倚之谓中，其言未莹。'吾亲问伊川，伊川曰：'中，无倚著。'"王苹还解释说："若说不倚，须是有四旁方言不倚得。不倚者，中立不倚也。"对此，朱熹说："不偏者，明道体之自然，即无所倚著之意也。不倚，则以人而言，乃见其不倚于物耳。故程子以不偏名中，而谓不倚者为未莹。"②另据《朱子语类》载，问："'不倚之谓中，不杂之谓和'，如何？"曰："有物方倚得。中未有物，如何倚？"③

由此可见，二程讲"不偏之谓中"，是就"道"而言。二程还说："一物不该，非中也；一事不为，非中也；一息不存，非中也。何哉？为其偏而已矣。故曰：'道也者，不可须臾离也，可离非道也。'"④而吕大临讲"不倚之谓中"是就人而言，而且需要先假定四周有物的存在，"不倚"是指人立于其中，不靠向任何一物。与之不同，二程讲"不偏之谓中"，并不存在任何可靠向的物。所以，程颐不太满意吕大临所谓"不倚之谓中"，认为讲得不够明白。

二程及其门人在对"中庸"作出界定的同时，还较多地讨论《中庸》"喜怒哀乐之未发谓之中，发而皆中节谓之和"，并从中提出了"中之道"和"在中之义"两个概念。程颐认为，"中即道"，并且指出："不偏之谓中，道无不中，故以中形道。"⑤据《程氏遗书》载，程颐曾与门人苏季明讨论"喜怒哀乐之未发谓之中"问题。苏季明问："中之道与喜怒哀乐未发谓之中，同否？"程颐曰："非也。喜怒哀乐未发是言在中之义，只一个中字，但用不同。"⑥认为"喜怒哀乐未发谓之中"讲的只是"在中之义"，并不等同于"中之道"。季明问："先生说喜怒哀乐未发谓之中是在中之义，不识

① （宋）程颢、程颐：《河南程氏文集》卷九《与吕大临论中书》，《二程集》（第二册），北京，中华书局，1981，第607页。
② （宋）朱熹：《晦庵先生朱文公文集》卷七十《记疑》，四部丛刊初编本。
③ （宋）黎靖德：《朱子语类》（七）卷九十七，北京，中华书局，1986，第2504页。
④ （宋）程颢、程颐：《河南程氏遗书》卷四，《二程集》（第一册），北京，中华书局，1981，第75页。
⑤ （宋）程颢、程颐：《河南程氏文集》卷九《与吕大临论中书》，《二程集》（第二册），北京，中华书局，1981，第606页。
⑥ （宋）程颢、程颐：《河南程氏遗书》卷十八，《二程集》（第一册），北京，中华书局，1981，第200页。

何意？"程颐曰："只喜怒哀乐不发，便是中也。"①

程颐还认为，不仅"喜怒哀乐未发"是中，"发而皆中节"也是中。据《程氏遗书》载，或曰："有未发之中，有既发之中。"程颐曰："非也。既发时，便是和矣。发而中节，固是得中，时中之类。只为将中和来分说，便是和也。"②在程颐看来，"喜怒哀乐未发谓之中"，即"在中"；"发而皆中节谓之和"，即"时中"；二者都是"中"。程颐还说："'喜怒哀乐未发谓之中'，只是言一个本体。既是喜怒哀乐未发，那里有个甚么？只可谓之中。……天下事事物物皆有中。'发而皆中节谓之和'，非是谓之和便不中也，言和则中在其中矣。中便是含喜怒哀乐在其中矣。"③另据《程氏粹言》载，或问："夫子曰有已发之中，有未发之中，中有二耶？"二程曰："非也。发而中节，是亦中也。对中而言之，则谓之和可也，以其发故也。"④

《中庸》讲"君子而时中"。何谓"时中"？二程说："犹之过门不入，在禹、稷之世为中也；时而居陋巷，则过门不入非中矣。居于陋巷，在颜子之时，为中也；时而当过门不入，则居于陋巷非中矣。盖以事言之，有时而中；以道言之，何时而不中也？"⑤另据《程氏遗书》载，苏季明问："'君子时中'，莫是随时否？"程颐曰："是也。中字最难识，须是默识心通。且试言一厅则中央为中，一家则厅中非中而堂为中，言一国则堂非中而国之中为中，推此类可见矣。且如初寒时，则薄裘为中；如在盛寒而用初寒之裘，则非中也。更如三过其门不入，在禹、稷之世为中，若居陋巷，则不中矣。居陋巷，在颜子之时为中，若三过其门不入，则非中也。"或曰："男女不授受之类皆然。"程颐曰："是也。男女不授受，中也；在丧祭则不如此矣。"⑥

①　（宋）程颢、程颐：《河南程氏遗书》卷十八，《二程集》（第一册），北京，中华书局，1981，第201页。

②　（宋）程颢、程颐：《河南程氏遗书》卷十八，《二程集》（第一册），北京，中华书局，1981，第201页。

③　（宋）程颢、程颐：《河南程氏遗书》卷十七，《二程集》（第一册），北京，中华书局，1981，第180～181页。

④　（宋）程颢、程颐：《河南程氏粹言》卷一，《二程集》（第四册），北京，中华书局，1981，第1176～1177页。

⑤　（宋）程颢、程颐：《河南程氏粹言》卷一，《二程集》（第四册），北京，中华书局，1981，第1177页。

⑥　（宋）程颢、程颐：《河南程氏遗书》卷十八，《二程集》（第一册），北京，中华书局，1981，第214页。

二程强调"时中"。程颢说:"'君子而时中',无时不中。"①程颐说:"'可以仕则仕,可以止则止,可以久则久,可以速则速',此皆时也,未尝不合中,故曰'君子而时中'。"②二程还说:"'君子而时中',谓实时而中。"③

与二程强调"时中"不同,吕大临在以"无过不及"解说"中庸"之"中"的同时,较为强调"喜怒哀乐未发之中"。他说:"《中庸》之书,学者所以进德之要,本末具备矣。……圣人之学,不使人过,不使人不及,立喜怒哀乐未发之中以为之本。"④因此,他要求"喜怒哀乐未发之前,反求吾心"⑤。如前所述,吕大临讲"中者,无过不及之谓也",同时,他又说:"何所准则而知过不及乎?求之此心而已。此心之动,出入无时,何从而守之乎?求之于喜怒哀乐未发之际而已。"⑥认为要把握"中",就必须求之于"心",求之于喜怒哀乐未发之际。对此,程颐予以反对。据《程氏遗书》载,苏季明问:"吕学士言:'当求于喜怒哀乐未发之前。'信斯言也,恐无著摸,如之何而可?"程颐曰:"看此语如何地下。若言存养于喜怒哀乐未发之时,则可;若言求中于喜怒哀乐未发之前,则不可。"⑦

苏季明对吕大临所谓"求中于喜怒哀乐未发之前"的说法有所保留,而对"时中"则有所疑义。据《程氏遗书》载,苏季明曰:"喜怒哀乐未发之前求中,可否?"程颐曰:"不可。既思于喜怒哀乐未发之前求之,又却是思也。既思即是已发。思与喜怒哀乐一般。才发便谓之和,不可谓之中也。"⑧季明曰:"中是有时而中否?"程颐曰:"何时而不中?以事言之,则有时而中。以道言之,何时而不中?"曰:"固是所为皆中,然而观于四

① (宋)程颢、程颐:《河南程氏外书》卷二,《二程集》(第二册),北京,中华书局,1981,第365页。
② (宋)程颢、程颐:《河南程氏外书》卷六,《二程集》(第二册),北京,中华书局,1981,第391页。
③ (宋)程颢、程颐:《河南程氏外书》卷七,《二程集》(第二册),北京,中华书局,1981,第393页。
④ (宋)吕大临:《礼记解·中庸》,陈俊民辑校:《蓝田吕氏遗著辑校》,北京,中华书局,1993,第270页。
⑤ (宋)吕大临:《礼记解·中庸》,陈俊民辑校:《蓝田吕氏遗著辑校》,北京,中华书局,1993,第273页。
⑥ (宋)程颢、程颐:《河南程氏文集》卷九《与吕大临论中书》,《二程集》(第二册),北京,中华书局,1981,第608页。
⑦ (宋)程颢、程颐:《河南程氏遗书》卷十八,《二程集》(第一册),北京,中华书局,1981,第200页。
⑧ (宋)程颢、程颐:《河南程氏遗书》卷十八,《二程集》(第一册),北京,中华书局,1981,第200页。

者未发之时，静时自有一般气象，及至接事时又自别，何也?"程颐曰：
"善观者不如此，却于喜怒哀乐已发之际观之。"①

与吕大临讲"求中于喜怒哀乐未发之前"、苏季明讲"观于四者未发之
时"不同，二程强调平时的"涵养"。据《程氏遗书》载，苏季明问："学者
于喜怒哀乐发时固当勉强裁抑，于未发之前当如何用功?"程颐曰："于喜
怒哀乐未发之时，更怎生求? 只平日涵养便是。涵养久，则喜怒哀乐发
自中节。"或曰："先生于喜怒哀乐未发之前下动字，下静字?"程颐曰：
"谓之静则可，然静中须有物始得，这里便是难处。学者莫若且先理会得
敬，能敬则自知此矣。"或曰："敬何以用功?"程颐曰："莫若主一。"②关
于"主一"，程颐说："敬只是主一也。主一，则既不之东，又不之西，如
是则只是中。既不之此，又不之彼，如是则只是内。存此，则自然天理
明。"③另据《程氏粹言》载，或问敬。二程曰："主一之谓敬。""何谓一?"
二程曰："无适之谓一。""何以能见一而主之?"二程曰："齐庄整敕，其心
存焉；涵养纯熟，其理著矣。"④朱熹则解释说："'主一之谓敬'，只是心
专一，不以他念乱之。每遇事，与至诚专一做去，即是主一之义。"⑤

二程讲"敬"，并且还说："敬而无失，便是'喜怒哀乐之未发谓之中'
也。敬不可谓之中，但敬而无失，即所以中也。"⑥据《程氏粹言》载，或
问："喜怒哀乐未发之时，耳无所闻，目无所见乎?"二程曰："虽无闻见，
而闻见之理自存。汝于静也何如?"对曰："谓之有物则不可，然昭昭乎有
所知觉也。"二程曰："有是觉，则是动矣。"曰："夫子于喜怒哀乐之未发
也，谓静而已乎?"二程曰："汝必从事于敬以直内，则知而得之矣。"曰：
"何以未发言中?"二程曰："敬而无失，所以中也。凡事事物物皆有自然
之中，若俟人为布置，则不中矣。"⑦

二程门人杨时推崇二程对"中庸"的解说，指出："《中庸》为书，微极

① (宋)程颢、程颐：《河南程氏遗书》卷十八，《二程集》(第一册)，北京，中华书局，1981，第201页。
② (宋)程颢、程颐：《河南程氏遗书》卷十八，《二程集》(第一册)，北京，中华书局，1981，第200~202页。
③ (宋)程颢、程颐：《河南程氏遗书》卷十五，《二程集》(第一册)，北京，中华书局，1981，第149页。
④ (宋)程颢、程颐：《河南程氏粹言》卷一，《二程集》(第四册)，北京，中华书局，1981，第1173页。
⑤ (宋)黎靖德：《朱子语类》(五)卷六十九，北京，中华书局，1986，第1740页。
⑥ (宋)程颢、程颐：《河南程氏遗书》卷二上，《二程集》(第一册)，北京，中华书局，1981，第44页。
⑦ (宋)程颢、程颐：《河南程氏粹言》卷一，《二程集》(第四册)，北京，中华书局，1981，第1177页。

乎性命之际，幽尽乎鬼神之情，广大精微，罔不毕举。而独以'中庸'名书，何也？予闻之师曰：'不偏之谓中，不易之谓庸。中者，天下之正道；庸者，天下之定理。'推是言也，则其所以名书者义可知也。"①

　　然而，与吕大临一样，杨时强调"喜怒哀乐未发之中"，并要求在喜怒哀乐未发之际体验"中"。他说："夫中者，不偏之谓也。一物不该焉，则偏矣。《中庸》曰：'喜怒哀乐之未发谓之中。'但于喜怒哀乐未发之时，以心验之，时中之义自见。"②又说："既发则倚于一偏而非中也。故未发谓之中，中者不偏之谓也。由中而出，无人欲之私焉，发必中节矣。"③认为只要在喜怒哀乐未发之际体验"中"，就能够"发必中节"，这就是他所谓"须是于喜怒哀乐未发之际，能体所谓中，于喜怒哀乐之后，能得所谓和"④。

　　总之，在"中庸"的解说方面，二程与其门人吕大临、苏季明存在着不同意见，同时，杨时的解说也与二程有所偏差。二程解"中庸"之"中"为"不偏"，所谓"不偏之谓中"；吕大临则讲"中者，无过不及之谓也"、"不倚之谓中"。程颐强调"时中"，主张平时的"涵养"，讲"敬"；吕大临、苏季明、杨时则重视"喜怒哀乐未发之中"，即"在中"，其中吕大临讲"求中于喜怒哀乐未发之前"，苏季明讲"观于四者未发之时"，杨时讲"于喜怒哀乐未发之际，能体所谓中"，因而都主张"静"。这就是为什么后来的朱熹在《中庸章句序》中说："（二程）门人所自为说，则虽颇详尽而多所发明，然倍其师说而淫于老、佛者，亦有之矣。"

第二节　"中"：兼中和之义

　　郑玄、孔颖达把"中庸"之"中"解说为"中和"，而朱熹则对"中和"作了进一步解说。早在乾道五年（1169 年），朱熹作《与湖南诸公论中和第一书》就指出：

　　　　思虑未萌、事物未至之时，为喜怒哀乐之未发。当此之时，即是此心寂然不动之体，而天命之性，当体具焉。以其无过不及，不偏不倚，故谓之"中"。及其感而遂通天下之故，则喜怒

---

① 引自（宋）朱熹：《中庸辑略》卷上，文渊阁四库全书本。
② （宋）杨时：《龟山集》卷二十《答胡康侯其一》，文渊阁四库全书本。
③ 引自（宋）朱熹：《中庸辑略》卷上，文渊阁四库全书本。
④ （宋）杨时：《龟山集》卷十二《语录三》，文渊阁四库全书本。

哀乐之性发焉，而心之用可见。以其无不中节，无所乖戾，故谓之"和"。①

显然，这时的朱熹已经将"无过不及"与"不偏不倚"并列，以界定"中和"之"中"。乾道八年（1172年），朱熹《答张敬夫》（十九）指出：

> 程子所云"只一个中字，但用不同"，此语更可玩味。夫所谓"只一个中字"者，"中"字之义未尝不同，亦曰不偏不倚、无过不及而已矣；然"用不同"者，则有所谓"在中之义"者，有所谓"中之道"者是也。盖所谓"在中之义"者，言喜怒哀乐之未发，浑然在中，亭亭当当，未有个偏倚过不及处；其谓之中者，盖所以状性之体段也。有所谓"中之道"者，乃即事即物自有个恰好底道理，不偏不倚，无过不及；其谓之中者，则所以形道之实也。②

如前所述，程颐明确讲"喜怒哀乐未发是言在中之义"，并认为"喜怒哀乐未发谓之中"不等同于"中之道"。但是，他并没有对"中之道"作出更多的说明。朱熹通过对程颐所言"只一个中字，但用不同"的分析，认为所谓"用不同"，既可以指"在中之义"，即喜怒哀乐之未发，浑然在中；又可以指"中之道"，即："即事即物自有个恰好底道理，不偏不倚，无过不及"。显然，在朱熹看来，无论是喜怒哀乐未发的"在中之义"，或是即事即物的"中之道"，其中的"中"都是指"不偏不倚，无过不及"。

　　如前所述，吕大临讲"不倚之谓中"，程颐认为吕大临"语犹未莹"，而讲"不偏之谓中"，对此，朱熹说："不偏者，明道体之自然，即无所倚著之意也。不倚，则以人而言，乃见其不倚于物耳。故程子以不偏名中，而谓不倚者为未莹。"在朱熹看来，"不偏"与"不倚"是两个概念，"不偏"是指道之本体的自然状态在于"中"，"不倚"是指人不靠向任何一物，所以，程颐认为，吕大临所谓"不倚之谓中"讲得不够明白。但是，朱熹又接着说："今以不倚者之未莹，乃欲举不偏者而废之，其亦误矣。"③当时

---

① （宋）朱熹：《晦庵先生朱文公文集》卷六十四《与湖南诸公论中和第一书》，四部丛刊初编本。
② （宋）朱熹：《晦庵先生朱文公文集》卷三十一《答张敬夫》（十九），四部丛刊初编本。参见陈来：《朱子书信编年考证》，上海，上海人民出版社，1989，第89页。
③ （宋）朱熹：《晦庵先生朱文公文集》卷七十《记疑》，四部丛刊初编本。

为淳熙三年(1176 年)。显然,在朱熹看来,吕大临讲"不倚之谓中",固然讲得不够明白,但是,如果因而只讲"不偏之谓中"而不讲"不倚之谓中",那么也是不对的。

淳熙四年(1177 年),朱熹写成《中庸章句》,明确指出:"中者,不偏不倚、无过不及之名。庸,平常也。"《中庸或问》对所谓"中者,不偏不倚、无过不及之名"作了进一步说明:

> 或问:"名篇之义,程子专以不偏为言,吕氏专以无过不及为说,二者固不同矣。子乃合而言之,何也?"曰:"中,一名而有二义。程子固言之矣。今以其说推之,不偏不倚云者,程子所谓在中之义,未发之前无所偏倚之名也;无过不及者,程子所谓中之道也,见诸行事各得其中之名也。盖不偏不倚,犹立而不近四旁,心之体,地之中也。无过不及,犹行而不先不后,理之当、事之中也。故于未发之大本,则取不偏不倚之名;于已发而时中,则取无过不及之义。语固各有当也。然方其未发,虽未有无过不及之可名,而所以为无过不及之本体,实在于是;及其发而得中也,虽其所主不能不偏于一事,然其所以无过不及者,是乃无偏倚者之所为,而于一事之中,亦未尝有所偏倚也。故程子又曰:'言和,则中在其中;言中,则含喜怒哀乐在其中。'而吕氏亦云:'当其未发,此心至虚,无所偏倚,故谓之中;以此心而应万物之变,无往而非中矣。'是则二义虽殊,而实相为体用。此愚于名篇之义,所以不得取此而遗彼也。"①

从以上论述可以看出,朱熹所谓"中者,不偏不倚、无过不及之名",实际上是吸取了二程所谓"不偏之谓中"和吕大临所谓"中者,无过不及之谓也"。应当说,淳熙三年,朱熹讲"今以不倚者之未莹,乃欲举不偏者而废之,其亦误矣",实际上表明朱熹还吸取了吕大临的"不倚之谓中"。重要的是,朱熹还从以下两个方面作了论述:

第一,"中庸"之"中","一名而有二义":一为"不偏不倚";一为"无过不及"。前者指的是程颐所谓"在中之义",是指"未发之前无所偏倚",即"喜怒哀乐未发谓之中";后者指的是"中之道",是指"见诸行事各得其

---

① (宋)朱熹:《四书或问·中庸或问》,朱杰人等主编:《朱子全书》(第六册),上海,上海古籍出版社;合肥,安徽教育出版社,2002,第 548 页。

中"，即"发而皆中节谓之和"。所以，"于未发之大本，则取不偏不倚之名；于已发而时中，则取无过不及之义"。另据《朱子语类》载，

> "'中庸'之'中'，是兼已发而中节、无过不及者得名。故周子曰：'惟中者，和也，中节也，天下之达道也。'若不识得此理，则周子之言更解不得。所以伊川谓'中者，天下之正道'。《中庸章句》以'中庸'之'中'，实兼'中和'之义。"
>
> "'中庸'之'中'，兼不倚之中？"曰："便是那不倚之中流从里出来。"①

显然，朱熹以"不偏不倚、无过不及"解"中庸"之"中"，与二程所谓"不偏之谓中"是不同的。这不仅是因为朱熹的界定还吸取并融合了吕大临所谓"中者，无过不及之谓也"和"不倚之谓中"，而且更在于朱熹的界定既以"不偏不倚"讲"喜怒哀乐之未发谓之中"，又以"无过不及"讲"发而皆中节谓之和"，明确讲"'中庸'之'中'，实兼'中和'之义"。对此，朱熹门人陈淳也说：

> 中有二义：有已发之中，有未发之中。未发是性上论，已发是就事上论。已发之中，当喜而喜，当怒而怒，那恰好处，无过不及，便是中。此中即所谓和也。
>
> 大抵"中和"之"中"，是专主未发而言。"中庸"之"中"，却又是含二义：有在心之中，有在事物之中。所以文公解"中庸"二字，必合内外而言，谓"不偏不倚，无过不及，而平常之理"，可谓确而尽矣。②

因此，在朱熹看来，"中庸"之"中"不同于"中和"之"中"，而是包含了"中"与"和"二义。

第二，"不偏不倚"与"无过不及"相互联系，而为体用关系。未发时，虽然只讲"不偏不倚"而不讲"无过不及"，但未发的"不偏不倚"是已发"无过不及之本体"；已发时，虽然只讲"无过不及"而不讲"不偏不倚"，但已发之所以能够"无过不及"是由于未发的"不偏不倚"，所以讲"无过不及"，

---

① （宋）黎靖德：《朱子语类》（四）卷六十二，北京，中华书局，1986，第1480~1481页。
② （宋）陈淳：《北溪字义》卷下《中庸》，北京，中华书局，1983，第48页。

实际上内涵着"不偏不倚"。朱熹还明确指出："无过不及，乃无偏倚者之所为；而无偏倚者，是所以能无过不及也。"①尤其是，朱熹认为，"中庸"之"中"所含"不偏不倚"和"无过不及"，"二义虽殊，而实相为体用"；未发"不偏不倚"是体；已发"无过不及"是用。朱熹还在比较"中庸"之"中"与"中和"之"中"的差异时指出："'中和'之'中'专指未发而言，'中庸'之'中'则兼体用而言。"②《中庸或问》还认为，"'中和'之'中'，其义虽精，而'中庸'之'中'，实兼体用"，所以，"中庸"一词"比之'中和'其所该者尤广，而于一篇大指，精粗本末，无所不尽"，③ 这就是《中庸》为什么以"中庸"而不是以"中和"作为篇名的原因。

朱熹不仅讲"未发"之"中"与"已发"之"和"是体用关系，而且还明确把"未发"之"中"与"时中"之"中"对应起来，确定为体用关系。据《朱子语类》载，

　　问："《中庸》名篇之义，中者，不偏不倚、无过不及之名。兼此二义，包括方尽。就道理上看，固是有未发之中；就经文上看，亦先言'喜怒哀乐未发之谓中'，又言'君子之中庸也，君子而时中'。"先生曰："他所以名篇者，本是取'时中'之'中'。然所以能时中者，盖有那未发之中在。所以先开说未发之中，然后又说'君子之时中'。"

　　至之问："'中'含二义，有未发之中，有随时之中。"曰："《中庸》一书，本只是说随时之中。然本其所以有此随时之中，缘是有那未发之中，后面方说'时中'去。"

　　"'中庸'之'中'，本是无过无不及之中，大旨在时中上。若推其中，则自喜怒哀乐未发之中，而为'时中'之'中'。未发之中是体，'时中'之'中'是用，'中'字兼中和言之。"④

可见，在朱熹那里，"无过不及"之"中"，既是指"发而皆中节谓之和"，又是指"时中"之"中"，所谓"时中便是那无过不及之'中'"⑤。这也就是《中庸或问》所言"于已发而时中，则取无过不及之义"。朱熹还说："已发

①　(宋)黎靖德：《朱子语类》(四)卷六十二，北京，中华书局，1986，第1510页。
②　(宋)朱熹：《晦庵先生朱文公文集》卷三十五《答吕伯恭》(九十九)，四部丛刊初编本。
③　(宋)朱熹：《四书或问·中庸或问》，朱杰人等主编：《朱子全书》(第六册)，上海，上海古籍出版社；合肥，安徽教育出版社，2002，第549页。
④　(宋)黎靖德：《朱子语类》(四)卷六十二，北京，中华书局，1986，第1480页。
⑤　(宋)黎靖德：《朱子语类》(三)卷三十三，北京，中华书局，1986，第840页。

之中，即时中也。"①因此，朱熹所谓"'中庸'之'中'，实兼'中和'之义"，也可以说成是"中庸"之"中"，实兼"未发"之"中"与"时中"之"中"。

由此可见，朱熹虽然与郑玄、孔颖达一样，把"中庸"之"中"解说为"中和"，但是对于"中和"二字又作了进一步的解说，以"不偏不倚"解"中"，以"无过不及"解"和"。尤其是，郑玄、孔颖达并没有对"中"与"和"的关系作出明确说明，而朱熹不仅讲"'中庸'之'中'，实兼'中和'之义"，而且认为"中"与"和"为体用关系。

第三节 "庸"：平常则恒常

如前所述，郑玄、孔颖达注"中庸"之"庸"，或为"用"，或为"常"。二程虽然讲"不易之谓庸"，注"庸"为"不易"，但又讲"庸只是常"，"常则不易"，把"庸"注释为"常"。朱熹也曾说："子思言中，而谓之中庸者，庸只训常。日用常行，事事要中。"②朱熹《中庸章句》讲"庸，平常也"，明确以"平常"解"中庸"之"庸"，并且指出："中庸者，不偏不倚、无过不及，而平常之理。"③

应当说，朱熹以"平常"解"中庸"之"庸"，明显不同于郑玄以及二程把"庸"注释为"常"。《中庸》说："庸德之行，庸言之谨，有所不足，不敢不勉，有余不敢尽。"郑玄注曰："庸，犹常也，言德常行也，言常谨也。"显然，在郑玄那里，"庸"注释为"常"，即"经常"。在二程那里，"庸只是常"，"常则不易"，因此，"常"也是指"恒常"。但是，"恒常"的东西并非完全都是平常的东西。当然，对于朱熹解"中庸"之"庸"与二程的不同，朱熹自有自己的解释。据《中庸或问》所述：

> 曰："庸字之义，程子以不易言之，而子以为平常，何也？"曰："惟其平常，故可常而不可易，若惊世骇俗之事，则可暂而不得为常矣。二说虽殊，其致一也。但谓之不易，则必要于久而后见，不若谓之平常，则直验于今之无所诡异，而其常久而不可易者可兼举也。况《中庸》之云，上与高明为对，而下与无忌惮者相反，其曰'庸德之行，庸言之谨'，又以见夫虽细微而不敢忽，则其名篇之义，以不易而为言者，又孰若平常之为切

① （宋）黎靖德：《朱子语类》（四）卷六十二，北京，中华书局，1986，第1510页。
② （宋）黎靖德：《朱子语类》（一）卷十三，北京，中华书局，1986，第229页。
③ （宋）朱熹：《四书章句集注·中庸章句》，北京，中华书局，1983，第18页。

乎!"曰:"然则所谓平常,将不为浅近苟且之云乎?"曰:"不然
也。所谓平常,亦曰事理之当然,而无所诡异云尔,是固非有
甚高难行之事,而亦岂同流合污之谓哉! 既曰当然,则自君臣
父子、日用之常,推而至于尧、舜之禅授,汤、武之放伐,其
变无穷,亦无适而非平常矣。"①

在这里,朱熹大致从以下四个方面以论证把"中庸"之"庸"注释为"平
常"要比解为"常"、"不易"更为妥当。

第一,"惟其平常,故可常而不可易,若惊世骇俗之事,则可暂而不
得为常矣"。这里涉及两个概念:一是二程的"恒常"或"不易";二是朱熹
的"平常"。朱熹认为,只有平常的,才是恒常的,才是不可易的;而那
些惊世骇俗之事,即不平常的事,则往往不是恒常的;所以,"平常"与
"常而不可易","二说虽殊,其致一也"。朱熹还说:

　　惟其平常,故不可易;若非常,则不得久矣。譬如饮食,
如五谷是常,自不可易。若是珍羞异味不常得之物,则暂一食
之可也,焉能久乎! 庸,固是定理,若以为定理,则却不见那
平常底意思。今以平常言,则不易之定理自在其中矣。②

朱熹认为,只有把"中庸"之"庸"注释为"平常",才能包含二程所谓
"不易之谓庸"、"庸者,天下之定理"之意。这实际上就把二程所谓"庸只
是常"、"常则不易"中的"常",即"恒常",解说为"平常",从而把"中庸"
之"庸"解说为——平常则恒常。

第二,"谓之不易,则必要于久而后见,不若谓之平常,则直验于今
之无所诡异,而其常久而不可易者可兼举也"。朱熹认为,是不是不可易
的,要过得很久才可知道;而是不是平常,当下就可验证,而且,平常
则恒常,因此能长久而不可易。据《朱子语类》载,

　　问:"明道以'不易'为庸,先生以'常'为庸,二说不同?"
曰:"言常,则不易在其中矣。惟其常也,所以不易。但'不易'
二字,则是事之已然者。自后观之,则见此理之不可易。若庸,

----

① (宋)朱熹:《四书或问·中庸或问》,朱杰人等主编:《朱子全书》(第六册),上海,上
　海古籍出版社;合肥,安徽教育出版社,2002,第 549 页。
② (宋)黎靖德:《朱子语类》(四)卷六十二,北京,中华书局,1986,第 1481 页。

则日用常行者便是。"①

在朱熹看来，"不易"要事后来验证，"平常"则是日常所行之事，所以平常的，即是不易的。

第三，"'庸德之行，庸言之谨'，又以见夫虽细微而不敢忽"。对于《中庸》讲"庸德之行，庸言之谨"，如前所述，郑玄注曰："德常行也，言常谨也。"把"庸"注释为"常"，即"经常"。二程以"不易"释"庸"，又讲"庸只是常"，"常则不易"，因此，"常"是指"恒常"。朱熹《中庸章句》则注曰："庸，平常也。行者，践其实。谨者，择其可。德不足而勉，则行益力；言有余而切，则谨益至。"朱熹后学赵顺孙②（1215—1277年，字和仲，号格庵）所撰《中庸纂疏》引陈氏③曰："虽平常之行，亦必践其实；平常之言，亦必致其谨。"④朱熹以"平常"释"庸"，不仅可以运用于解说"庸德之行，庸言之谨"，而且还认为，实实在在地践履平常的德行，谨慎小心地对待平常的言语，正体现出《中庸》的"虽细微而不敢忽"思想，而这正是二程以"常"释"庸"、以"不易"释"庸"所无法表达的。

第四，"所谓平常，亦曰事理之当然，而无所诡异云尔，是固非有甚高难行之事，而亦岂同流合污之谓哉"。朱熹还说："庸是依本分，不为怪异之事。"⑤据《朱子语类》载，

> 问："'中庸'之'庸'，平常也。所谓平常者，事理当然而无诡异也。《或问》言：'既曰当然，则自君臣父子日用之常，以至尧舜之禅授，汤武之放伐，无适而非平常矣。'窃谓尧舜禅授，汤武放伐，皆圣人非常之变，而谓之平常，何也？"曰："尧舜禅授，汤武放伐，虽事异常，然皆是合当如此，便只是常事。如伊川说'经、权'字，'合权处，即便是经'。"铢曰："程《易》说《大过》，以为'大过者，常事之大者耳，非有过于理也。圣人尽人道，非过于理'。是此意否？"曰："正是如此。"⑥

① （宋）黎靖德：《朱子语类》（四）卷六十二，北京，中华书局，1986，第1481页。
② 朱熹传门人滕璘，再传赵雷，三传赵雷之子赵顺孙。
③ 疑为陈淳。赵顺孙《中庸纂疏》属《四书纂疏》之一，其中所引陈氏有三：陈孔硕，称"三山陈氏"；陈埴，称"永嘉陈氏"；还有陈淳，称"陈氏"。
④ （宋）赵顺孙：《大学纂疏·中庸纂疏》，上海，华东师范大学出版社，1992，第178页。
⑤ （宋）黎靖德：《朱子语类》（三）卷三十三，北京，中华书局，1986，第841页。
⑥ （宋）黎靖德：《朱子语类》（四）卷六十二，北京，中华书局，1986，第1484页。

在朱熹看来，是不是属于平常事，关键要看是不是理所当然事。那种"过于理"的高难行之事以及"不及于理"的同流合污之事，即便是平时常常可以看到，也不属于平常事；与之相反，理所当然之事，比如"尧舜禅授，汤武放伐"，即便是平时少有看到，也属于平常事。

从朱熹以"平常"解"中庸"之"庸"取代二程以"不易"解"庸"，并为此做出辨析可以看出，朱熹强调"平常"，讲究"践其实"，反对"好高之过"，抵制"过于理"；同时，他强调"平常"又不流于平庸，反对"过于理"，也反对"不及于理"。这就把"中庸"之"中"的"无过不及"与"中庸"之"庸"中的"平常"统一起来，把"中"与"庸"统一起来。需要指出的是，朱熹特别强调"中"与"庸"的相互联系，不可分离。他说："有中必有庸，有庸必有中，两个少不得。"①据《朱子语类》载，

　　公晦问："'中庸'二字，旧说依程子'不偏不易'之语。今说得是不偏不倚、无过不及而平常之理。似以不偏不倚无过不及说中，乃是精密切至之语；而以平常说庸，恰似不相粘著。"曰："此其所以粘著。盖缘处得极精极密，只是如此平常。若有些子咤异，便不是极精极密，便不是中庸。凡事无不相反以相成；东便与西对，南便与北对，无一事一物不然。"

　　问："中庸不是截然为二，庸只是中底常然而不易否？"曰："是。"

　　问："明道曰：'惟中不足以尽之，故曰中庸。'庸乃中之常理，中自已尽矣。"曰："中亦要得常，此是一经一纬，不可阙。"

　　又问"中、庸"。曰："中、庸只是一事，就那头看是中，就这头看是庸。譬如山与岭，只是一物。方其山，即是谓之山；行著岭路，则谓之岭，非二物也。"②

关于朱熹以"平常"解"中庸"之"庸"，朱熹门人陈淳说：

　　文公解庸为平常。非于中之外复有所谓庸，只是这中底发出于外，无过不及，便是日用道理。平常与怪异字相对，平常是人所常用底，怪异是人所不曾行，忽然见之便怪异。如父子之亲，君臣之义，夫妇之别，长幼之序，朋友之信，皆日用事，

---

①　（宋）黎靖德：《朱子语类》(四)卷六十二，北京，中华书局，1986，第1484页。
②　（宋）黎靖德：《朱子语类》(四)卷六十二，北京，中华书局，1986，第1482～1483页。

便是平常底道理，都无奇特底事。如尧舜之揖逊，汤武之征伐，夷齐之立节，三仁之制行；又如视之思明，听之思聪，色之思温，貌之思恭，与夫足容之重，手容之恭，头容之直，气容之肃，及言忠信，行笃敬，居处恭，执事敬等类，论其极致，只是平常道理。凡日用间人所常行而不可废者，便是平常道理。惟平常，故万古常行而不可易。如五谷之食，布帛之衣，万古常不可改易，可食可服而不可厌者，无他，只是平常耳。故平常则自有不可易之义。其余珍奇底饮食衣服，则可供一时之美，终不可以为常。若常常用之，则必生厌心矣。

程子谓"不易之谓庸"，说得固好，然于义未尽，不若文公平常之说为明备。盖平常字包得不易字意，不易字包不得平常字意，其实则一个道理而已。[①]

赵顺孙《中庸纂疏》引陈氏曰："程子以'不易'解'庸'字，亦是谓万古常然而不可易，但其义未尽，不若'平常'字最亲切，可包得'不易'字。盖天下事物之理，惟平常然后可以常而不易，若怪异之事，人所罕见，但可暂而不可以常耳。佛、老说道理，便入于高远玄妙。不知自尧、舜三代以来，只是一个平常底道理，所以万世常然而不可易。'平常'、'不易'二字，本作一意看。"[②]

朱熹之后，对于以"平常"解"中庸"之"庸"，既有赞同者，亦有反对者。王夫之明确反对朱熹以"平常"解"中庸"之"庸"，指出："《中庸》之名，其所自立，则以圣人继天理物，修之于上，治之于下，皇建有极，而锡民之极者言也。故曰：'中庸其至矣乎！民鲜能久矣。'又曰：'中庸不可能也。'是明夫中庸者，古有此教，而唯待其人而行，而非虚就举凡君子之道而赞之，谓其'不偏不倚，无过不及'之能中，'平常不易'之庸矣。"[③]王夫之还说："若夫庸之为义，在《说文》则云：'庸，用也。'《尚书》之言庸者，无不与用义同。自朱子以前，无有将此字作平常解者。《易·系（文言）》所云'庸行'、'庸言'者，亦但谓有用之行、有用之言也。盖以庸为日用则可，而于日用之下加'寻常'二字，则赘矣。道之见于事物者，日用而不穷，在常而常，在变而变，总此吾性所得之中以为之体

①　(宋)陈淳：《北溪字义》卷下《中庸》，北京，中华书局，1983，第48～49页。
②　(宋)赵顺孙：《大学纂疏·中庸纂疏》，上海，华东师范大学出版社，1992，第119页。
③　(明)王夫之：《读四书大全说》卷二《中庸》，《船山全书》(第六册)，长沙，岳麓书社，1991，第449页。

而见乎用，非但以平常无奇而言审矣。……故知曰'中庸'者，言中之用也。"①显然，王夫之坚持郑玄以"用"释"庸"的观点。

当今学者徐复观大致赞同朱熹以"平常"解"中庸"之"庸"，指出："所谓'庸'，是把'平常'和'用'连在一起，以形成其新内容的。……朱元晦'庸，平常也'，'平常'二字，极为妥贴，惜尚不够完全；完全的说法，应该是所谓'庸'者，乃指'平常的行为'而言。所谓平常的行为，是指随时随地，为每一人所应实践、所能实现的行为。坏的行为，使人与人间互相抵牾、冲突，这是反常的行为，固然不是庸。即使是有道德价值，但为一般人所不必实践、所不能实践的，也不是庸。因此'平常的行为'，实际是指'有普遍妥当性的行为'而言；这用传统的名词表达，即所谓'常道'。"②同时，徐复观还赞同朱熹关于"中"与"庸"的不可分离，指出："平常的行为，必系无过不及的行为；所以中乃庸得以成立之根据。仅言中而不言庸，则'中'可能仅悬空而成为一种观念。言庸而不言中，则此平常的行为的普遍而妥当的内容不显，亦即庸之所以能成立的意义不显。"③

事实上，朱熹以"平常"解"中庸"之"庸"，涉及对于"平常"一词的理解。如上所述，在朱熹看来，"平常"即日常所行之事，与"惊世骇俗之事"对立，又说："所谓平常，亦曰事理之当然。"所以，"平常"又不是"同流合污之谓"，因而也不是通常所谓"平庸"。徐复观把"平常"界定为"有普遍妥当性的"，应当说，与朱熹是一致的。

有趣的是，朱熹论敌陆九渊的门人杨简（1141—1225年，字敬仲，世称慈湖先生）也以"平常"解"中庸"之"庸"。他说："中庸，不偏不倚之谓。……尧、舜'允执厥中'，亦不过不偏不倚耳。意微动则偏倚，即谓不中。既曰中矣，而又曰庸，何也？至哉！圣言，可谓深切著明矣。庸，常也。中道初不深远，不过庸常而已。而智者自过之，愚者又自不及；贤者自过之，不肖者又自不及。切实言之曰庸常而已矣。"④仅就这里释"庸"为"常"而言，确与朱熹有相似之处。但杨简又说："日用平常之心即道，故圣人曰中庸。庸，常也。"⑤显然，这里的"常"，讲的是"平常心"，不能完全等同于朱熹把"庸"诠释为"平常"。

---

① （明）王夫之：《读四书大全说》卷二《中庸》，《船山全书》（第六册），长沙，岳麓书社，1991，第452～453页。

② 徐复观：《中国人性论史》，上海，华东师范大学出版社，2005，第70页。

③ 徐复观：《中国人性论史》，上海，华东师范大学出版社，2005，第70页。

④ （宋）杨简：《慈湖遗书》卷十三《论中庸》，文渊阁四库全书本。

⑤ （宋）杨简：《慈湖遗书》卷五《铭张渭叔墓》，文渊阁四库全书本。

第四节　"极高明而道中庸"

《中庸》曰："极高明而道中庸。"孔颖达疏曰："高明，谓天也，言贤人由学极尽天之高明之德。道，通也，又能通达于中庸之理也。"①显然，在孔颖达那里，高明之德与中庸之理是分离的。后来的王安石实际上继承了这一思想，并作了发挥，提出"中庸所以接人，高明所以处已"②。

二程解"极高明而道中庸"，强调"高明"与"中庸"的统一，指出："'极高明而道中庸'，非二事。中庸，天理也。天理固高明，不极乎高明，不足以道中庸。中庸乃高明之极。"③又说："中庸天理也。不极天理之高明，不足以道乎中庸。中庸乃高明之极耳，非二致也。"④程颢还说："理则极高明，行之只是中庸也。"⑤后来的胡安国（1074—1138 年，字康侯，世称武夷先生，谥号"文定"）对二程强调"高明"与"中庸"的统一给予大力推崇，指出："夫圣人之道，所以垂训万世，无非中庸，非有甚高难行之说，此诚不可易之至论也。然《中庸》之义，不明久矣。自颐兄弟始发明之，然后其义可思而得。不然，则或谓高明所以处已，中庸所以接物，本末上下，析为二途，而其义愈不明矣。……自颐兄弟始发明之，而后其道可学而至也。"⑥认为王安石讲"中庸所以接人，高明所以处已"，将"高明"与"中庸"相分离，而使《中庸》之义不明；而二程将二者统一，才使得《中庸》之道可思而得、可学而至。

二程门人游酢继承师说，认为"高明"与"中庸"实为一体。他说："离形去智，廓然大通，此极高明也。非道中庸，则无践履可据之地，不几于荡而无执乎？故继之以道中庸。高明者，中庸之至理；而中庸者，高明之实德也，其实非两体也。"⑦可见，在游酢那里，"高明"与"中庸"是

---

① 《礼记正义》卷五十三《中庸》，（清）阮元校刻：《十三经注疏》（下册），北京，中华书局，1980，第 1633 页。

② 引自（清）黄宗羲、全祖望：《宋元学案》（第二册）卷三十八《默堂学案》，北京，中华书局，1986，第 1265 页。

③ （宋）程颢、程颐：《河南程氏外书》卷三，《二程集》（第二册），北京，中华书局，1981，第 367 页。

④ （宋）程颢、程颐：《河南程氏粹言》卷一，《二程集》（第四册），北京，中华书局，1981，第 1181 页。

⑤ （宋）程颢、程颐：《河南程氏遗书》卷十一，《二程集》（第一册），北京，中华书局，1981，第 119 页。

⑥ 引自（宋）胡安国：《奏状》，《二程集》（第二册），北京，中华书局，1981，第 348～349 页。

⑦ （宋）游酢：《游廌山集》卷一《中庸义》，文渊阁四库全书本。

不可分离的,"极高明"必须"道中庸"。

二程门人杨时也反对将"高明"与"中庸"相分离,指出:"道止于中而已矣。出乎中则过,未至则不及,故惟中为至。夫中也者,道之至极,故中又谓之极。屋极亦谓之极,盖中而高故也。极高明而不道乎中庸,则贤智者过之也。道中庸而不极乎高明,则愚不肖者之不及也。世儒以高明、中庸析为二致,非知中庸也。以为圣人以高明处己,中庸待人,则圣人处己常过之,待人常不及,道终不明不行,与愚不肖者无以异矣。"①在这里,杨时既强调"极高明"与"道中庸"的不可分离,又反对王安石"以高明、中庸析为二致",并对所谓"中庸所以接人,高明所以处己"进行了批评。杨时还认为,王安石的说法会导致"圣贤所以自待者常过,而以其所贱者事君亲也"②,而这是不能接受的。为此,杨时对"高明"与"中庸"的关系作出进一步说明,他说:"高明即中庸也。高明者,中庸之体;中庸者,高明之用耳。高明亦犹所谓至也。"③以为"高明"即"中庸",为"中庸"之体,"中庸"为"高明"之用,实际上是较为强调"高明"。

朱熹讲"中庸",不仅把"庸"注释为"平常",而且非常强调"中庸"的"平常"之意。据《朱子语类》载,

> 蜚卿问:"'中庸之为德。'程云:'不偏之谓中,不易之谓庸。'"曰:"中则直上直下,庸是平常不差异。中如一物竖置之,常如一物横置之。唯中而后常,不中则不能常。"因问曰:"不惟不中则不能常,然不常亦不能为中。"曰:"亦是如此。中而后能常,此以自然之理而言;常而后能有中,此以人而言。"④

在朱熹看来,"中庸"之"中"与"平常"有密切的关系,所谓"中而后能常","常而后能有中"。他还说:

> 中、庸只是一个道理,以其不偏不倚,故谓之"中";以其不差异可常行,故谓之"庸"。未有中而不庸者,亦未有庸而不中者。惟中,故平常。尧授舜,舜授禹,都是当其时合如此做,做得来恰好,所谓中也。中,即平常也,不如此,便非中,便

---

① (宋)杨时:《龟山集》卷十四《答问》,文渊阁四库全书本。
② (宋)杨时:《龟山集》卷十《语录》,文渊阁四库全书本。
③ (宋)杨时:《龟山集》卷十《语录》,文渊阁四库全书本。
④ (宋)黎靖德:《朱子语类》(四)卷六十二,北京,中华书局,1986,第1483页。

不是平常。以至汤武之事亦然。又如当盛夏极暑时,须用饮冷,就凉处,衣葛,挥扇,此便是中,便是平常。当隆冬盛寒时,须用饮汤,就密室,重裘,拥火,此便是中,便是平常。若极暑时重裘拥火,盛寒时衣葛挥扇,便是差异,便是失其中矣。①

在这里,朱熹明确提出"中,即平常也",以为"中",所以平常;相反,反常之事,便是失其"中"。

关于"极高明而道中庸",朱熹说:"'极高明',谓无一毫人欲之私,以累于己。"②"'中庸'对'高明'而言,是就事物上说各要得中而平常。"③据《朱子语类》载:

> 问:"'高明'是以理言,'中庸'是以事言否?"曰:"不是理与事。'极高明'是言心,'道中庸'是言学底事。立心超乎万物之表,而不为物所累,是高明;及行事则恁地细密,无过不及,是中庸。"④
>
> 问:"如何'极高明'?如何'道中庸'?"曰:"此身与天地并,这是'极高明',若只说却不踏实地,无渐进处,亦只是胡说。也须是自家周旋委曲于规矩准绳之中,到俯仰无愧怍处始得,这是'道中庸'。"⑤

朱熹认为,所谓"极高明而道中庸"是指心超乎万物之上,不为物所累,而与天齐;行事则中规中矩,谨慎细致,无过不及,中而平常,以至问心无愧。所以,他明确指出:

> 圣人之学所以异乎老释之徒者,以其精粗、隐显、体用浑然,莫非大中至正之矩,而无偏倚过不及之差。是以君子智虽极乎高明,而见于言行者未尝不道乎中庸。非故使之然,高明、中庸实无异体故也。⑥

① (宋)黎靖德:《朱子语类》(四)卷六十二,北京,中华书局,1986,第1483~1484页。
② (宋)黎靖德:《朱子语类》(四)卷六十四,北京,中华书局,1986,第1585页。
③ (宋)朱熹:《晦庵先生朱文公文集》卷六十一《答林德久》(三),四部丛刊初编本。
④ (宋)黎靖德:《朱子语类》(四)卷六十四,北京,中华书局,1986,第1585页。
⑤ (宋)黎靖德:《朱子语类》(七)卷一百一十八,北京,中华书局,1986,第2861页。
⑥ (宋)朱熹:《晦庵先生朱文公文集》卷三十八《答江元适》(一),四部丛刊初编本。

在朱熹看来，"极高明而道中庸"就是既要讲"极高明"，又要讲"道中庸"，"高明"和"中庸"二者不可分离。

对于杨时以"高明即中庸也。高明者，中庸之体；中庸者，高明之用"批评王安石的"中庸所以接人，高明所以处己"，朱熹既肯定杨时以"极高明"与"道中庸"的不可分离反对王安石，但又不赞同杨时将"高明"和"中庸"分为体和用，而较为强调"高明"。他说："杨氏所论至德高明、中庸之意，皆善，但其以高明、中庸之意分体用，而谓高明犹所谓至者，则未安耳。"①据《朱子语类》载：

> 问："龟山言：'高明则中庸也。高明者，中庸之体；中庸者，高明之用。'不知将体用对说如何？"曰："只就'中庸'字上说，自分晓，不须如此说亦可。"又举荆公"高明处己，中庸处人"之语为非是。因言："龟山有功于学者。然就他说，据他自有做工夫处。高明，释氏诚有之，只缘其无'道中庸'一截。又一般人宗族称其孝，乡党称其弟，故十项事其八九可称。若一向拘挛，又做得甚事！要知中庸、高明二者皆不可废。"②

显然，朱熹既不赞同王安石所谓"中庸所以接人，高明所以处己"，又不接受杨时所谓"高明者，中庸之体；中庸者，高明之用"，并且认为，杨时强调"极高明"而忽视"道中庸"有可能流于释氏之学，而且，只讲"极高明"，做不得甚事。

与杨时强调"极高明"相反，朱熹较为强调"道中庸"，指出：

> "极高明"须要"道中庸"，若欲高明而不道中庸，则将流入于佛老之学。且如儒者远庖厨；佛老则好高之过，遂至戒杀食素。儒者"不迩声色，不殖货利"；他是过于高明，遂至绝人伦，及欲割己惠人之属。③

撇开这里对佛老的评价，朱熹认为，儒者"远庖厨"，但不是不吃肉，更不是要"戒杀食素"；儒者"不迩声色，不殖货利"，但不是不要"声色"，

---

① （宋）朱熹：《四书或问·论语或问》，朱杰人等主编：《朱子全书》（第六册），上海，上海古籍出版社；合肥，安徽教育出版社，2002，第736页。
② （宋）黎靖德：《朱子语类》（四）卷六十二，北京，中华书局，1986，第1483页。
③ （宋）黎靖德：《朱子语类》（四）卷六十四，北京，中华书局，1986，第1586页。

不讲利益，更不是要"割己惠人"。这就是为什么"极高明"又要"道中庸"，"高明"和"中庸"二者皆不可废。所以，朱熹赞同门人万人杰所说："'极高明而道中庸'，……是彻上下、贯本末工夫，皆是一贯，无适而非正也。如杨氏之说，则上下、本末可离而为二矣。"①

　　从讲"高明"与"中庸"二者不可分离，并且较为强调"道中庸"，以及把"庸"注释为"平常"，而强调"中庸"的"平常"之意，可以看出，朱熹的"中庸"，既是讲"未发"的"不偏不倚"、"已发"的"无过不及"，更是一种高明须平常、平常即高明的境界，一种志存高远、始于平常的境界。

---

① （宋）朱熹：《晦庵先生朱文公文集》卷五十一《答万正淳》（四），四部丛刊初编本。

第四章 《中庸》之体要

《中庸》第一章曰:"天命之谓性,率性之谓道,修道之谓教。道也者,不可须臾离也,可离非道也,是故君子戒慎乎其所不睹,恐惧乎其所不闻。莫见乎隐,莫显乎微,故君子慎其独也。喜怒哀乐之未发谓之中,发而皆中节谓之和。中也者,天下之大本也;和也者,天下之达道也。致中和,天地位焉,万物育焉。"对于该章所言,朱熹《中庸章句》说:"首明道之本原出于天而不可易,其实体备于己而不可离;次言存养省察之要;终言圣神功化之极。盖欲学者于此反求诸身而自得之,以去夫外诱之私,而充其本然之善。杨氏所谓'一篇之体要'①是也。"②

第一节 论"性""道""教"

如前所述,朱熹曾在《中庸首章说》中,对《中庸》所谓"天命之谓性,率性之谓道,修道之谓教"作了概说,指出:"'天命之谓性',浑然全体,无所不该也。'率性之谓道',大化流行,各有条贯也。'修道之谓教',克己复礼,日用工夫也。知全体然后条贯可寻而工夫有序。然求所以知之,又在日用工夫下学上达而已矣。"③朱熹非常强调《中庸》此三句,以为"此是大纲"④,还说:"此三句……是乃天地万物之大本大根,万化皆从此出。人若能体察得,方见得圣贤所说道理,皆从自己胸襟流出,不假他求。"⑤朱熹门人陈孔硕(生卒年不详,字肤仲,号北山)说:"此章盖《中庸》之纲领,而此三句,又一章之纲领也。圣贤教人,必先使之知所自来,而后有用力之地。此三句盖与孟子言性善同意,其示人切矣。"⑥

对于《中庸》所言"天命之谓性,率性之谓道,修道之谓教",郑玄注

---

① 据卫湜《礼记集说》载,杨时曰:"自'天命之谓性'至'万物育焉',《中庸》一篇之体要也。"见(宋)卫湜:《礼记集说》卷一百二十四,文渊阁四库全书本。

② (宋)朱熹:《四书章句集注·中庸章句》,北京,中华书局,1983,第18页。

③ (宋)朱熹:《晦庵先生朱文公文集》卷六十七《中庸首章说》,四部丛刊初编本。

④ (宋)黎靖德:《朱子语类》(四)卷六十二,北京,中华书局,1986,第1480页。

⑤ (宋)黎靖德:《朱子语类》(八)卷一百二十一,北京,中华书局,1986,第2938页。

⑥ 引自(宋)赵顺孙:《大学纂疏·中庸纂疏》,上海,华东师范大学出版社,1992,第123页。

曰："天命，谓天所命生人者也，是谓性命。木神则仁，金神则义，火神则礼，水神则信，土神则知。《孝经说》曰：'性者，生之质命，人所禀受度也。'率，循也。循性行之，是谓道。修，治也。治而广之，人放效之，是曰'教'。"孔颖达疏曰："'天命之谓性'者，天本无体，亦无言语之命，但人感自然而生，有贤愚吉凶，若天之付命遣使之然，故云'天命'……人自然感生，有刚柔好恶，或仁、或义、或礼、或知、或信，是天性自然，故云'谓之性'。'率性之谓道'，率，循也；道者，通物之名。言依循性之所感而行，不令违越，是之曰'道'。感仁行仁，感义行义之属，不失其常，合于道理，使得通达，是'率性之谓道'。'修道之谓教'，谓人君在上修行此道以教于下，是'修道之谓教'也。"① 显然，在郑玄、孔颖达看来，《中庸》讲"性"、"道"、"教"是就人而言的，讲人之性源自于天，循性而有人道，君主修行此道而教化百姓。

与此不同，朱熹《中庸章句》的注释从人与物统一的层面展开，指出：

> 性，即理也。天以阴阳五行化生万物，气以成形，而理亦赋焉，犹命令也。于是人、物之生，因各得其所赋之理，以为健顺五常之德，所谓性也。率，循也；道，犹路也。人、物各循其性之自然，则其日用事物之间，莫不各有当行之路，是则所谓道也。修，品节之也。性道虽同，而气禀或异，故不能无过不及之差，圣人因人、物之所当行者而品节之，以为法于天下，则谓之教，若礼、乐、刑、政之属是也。盖人之所以为人，道之所以为道，圣人之所以为教，原其所自，无一不本于天而备于我。②

相对于郑玄、孔颖达，朱熹的注释最大的不同在于，前者仅就人而言，后者则将人与物统一起来，具体有以下三个方面的发明：第一，认为人与物都得自天所赋的共同之理，而具有共同的"天命之性"，同时又由于气禀的差异而有"气质之性"的不同；第二，认为人与物"各循其性之自然"而有各自不同的当行之道；第三，认为"修道"在于依据人与物各自不同的"道"，对人与物作出不同品级的节制和约束。

问题是，《中庸》讲"性"、"道"、"教"，既没有讲专就人而言，也没

---

① 《礼记正义》卷五十二《中庸第三十一》，（清）阮元校刻：《十三经注疏》（下册），北京，中华书局，1980，第 1625 页。
② （宋）朱熹：《四书章句集注·中庸章句》，北京，中华书局，1983，第 17 页。

有讲兼人、物而言，朱熹以为兼人、物而言，其文本依据何在？《中庸》第二十二章讲"唯天下至诚，为能尽其性；能尽其性，则能尽人之性；能尽人之性，则能尽物之性；能尽物之性，则可以赞天地之化育；可以赞天地之化育，则可以与天地参矣"。这里讲"性"，既讲"人之性"又讲"物之性"。此外，《中庸》第十二章说："君子之道，造端乎夫妇；及其至也，察乎天地。"这里所谓"君子之道"并非只是人道，还包括了对天地之道的把握。而且，《中庸》第二十六章还专门阐述了天地之道："天地之道，可一言而尽也：其为物不贰，则其生物不测。天地之道：博也，厚也，高也，明也，悠也，久也。今夫天，斯昭昭之多，及其无穷也，日月星辰系焉，万物覆焉。今夫地，一撮土之多，及其广厚，载华岳而不重，振河海而不泄，万物载焉。今夫山，一卷石之多，及其广大，草木生之，禽兽居之，宝藏兴焉。今夫水，一勺之多，及其不测，鼋鼍、蛟龙、鱼鳖生焉，货财殖焉"。显然，《中庸》所谓天地之道，是指天地万物之道。由此可见，朱熹注《中庸》"性"、"道"、"教"兼人、物而言，是有充分的文本依据的。

一、人之性与物之性

《论语·阳货》载孔子曰："性相近也，习相远也。"讲的是人之性。孟子讲"性"，讲人性之善，并且较多地讲人之性与物之性的区别。据《孟子·告子上》载，告子曰："生之谓性。"孟子曰："生之谓性也，犹白之谓白与？……然则犬之性，犹牛之性；牛之性，犹人之性与？"在孟子看来，人之性与动物之性有着本质的区别。又据《孟子·离娄下》载，孟子说："人之所以异于禽兽者几希，庶民去之，君子存之。"在孟子看来，人与动物的差异在于人之性与动物之性不同。郑玄、孔颖达讲"天命之谓性"，则只讲人之性，讲人与天感应而有人之性，并没有涉及物之性。

与孟子不同，二程讲"天命之谓性"，是就人与物合而言之。二程说："'天命之谓性，率性之谓道'者，天降是于下，万物流行，各正性命者，是所谓性也。循其性而不失，是所谓道也。此亦通人、物而言。……人在天地之间，与万物同流，天几时分别出是人是物？"[①]认为《中庸》讲"天命之谓性，率性之谓道"，是"通人、物而言"。

继承二程的思想，朱熹也认为"天命之谓性，率性之谓道"是通人、物而言，并且认为，人与物都有来自天之所赋的、共同的"天命之性"。

---

①　（宋）程颢、程颐：《河南程氏遗书》卷二上，《二程集》（第一册），北京，中华书局，1981，第29～30页。

他说：

> "性"字通人、物而言。但人、物气禀有异，不可道物无此
> 理。程子曰："循性者，牛则为牛之性，又不做马底性；马则为
> 马底性，又不做牛底性。"物物各有这理，只为气禀遮蔽，故所
> 通有偏正不同。①

> 人与物之性皆同，故循人之性则为人道，循马牛之性则为
> 马牛之道。若不循其性，令马耕牛驰，则失其性，而非马牛之
> 道矣，故曰"通人、物而言"。②

朱熹还说："性善只一般，但人、物气禀有异，不可道物无此
理。……仁义礼智，物岂不有，但偏耳。"③明确认为，自然物也有与人
一样的仁、义、礼、智、信之性，所谓"做人做物，已具是四者。虽寻常
昆虫之类皆有之"④。

朱熹甚至还认为，不仅牛马、昆虫之类有性，草木以及无生命之物
也有性。他说：

> 物物皆有性，便皆有其理。……花瓶便有花瓶底道理，书
> 灯便有书灯底道理。水之润下，火之炎上，金之从革，木之曲
> 直，土之稼穑，一一都有性，都有理。⑤

据《朱子语类》载，

> 问："枯槁之物亦有性，是如何?"曰："是他合下有此理，
> 故云天下无性外之物。……阶砖便有砖之理。……竹椅便有竹
> 椅之理。枯槁之物，谓之无生意，则可；谓之无生理，则不可。
> 如朽木无所用，止可付之焚灶，是无生意矣。然烧甚么木，则
> 是甚么气，亦各不同，这是理元如此。"⑥

---

① （宋）黎靖德：《朱子语类》（四）卷六十二，北京，中华书局，1986，第1491页。
② （宋）黎靖德：《朱子语类》（四）卷六十二，北京，中华书局，1986，第1494~1495页。
③ （宋）黎靖德：《朱子语类》（四）卷六十二，北京，中华书局，1986，第1492页。
④ （宋）黎靖德：《朱子语类》（一）卷四，北京，中华书局，1986，第56页。
⑤ （宋）黎靖德：《朱子语类》（七）卷九十七，北京，中华书局，1986，第2484页。
⑥ （宋）黎靖德：《朱子语类》（一）卷四，北京，中华书局，1986，第61页。

朱熹还说："天下无无性之物。除是无物，方无此性，若有此物，……木烧为灰，人阴为土，亦有此灰土之气。既有灰土之气，即有灰土之性，安得谓枯槁无性也？"①

朱熹《中庸章句》特别讲"健顺五常之德，所谓性也"，不仅把仁、义、礼、智、信"五常"看作"性"，而且还增加了"健"、"顺"。据《朱子语类》载：

> 问："'天命之谓性'，《章句》云'健顺五常之德'，何故添却'健顺'二字？"曰："五行，乃五常也。'健顺'乃'阴阳'二字。某旧解未尝有此，后来思量，既有阴阳，须添此二字始得。"②

> 问"健顺仁义礼智之性"。曰："此承上文阴阳五行而言。健，阳也；顺，阴也；四者，五行也。分而言之：仁、礼属阳，义、智属阴。"③

> 问阴阳五行健顺五常之性。曰："健是禀得那阳之气，顺是禀得那阴之气，五常是禀得五行之理。人、物皆禀得健顺五常之性。"④

至于"健"、"顺"与"五常"的关系，朱熹说：

> 就原头定体上说，则未分五行时，只谓之阴阳，未分五性时，只谓之健顺；及分而言之，则阳为木、火，阴为金、水，健为仁、礼，顺为智、义。⑤

对此，朱熹后学真德秀（1178—1235 年，字景元、希元，世称西山先生）说："自昔言性者，曰'五常'而已，朱子乃益之以健、顺。盖阳之性健，木、火属焉，在人则为仁、礼；阴之性顺，金、水属焉，在人则为义、智。而土则二气之冲和，信亦兼乎健顺。阴阳不在五行之外，健顺亦岂在五常之外乎？"⑥真德秀早年从学于朱熹门人詹体仁（1143—1206

---

①　（宋）朱熹：《晦庵先生朱文公文集》卷四十六《答徐子融》（三），四部丛刊初编本。

②　（宋）黎靖德：《朱子语类》（四）卷六十二，北京，中华书局，1986，第 1490 页。

③　（宋）黎靖德：《朱子语类》（二）卷十七，北京，中华书局，1986，第 374 页。

④　（宋）黎靖德：《朱子语类》（二）卷十七，北京，中华书局，1986，第 375 页。

⑤　（宋）朱熹：《晦庵先生朱文公文集》卷六十二《答李晦叔》（六），四部丛刊初编本。

⑥　引自（宋）赵顺孙：《大学纂疏·中庸纂疏》，上海，华东师范大学出版社，1992，第 122 页。

年，字元善）。显然，真德秀继承朱熹以"健顺五常之德"言"性"的观点。

关于以"健顺五常"言物之性，朱熹说："且如狗子，会咬人底，便是禀得那健底性；不咬人底，是禀得那顺底性。又如草木，直底硬底，是禀得刚底；软底弱底，是禀得那顺底。"①"如牛之性顺，马之性健，即健顺之性。虎狼之仁，蝼蚁之义，即五常之性。但只禀得来少，不似人禀得来全耳。"②

需要指出的是，朱熹讲人与物具有共同的"天命之性"，只是就人之性与物之性同出一源而言。朱熹讲"性"，不仅讲人与物共同的"天命之性"，还讲人与物有气禀的差异。朱熹说："人、物性本同，只气禀异。""人、物之生，天赋之以此理，未尝不同，但人、物之禀受自有异耳。"③人与物由于气禀的差异而有了人之性与物之性的不同。朱熹说："物也有这性，只是禀得来偏了，这性便也随气转了。"④

关于气禀的差异而导致人之性与物之性的不同，朱熹《孟子集注·告子章句上》注孟子所谓人之性不同于犬之性、牛之性，曰：

> 性者，人之所得于天之理也；生者，人之所得于天之气也。性，形而上者也；气，形而下者也。人、物之生，莫不有是性，亦莫不有是气。然以气言之，则知觉运动，人与物若不异也，以理言之，则仁义礼智之禀，岂物之所得而全哉？此人之性所以无不善，而为万物之灵也。⑤

在朱熹看来，人与物，就气而言，似乎没有差别，但由于气禀的不同，所得仁、义、礼、智之性就有全与不全的差别。

对此，朱熹门人黄灏（生卒年不详，字商伯，号西坡）问："《中庸章句》谓'人、物之生，各得其所赋之理，以为健顺五常之德'，《或问》亦言'人、物虽有气禀之异，而理则未尝不同'；《孟子集注》谓'以气言之，则知觉运动，人与物若不异，以理言之，则仁义礼智之禀，岂物之所得而全哉？'二说似不同，岂气既不齐则所赋之理亦随以异欤？"朱熹回答说：

① （宋）黎靖德：《朱子语类》（二）卷十七，北京，中华书局，1986，第375页。
② （宋）黎靖德：《朱子语类》（四）卷六十二，北京，中华书局，1986，第1490页。
③ （宋）黎靖德：《朱子语类》（一）卷四，北京，中华书局，1986，第58页。
④ （宋）黎靖德：《朱子语类》（四）卷五十九，北京，中华书局，1986，第1378页。
⑤ （宋）朱熹：《四书章句集注·孟子集注》，北京，中华书局，1983，第326页。

> 论万物之一原，则理同而气异；观万物之异体，则气犹相近而理绝不同也。气之异者，粹驳之不齐；理之异者，偏全之或异。幸更详之，自当无可疑也。①

朱熹认为，人与物同为一原，但气禀有粹驳不齐，所以"理同而气异"；人与物，虽然所禀的气相近，但理有偏全之异，所以"理绝不同"。朱熹说：

> 天道流行，发育万物，其所以为造化者，阴阳五行而已。而所谓阴阳五行者，又必有是理而后有是气，及其生物，则又必因是气之聚而后有是形。故人、物之生必得是理，然后有以为健顺仁义礼智之性；必得是气，然后有以为魂魄五脏百骸之身。……然以其理而言之，则万物一原，固无人、物贵贱之殊；以其气而言之，则得其正且通者为人，得其偏且塞者为物，是以或贵或贱而不能齐也。彼贱而为物者，既梏于形气之偏塞，而无以充其本体之全矣。惟人之生乃得其气之正且通者，而其性为最贵。②

在朱熹看来，人与物都为阴阳五行所造化，因而有着共同的"健顺仁义礼智之性"，同时，人与物又都由气聚而有形，人所禀之气"正且通"，物所禀之气"偏且塞"，因而造成人之性与物之性的差别，以至于贵贱的差别。另据《朱子语类》载：

> 或问："人、物之性一源，何以有异？"曰："人之性论明暗，物之性只是偏塞。暗者可使之明，已偏塞者不可使之通也。"③

朱熹认为，人之性只是明与暗的差别，可以由暗使之明；而物之性或偏或塞，"偏塞者不可使之通"。所以，在朱熹看来，人之性与物之性既有相同之处，又有很大的差异。

同样，就人而言，朱熹不仅讲人所共同具有的"天命之性"，而且还

---

① （宋）朱熹：《晦庵先生朱文公文集》卷四十六《答黄商伯》（四），四部丛刊初编本。
② （宋）朱熹：《四书或问·大学或问》，朱杰人等主编：《朱子全书》（第六册），上海，上海古籍出版社；合肥，安徽教育出版社，2002，第507页。
③ （宋）黎靖德：《朱子语类》（一）卷四，北京，中华书局，1986，第57页。

讲"气质之性",并认为,人的"气质之性"各不相同。他说:"有气质之性,无天命之性,亦做人不得;有天命之性,无气质之性,亦做人不得。"①由于气禀的不同,人的"气质之性"存在着差异。朱熹说:"人性虽同,禀气不能无偏重。有得木气重者,则恻隐之心常多,而羞恶、辞逊、是非之心为其所塞而不发;有得金气重者,则羞恶之心常多,而恻隐、辞逊、是非之心为其所塞而不发。水火亦然。唯阴阳合德,五性全备,然后中正而为圣人也。"②显然,朱熹认为,人与人之间既有共同的"天命之性",又有不同的"气质之性";而且,由于禀气的不同,人的贵贱贫富也不同,所谓"禀得精英之气,便为圣,为贤,便是得理之全,得理之正。禀得清明者,便英爽;禀得敦厚者,便温和;禀得清高者,便贵;禀得丰厚者,便富;禀得久长者,便寿;禀得衰颓薄浊者,便为愚、不肖,为贫,为贱,为夭"③。

朱熹讲人与物有共同的"天命之性",在后世引发不同观点。王夫之说:"《中庸》曰:'天命之谓性',为人言而物在其中,则谓统人、物而言之,可也。"④但又说:"'天命之谓性'兼人、物言,乃程子借《中庸》以论道,须如此说。若子思本旨,则止说人性,何曾说到物性上。物之性却无父子君臣等五伦,可谓之天生,不可谓之天命。"⑤实际上并不完全赞同朱熹《中庸章句》解"天命之谓性"兼人、物而言。清代经学家毛奇龄(1623—1716年,原名甡,字大可,号秋晴、初晴,世称西河先生)说:"人有天德,物无天德,犬之性非人之性。子思说此为人不为物。即或六气、五行,人、物所共,而既已成性,则截然分别。乃初以性为'人、物之生',既以道为'人、物各循其性之自然',终又以教为'因人、物之所当行者而品节之',试问:牛犬率性何便是道,且牛犬当修道耶?"⑥显然,毛奇龄完全不同意朱熹所谓"天命之谓性"通人、物而言。

二、人之道与物之道

《中庸》讲"率性之谓道"。在郑玄看来,"率性"是指人"循性行之";

① (宋)黎靖德:《朱子语类》(一)卷四,北京,中华书局,1986,第64页。
② (宋)黎靖德:《朱子语类》(一)卷四,北京,中华书局,1986,第74页。
③ (宋)黎靖德:《朱子语类》(一)卷四,北京,中华书局,1986,第77页。
④ (明)王夫之:《张子正蒙注》卷三《诚明篇》,《船山全书》(第十二册),长沙,岳麓书社,1992,第112页。
⑤ (明)王夫之:《四书笺解》卷二《中庸》,《船山全书》(第六册),长沙,岳麓书社,1991,第125页。
⑥ (清)毛奇龄:《四书改错》卷十九《天命之谓性》,续修四库全书本。

孔颖达认为，"率性"是"依循性之所感而行，不令违越，是之曰'道'"，认为人"率性"之后而有道。与此不同，二程说："'生之谓性'，'人生而静'以上不容说。才说性时，便已不是性也。……此理，天命也。顺而循之，则道也。"①"循其性而不失，是所谓道也。此亦通人、物而言。循性者，马则为马之性，又不做牛底性；牛则为牛之性，又不为马底性。此所谓率性也。"②认为"道"与"性"皆"通人、物而言"。但是，二程门人吕大临则说："性者，生生之所固有也。循是而言之，莫非道也。"③杨时说："'率性之谓道'，如《易》所谓'圣人之作易，将以顺性命之理'，是也。"④认为人"率性"之后而有道。

与郑玄、孔颖达以及吕大临、杨时不同，朱熹认为，《中庸》"率性之谓道"不是人"率性"之后而有道，"率性"并非人为。他指出：

> "率性之谓道"，性是一个浑沦底物，道是支脉。恁地物，便有恁地道。率人之性，则为人之道，率牛之性，则为牛之道，非谓以人循之。若谓以人循之而后谓之道，则人未循之前，谓之无道，可乎！⑤
>
> 虽鸟兽草木之生，仅得形气之偏，而不能有以通贯乎全体，然其知觉运动，荣悴开落，亦皆循其性而各有自然之理焉。至于虎狼之父子，蜂蚁之君臣，豺獭之报本，雎鸠之有别，则其形气之所偏，又反有以存其义理之所得，尤可以见天命之本然，初无间隔，而所谓道者，亦未尝不在是也。是岂有待于人为，而亦岂人之所得为哉！⑥

在朱熹看来，人与物有"性"，就有相应的"道"，而与人循或未循"性"无关。他还说："'率性之谓道'，'率'是呼唤字，盖曰循万物自然之性之谓

---

① （宋）程颢、程颐：《河南程氏遗书》卷一，《二程集》（第一册），北京，中华书局，1981，第10～11页。

② （宋）程颢、程颐：《河南程氏遗书》卷二上，《二程集》（第一册），北京，中华书局，1981，第30页。

③ （宋）吕大临：《礼记解·中庸》，陈俊民辑校：《蓝田吕氏遗著辑校》，北京，中华书局，1993，第271页。

④ （宋）杨时：《龟山集》卷十二《语录三》，文渊阁四库全书本。

⑤ （宋）黎靖德：《朱子语类》（四）卷六十二，北京，中华书局，1986，第1492页。

⑥ （宋）朱熹：《四书或问·中庸或问》，朱杰人等主编：《朱子全书》（第六册），上海，上海古籍出版社；合肥，安徽教育出版社，2002，第551页。

道。此'率'字不是用力字，伊川谓'合而言之道也'，是此义。"①"此'循'字是就道上说，不是就行道人说。"②而且，他还认为，杨时以"率性"为"顺性命之理"而谓之道，"却是道因人做，方始有也"。③

朱熹反对把"率性之谓道"的"率性"解说为人循"性"而为，认为"道"并非人为，而且特别强调"循万物自然之性之谓道"。据《朱子语类》载，

> 安卿问"率性"。曰："率，非人率之也。伊川解'率'字，亦只训循。到吕与叔说'循性而行，则谓之道'，伊川却便以为非是。至其自言，则曰：'循牛之性，则不为马之性；循马之性，则不为牛之性。'乃知循性是循其理之自然尔。"
>
> "率，循也。不是人去循之，吕说未是。程子谓：'通人、物而言，马则为马之性，又不做牛底性；牛则为牛之性，又不做马底性。'物物各有个理，即此便是道。"曰："总而言之，又只是一个理否？"曰："是。"
>
> "率性之谓道"，只是随性去，皆是道。吕氏说以人行道。若然，则未行之前，便不是道乎？
>
> 问："'率性之谓道，率，循也。'此'循'字是就道上说，还是就行道人上说？"曰："诸家多作行道人上说，以率性便作修为，非也。率性者，只是说循吾本然之性，便自有许多道理。性是个浑沦底物，道是个性中分派条理。循性之所有，其许多分派条理即道也。"④

在朱熹看来，"道"不是由于人循"性"而成，而是由"性"自然派生出来的；"率性"是指人与物"各循其性之自然"、"循其理之自然"、"循吾本然之性"。朱熹还明确指出：

> "率性之谓道"，非是人有此性而能率之乃谓之道，但说自然之理循将去，即是道耳。"道"与"性"字，其实无甚异。但"性"字是浑然全体，"道"字便有条理分别之殊耳。⑤

① （宋）黎靖德：《朱子语类》（四）卷六十二，北京，中华书局，1986，第1491页。
② （宋）黎靖德：《朱子语类》（四）卷六十二，北京，中华书局，1986，第1492页。
③ （宋）黎靖德：《朱子语类》（四）卷六十二，北京，中华书局，1986，第1492页。
④ （宋）黎靖德：《朱子语类》（四）卷六十二，北京，中华书局，1986，第1491页。
⑤ （宋）朱熹：《晦庵先生朱文公文集》卷五十一《答黄子耕》（八），四部丛刊初编本。

因此，朱熹讲"道即性，性即道"①，"道无形体，只性便是道之形体"②，认为"道"与"性"既有差异，又是统一的。朱熹还说：

> 盖天命之性，仁、义、礼、智而已。循其仁之性，则自父子之亲，以至于仁民爱物，皆道也；循其义之性，则自君臣之分，以至于敬长尊贤，亦道也；循其礼之性，则恭敬辞让之节文，皆道也；循其智之性，则是非邪正之分别，亦道也。盖所谓性者，无一理之不具，故所谓道者，不待外求而无所不备。所谓性者，无一物之不得，故所谓道者，不假人为而无所不周。③

如前所述，朱熹虽然讲人与物有共同的"天命之性"，但又认为，人与物所禀之气的不同而造成人之性与物之性的差别。由于"道"是由"性"自然派生出来的，所以，人与物有其各自不同的"当行之路"，即"道"。这就是朱熹《中庸章句》所言："人、物各循其性之自然，则其日用事物之间，莫不各有当行之路，是则所谓道也。"《中庸或问》也说："'率性之谓道'，言循其所得乎天以生者，则事事物物，莫不自然，各有当行之路，是则所谓'道'也。"④

对此，朱熹门人陈埴（生卒年不详，字器之，世称潜室先生）说："庄老云：串牛鼻，络马首。以为圣人皆遏其性，而不出于人性之自然。伊川曰：这意思真见得率性道理，牛鼻不可不串，马首不可不络，以牛之首而络得乎？以马之鼻而串得乎？亦因其性而率之，斯谓之道。阴有阴之性，阳有阳之性，五行二气亦各有性；至于鱼之性，则顺乎水，鸟之性，则顺乎山，各有其性。夫道，若大路。然又云：人率循其人之性，物率循其物之性，万有不同，各一其性，而不相假借。此即人、物各有当行道理，故谓之道。"⑤赵顺孙《中庸纂疏》引陈氏曰："随物之性而言之，如牛之可耕，马之可乘，鸡之可司晨，犬之可司夜，其所发皆有个自然之理。又循其草木之理而言，则桑麻之可衣，谷粟之可食，春宜耕，

---

① （宋）黎靖德：《朱子语类》（一）卷五，北京，中华书局，1986，第82页。
② （宋）黎靖德：《朱子语类》（一）卷四，北京，中华书局，1986，第64页。
③ （宋）朱熹：《四书或问·中庸或问》，朱杰人等主编：《朱子全书》（第六册），上海，上海古籍出版社；合肥，安徽教育出版社，2002，第551页。
④ （宋）朱熹：《四书或问·中庸或问》，朱杰人等主编：《朱子全书》（第六册），上海，上海古籍出版社；合肥，安徽教育出版社，2002，第550～551页。
⑤ （宋）陈埴：《木钟集》卷八《礼记》，文渊阁四库全书本。

夏宜耘，秋宜获，凡物皆有个自然之理。"①

朱熹对《中庸》"率性之谓道"的解说，后世颇受争议。王夫之认为，虽然"天命之谓性"或许可以统人、物而言，但是，"率性之谓道"则完全不可兼物而言，物本身并没有道。他说："'率性之谓道'亦兼物说，尤为不可。牛率牛性，马率马性，岂是道？若说牛耕马乘，则是人拿着他做，与猴子演戏一般。牛马之性何尝要耕要乘？此人为也，非天命也。"②所以，他说："所谓性、道者，专言人而不及乎物。"③认为《中庸》"率性之谓道"专就人而言。王夫之还进一步明确指出："物直是无道。如虎狼之父子，他那有一条径路要如此来？只是依稀见得如此。万不得已，或可强名之曰德，而必不可谓之道。若牛之耕，马之乘，乃人所以用物之道。不成者牛马当得如此拖犁带鞍！倘人不使牛耕而乘之，不使马乘而耕之，亦但是人失当然，于牛马何与？乃至蚕之为丝，豕之充食，彼何恩于人，而捐躯以效用，为其所当然而必繇者哉？则物之有道，固人应事接物之道而已。是故道者，专以人而言也。"④毛奇龄认为，朱熹的解说是"虚说"，并且指出："天以五行为德，而人禀之即为性。如'乾'有'元、亨、利、贞'四德，而人得之为'仁、义、礼、信'之四性。此易晓也。乃率此四性，则体仁、长人，利物、和义，嘉会、合礼，贞固、干事。但从仁、义、礼、信循行之，而俱当乎道。此实铨'率性'之明可据者。"⑤他们都认为，人"率性"而为，而有道，不承认道为物之本身所固有。

三、"因人、物之所当行者而品节之"

如前所述，郑玄注《中庸》"修道之谓教"曰："率，循也。循性行之，是谓道。修，治也。治而广之，人放傚之，是曰'教'。"孔颖达疏曰："'修道之谓教'，谓人君在上修行此道以教于下。"二程说："'修道之谓教'，此则专在人事，以失其本性，故修而求复之，则入于学。若元不失，则何修之有？是由仁义行也。则是性已失，故修之。"⑥然而，二程

---

① （宋）赵顺孙：《大学纂疏·中庸纂疏》，上海，华东师范大学出版社，1992，第 125 页。
② （明）王夫之：《四书笺解》卷二《中庸》，《船山全书》（第六册），长沙，岳麓书社，1991，第 125～126 页。
③ （明）王夫之：《读四书大全说》卷二《中庸》，《船山全书》（第六册），长沙，岳麓书社，1991，第 455 页。
④ （明）王夫之：《读四书大全说》卷二《中庸》，《船山全书》（第六册），长沙，岳麓书社，1991，第 460 页。
⑤ （清）毛奇龄：《四书改错》卷十九《天命之谓性》，续修四库全书本。
⑥ （宋）程颢、程颐：《河南程氏遗书》卷二上，《二程集》（第一册），北京，中华书局，1981，第 30 页。

门人杨时却认为道不可修，指出："孔子曰'尽性'；子思曰'率性'，曰'尊德性'；孟子曰'知性'、'养性'；未尝言修也。然则，道其可修乎？曰：道者，'百姓日用而不知'也。先王为之防范，使过不及者取中焉，所以教也。谓之修者，盖亦品节之而已。"①

朱熹《中庸章句》注"修道之谓教"曰："修，品节之也。性道虽同，而气禀或异，故不能无过不及之差，圣人因人、物之所当行者而品节之，以为法于天下，则谓之教。"《中庸或问》在对"修道之谓教"作进一步解说时指出：

> 修道之谓教，言圣人因是道而品节之，以立法垂训于天下，是则所谓教也。盖天命之性、率性之道，皆理之自然，而人、物之所同得者也。人虽得其形气之正，然其清浊厚薄之禀，亦有不能不异者，是以贤智者或失之过，愚不肖者或不能及，而得于此者，亦或不能无失于彼。是以私意人欲或生其间，而于所谓性者，不免有所昏蔽错杂，而无以全其所受之正；性有不全，则于所谓道者，因亦有所乖戾舛逆，而无以适乎所行之宜。惟圣人之心，清明纯粹，天理浑然，无所亏阙，故能因其道之所在，而为之品节防范，以立教于天下，使夫过不及者，有以取中焉。②

在朱熹看来，人与物有其各自不同的道，圣人能够依据人与物各自不同的道对人与物作出不同品级的节制，以立教于天下，这就是《中庸》所谓"修道之谓教"。这里有两个问题：

其一，朱熹把"修道之谓教"的"修"解说为"因是道而品节之"。据《朱子语类》载，

> 问："明道曰：'道即性也。若道外寻性，性外寻道，便不是。'如此，即性是自然之理，不容加工。……《中庸》却言'修道之谓教'，如何？"曰："性不容修，修是揠苗。道亦是自然之理，圣人于中为之品节以教人耳，谁能便于道上行！"③

---

① 引自（宋）朱熹：《中庸辑略》卷上，文渊阁四库全书本。
② （宋）朱熹：《四书或问·中庸或问》，朱杰人等主编：《朱子全书》（第六册），上海，上海古籍出版社；合肥，安徽教育出版社，2002，第551页。
③ （宋）黎靖德：《朱子语类》（四）卷六十二，北京，中华书局，1986，第1495页。

朱熹认为，"修道之谓教"的"修"不是郑玄、孔颖达所谓的修治或修行，而是杨时所说的"品节之"。

什么是"品节"？吕大临在解说"修道之谓教"时说："循性而行，无物挠之，虽无不中节者，然人禀于天者，不能无厚薄昏明，则应于物者，亦不能无小过小不及。"于是，引《礼记·檀弓》孔子门人子游曰："人喜斯陶，陶斯咏，咏斯犹，犹斯舞，舞斯愠，愠斯戚，戚斯叹，叹斯辟，辟斯踊矣。品节斯，斯之谓礼。"接着又说："闵子除丧而见孔子，予之琴而弹之，切切而哀，曰：'先王制礼，不敢过也。'子夏除丧而见孔子，予之琴而弹之，侃侃而乐，曰：'先王制礼，不敢不及也。'故心诚求之，虽不中不远矣。然将达之天下，传之后世，虑其所终，稽其所敝，则其小过小不及者，不可以不修。此先王所以制礼，故曰'修道之谓教'。"①其中子游所言，说的是人的情感变化及其不同表达的各个层次：喜、陶、咏、犹、舞、愠、戚、叹、辟、踊。所谓"品节斯，斯之谓礼"，郑玄注曰："舞踊皆有节，乃成礼"；孔颖达疏曰："品，阶格也；节，制断也。"②据此，人们把"品节"理解为"按品级而加以节制"（《辞源》）。

对于朱熹把"修道之谓教"的"修"解说"品节之"，朱熹门人潘柄（生卒年不详，字谦之）说："'品节之'者，如亲亲之杀，尊贤之等，随其厚薄轻重而为之制，以矫其过不及之偏者也。虽若出于人为，而实原于命性道之自然本有者。"朱熹后学饶鲁说："修，裁制之也。圣人因人所当行者而裁制之，以为品节也。"③

其二，"修道之谓教"的"修道"必须依据人与物各自不同的"道"。在郑玄、孔颖达那里，"修道"之"道"是人所必须修治或修行的，是人的共同之道。而在朱熹看来，一方面，人与物由于气禀的不同而存在着差异，"而于所谓性者，不免有所昏蔽错杂，而无以全其所受之正"，所以，需要"为之品节防范"；另一方面，人与物由于气禀的不同而导致"性有不全，则于所谓道者，因亦有所乖戾舛逆"，"修道"是"因是道而品节之"，"因其道之所在，而为之品节防范"，所以，"修道"是依据人与物各自不同的"道"而作出不同品级的节制。由此可见，朱熹把"修道"解说为"圣人因人、物之所当行者而品节之"，其中的"所当行者"并非仅就所有人的共

---

① （宋）吕大临：《礼记解·中庸》，陈俊民辑校：《蓝田吕氏遗著辑校》，北京，中华书局，1993，第 271～272 页。

② 《礼记正义》卷九《檀弓下第四》，《十三经注疏》（下册），北京，中华书局，1980，第 1304 页。

③ 引自（明）胡广：《四书大全·中庸章句大全上》，文渊阁四库全书本。

同之道而言，而更多的是就人与物各自不同的道而言，是从人与物各自不同的道入手，通过"修道"，进到所有人的共同之道。

朱熹在把"修道之谓教"中的"修道"解说为"圣人因人、物之所当行者而品节之"的同时，不赞同二程所谓"修道之谓教"专言人事。《中庸章句》明确指出："圣人因人、物之所当行者而品节之，以为法于天下，则谓之教。"以为"修道之谓教"与"天命之谓性"、"率性之谓道"一样，也通人、物而言。据《朱子语类》载，

> 问："'率性之谓道'，通人、物而言，则'修道之谓教'，亦通人、物。如'服牛乘马'，'不杀胎，不夭殀'，'斧斤以时入山林'，此是圣人教化不特在人伦上，品节防范而及于物否？"曰："也是如此，所以谓之'尽物之性'。但于人较详，于物较略；人上较多，物上较少。"

> 问："《集解》中以'天命之谓性，率性之谓道'通人、物而言。'修道之谓教'，是专就人事上言否？"曰："道理固是如此。然'修道之谓教'，就物上亦有个品节。先王所以咸若草木鸟兽，使庶类蕃殖，如《周礼》掌兽、掌山泽各有官，如周公驱虎豹犀象龙蛇，如'草木零落然后入山林，昆虫未蛰不以火田'之类，各有个品节，使万物各得其所，亦所谓教也。"①

在朱熹看来，"修道之谓教"不只是在伦理道德方面的教化，而且也包括在开发和利用自然物方面的品节防范，从而使万物各得其所。

朱熹把《中庸》"修道之谓教"中的"修"解说为"品节之"，后世对此褒贬不一。王夫之明确予以肯定，并指出："道固本性而不可违矣。于是而先王之教立焉，则修明此道之谓也。有未能知者，品节之而使知焉；有未能行者，品节之而使行焉；有知行之或过或不及者，而品节之使得夫仁义礼智之中焉。"②显然，王夫之的解说与朱熹是一致的。戴震则不以为然，指出："宋儒于命、于性、于道，皆以理当之，故云'道者，日用事物当行之理'；既为当行之理，则于修道不可通，故云'修，品节之也'。而于'修身以道，修道以仁'两'修'字不得有异，但云'能仁其身'而

---

① （宋）黎靖德：《朱子语类》（四）卷六十二，北京，中华书局，1986，第1495页。
② （明）王夫之：《四书训义》（上）卷二《中庸》，《船山全书》（第七册），长沙，岳麓书社，1990，第105页。

不置解。"①在戴震看来，朱熹把"修道之谓教"中的"修"解说为"品节之"，而把《中庸》"修身以道，修道以仁"中的"修道以仁"解说为"能仁其身"，这是有矛盾的。

从以上朱熹对于《中庸》"天命之谓性，率性之谓道，修道之谓教"的诠释可以看出，朱熹在人与物统一的层面，强调人与物有着共同的"天命之性"，同时又有各自不同的道，要求依据人与物各自不同的"道"对人与物作出不同品级的节制，显然包含了人与自然万物相互平等的思想。先秦儒家重视人，从人出发建构了以人为中心的宇宙观。朱熹《中庸章句》则进一步从人与物的统一出发，实际上建构了更广大的人与自然万物和谐统一的宇宙观。需要指出的是，在朱熹那里，这一切只是为了说明"性"、"道"、"教"本之于天，同时又备于我，这就是《中庸章句》所谓"人之所以为人，道之所以为道，圣人之所以为教，原其所自，无一不本于天而备于我"。这里"备于我"的，不仅有人道，而且还有天地万物之道。

第二节 "戒慎恐惧乎其不睹不闻"

《中庸》言"天命之谓性，率性之谓道，修道之谓教"之后，接着说："道也者，不可须臾离也，可离非道也，是故君子戒慎乎其所不睹，恐惧乎其所不闻。莫见乎隐，莫显乎微，故君子慎其独也。"朱熹不仅认为道"无一不本于天而备于我"，而且又说："道者，日用事物当行之理，皆性之德而具于心，无物不有，无时不然，所以不可须臾离也。若其可离，则为外物而非道矣。"②认为道"备于我"并"具于心"，所以，求道不在于向外，而在于向内用功，这就是要"戒慎乎其所不睹，恐惧乎其所不闻"，尤其要"慎其独"。

对于《中庸》所说"君子戒慎乎其所不睹，恐惧乎其所不闻"和"君子慎其独"，郑玄注曰："小人闲居为不善，无所不至也。君子则不然，虽视之无人，听之无声，犹戒慎恐惧自修正，是其不须臾离道。""慎独者，慎其闲居之所为。小人于隐者，动作言语，自以为不见睹，不见闻，则必肆尽其情也。若有占听之者，是为显见，甚于众人之中为之。"孔颖达疏曰："'是故君子戒慎乎其所不睹'者，言君子行道，先虑其微。若微能先虑，则必合于道，故君子恒常戒于其所不睹之处。人虽目不睹之处犹戒

① （清）戴震：《孟子字义疏证》卷下，《戴震全书》(六)，合肥，黄山书社，1995，第201页。
② （宋）朱熹：《四书章句集注·中庸章句》，北京，中华书局，1983，第17页。

慎，况其恶事睹见而肯犯乎？故君子恒常戒慎之。'恐惧乎其所不闻'者，言君子恒恐迫畏惧于所不闻之处。言虽耳所不闻，恒怀恐惧之，不睹不闻犹须恐惧，况睹闻之处恐惧可知也。""'故君子慎其独也'者，以其隐微之处，恐其罪恶彰显，故君子之人恒慎其独居。言(言)虽曰独居，能谨慎守道也。"①这里把"其所不睹"、"其所不闻"解说为无他人之处，或他人所不睹不闻之处，即指独处，认为君子在他人所不睹不闻之处须戒慎恐惧，同时，把"慎独"之"独"解说为"闲居"、"独居"，认为君子须"慎其闲居之所为"，"恒慎其独居"；这实际上是把《中庸》"君子戒慎乎其所不睹，恐惧乎其所不闻"与"莫见乎隐，莫显乎微，故君子慎其独也"合并在一起，形成因果复合句："君子戒慎乎其所不睹，恐惧乎其所不闻"，所以"君子慎其独"。

与郑玄、孔颖达不同，朱熹认为，《中庸》"君子戒慎乎其所不睹，恐惧乎其所不闻"与"莫见乎隐，莫显乎微，故君子慎其独也"是相互独立而并列的两句：君子既要"戒慎乎其所不睹，恐惧乎其所不闻"，又要"慎其独"。朱熹说：

> 此是两节，文义不同，详略亦异。前段中间著"是故"字，后段中间又著"故"字，各接上文以起下意。……从来说者多是不察，将此两段只作一段相缠说了，便以戒慎恐惧不睹不闻为谨独，所以杂乱重复，更说不行。②

在这里，朱熹批评了以往将《中庸》"君子戒慎乎其所不睹，恐惧乎其所不闻"与"君子慎其独"混为一谈的注释，明确认为"此是两节，文义不同，详略亦异"。据《朱子语类》载，

> 问："'道也者，不可须臾离'与'莫见乎隐'两段，分明极有条理，何为前辈都作一段滚说去？"曰："此分明是两节事。前段有'是故'字，后段有'故'字。圣贤不是要作文，只是逐节次说出许多道理。若作一段说，亦成是何文字！所以前辈诸公解此段繁杂无伦，都不分明。"③

---

① 《礼记正义》卷五十二《中庸第三十一》，《十三经注疏》(下册)，北京，中华书局，1980，第1625页。
② (宋)朱熹：《晦庵先生朱文公文集》卷五十三《答胡季随》(五)，四部丛刊初编本。
③ (宋)黎靖德：《朱子语类》(四)卷六十二，北京，中华书局，1986，第1500页。

朱熹不仅从文句上进行分析，而且还从文义上作出解说。据《中庸或问》所述，

> 曰："诸家之说，皆以戒谨不睹、恐惧不闻，即为谨独之意，子乃分之以为两事，无乃破碎支离之甚耶？"曰："既言戒谨不睹、恐惧不闻，则是无处而不谨矣；又言谨独，则是其所谨者尤在于独也，是固不容于不异矣。若其同为一事，则其为言，又何必若是之重复耶？"①

朱熹认为，"君子戒慎乎其所不睹，恐惧乎其所不闻"指的是"无处而不谨"，"君子慎其独"指的是在"独"时尤须谨慎，二者不可混为一谈，如果二者同为一事，又何必要重复呢？

绍熙二年（1191年），朱熹在《答郑子上》中说道："如'道也者，不可须臾离也'至'故君子谨其独也'，若不分作两段，则'是故君子'云云、'故君子'云云此两处岂不重复？况'不可须臾离'与'莫见乎隐'、'莫显乎微'，'戒谨恐惧于不睹不闻'与'谨其独'，分明是两事，验之日用之间，理亦甚明。只是今人用心粗浅，下工不亲切，故不见其不同耳。"②

庆元三年（1197年），朱熹在《答吕子约》中，对吕祖俭所谓"'戒惧于不睹不闻'者，乃谨独之目，而谨独者，乃戒惧于不睹不闻之总名，似未可分为二事也"提出批评，认为在《中庸》中，"戒惧于不睹不闻"是一句，"君子慎其独"是另一句；如果按吕祖俭所说，"恐于理有碍，且于文势亦似重复而繁冗耳"③。吕祖俭又说："不睹不闻既即是隐微之间，念虑之萌则所谓'莫见乎隐，莫显乎微'者，盖非别有一段工夫在戒惧不睹不闻之后，明矣。"对此，朱熹说："只为'道不可须臾离'与'莫见乎隐，莫显乎微'不同，'戒谨不睹，恐惧不闻'与'谨独'不同，所以文意各别。今却硬说做一事，所以一向错了也。"④关于这次讨论，据《朱子语类》载，

> "吕子约书来，争'莫见乎隐，莫显乎微，只管滚作一段看'。某答它书，江西诸人将去看，颇以其说为然。彭子寿却看

① （宋）朱熹：《四书或问·中庸或问》，朱杰人等主编：《朱子全书》（第六册），上海，上海古籍出版社；合肥，安徽教育出版社，2002，第555~556页。
② （宋）朱熹：《晦庵先生朱文公文集》卷五十六《答郑子上》（十），四部丛刊初编本。
③ （宋）朱熹：《晦庵先生朱文公文集》卷四十八《答吕子约》（四十四），四部丛刊初编本。
④ （宋）朱熹：《晦庵先生朱文公文集》卷四十八《答吕子约》（四十五），四部丛刊初编本。

得好，云：'前段不可须臾离，且是大体说。到慎独处，尤见于
接物得力。'"先生又曰："吕家之学，重于守旧，更不论理。"德
明问："'道不可须臾离，可离非道'，是言道之体段如此；'莫
见乎隐，莫显乎微'，亦然。下面君子戒慎恐惧，君子必慎其
独，方是做工夫。皆以'是故'二字发之，如何滚作一段看？"曰：
"'道不可须臾离'，言道之至广至大者；'莫见乎隐，莫显乎
微'，言道之至精至极者。"①

需要指出的是，朱熹特别强调，"戒慎恐惧乎其不睹不闻"并不是指
仅在"不睹不闻"处才戒慎恐惧，而是指"无处而不谨"。他说：

"戒慎不睹，恐惧不闻"，非谓于睹闻之时不戒惧也。言虽
不睹不闻之际，亦致其慎，则睹闻之际，其慎可知。此乃统同
说，承上"道不可须臾离"，则是无时不戒惧也。②

也就是说，"戒慎恐惧乎其不睹不闻"是指无论在不睹不闻之际还是在睹
闻之际，都要戒慎恐惧，是"无时不戒惧"。因此，朱熹还说：

所谓"不睹不闻"者，乃是从那尽处说来，非谓于所睹所闻
处不慎也。
戒慎恐惧是普说，言道理逼塞都是，无时而不戒慎恐惧。
到得隐微之间，人所易忽，又更用慎，这个却是唤起说。戒惧
无个起头处，只是普遍都用。③

除了从文句、文义上把"君子戒慎乎其所不睹，恐惧乎其所不闻"与
"君子慎其独"区别开来，朱熹特别强调"戒慎乎其所不睹，恐惧乎其所不
闻"中的"不睹不闻"与"慎独"之"独"在字义上的不同。据《中庸或问》
所述，

曰："子又安知不睹不闻之不为独乎？"曰："其所不睹不闻
者，己之所不睹不闻也，故上言道不可离，而下言君子自其平

---

① （宋）黎靖德：《朱子语类》(四)卷六十二，北京，中华书局，1986，第 1504～1505 页。
② （宋）黎靖德：《朱子语类》(四)卷六十二，北京，中华书局，1986，第 1505 页。
③ （宋）黎靖德：《朱子语类》(四)卷六十二，北京，中华书局，1986，第 1500 页。

常之处无所不用其戒惧，而极言之以至于此也。独者，人之所不睹不闻也，故上言'莫见乎隐，莫显乎微'，而下言君子之所谨者尤在于此幽隐之地也。是其语势自相唱和，各有血脉，理甚分明。如曰是两条者皆为谨独之意，则是持守之功，无所施于平常之处，而专在幽隐之间也，且虽免于破碎之讥，而其繁复偏滞而无所当亦甚矣。"①

在朱熹看来，"戒慎乎其所不睹，恐惧乎其所不闻"中的"其所不睹不闻"是指"己之所不睹不闻"，"慎独"之"独"是指"人之所不睹不闻也"。据《朱子语类》载，

> 问："'不睹不闻'者，己之所不睹不闻也；'独'者，人之所不睹不闻也。如此看，便见得此章分两节事分明。先生曰：'其所不睹不闻'，'其'之一字，便见得是说己不睹不闻处，只是诸家看得自不仔细耳。"又问："如此分两节工夫，……"曰："是。"②

朱熹认为，正因为"不睹不闻"是指"己之所不睹不闻"，而不是指"独"，即"人之所不睹不闻也"，所以，"君子戒慎乎其所不睹，恐惧乎其所不闻"与"君子慎其独"二者明显是"分两节事"，"分两节工夫"。他还指出："方不闻不睹之时，不惟人所不知，自家亦未有所知。若所谓'独'，即人所不知而己所独知，极是要戒惧。自来人说'不睹不闻'与'慎独'，只是一意，无分别，便不是。"③朱熹门人陈埴也说："戒谨恐惧与谨独是两项地头。戒谨恐惧是自家不睹不闻之时，存诚养性，气象如此；谨独是众人不睹不闻之际，存诚工夫如此。"④

由此可见，对于《中庸》既讲"君子戒慎乎其所不睹，恐惧乎其所不闻"又讲"君子慎其独"，朱熹认为，二者"分明是两节事"，前者是就"己之所不睹不闻"而言，并且就时时处处而言，后者是就"人之所不睹不闻也"而言。显然，这与郑玄、孔颖达视二者同为一事是完全不同的。

① （宋）朱熹：《四书或问·中庸或问》，朱杰人等主编：《朱子全书》（第六册），上海，上海古籍出版社；合肥，安徽教育出版社，2002，第556页。
② （宋）黎靖德：《朱子语类》（四）卷六十二，北京，中华书局，1986，第1502页。
③ （宋）黎靖德：《朱子语类》（四）卷六十二，北京，中华书局，1986，第1506页。
④ （宋）陈埴：《木钟集》卷八《礼记》，文渊阁四库全书本。

郑玄、孔颖达之所以把"君子戒慎乎其所不睹，恐惧乎其所不闻"与
"君子慎其独"视为同一事，是因为他们把其中的"不睹不闻"解说为人所
不睹不闻之处，"慎独"就是要谨慎于人所不睹不闻处。与此不同，朱熹
认为，这里的"不睹不闻"是指"己之所不睹不闻"。那么，什么是"己之所
不睹不闻"呢？对此，朱熹作了解释。《中庸或问》指出：

> 君子戒慎乎其目之所不及见，恐惧乎其耳之所不及闻，了
> 然心目之间，常若见其不可离者，……若《书》之言防怨而曰"不
> 见是图"，《礼》之言事亲而曰"听于无声，视于无形"，盖不待其
> 征于色、发于声，然后有以用其力也。①

朱熹认为，所谓"己之所不睹不闻"，即"听于无声，视于无形"，"不见是
图"。据《朱子语类》载，

> 问："'戒慎乎其所不睹，恐惧乎其所不闻'，《或问》中引
> '听于无声，视于无形'，如何？"曰："不呼唤时不见，时常准备
> 着。"德明指坐合问曰："此处便是耳目所睹闻，隔窗便是不睹
> 也。"曰："不然。只谓照管所不到，念虑所不及处。正如防贼相
> 似，须尽塞其来路。"次日再问："'不睹不闻'，终未莹。"曰：
> "此须意会。如《或问》中引'不见是图'，既是不见，安得有图？
> 只是要于未有兆朕、无可睹闻时而戒惧耳。"②

又据《朱子语类》载，

> 问："日用间如何是不闻不见处？人之耳目闻见常自若，莫
> 只是念虑未起，未有意于闻见否？"曰："所不闻，所不见，不是
> 合眼掩耳，只是喜怒哀乐未发时。凡万事皆未萌芽，自家便先
> 恁地戒慎恐惧，常要提起此心，常在这里，便是防于未然，不
> 见是图底意思。"③

---

① （宋）朱熹：《四书或问·中庸或问》，朱杰人等主编：《朱子全书》（第六册），上海，上
海古籍出版社；合肥，安徽教育出版社，2002，第555页。
② （宋）黎靖德：《朱子语类》（四）卷六十二，北京，中华书局，1986，第1505页。
③ （宋）黎靖德：《朱子语类》（四）卷六十二，北京，中华书局，1986，第1499页。

显然，在朱熹看来，"己之所不睹不闻"并不是"合眼掩耳"，而是指"喜怒哀乐未发"。人的喜怒哀乐的情感因各种事而起。事尚未发生之前，万事不睹不闻、不思不虑，人的喜怒哀乐的情感亦尚未发动，这就是"喜怒哀乐未发"。随着事的发生，人的喜怒哀乐的情感开始发动，这就是"已发"。朱熹认为，"戒慎恐惧乎其不睹不闻"就是要在"喜怒哀乐未发"时戒慎恐惧，是"未发时工夫"①。

问题是：既是"未发"，又如何戒慎恐惧？据《朱子语类》载，

> 刘黻问："不知无事时如何戒慎恐惧？若只管如此，又恐执持太过；若不如此，又恐都忘了。"曰："也有甚么矜持？只不要昏了他，便是戒惧。"
>
> "戒慎乎其所不睹，恐惧乎其所不闻"，这处难言。大段著意，又却生病，只恁地略约住。道著戒慎恐惧，已是剩语，然又不得不如此说。
>
> "戒慎恐惧是未发，然只做未发也不得，便是所以养其未发。只是耸然提起在这里，这个未发底便常在，何曾发？"或问："恐惧是已思否？"曰："思又别。思是思索了，戒慎恐惧，正是防闲其未发。"或问："即是持敬否？"曰："亦是。"②

朱熹认为，"戒慎恐惧乎其不睹不闻"，并不是要在"未发"时刻意地去戒慎恐惧，而是要通过"持敬"而有所防备。据《朱子语类》载，

> "李丈说：'廖倅惠书有云：无时不戒慎恐惧，则天理无时而不流行；有时而不戒慎恐惧，则天理有时而不流行。'此语如何？"曰："不如此，也不得。然也不须得将戒慎恐惧说得太重，也不是恁地惊恐。只是常常提撕，认得这物事，常常存得不失。今人只见他说得此四个字重，便作临事惊恐看了。'如临深渊，如履薄冰'，曾子亦只是顺这道理，常常恁地把捉去。……不成便恁地惊恐。学问只是要此心常存。"③

显然，朱熹认为，"戒慎恐惧"不是要让人惊恐，而是要"常常提撕，认得

---

① （宋）黎靖德：《朱子语类》（四）卷六十二，北京，中华书局，1986，第1505页。
② （宋）黎靖德：《朱子语类》（四）卷六十二，北京，中华书局，1986，第1499页。
③ （宋）黎靖德：《朱子语类》（七）卷一百一十七，北京，中华书局，1986，第2823页。

这物事，常常得不失"。他还说："只是虚着此心，随动随静，无时无处不致其戒谨恐惧之力，则自然主宰分明，义理昭著矣。然著个'戒谨恐惧'四字，已是压得重了，要之只是略绰提撕，令自省觉，便是工夫也。"①

第三节　"君子慎其独"

儒家讲"慎独"，由来已久，历代的解说各有差异。有学者认为，今天人们把"慎独"理解为"谨慎独处"，源自东汉郑玄、唐孔颖达和宋朱熹。② 其实，朱熹《中庸章句》不仅注"君子戒慎乎其所不睹，恐惧乎其所不闻"与郑玄、孔颖达的注疏不同，而且注"慎独"也与之有所差异。

一、什么是"慎独"?

如前所述，《中庸》讲"莫见乎隐，莫显乎微，君子慎其独"，郑玄注曰："慎独者，慎其闲居之所为。小人于隐者，动作言语，自以为不见睹，不见闻，则必肆尽其情也。"孔颖达疏曰："君子之人恒慎其独居。言（言）虽曰独居，能谨慎守道也。"在这里，郑玄明确将"慎独"解说为"慎其闲居之所为"；孔颖达则把"闲居"解说为"独居"，而把"慎独"解说为"慎其独居"。今人把"慎独"理解为"谨慎独处"，无疑可追溯至郑玄、孔颖达。

与郑玄、孔颖达的注疏不同，朱熹《中庸章句》注"莫见乎隐，莫显乎微，君子慎其独"曰：

> 独者，人所不知而己所独知之地也。言幽暗之中，细微之事，迹虽未形而几则已动，人虽不知而己独知之，则是天下之事无有著见明显而过于此者。③

这里明确指出慎独之"独"是指"人所不知而己所独知之地"。朱熹后学陈栎说："'地'，即处也。此'独'字指心所独知而言，非指身所独居而言。"④显然，在朱熹看来，"独"是指"己所独知"的内心活动状态，而不

---

①　（宋）朱熹：《晦庵先生朱文公文集》卷六十《答潘子善》（五），四部丛刊初编本。
②　梁涛：《朱熹对"慎独"的误读及其在经学诠释中的意义》，《哲学研究》2004 年第 3 期。
③　（宋）朱熹：《四书章句集注·中庸章句》，北京，中华书局，1983，第 18 页。
④　引自（明）胡广：《四书大全·大学章句大全》，文渊阁四库全书本。

是外在的、人的所处状态。这与郑玄、孔颖达把"独"仅仅解说为"独居"或"独处"是不同的。

除了《中庸》，《大学》也讲"君子慎其独"，指出："所谓诚其意者，毋自欺也，如恶恶臭，如好好色，此之谓自谦。故君子必慎其独也。"朱熹《大学章句》注曰：

> 独者，人所不知而己所独知之地也。言欲自修者，知为善以去其恶，则当实用其力，而禁止其自欺。使其恶恶则如恶恶臭，好善则如好好色，皆务决去，而求必得之，以自快足于己，不可徒苟且以殉外而为人也。然其实与不实，盖有他人所不及知而己独知之者，故必谨之于此以审其几焉。①

《大学》还说："小人闲居为不善，无所不至，见君子而后厌然，掩其不善而著其善。人之视己，如见其肺肝然，则何益矣？此谓诚于中，形于外。故君子必慎其独也。"朱熹《大学章句》注曰：

> 闲居，独处也。厌然，消沮闭藏之貌。此言小人阴为不善，而阳欲掩之，则是非不知善之当为与恶之当去也；但不能实用其力以至此耳。然欲掩其恶而卒不可掩，欲诈为善而卒不可诈，则亦何益之有哉！此君子所以重以为戒，而必谨其独也。②

需要指出的是，在朱熹的这一注释中，出现了两个"独"字，一是"独处"，言小人在独处时"为不善"，见人还"欲掩之"；二是"谨其独"，说的是，小人"欲掩其恶而卒不可掩，欲诈为善而卒不可诈"，即小人隐瞒自己为恶而欺骗他人，终究不能得逞，所谓"诚于中，形于外"，由此而要求"谨其独"。应当说，朱熹所谓"谨其独"之"独"并不是指独处之"独"，而是指前一段注释中"人所不知而己所独知之地"。对此，朱熹还说："君子慎其独，非特显明之处是如此，虽至微至隐，人所不知之地，亦常慎之。小处如此，大处亦如此；显明处如此，隐微处亦如此。"③由此可见，朱熹对于《大学》"君子慎其独"的注释，与对《中庸》"君子慎其独"的注释是完全一致的，都把慎独之"独"诠释为"人所不知而己所独知之地"，强调要

---

① （宋）朱熹：《四书章句集注·大学章句》，北京，中华书局，1983，第 7 页。
② （宋）朱熹：《四书章句集注·大学章句》，北京，中华书局，1983，第 7 页。
③ （宋）黎靖德：《朱子语类》（二）卷十六，北京，中华书局，1986，第 335 页。

谨慎于"己所独知";而这与郑玄、孔颖达乃至今人把慎独之"独"解说为"闲居"、"独居"或"独处",而强调要谨慎于独处,有着很大的不同。

二、"己所独知"与"独处"

事实上,朱熹也曾用"独处"解《中庸》"君子慎其独"之"独"。如前所述,朱熹《中庸或问》说:"独者,人之所不睹不闻也,故上言'莫见乎隐,莫显乎微',而下言君子之所谨者尤在于此幽隐之地也。"这里所谓"人之所不睹不闻",很容易被理解为他人所不睹不闻之处,即独处。朱熹还说:"戒慎恐惧乎其所不睹不闻,是从见闻处戒慎恐惧到那不睹不闻处。这不睹不闻处是工夫尽头。所以慎独,则是专指独处而言。"①据《朱子语类》载,

> 问"慎独"。曰:"是从见闻处至不睹不闻处皆戒慎了,又就其中于独处更加慎也。是无所不慎,而慎上更加慎也。"②

这里都明确讲到要慎于独处。但是,朱熹这里所谓的"独处"有其特定的含义。据《朱子语类》载,

> 问:"'慎独',莫只是'十目所视,十手所指'处,也与那暗室不欺时一般否?"先生是之。又云:"这'独'也又不是恁地独时,如与众人对坐,自心中发一念,或正或不正,此亦是独处。"③

《大学》引曾子曰:"十目所视,十手所指,其严乎!"朱熹注曰:"言虽幽独之中,而其善恶之不可揜如此。可畏之甚也。"④显然,朱熹赞同慎独之"独"为独处的说法。但是,他又认为,慎独之"独",不仅可以指独自一人时,而且也可以指在众人之中,人的内心意念刚刚发动而不为他人所知的"己所独知"。所以,朱熹所讲的慎独之"独"并非仅仅指独处。

朱熹讲慎独之"独",有时与"私"联系在一起。据《朱子语类》载,

---

① （宋）黎靖德:《朱子语类》(四)卷六十二,北京,中华书局,1986,第1501页。
② （宋）黎靖德:《朱子语类》(四)卷六十二,北京,中华书局,1986,第1502页。
③ （宋）黎靖德:《朱子语类》(四)卷六十二,北京,中华书局,1986,第1504页。
④ （宋）朱熹:《四书章句集注·大学章句》,北京,中华书局,1983,第7页。

李从之问："颜子省其私，不必指燕私，只是他自作用处。"
曰："便是这意思。但恐没着落，却如何省？只是说燕私，庶几
有个著处，方有可省处。私不专在无人独处之地，或有人相对
坐，心意默所趋向，亦是私。如'慎独'之'独'，亦非特在幽隐
人所不见处。只他人所不知，虽在众中，便是独也。"①

问"（颜回）退而省其私"。曰："私者，他人所不知，而回之
所自知者，夫子能察之。如心之所安，燕居独处之所为，见识
之所独见，皆是也。……'私'与《中庸》'慎独'之'独'同。"②

在朱熹看来，慎独之"独"，与"私"一样，并不是"专在无人独处之地"，
也包括在众人之中的人的内心活动。可见，朱熹将慎独之"独"界定为"人
所不知而己所独知之地"，并不是指通常意义的、以表达人的所处状态的
独处，而是指"己所独知"的内心活动状态，且无论是在独处时，或是在
众人之中。就这一点而言，朱熹的"己所独知"所涉及的范围要比一般意
义上的独居、独处更为广泛。

由此可见，朱熹的慎独之"独"，并不是独处之"独"，较多的是指"己
所独知"的内心活动状态。朱熹还明确指出："大抵'独'字，只是耳目见
闻之所不及而心独知之之地耳。"③对此，清人张伯行（1651—1725 年，字
孝先，晚号敬庵）说："《中庸集注》云：'独者，人所不知而己所独知之地
也。'此地须时时要慎。如念虑初动时，此衷先觉其真妄，是意之初起处，
固独也；须严以防之，存其真而去其妄。至事物交接时，亦有暗地自觉
其是非者，是意之已成，亦独也；须密以证之，是者从之，非者戒之。
即事物应酬后，亦有默默回想其中之是非处，是意之既往，亦独也；须
有挽回之法，是者不邻于非，而非者终返于是。此君子慎独之法也。"④

与朱熹的慎独之"独"较多指"己所独知"的内心活动状态不同，郑玄、
孔颖达的"独处"，较多的是指人的外在的所处状态，以及独处时外在的
言行。如前所述，郑玄说："慎独者，慎其闲居之所为。"孔颖达说："君
子之人恒慎其独居。"显然，没有明确强调独居、独处时要谨慎于人的内
心活动。

---

① （宋）黎靖德：《朱子语类》（二）卷二十四，北京，中华书局，1986，第 567 页。
② （宋）黎靖德：《朱子语类》（二）卷二十四，北京，中华书局，1986，第 567 页。
③ （宋）朱熹：《晦庵先生朱文公文集》卷四十二《答石子重》（九），四部丛刊初编本。
④ （清）唐鉴：《清学案小识》卷二《传道学案·仪封张先生》，上海，世界书局，1936，第
26 页。

当然，朱熹的慎独之"独"又不局限于人的内心活动。据《朱子语类》载，

> 问："'慎独'是念虑初萌处否？"曰："此是通说，不止念虑初萌，只自家自知处。如小可没紧要处，只胡乱去，便是不慎。慎独是己思虑，己有些小事，已接物了。"①

在朱熹看来，慎独之"独"不仅仅指"念虑初萌处"，也包括"自家自知"的"小事"。但无论如何，朱熹讲慎独，较多讲谨慎于"人所不知而己所独知"的内心活动，而这与郑玄、孔颖达强调谨慎于独处时的外在言行，是不相同的。

三、"慎独"与"戒慎恐惧"

如前所述，朱熹认为，"戒慎恐惧乎其不睹不闻"中的"不睹不闻"是指"己之所不睹不闻"，指的是"喜怒哀乐未发"。与此相对应，他认为，慎独是"专就已发上说"②，是要在喜怒哀乐"已发"之时，以谨慎待之。因此，朱熹讲"戒慎恐惧乎其不睹不闻"、"慎独"，与喜怒哀乐之"未发"、"已发"联系在一起。

朱熹说：

> 大抵其言"道不可离，可离非道，是故君子戒慎乎其所不睹，恐惧乎其所不闻"，乃是彻头彻尾、无时无处不下工夫，欲其无须臾而离乎道也。不睹不闻与"独"字不同，乃是言其戒惧之至，无适不然，虽是此等耳目不及，无要紧处，亦加照管，如云听于无声、视于无形，非谓所闻见处却可阔略，而特然于此加功也。又言"莫见乎隐，莫显乎微，故君子谨其独"，乃是上文全体工夫之中，见得此处是一念起处、万事根原，又更紧切，故当于此加意省察，欲其自隐而见，自微而显，皆无人欲之私也。③

朱熹认为，"戒慎恐惧乎其不睹不闻"讲的是"未发"时"耳目不及，无要紧

---

① （宋）黎靖德：《朱子语类》（四）卷六十二，北京，中华书局，1986，第 1503 页。
② （宋）黎靖德：《朱子语类》（四）卷六十二，北京，中华书局，1986，第 1505 页。
③ （宋）朱熹：《晦庵先生朱文公文集》卷五十三《答胡季随》（五），四部丛刊初编本。

处，亦加照管"，而"慎独"则讲的是"已发"时，"一念起处、万事根原，又更紧切，故当于此加意省察"。他还说：

> "独"字又有个形迹在这里可慎。"不闻不见"，全然无形迹，暗昧不可得知。①
>
> "戒慎乎其所不睹，恐惧乎其所不闻"，是未有事时；……"慎独"，便已有形迹了。②
>
> "不睹不闻"是提其大纲说，"慎独"乃审其微细。方"不闻不睹"之时，不惟人所不知，自家亦未有所知。若所谓"独"，即人所不知而己所独知，极是要戒惧。③

在朱熹看来，"不睹不闻"是"人所不知，自家亦未有所知"，"全然无形迹"；而"慎独"的"独"是"人所不知而己所独知"，"已有形迹"，是"就中有一念萌动处，虽至隐微，人所不知而己所独知，尤当致慎。如一片止水，中间忽有一点动处，此最紧要著工夫处"④。

朱熹特别强调"慎独"与戒慎恐惧乎其不睹不闻的相互统一。他说："'戒慎不睹，恐惧不闻'，如言'听于无声，视于无形'，是防之于未然，以全其体；'慎独'，是察之于将然，以审其几。"⑤还说：

> 已发未发，只是说心有已发时，有未发时。方其未有事时，便是未发；才有所感，便是已发，却不要泥著。慎独是从戒慎恐惧处，无时无处不用力，到此处又须慎独。只是一体事，不是两节。⑥

据《朱子语类》载，

> 问："'道也者不可须臾离也'以下是存养工夫，'莫见乎隐'以下是检察工夫否？"曰："说'道不可须臾离'，是说不可不存。'是故'以下，却是教人恐惧戒慎，做存养工夫。说'莫见乎隐，

---

① （宋）黎靖德：《朱子语类》（四）卷六十二，北京，中华书局，1986，第 1503 页。
② （宋）黎靖德：《朱子语类》（四）卷六十二，北京，中华书局，1986，第 1503 页。
③ （宋）黎靖德：《朱子语类》（四）卷六十二，北京，中华书局，1986，第 1506 页。
④ （宋）黎靖德：《朱子语类》（四）卷六十二，北京，中华书局，1986，第 1505 页。
⑤ （宋）黎靖德：《朱子语类》（四）卷六十二，北京，中华书局，1986，第 1502 页。
⑥ （宋）黎靖德：《朱子语类》（四）卷六十二，北京，中华书局，1986，第 1509 页。

莫显乎微',是说不可不慎意。'故君子'以下,却是教人慎独,察其私意起处防之。只看两个'故'字,便是方说入身上来做工夫也。圣人教人,只此两端。"①

黄灏谓:"戒惧是统体做工夫,慎独是又于其中紧切处加工夫,犹一经一纬而成帛。"先生以为然。②

需要指出的是,朱熹特别将"戒慎恐惧乎其不睹不闻"、"慎独"与"存天理"、"遏人欲"联系起来,认为"戒慎恐惧乎其不睹不闻"与"慎独","二者相须,皆反躬为己,遏人欲、存天理之实事"③。

朱熹讲"存天理、灭人欲",说:"孔子所谓'克己复礼',《中庸》所谓'致中和'、'尊德性'、'道问学',《大学》所谓'明明德',《书》曰'人心惟危,道心惟微,惟精惟一,允执厥中',圣贤千言万语,只是教人明天理、灭人欲。"④又说:"学者须是革尽人欲,复尽天理,方始是学。"⑤不过,朱熹要灭的是违反"天理"的"私欲",并非人的一切欲望。他说:"若是饥而欲食,渴而欲饮,则此欲亦岂能无?"⑥"如'口之于味,目之于色,耳之于声,鼻之于臭,四肢之于安佚',圣人与常人皆如此,是同行也。然圣人之情不溺于此,所以与常人异耳。"⑦可见,朱熹反对的是沉溺于人欲之中。

在《中庸章句》中,朱熹注"君子戒慎乎其所不睹,恐惧乎其所不闻"曰:"君子之心,常存敬畏,虽不见闻,亦不敢忽,所以存天理之本然。"与此相对应,朱熹注"君子慎其独"曰:"君子既常戒惧,而于此尤加谨焉,所以遏人欲于将萌,而不使其滋长于隐微之中,以至离道之远也。"⑧认为"戒慎恐惧乎其不睹不闻"旨在"存天理之本然","慎独"则在于"遏人欲于将萌"。因此,他非常赞同其门人潘友恭(生卒年不详,字恭叔)所谓"戒惧者,所以涵养于喜怒哀乐未发之前;慎独者,所以省察于喜怒哀乐已发之后(时)",并且认为未发之前,"寂然不动,只下得涵养

---

① (宋)黎靖德:《朱子语类》(四)卷六十二,北京,中华书局,1986,第1505页。
② (宋)黎靖德:《朱子语类》(四)卷六十二,北京,中华书局,1986,第1502页。
③ (宋)朱熹:《四书或问·中庸或问》,朱杰人等主编:《朱子全书》(第六册),上海,上海古籍出版社;合肥,安徽教育出版社,2002,第555页。
④ (宋)黎靖德:《朱子语类》(一)卷十二,北京,中华书局,1986,第207页。
⑤ (宋)黎靖德:《朱子语类》(一)卷十三,北京,中华书局,1986,第225页。
⑥ (宋)黎靖德:《朱子语类》(六)卷九十四,北京,中华书局,1986,第2414页。
⑦ (宋)黎靖德:《朱子语类》(七)卷一百一,北京,中华书局,1986,第2591页。
⑧ (宋)朱熹:《四书章句集注·中庸章句》,北京,中华书局,1983,第18页。

功夫，涵养者，所以存天理也"；已发之时，"一毫放过则流于欲矣，判别义利全在此时，省察者，所以遏人欲也"。①

张栻门人胡大时（生卒年不详，字季随，号盘谷）说："戒谨、恐惧、慎独，统而言之，虽只是道，都是涵养工夫；分而言之，则各有所指。'独'云者，它人不知，己所独知之时，正友恭所谓已发之初者。不睹不闻，即是未发之前。未发之前，无一毫私意之杂，此处无走作，只是存天理而已，未说到遏人欲处。已发之初，天理人欲由是而分，此处不放过，即是遏人欲，天理之存有不待言者。如此分说，自见端的。"对此，朱熹说："此说分得好。"②在朱熹看来，未发之前，"思虑未萌，无纤毫私欲"③，已发时，"是念虑欲萌而天理人欲之几，最是紧切，尤不可不下工处，故于全体工夫之中，就此更加省察"④。他还说："方不睹不闻，未有私欲之际，已是戒惧了；及至有少私意发动，又却慎独，如此，即私意不能为吾害矣。"⑤据《朱子语类》载，

> 曰："'不睹不闻'与'慎独'何别？"曰："上一节说存天理之本然，下一节说遏人欲于将萌。"又问："能存天理了，则下面慎独，似多了一截。"曰："虽是存得天理，临发时也须点检，这便是他密处。"⑥

对于"戒慎恐惧乎其不睹不闻"与"慎独"，朱熹除了将二者与"存天理"、"遏人欲"联系起来，还用"十六字心传"中的"惟精惟一"作了解说。据《朱子语类》载，

> 问："'戒慎不睹，恐惧不闻'与'慎独'两段事，广思之，便是'惟精惟一'底工夫。戒慎恐惧，持守而不失，便是'惟一'底工夫；慎独，则于善恶之几，察之愈精愈密，便是'惟精'底工夫。但《中庸》论'道不可离'，则先其戒慎，而后其慎独；舜论人心、道心，则先其惟精，而后其惟一。"曰："两事皆少不得'惟精惟一'底工夫。不睹不闻时固当持守，然不可不察；慎独

① （宋）朱熹：《晦庵先生朱文公文集》卷五十三《答胡季随》（六），四部丛刊初编本。
② （宋）朱熹：《晦庵先生朱文公文集》卷五十三《答胡季随》（六），四部丛刊初编本。
③ （宋）黎靖德：《朱子语类》（四）卷六十二，北京，中华书局，1986，第1509页。
④ （宋）朱熹：《晦庵先生朱文公文集》卷五十三《答胡季随》（五），四部丛刊初编本。
⑤ （宋）黎靖德：《朱子语类》（七）卷一百一十四，北京，中华书局，1986，第2767～2768页。
⑥ （宋）黎靖德：《朱子语类》（四）卷六十二，北京，中华书局，1986，第1503页。

时固当致察，然不可不持守。"汉卿问云云。先生曰："不必分
'惟精惟一'于两段上。但凡事察之贵精，守之贵一。如戒慎恐
惧，是事之未形处；慎独，几之将然处。不可不精察而慎守
之也。"①

在朱熹看来，无论"戒慎恐惧乎其不睹不闻"还是"慎独"，都必须"惟精惟
一"，既要"精察"，又要"慎守"。

四、朱熹"慎独"解之源流

朱熹将慎独之"独"界定为"人所不知而己所独知之地"，主要来源于
二程及其门人游酢。据《朱子语类》载，

> 问："'慎独'章：'迹虽未形，几则已动。人虽不知，己独
知之。'上两句是程子意，下两句是游氏意，先生则合而论之，
是否？"曰："然。两事只是一理。几既动，则己必知之；己既
知，则人必知之。故程子论杨震四知②曰：'天知、地知，只是
一个知。'"③

如前所述，朱熹《中庸章句》注"莫见乎隐，莫显乎微，君子慎其独"
曰："独者，人所不知而己所独知之地也。言幽暗之中，细微之事，迹虽
未形而几则已动，人虽不知而己独知之，则是天下之事无有著见明显而
过于此者。"朱熹认为，其中"迹虽未形而几则已动"源自程颐之意，"人虽
不知而己独知之"源自游酢之意。据《程氏遗书》载，问："'莫见乎隐，莫
显乎微'，何也？"曰："人只以耳目所见闻者为显见，所不见闻者为隐微，
然不知理却甚显也。且如昔人弹琴，见螳螂捕蝉，而闻者以为有杀声，
杀在心，而人闻其琴而知之，岂非显乎？人有不善，自谓人不知之，然
天地之理甚著，不可欺也。"曰："如杨震四知，然否？"曰："亦是。然而

---

① （宋）黎靖德：《朱子语类》（四）卷六十二，北京，中华书局，1986，第1502页。
② 据《后汉书·杨震传》载：杨震，字伯起，弘农华阴人也。……震少好学，受欧阳尚书
于太常桓郁，明经博览，无不穷究。诸儒为之语曰："关西孔子杨伯起。"……大将军邓
骘闻其贤而辟之，举茂才，四迁荆州刺史、东莱太守。当之郡，道经昌邑，故所举荆
州茂才王密为昌邑令，谒见，至夜怀金十斤以遗震。震曰："故人知君，君不知故人，
何也？"密曰："暮夜无知者。"震曰："天知，神知，我知，子知。何谓无知！"密愧而出。
后转涿郡太守。性公廉，不受私谒。
③ （宋）黎靖德：《朱子语类》（四）卷六十二，北京，中华书局，1986，第1504页。

若说人与我，固分得；若说天地，只是一个知也。"①游酢说："人所不睹，可谓隐矣，而心独知之，不亦见乎？人所不闻，可谓微矣，而心独闻之，不亦显乎？知'莫见乎隐，莫显乎微'而不能慎独，是自欺也。其离道远矣。"②

除了二程和游酢，从朱熹《中庸辑略》可知，朱熹注"慎独"，还参照过二程门人吕大临、杨时所言。吕大临说："此章明道之要不可不诚。道之在我，犹饮食居处之不可去；可去皆外物也。诚以为己，故不欺其心。人心至灵，一萌于思，善与不善，莫不知之。他人虽明有所不与也。故慎其独者，知为己而已。"杨时说："独，非交物之时，有动乎中，其违未远也。虽非视听所及，而其几固已了然心目之间矣。其为显见孰加焉。虽欲自蔽，吾谁欺。欺天乎。此君子必慎其独也。"③应当说，二程及其门人游酢、吕大临、杨时等都对朱熹"慎独"解的形成有过程度不等的影响。据朱熹《中庸或问》所述，

曰："程子所谓隐微之际，若与吕氏改本及游、杨氏不同，而子一之，何耶？"曰："以理言之，则三家不若程子之尽；以心言之，则程子不若三家之密，是固若有不同者矣。然必有是理，然后有是心，有是心，而后有是理，则亦初无异指也。合而言之，亦何不可之有哉？"④

又据《朱子语类》载，

问："'莫见乎隐，莫显乎微'，程子举弹琴杀心事，是就人知处言。吕、游、杨氏所说，是就己自知处言。《章句》只说己自知，或疑是合二者而言否？"曰："有动于中，己固先自知，亦不能掩人之知，所谓诚之不可揜也。"⑤

从二程及其门人游酢、吕大临、杨时对于《中庸》"君子慎其独"的解说可以看出，他们关注的并不在于人的耳目见闻，而在于人的"心"。人

---

① （宋）程颢、程颐：《河南程氏遗书》卷十八，《二程集》（第一册），北京，中华书局，1981，第224页。
② （宋）游酢：《游廌山集》卷一《中庸义》，文渊阁四库全书本。
③ 引自（宋）朱熹：《中庸辑略》卷上，文渊阁四库全书本。
④ （宋）朱熹：《四书或问·中庸或问》，朱杰人等主编：《朱子全书》（第六册），上海，上海古籍出版社；合肥，安徽教育出版社，2002，第556页。
⑤ （宋）黎靖德：《朱子语类》（四）卷六十二，北京，中华书局，1986，第1501页。

不见，不等于心不知；人不闻，不等于心不闻。因此，朱熹说：

> 夫既已如此矣，则又以谓道固无所不在，而幽隐之间，乃他人之所不见而己所独见；道固无时不然，而细微之事，乃他人之所不闻而己所独闻。是皆常情所忽，以为可以欺天罔人而不必谨者，而不知吾心之灵，皎如日月，既已知之，则其毫发之间无所潜遁，又有甚于他人之知矣。又况既有是心，藏伏之久，则其见于声音容貌之间，发于行事施为之实，必有暴著而不可揜者，又不止于念虑之差而已也！是以君子既戒惧乎耳目之所不及，则此心常明，不为物蔽，而于此尤不敢不致其谨焉，必使其几微之际，无一毫人欲之萌，而纯乎义理之发，则下学之功，尽善全美，而无须臾之闲矣。①

正是由于吸取了二程及其门人的思想资源，朱熹在将"戒慎恐惧乎其不睹不闻"指向心的"未发"的同时，将"慎独"指向心的"已发"，把慎独之"独"界定为"人所不知而己所独知之地"，从而脱离了郑玄、孔颖达的慎独之说。

朱熹把慎独之"独"诠释为"人所不知而己所独知之地"，对后世影响很大。明代王阳明（1427—1529 年，名守仁，字伯安，世称阳明先生）对此多有评述。据《传习录上》载，正之问："戒惧是己所不知时工夫，慎独是己所独知时工夫，此说如何？"先生曰："只是一个工夫，无事时固是独知，有事时亦是独知，人若不知于此独知之地用力，只在人所共知处用功，便是作伪，便是见君子而后厌然。……今若又分戒惧为己所不知，即工夫便支离，亦有间断。既戒惧即是知，己若不知，是谁戒惧？如此见解，便要流入断灭禅定。"②显然，王阳明赞同朱熹将"慎独"之"独"诠释为"人所不知而己所独知"，但反对朱熹把"戒慎恐惧乎其不睹不闻"之"不睹不闻"归于"己所不知"，而认为二者"只是一个工夫"。不过，王阳明对"独知"的理解不同于朱熹，认为"独知"即他所谓"良知"，并且指出：

---

① （宋）朱熹：《四书或问·中庸或问》，朱杰人等主编：《朱子全书》（第六册），上海，上海古籍出版社；合肥，安徽教育出版社，2002，第 555 页。
② （明）王守仁：《王阳明全集》（上册）卷一《传习录上》，上海，上海古籍出版社，1992，第 34～35 页。

"所谓人虽不知，而己所独知者，此正是吾心良知处。"①

吕柟(1479—1542年，字仲木，号泾野)为明代朱子学者，对朱熹的"慎独"说多有发挥。据《吕泾野先生语录》载，问"慎独工夫"，曰："此只在于心上做，如心有偏处，如好欲处，如好胜处，但凡念虑不在天理处，人不能知而己所独知，此处当要知谨自省，即便克去。若从此渐渐积累，至于极处，自能勃然上进。虽博厚高明，皆是此积。"②

胡直(1517—1585年，字正甫，号庐山)为阳明后学，曾对有学者以"独处"训慎独之"独"提出批评。他说："慎独者，慎其独知，朱子固言之矣。惟出于独知，始有'十目所视，十手所指'之严，始有'莫见乎隐，莫显乎微'之几，夫是以不得不慎也。今足下必以'独处'训之，吾恐独处之时，虽或能禁伏粗迹，然此中之憧憧朋从，且有健于诅盟，惨于剑铗者矣。足下又不知何以用其功也？盖足下惟恐其近于心，不知慎之字义，从心从真，非心则又谁独而谁慎耶？"③明确认为朱熹的"独知"不同于独处。

刘宗周则说："朱子于'独'字下补一'知'字，可谓扩前圣所未发，然专以属之动念边事，何耶？岂静中无知乎？使知有间于动静，则不得谓之知矣。"④在刘宗周看来，朱熹把慎独之"独"诠释为"独知"，是"扩前圣所未发"，当然不同于郑玄、孔颖达以"闲居"、"独居"、"独处"界说慎独之"独"。同时，刘宗周又认为，朱熹的"独知"不能仅限于内心的活动状态，即"已发"，还应包括内心的静止状态，即"未发"，并进而提出"独之外，别无本体；慎独之外，别无工夫"⑤。他说："《中庸》曰：'戒慎乎其所不睹，恐惧乎其所不闻。'不动而敬，不言而信，其要归于慎独。"⑥

王夫之明确赞同朱熹将慎独之"独"界定为"人所不知而己所独知之地"。他诠释《大学》"君子必慎其独"说："但当未有意时，其将来之善几

---

① (明)王守仁：《王阳明全集》(上册)卷三《传习录下》，上海，上海古籍出版社，1992，第119页。

② (清)黄宗羲：《明儒学案》(上册)卷八《河东学案下·文简吕泾野先生柟》，北京，中华书局，1985，第137页。

③ (清)黄宗羲：《明儒学案》(上册)卷二十二《江右王门学案·宪使胡庐山先生直》，北京，中华书局，1985，第530页。

④ (清)黄宗羲：《明儒学案》(下册)卷六十二《蕺山学案》，北京，中华书局，1985，第1525页。

⑤ (清)黄宗羲：《明儒学案》(下册)卷六十二《蕺山学案》，北京，中华书局，1985，第1580页。

⑥ (清)黄宗羲：《明儒学案》(下册)卷六十二《蕺山学案》，北京，中华书局，1985，第1588页。

恶几，不可预为拟制，而务于从容涵养，不可急迫迫地逼教出好意出来，及其意已发而可知之后，不可强为补饰，以涉于小人之揜著。故待己所及知，抑仅己所独知之时而加之慎。"①他还指出："君子知此人不及知、己所独知之际为体道之枢机，而必慎焉，使几微之念必一如其静存所见之性天，而纯一于善焉。其动而省察者又如此，盖以天与性昭见于动时，而以此尽道以事天也。"②事实上，朱熹之后不少学者都以"独知"、"已发"解说慎独之"独"。

近年来，一些学者对马王堆帛书《五行》篇以及郭店楚简《五行》篇所涉及"慎独"概念进行研究，提出了新的观点。马王堆帛书《五行》篇《经文7》中引《诗》而论"慎独"："'鳲鸠在桑，其子七兮。淑人君子，其仪一兮'。能为一然后能为君子，君子慎其独也。""'燕燕于飞，差池其羽。之子于归，远送于野。瞻望弗及，泣涕如雨'。能差池其羽然后能至哀，君子慎其独也。"并有《说》曰："'君子慎其独'，慎其独也者，言捨夫五而慎其心之谓□□然后一，一也者，□夫五因为□心也，然后得之。一也，乃德已。德犹天也，天乃德已。"庞朴注曰："儒书屡言慎独，所指不尽同。……本佚书所谓慎独，亦指内心专一。"③郭店楚简《五行》篇云："'淑人君子，其仪一也'。能为一然后能为君子，（君子）慎其独也。'（瞻望弗及），泣涕如雨'。能遍池其羽，然后能至哀。君子慎其（独也）。（君）子之为善也，有与始，有与终也。君子之为德也，（有与始，有与）终也。"对此，丁四新说："简帛书所谓'慎独'谓慎心，'独'指心君，与耳、目、鼻、口、四肢相对，心君是身体诸器官的绝对主宰者，具有至尊无上的独贵地位。"④梁涛则进一步指出："根据《大学》、《中庸》、《五行》等篇的内容，我们可以将慎独理解为：不论在独处还是在大庭广众之下，均应'诚其意'，保持内心的诚，保持内心的专一。"⑤应当说，朱熹《中庸章句》把慎独之"独"诠释为"人所不知而己所独知"的内心活动状态，并认为，"慎独"是"专就已发上说"，是谨慎于"念虑初萌处"，与马王堆帛书《五行》篇的"慎独"意在"内心专一"，郭店楚简《五行》篇的"慎独"即指"慎心"，有许多相似之处。

---

①　（明）王夫之：《读四书大全说》卷一《大学》，《船山全书》（第六册），长沙，岳麓书社，1991，第411页。

②　（明）王夫之：《四书训义》（上）卷二《中庸》，《船山全书》（第七册），长沙，岳麓书社，1990，第107页。

③　庞朴：《帛书五行篇研究》，济南，齐鲁书社，1980，第31、33页。

④　丁四新：《郭店楚墓竹简思想研究》，北京，东方出版社，2000，第141～142页。

⑤　梁涛：《郭店竹简与思孟学派》，北京，中国人民大学出版社，2008，第300页。

但是，朱熹又不完全赞同所谓"君子慎其心"的说法。他曾在与石𡒄讨论"慎独"时，指出："大抵'独'字，只是耳目见闻之所不及而心独知之之地耳。若谓指心而言而不谓之心，盖恐指杀，似不然也。'故君子慎其心'，是何言耶？"①显然，当时也有"君子慎其心"的说法，只是朱熹并不赞同。在朱熹看来，"慎独"是要谨慎于"耳目见闻之所不及而心独知之之地"，要求人的内心在进行思想活动时保持谨慎，并不是要谨慎于"心"本身；而且讲"君子慎其心"，就有可能被理解为对"心"的压抑。

与朱熹的"慎独"较多地重视人的内心活动状态、要求谨慎于人的内心不同，郑玄、孔颖达的"慎独"要求谨慎于独处时的言行。这也是今天将"慎独"理解为"谨慎独处"的主要内涵。对于朱熹的"慎独"与郑玄、孔颖达的"慎独"，虽然我们很难从字面上判断何为正确、何为错误，但是，当我们较多地接受郑玄、孔颖达的"慎独"时，是否也应当看到，在物欲横流的今天，朱熹的"慎独"较多地要求谨慎于人的内心活动状态、旨在遏止人欲的说法所具有的重要价值。

第四节 "未发""已发"与"敬"

《中庸》讲"道也者，不可须臾离也，可离非道也"，认为人之道在于人自身；又讲"君子戒慎乎其所不睹，恐惧乎其所不闻"，"君子慎其独"。朱熹则不仅把"戒慎恐惧乎其不睹不闻"与"慎独"区别开来，而且还把二者与喜怒哀乐的"未发"、"已发"联系在一起。关于"未发"、"已发"，《中庸》说："喜怒哀乐之未发谓之中，发而皆中节谓之和。中也者，天下之大本也；和也者，天下之达道也。"也就是说，天下之大本、天下之达道存在于喜怒哀乐之"未发"、"已发"中。对此，朱熹《中庸章句》注曰：

> 喜怒哀乐，情也。其未发，则性也，无所偏倚，故谓之中。发皆中节，情之正也，无所乖戾，故谓之和。大本者，天命之性，天下之理皆由此出，道之体也。达道者，循性之谓，天下古今之所共由，道之用也。②

朱熹认为，喜怒哀乐"未发"，则性也；"已发"，则情也。但是，他又不

---

① （宋）朱熹：《晦庵先生朱文公文集》卷四十二《答石子重》（九），四部丛刊初编本。
② （宋）朱熹：《四书章句集注·中庸章句》，北京，中华书局，1983，第18页。

局限于性、情。他推崇程颐所谓"思即是已发",指出:

> 夫未发、已发,子思之言已自明白。……至《遗书》中,'才思即是已发'一句,则又能发明子思言外之意,盖言不待喜怒哀乐之发,但有所思,即为已发。此意已极精微,说到未发界至十分尽头,不复可以有加矣。①

可见,在朱熹看来,"未发"、"已发"不仅在于性、情,而且还包括"思",实际上是指"心"的"未发"、"已发"。他说:

> 心者,主乎性而行乎情。故"喜怒哀乐未发则谓之中,发而皆中节则谓之和",心是做工夫处。
>
> 心之全体湛然虚明,万理具足,无一毫私欲之间;其流行该遍,贯乎动静,而妙用又无不在焉。故以其未发而全体者言之,则性也;以其已发而妙用者言之,则情也。②

朱熹还说:"已发、未发,只是说心有已发时,有未发时。方其未有事时,便是未发;才有所感,便是已发。"③

在朱熹看来,心之"未发"则性也,因此,心与性有密切的关系。他说:心与性"元不可相离,亦自难与分别。舍心则无以见性,舍性又无以见心"④;"心以性为体,心将性做馅子模样。盖心之所以具是理者,以有性故也。"⑤但是,朱熹又强调心与性的相互区别。他说:

> 心、性固只一理,然自有合而言处,又有析而言处。须知其所以析,又知其所以合,乃可。然谓性便是心,则不可;谓心便是性,亦不可。孟子曰"尽其心,知其性";又曰"存其心,养其性"。圣贤说话自有分别。……心、性之别,如以碗盛水,水须碗乃能盛,然谓碗便是水,则不可。⑥

---

① (宋)朱熹:《晦庵先生朱文公文集》卷四十八《答吕子约》(三十九),四部丛刊初编本。
② (宋)黎靖德:《朱子语类》(一)卷五,北京,中华书局,1986,第94页。
③ (宋)黎靖德:《朱子语类》(四)卷六十二,北京,中华书局,1986,第1509页。
④ (宋)黎靖德:《朱子语类》(一)卷五,北京,中华书局,1986,第88页。
⑤ (宋)黎靖德:《朱子语类》(一)卷五,北京,中华书局,1986,第89页。
⑥ (宋)黎靖德:《朱子语类》(二)卷十八,北京,中华书局,1986,第411页。

朱熹还说:"心与性自有分别。灵底是心,实底是性。灵便是那知觉底。"①为此,他推崇张载的"心统性情",指出:

人多说性方说心,看来当先说心。古人制字,亦先制得"心"字,"性"与"情"皆从"心"。……盖性即心之理,情即性之用。今先说一个心,便教人识得个情性底总脑,教人知得个道理存着处。若先说性,却似性中别有一个心。横渠"心统性情"语极好。②

性是未动,情是已动,心包得已动未动。盖心之未动则为性,已动则为情,所谓"心统性情"也。③

朱熹还说:"性者,心之理;情者,性之动;心者,性情之主";"性对情言,心对性情言。合如此是性,动处是情,主宰是心"。④ 又说:"心有体用,未发之前是心之体,已发之际乃心之用,……盖主宰运用底便是心,性便是会恁地做底理。性则一定在这里,到主宰运用却在心。情只是几个路子,随这路子恁地做去底,却又是心。"⑤所以,朱熹还明确指出:"性以理言,情乃发用处,心即管摄性情者也。"⑥

朱熹认为,喜怒哀乐"未发"时,心"无所偏倚,故谓之中","中"为天下之大本,"大本"为天命之性,"天下之理皆由此出"。如前所述,朱熹认为,"心之全体湛然虚明,万理具足",所以,他特别强调"心具众理"。

朱熹《大学章句》"格物致知补传"讲"天下之物莫不有理"⑦,但《大学章句》在注"明明德"时则指出:"明,明之也。明德者,人之所得乎天,而虚灵不昧,以具众理而应万事者也。"⑧对此,《大学或问》解释说:"惟人之生乃得其气之正且通者,而其性为最贵,故其方寸之间,虚灵洞彻,万理咸备,盖其所以异于禽兽者正在于此,而其所以可为尧舜而能参天

---

① (宋)黎靖德:《朱子语类》(二)卷十六,北京,中华书局,1986,第323页。
② (宋)黎靖德:《朱子语类》(一)卷五,北京,中华书局,1986,第91~92页。
③ (宋)黎靖德:《朱子语类》(一)卷五,北京,中华书局,1986,第93页。
④ (宋)黎靖德:《朱子语类》(一)卷五,北京,中华书局,1986,第89页。
⑤ (宋)黎靖德:《朱子语类》(一)卷五,北京,中华书局,1986,第90页。
⑥ (宋)黎靖德:《朱子语类》(一)卷五,北京,中华书局,1986,第94页。
⑦ (宋)朱熹:《四书章句集注·大学章句》,北京,中华书局,1983,第7页。
⑧ (宋)朱熹:《四书章句集注·大学章句》,北京,中华书局,1983,第3页。

地以赞化育者，亦不外焉。"①朱熹还说："明德是自家心中具许多道理在这里。"②"能存得自家个虚灵不昧之心，足以具众理，可以应万事，便是明得自家明德了。"③显然，朱熹《大学章句》所谓"明德者，人之所得乎天，而虚灵不昧，以具众理而应万事者也"，实际上就是讲"心具众理"。此外，朱熹《孟子集注·尽心章句上》注"尽其心者，知其性也；知其性，则知天矣"曰：

> 心者，人之神明，所以具众理而应万事者也。性则心之所具之理，而天又理之所从以出者也。人有是心，莫非全体。④

所以，朱熹较多地讲"心具众理"。他还说："心虽是一物，却虚，故能包含万理。"⑤"心之全体湛然虚明，万理具足。"⑥"心包万理，万理具于一心。"⑦并且赞同门人李孝述（生卒年不详，字继善）所言："心惟虚灵，所以方寸之内，体无不包，用无不通，能具众理而应万事"，"心具众理，心虽昏蔽而所具之理未尝不在"。⑧

在朱熹看来，喜怒哀乐"未发"时，"心具众理"，"以其天地万物之理，无所不该，故曰天下之大本"⑨。他还说：

> 伊川言："'喜怒哀乐之未发谓之中'，中也者，言'寂然不动'者也，故曰'天下之大本'。"喜怒哀乐未发，无所偏倚，此之谓中。中，性也；'寂然不动'，言其体则然也。大本，则以其无不该遍，而万事万物之理，莫不由是出焉。⑩

朱熹还特别强调，喜怒哀乐之未发之中，对任何人都是一样的。据

---

① （宋）朱熹：《四书或问·大学或问》，朱杰人等主编：《朱子全书》（第六册），上海，上海古籍出版社；合肥，安徽教育出版社，2002，第507页。

② （宋）黎靖德：《朱子语类》（一）卷十四，北京，中华书局，1986，第263页。

③ （宋）黎靖德：《朱子语类》（一）卷十四，北京，中华书局，1986，第265页。

④ （宋）朱熹：《四书章句集注·孟子集注》，北京，中华书局，1983，第349页。

⑤ （宋）黎靖德：《朱子语类》（一）卷五，北京，中华书局，1986，第88页。

⑥ （宋）黎靖德：《朱子语类》（一）卷五，北京，中华书局，1986，第94页。

⑦ （宋）黎靖德：《朱子语类》（一）卷九，北京，中华书局，1986，第155页。

⑧ （宋）朱熹：《晦庵先生朱文公文集·续集》卷十《答李孝述继善问目》，四部丛刊初编本。

⑨ （宋）朱熹：《四书或问·中庸或问》，朱杰人等主编：《朱子全书》（第六册），上海，上海古籍出版社；合肥，安徽教育出版社，2002，第558页。

⑩ （宋）黎靖德：《朱子语类》（四）卷六十二，北京，中华书局，1986，第1509页。

《朱子语类》载，

> "喜怒哀乐未发之中，未是论圣人，只是泛论众人亦有此，
> 与圣人都一般。"或曰："恐众人未发，与圣人异否？"曰："未发
> 只做得未发。不然，是无大本，道理绝了。"或曰："恐众人于未
> 发昏了否？"曰："这里未有昏明，须是还他做未发。若论原头，
> 未发都一般。"①

同时，朱熹又认为，心的"未发"与"已发"不可截然分开。他说：

> "喜怒哀乐未发谓之中"，只是思虑未萌，无纤毫私欲，自
> 然无所偏倚。所谓"寂然不动"，此之谓中。然不是截然作二截，
> 如僧家块然之谓。只是这个心自有那未发时节，自有那已发时
> 节。谓如此事未萌于思虑要做时，须便是中是体；及发于思了，
> 如此做而得其当时，便是和是用，只管夹杂相滚。若以为截然
> 有一时是未发时，一时是已发时，亦不成道理。今学者或谓每
> 日将半日来静做工夫，即是有此病也。②

朱熹还认为，"发而皆中节"正是由于"未发"时"心具众理"，他说：

> 未发之前，万理备具。才涉思，即是已发动；而应事接物，
> 虽万变不同，能省察得皆合于理处。盖是吾心本具此理，皆是
> 合做底事，不容外面旋安排也。今说为臣必忠、为子必孝之类，
> 皆是已发。然所以合做此事，实具此理，乃未发也。③

然而，朱熹反对吕大临以及杨时执着于"喜怒哀乐未发之中"。朱熹
认为，吕大临的病根"正在欲于未发之前，求见夫所谓中者而执之"④。
他说：

---

① （宋）黎靖德：《朱子语类》（四）卷六十二，北京，中华书局，1986，第1508页。
② （宋）黎靖德：《朱子语类》（四）卷六十二，北京，中华书局，1986，第1509页。
③ （宋）黎靖德：《朱子语类》（四）卷六十二，北京，中华书局，1986，第1509页。
④ （宋）朱熹：《四书或问·中庸或问》，朱杰人等主编：《朱子全书》（第六册），上海，上
　海古籍出版社；合肥，安徽教育出版社，2002，第563页。

夫未发、已发，日用之间，固有自然之机，不假人力。方其未发，本自寂然，固无所事于执；及其当发，则又当即事即物，随感而应，亦安得块然不动，而执此未发之中耶？此为义理之根本，于此有差，则无所不差矣。此吕氏之说，所以条理紊乱，援引乖剌，而不胜其可疑也。①

对于杨时所谓"于喜怒哀乐未发之际，以心体之，则中之义自见。执而勿失，无人欲之私焉，发必中节"，"须是于喜怒哀乐未发之际，能体所谓中"，朱熹也予以了批评，并且指出：

杨氏所谓"未发之时，以心验之，则中之义自见，执而勿失，无人欲之私焉，则发必中节矣"，又曰"须于未发之际，能体所谓中"，其曰验之、体之、执之，则亦吕氏之失也。②

朱熹讲"未发"、"已发"，但是，他又说："然未发之前，不可寻觅；已发之后，不容安排。但平日庄敬涵养之功至，而无人欲之私以乱之，则其未发也，镜明水止；而其发也，无不中节矣。此是日用本领工夫。至于随事省察，即物推明，亦必以是为本。"③所以，朱熹继承二程而讲"敬"，指出：

程子论《中庸》未发处，答问之际，初甚详密，而其究意，只就"敬"之一字都收杀了。其所谓敬，又无其它玄妙奇特，止是教人每事习个专一而已，都无许多闲说话也。④

盖心主乎一身而无动静语默之间，是以君子之于敬，亦无动静语默而不用其力焉。未发之前，是敬也，固已主乎存养之实；已发之际，是敬也，又常行于省察之间。⑤

① （宋）朱熹：《四书或问·中庸或问》，朱杰人等主编：《朱子全书》（第六册），上海，上海古籍出版社；合肥，安徽教育出版社，2002，第563页。
② （宋）朱熹：《四书或问·中庸或问》，朱杰人等主编：《朱子全书》（第六册），上海，上海古籍出版社；合肥，安徽教育出版社，2002，第563页。
③ （宋）朱熹：《晦庵先生朱文公文集》卷六十四《与湖南诸公论中和第一书》，四部丛刊初编本。
④ （宋）朱熹：《晦庵先生朱文公文集》卷四十八《答吕子约》（四十七），四部丛刊初编本。
⑤ （宋）朱熹：《晦庵先生朱文公文集》卷三十二《与张钦夫》（四十九），四部丛刊初编本。

关于"敬"，朱熹赞同二程所谓"主一之谓敬"，并且指出："'主一之谓敬'，只是心专一，不以他念乱之。每遇事，与至诚专一做去，即是主一之义。"①据《朱子语类》载，

问"主一"，曰："做这一事，且做一事；做了这一事，却做那一事。今人做这一事未了，又要做那一事，心下千头万绪。"②

倪求下手工夫。曰："只是要收敛此心，莫要走作，走作便是不敬。须要持敬。……"问："敬如何持？"曰："只是要莫走作，若看见外面风吹草动，去看觑他，那得许多心去应他？便也是不收敛。"问："莫是'主一之谓敬'？"曰："主一是敬表德，只是要收敛。"③

朱熹又说："敬有甚物？只如'畏'字相似。不是块然兀坐，耳无闻，目无见，全不省事之谓。只收敛身心，整齐纯一，不恁地放纵，便是敬。"④"敬，莫把做一件事看，只是收拾自家精神，专一在此。"⑤在这里，"敬"被解释为收敛身心、专心致志。朱熹还说："持敬之说，不必多言。但熟味'整齐严肃'，'严威俨恪'，'动容貌，整思虑'，'正衣冠，尊瞻视'此等数语，而实加工焉，则所谓直内，所谓主一，自然不费安排，而身心肃然，表里如一矣。"⑥他还曾作《敬斋箴》，云：

正其衣冠，尊其瞻视。潜心以居，对越上帝。足容必重，手容必恭。择地而蹈，折旋蚁封。出门如宾，承事如祭。战战兢兢，罔敢或易。守口如瓶，防意如城。洞洞属属，罔敢或轻。不东以西，不南以北。当事而存，靡他其适。弗贰以二，弗参以三。惟精惟一，万变是监。从事于斯，是曰持敬。动静无违，表里交正。⑦

① （宋）黎靖德：《朱子语类》（五）卷六十九，北京，中华书局，1986，第 1740 页。
② （宋）黎靖德：《朱子语类》（六）卷九十六，北京，中华书局，1986，第 2464 页。
③ （宋）黎靖德：《朱子语类》（七）卷一百一十八，北京，中华书局，1986，第 2854 页。
④ （宋）黎靖德：《朱子语类》（一）卷十二，北京，中华书局，1986，第 208 页。
⑤ （宋）黎靖德：《朱子语类》（一）卷十二，北京，中华书局，1986，第 215 页。
⑥ （宋）黎靖德：《朱子语类》（一）卷十二，北京，中华书局，1986，第 211 页。
⑦ （宋）朱熹：《晦庵先生朱文公文集》卷八十五《敬斋箴》，四部丛刊初编本。

朱熹强调"敬"，甚至还说："'敬'字工夫，乃圣门第一义，彻头彻尾，不可顷刻间断。""'敬'之一字，真圣门之纲领，存养之要法。"① 同时，朱熹还把"敬"贯穿于"未发"、"已发"之中。他说：

> 当其未发，此心至虚，如镜之明，如水之止，则但当敬以存之，而不使其小有偏倚；至于事物之来，此心发见，喜怒哀乐各有攸当，则又当敬以察之，而不使其小有差忒而已。②

朱熹还认为，要达到"喜怒哀乐未发之中"就必须"敬而无失"。他说："'喜怒哀乐未发谓之中'，程子云：'敬不可谓之中，敬而无失，即所以中也。'"③ 又说："未发之际，便是中，便是'敬以直内'，便是心之本体。"④"只是常敬，便是'喜怒哀乐未发之中'也。"⑤ 在讨论"喜怒哀乐未发之中"与"敬"的关系的同时，朱熹还进一步讨论了"发而皆中节之和"与"敬"的关系，指出："敬是'喜怒哀乐未发之中'，和是'发而皆中节之和'。才敬，便自然和。""敬与和，亦只是一事。敬则和，和则自然敬。"⑥ 所以，朱熹说："其未发也，敬为之主而义已具；其已发也，必主于义而敬行焉。则何间断之有哉？"⑦ 要求把"敬"贯穿于"未发"、"已发"之始终。

第五节 "致中和，天地位，万物育"

《中庸》继"喜怒哀乐之未发谓之中，发而皆中节谓之和"之后，接着说："致中和，天地位焉，万物育焉。"以为人的性情之"中"、"和"，达到了极致，就可以使得"天地位"、"万物育"。朱熹《中庸章句》第一章按语认为，此言"圣神功化之极"。问题是，"致中和"如何可以使得"天地位"、"万物育"？对此，《中庸》并没有做出更进一步的回答。

对于《中庸》所言"致中和，天地位焉，万物育焉"，《礼记正义·中

---

① （宋）黎靖德：《朱子语类》（一）卷十二，北京，中华书局，1986，第 210 页。
② （宋）朱熹：《四书或问·中庸或问》，朱杰人等主编：《朱子全书》（第六册），上海，上海古籍出版社；合肥，安徽教育出版社，2002，第 563 页。
③ （宋）黎靖德：《朱子语类》（四）卷六十二，北京，中华书局，1986，第 1511 页。
④ （宋）黎靖德：《朱子语类》（六）卷八十七，北京，中华书局，1986，第 2262 页。
⑤ （宋）黎靖德：《朱子语类》（六）卷九十五，北京，中华书局，1986，第 2435 页。
⑥ （宋）黎靖德：《朱子语类》（二）卷二十二，北京，中华书局，1986，第 519 页。
⑦ （宋）朱熹：《晦庵先生朱文公文集》卷四十《答何叔京》（二十九），四部丛刊初编本。

庸》有孔颖达疏曰："致，至也；位，正也；育，生长也。言人君所能至极中和，使阴阳不错，则天地得其正位焉，生成得理，故万物其养育焉。"①显然，这是从人的性情的角度讲"中"、"和"，并认为，人君的性情能"致中和"，就能使"阴阳"和谐，从而达到"天地位"、"万物育"。

一般而言，"阴阳"既可指人体内的"阴阳"，也可指天地中的"阴阳"。人的性情会影响到人体内的"阴阳"，但是不可能影响到天地中的"阴阳"。《礼记正义·中庸》中所言"阴阳"均指天地中的"阴阳"，所谓"天地阴阳，生成万物"②。问题是，《礼记正义·中庸》在对"致中和，天地位焉，万物育焉"的诠释中引入了"阴阳"概念，但是并没有就人君的性情"致中和"如何能够使天地"阴阳"和谐，并达到"天地位"、"万物育"做出具体的说明。尤其是，这种诠释与汉唐时期流行的"天人感应"思想十分相似。

关于"天人感应"思想，汉代董仲舒多有论述。他说："天有阴阳，人亦有阴阳。天地之阴气起，而人之阴气应之而起；人之阴气起，而天地之阴气亦宜应之而起，其道一也。"③又说："身之有性情也，若天之有阴阳也。言人之质而无其情，犹言天之阳而无其阴也。"④所以，在董仲舒看来，人的性情会影响到天地阴阳。他明确指出："人下长万物，上参天地。故其治乱之故，动静顺逆之气，乃损益阴阳之化，而摇荡四海之内。"⑤虽然不能完全肯定《礼记正义·中庸》对"致中和，天地位焉，万物育焉"的诠释，依据的是董仲舒的"天人感应"思想，但该篇的确包含了"天人感应"思想。比如，孔颖达疏"国家将兴，必有祯祥"曰："祯祥，吉之萌兆；祥，善也。言国家之将兴，必先有嘉庆善祥也。《文说》：'祯祥者，言人有至诚，天地不能隐，如文王有至诚，招赤雀之瑞也。'"又疏"国家将亡，必有妖孽"曰："妖孽，谓凶恶之萌兆。妖犹伤也，伤甚曰孽，谓恶物来为妖伤之征。若鲁国宾鸲来巢，以为国之伤徵。"孔颖达还说："圣人君子将兴之时，或圣人有至诚，或贤人有至诚，则国之将兴，祯祥可知。而小人、愚主之世无至诚，又时无贤人，亦无至诚，所以得

---

① 《礼记正义》卷五十二《中庸第三十一》，（清）阮元校刻：《十三经注疏》（下册），北京，中华书局，1980，第1625页。
② 《礼记正义》卷五十三《中庸》，（清）阮元校刻：《十三经注疏》（下册），北京，中华书局，1980，第1634页。
③ 钟肇鹏：《春秋繁露校释》卷十三《同类相动》，石家庄，河北人民出版社，2005，第814页。
④ 钟肇鹏：《春秋繁露校释》卷十《深察名号》，石家庄，河北人民出版社，2005，第671页。
⑤ 钟肇鹏：《春秋繁露校释》卷十七《天地阴阳》，石家庄，河北人民出版社，2005，第1085页。

知国家之将亡而有妖孽者。"①显然，这本身就是"天人感应"思想。

朱熹《中庸章句》注"致中和，天地位焉，万物育焉"曰：

> 　　致，推而极之也。位者，安其所也。育者，遂其生也。自
> 戒惧而约之，以至于至静之中，无少偏倚而其守不失，则极其
> 中而天地位矣。自谨独而精之，以至于应物之处，无少差谬而
> 无适不然，则极其和而万物育矣。盖天地万物，本吾一体。吾
> 之心正，则天地之心亦正矣；吾之气顺，则天地之气亦顺矣。
> 故其效验至于如此。②

如前所述，《中庸》讲"君子戒慎乎其所不睹，恐惧乎其所不闻"，"君子慎其独"，又讲"喜怒哀乐之未发谓之中，发而皆中节谓之和"，朱熹把二者结合起来，并明确认为，君子戒慎恐惧乎其不睹不闻是"未发时工夫"；君子慎其独是"专就已发上说"。所以，《中庸章句》讲"致中和"，从戒慎恐惧和慎独讲起，以为"自戒惧而约之，以至于至静之中，无少偏倚而其守不失"，就可以"极其中"；"自谨独而精之，以至于应物之处，无少差谬而无适不然"，就可以"极其和"。朱熹还说：

> 　　君子自其不睹不闻之前，而所以戒谨恐惧者，愈严愈敬，
> 以至于无一毫之偏倚，而守之常不失焉，则为有以致其中，而
> 大本之立，日以益固矣；尤于隐微幽独之际，而所以谨其善恶
> 之几者，愈精愈密，以至于无一毫之差谬，而行之每不违焉，
> 则为有以致其和，而达道之行，日以益广矣。③

朱熹认为，"致中"就是要自"未发"时戒谨恐惧，以至于"无一毫之偏倚"，且又能"守之常不失"，进而"大本之立，日以益固"；"致和"则是要于"已发"之际以谨慎，以至于"无一毫之差谬"，且又能"行之每不违"，进而"达道之行，日以益广"。

---

①　《礼记正义》卷五十三《中庸》，(清)阮元校刻：《十三经注疏》(下册)，北京，中华书局，1980，第1632页。

②　(宋)朱熹：《四书章句集注·中庸章句》，北京，中华书局，1983，第18页。

③　(宋)朱熹：《四书或问·中庸或问》，朱杰人等主编：《朱子全书》(第六册)，上海，上海古籍出版社；合肥，安徽教育出版社，2002，第559页。

在朱熹看来，要使得"天地位"，就必须"致中"；要使得"万物育"，就必须"致和"，所谓"天地之位本于致中，万物之育本于致和"①；而"致中和"之所以能够达到"天地位"、"万物育"，这是由于人处于天地万物之宇宙系统的中心，即所谓"天地万物，本吾一体"；人之心，即天地之心，"吾之心正，则天地之心亦正"，"吾之气顺，则天地之气亦顺"。因此，要达到"天地位"、"万物育"，关键在于"致中和"。

关于"天地万物，本吾一体"，朱熹《中庸章句》在注"天命之谓性"时认为，人与物都成形于天之阴阳五行之气，并禀受天之理而具有共同的"天命之性"。朱熹还注张载《西铭》"天地之塞，吾其体；天地之帅，吾其性"曰："塞，只是气。吾之体即天地之气。帅，是主宰，乃天地之常理也。吾之性即天地之理。"②对于朱熹《中庸章句》所言"天地万物，本吾一体"，朱熹后学胡炳文③（1250—1333 年，字仲虎，号云峰）说："朱子此八字是从'天命之性'说来。性，一而已。天地万物与吾有二乎哉？"④许谦说："天地乃吾之大父母，而吾之身本大父母之遗体。惟其一体也，故吾心可感天地之心，吾气可感天地之气。"⑤蔡清（1453—1508 年，字介夫，世称虚斋先生）被认为是"自明兴以来，尽心于朱子之学者"⑥。他说："盖天地之所以为天地者，不过阴阳五行而已。而其阴阳五行之理，则悉已交付在我之身矣，是天地乃吾种也。至于万物，亦同是出于天地之阴阳五行所生者，真个是乾吾父也、坤吾母也，民吾同胞，物吾与也。如何不是一体？"⑦应当说，朱熹讲"天地万物，本吾一体"，强调的是人

---

① （宋）朱熹：《晦庵先生朱文公文集》卷五十五《答李时可》（一），四部丛刊初编本。

② （宋）黎靖德：《朱子语类》（七）卷九十八，北京，中华书局，1986，第2520页。

③ 胡炳文笃志家学，潜心朱子之学，其父胡斗元（号孝善）受业于朱熹从孙朱洪范（号小翁）。参见（清）黄宗羲、全祖望：《宋元学案》（第四册）卷八十九《介轩学案》，北京，中华书局，1986，第2986页。

④ （元）胡炳文：《四书通·中庸通》卷一《朱子章句》，文渊阁四库全书本。

⑤ （元）许谦：《读四书丛说》卷二《读中庸丛说上》，四部丛刊续编本。

⑥ 李光地说："吾闽僻在天末，然自朱子以来，道学之正，为海内宗，至于明兴科名，与吴越争雄焉。暨成弘间，虚斋先生崛起温陵（福建泉州的古称），首以穷经析理为事，非孔孟之书不读，非程朱之说不讲，其于传注也，句谈而字议，务发朱子当日所以发明之精意。盖有勉斋、北溪诸君子得之口授而讹误者，而先生是评、是订，故前辈遵岩王氏（王慎中，1509—1559 年，字道思，初号南江，后号遵岩）谓：自明兴以来，尽心于朱子之学者，虚斋先生一人而已。"见（清）李光地：《榕村集》卷十三《重修蔡虚斋先生祠引》，文渊阁四库全书本。

⑦ （明）蔡清：《四书蒙引》卷三，文渊阁四库全书本。

与天地万物在本体上是一致的。①

朱熹认为，由于"天地万物，本吾一体"，所以可以通过"致中和"达到"吾心正"、"吾气顺"，并进一步实现"天地之心亦正"、"天地之气亦顺"。朱熹还说：

> 致者，用力推致而极其至之谓。致焉而极其至，至于静而无一息之不中，则吾心正，而天地之心亦正，故阴阳动静各止其所，而天地于此乎位矣；动而无一事之不和，则吾气顺，而天地之气亦顺，故充塞无间，欢欣交通，而万物于此乎育矣。②

在朱熹看来，喜怒哀乐"未发"之"中"，乃"天下之大本"，"已发"之"和"，乃"天下之达道"；"致中和"就能达到"静而无一息之不中"而"吾心正"，"动而无一事之不和"而"吾气顺"；"吾心正"、"吾气顺"，则能够与天地万物和谐共处，即所谓"吾心正，而天地之心亦正"，"吾气顺，而天地之气亦顺"，因而能够达到"天地位"、"万物育"。对此，元许衡（1209—1281年，字仲平，世称鲁斋先生）作了阐释，指出："人能自戒惧而约之，以至于至静之中无所偏倚，则吾之心正，天地之心亦正。故三光全，寒暑平，山岳奠，河海清，而天地各安其所矣。自谨独而精之，以至于应物之处无少差谬，则吾之气顺，天地之气亦顺，故草木蕃盛，鸟兽鱼鳖咸若，而万物各遂其生矣。"③王夫之进一步说："吾之心正，而天地之心可得而正也。以之秩百神而神受职，以之燮阴阳、奠水土而阴阳不忒、水土咸平焉，天地位矣。何也？吾之性本受之于天，则天地亦此理也，而功化岂有异乎？吾之气顺，而万物之气可得而顺也。以之养民而泽徧远迩，以之蕃草木、驯鸟兽而仁及草木、恩施禽兽焉，万物育矣。"④清李光地（1642—1718年，字晋卿，号厚庵、榕村）更为明确地指出："心不正，则不能收敛安静，势必搅扰纷更，天地如何得位？能致

① 朱熹还赞赏二程所言"吾之心，即天地之心；吾之理，即万物之理"，指出："这几句说得甚好。……向编《近思录》，欲收此段，伯恭以为怕人晓不得，错认了。程先生又说：'性即理也。'更说得亲切。"见（宋）黎靖德：《朱子语类》（七）卷九十七，北京，中华书局，1986，第2483～2484页。
② （宋）朱熹：《四书或问·中庸或问》，朱杰人等主编：《朱子全书》（第六册），上海，上海古籍出版社；合肥，安徽教育出版社，2002，第559页。
③ （元）许衡：《鲁斋遗书》卷五，文渊阁四库全书本。
④ （明）王夫之：《四书训义》（上）卷二《中庸》，《船山全书》（第七册），长沙，岳麓书社，1990，第108～109页。

中，则君君臣臣，父父子子，天地岂有不位？致和，则数罟不入，斧斤时入，《月令》中许多事件，无不按节合拍，万物岂有不育？"①也就是说，致中和，则能够按照自然法则合理地对待天地自然万物，从而达到"天地位"、"万物育"。

朱熹不仅认为"致中和"可以达到"天地位"、"万物育"，而且还认为，天地万物的异常，与不能"致中和"有关。据《中庸或问》所述：

> 曰："天地位，万物育，诸家皆以其理言，子独以其事论。然则自古衰乱之世，所以病乎中和者多矣，天地之位，万物之育，岂以是而失其常耶？"曰："三辰失行，山崩川竭，则不必天翻地覆然后为不位矣。兵乱凶荒，胎殰卵殈，则不必人消物尽然后为不育矣。凡若此者，岂非不中不和之所致，而又安可诬哉！"②

在朱熹看来，天地自然万物的变化，虽然有其自身的原因，但往往与人的活动有密切关系，且与是否"致中和"有关；天地不位，万物不育，自然灾害的发生，除了有自然本身的原因，还因人的不中不和所致。

需要指出的是，《中庸章句》注"致中和，天地位焉，万物育焉"而讲"天地万物，本吾一体。吾之心正，则天地之心亦正矣；吾之气顺，则天地之气亦顺矣"，并不同于汉唐儒家的"天人感应"。朱熹说：

> "致中和，天地位，万物育"，便是形和气和，则天地之和应。今人不肯恁地说，须要说入高妙处。不知这个极高妙，如何做得到这处。汉儒这几句本未有病，只为说得迫切了，他便说做其事即有此应，这便致得人不信处。③

朱熹认为，汉唐儒家是用"天人感应"来说明"致中和"即有"天地位"、"万物育"，而重要的是，要说明"这个极高妙，如何做得到这处"。

朱熹门人周谟（生卒年不详，字舜弼）注"致中和"云："自戒谨恐惧而

---

① （清）李光地：《榕村语录　榕村续语录》（上），北京，中华书局，1995，第114～115页。

② （宋）朱熹：《四书或问·中庸或问》，朱杰人等主编：《朱子全书》（第六册），上海，上海古籍出版社；合肥，安徽教育出版社，2002，第559～560页。

③ （宋）黎靖德：《朱子语类》（四）卷六十二，北京，中华书局，1986，第1519页。

守之，以至于无一息之不存，则极其中而天地位矣。自必谨其独而察之，以至于无一行之不慊，则极其和而万物育矣。"并且还说："夫喜、怒、哀、乐未发谓之中，戒谨恐惧，所以守之于未发之时，故无一息之不存而能极其中。发而皆中节谓之和，必谨其独，所以察之于既发之际，故无一行之不慊而能极其和。天地之所以位者，不违乎中；万物之所以育者，不失乎和。致中和而天地自位、万物自育者，盖如此。学者于此，静而不失其所操，动而不乖其所发，亦庶几乎中和之在我而已。"对此，朱熹说："其说只如此，不难晓，但用力为不易耳。"①显然，朱熹重视的是，如何通过"致中和"而达到"天地位"、"万物育"。

如前所述，早在乾道元年(1165年)前后，朱熹作《杂学辨》，其中在对张九成《中庸解》的批评中，就对所谓"不见形象而天地自章，不动声色而天地自变，垂拱无为而天地自成。……天地又自此而造化之妙矣"提出反对意见，指出："圣人之于天地，不过因其自然之理以裁成辅相之而已。若圣人反能造化天地，则是子孙反能孕育父祖，无是理也。"②认为圣人并非能"造化天地"，而是"因其自然之理以裁成辅相之"。

事实上，朱熹讲"致中和"，不只是单纯的性情修养，而且还在于把握"天下之大本"，实行"天下之达道"。《中庸或问》曰：

> 盖天命之性，万理具焉，喜怒哀乐，各有攸当。方其未发，浑然在中，无所偏倚，故谓之中；及其发而皆得其当，无所乖戾，故谓之和。谓之中者，所以状性之德，道之体也，以其天地万物之理，无所不该，故曰天下之大本。谓之和者，所以著情之正，道之用也，以其古今人、物之所共由，故曰天下之达道。盖天命之性，纯粹至善，而具于人心者，其体用之全，本皆如此。③

朱熹认为，天命之性，具于人心，因而心具万理，心之未发谓之"中"，"天地万物之理，无所不该"，心之已发而中节谓之"和"，为道之用。换言之，"致中和"不仅是要让性情的"未发"之"中"与"已发"之"和"达到极

① (宋)朱熹：《晦庵先生朱文公文集》卷五十《答周舜弼》(十)，四部丛刊初编本。
② (宋)朱熹：《晦庵先生朱文公文集》卷七十二《杂学辨·张无垢中庸解》，四部丛刊初编本。
③ (宋)朱熹：《四书或问·中庸或问》，朱杰人等主编：《朱子全书》(第六册)，上海，上海古籍出版社；合肥，安徽教育出版社，2002，第558页。

致，而且要在这一过程中，把握心中已有的天地万物之理和变化规律，并按照自然法则处理好人与自然的关系。

所以，在朱熹看来，"天地位"、"万物育"不是"致中和"感应出来的，而是不仅要通过致"中"，"于至静之中，无少偏倚而其守不失"来把握心中已有的天地万物之理和变化规律，而且要通过致"和"，"于应物之处，无少差谬而无适不然"，进而达到"天地位"、"万物育"。

朱熹特别强调"因其自然之理以裁成辅相之"。他明确指出：

> "天地位，万物育"，便是"裁成辅相"，"以左右民"底工夫。①

所谓"裁成辅相"、"以左右民"，即《周易·泰·象》曰："天地交，泰，后以财（裁）成天地之道，辅相天地之宜，以左右民。"②关于"裁成辅相"，程颐说："天地之道，不能自成，须圣人裁成辅相之。如岁有四时，圣人春则教民播种，秋则教民收获，是裁成也；教民锄耘灌溉，是辅相也。"③可见，"裁成辅相"就是根据天地之道，教化百姓依道而行。朱熹说：

> 天只生得许多人、物，与你许多道理。然天却自做不得，所以生得圣人为之修道立教，以教化百姓，所谓"裁成天地之道，辅相天地之宜"是也。盖天做不得底，却须圣人为他做也。④
> 天地之化无穷，而圣人为之范围，不使过于中道，所谓裁成者也。⑤

朱熹认为，天地间之万事万物固有其不完善之处，圣人"裁成天地之道，辅相天地之宜"而使之完善。据《朱子语类》载，

> 问"'财（裁）成辅相'字如何解？"曰："裁成，犹裁截成就之

① （宋）黎靖德：《朱子语类》（四）卷六十二，北京，中华书局，1986，第1519页。
② （宋）朱熹：《周易本义》，上海，上海古籍出版社，1987，第14页。
③ （宋）程颢、程颐：《河南程氏遗书》卷二十二上，《二程集》第一册，北京，中华书局，1981，第280页。
④ （宋）黎靖德：《朱子语类》（一）卷十四，北京，中华书局，1986，第259页。
⑤ （宋）朱熹：《周易本义》，上海，上海古籍出版社，1987，第58页。

也，裁成者，所以辅相也。……辅相者，便只是于裁成处，以补其不及而已。"又问："裁成何处可见？"曰："眼前皆可见。且如君臣父子兄弟夫妇，圣人便为制下许多礼数伦序，只此便是裁成处。至大至小之事皆是。"①

"财（裁）成"是截做段子底，"辅相"是佐助他底。天地之化，笼统相续下来，圣人便截作段子。如气化一年一周，圣人与他截做春夏秋冬四时。②

显然，在朱熹看来，"天地位"、"万物育"是圣人通过"裁成辅相"而做出来的，并不是天对人的感应。所以，朱熹诠释"致中和，天地位焉，万物育焉"时，在"致中和"与"天地位"、"万物育"之间加入了"裁成辅相"，以为"致中和"，并且通过"裁成辅相"，就能达到"天地位"、"万物育"。

张栻门人胡季随说："'致中和，天地位，万物育'，若就圣人言之，圣人能致中和，则天高地下，万物莫不得其所。如风雨不时，山夷谷堙，皆天地不位；萌者折，胎者阂，皆万物不育。就吾身言之，若能于'致'字用工，则俯仰无愧，一身之间自然和畅矣。"朱熹说："此说甚实。"③显然，在朱熹看来，"致中和"而达到"天地位"、"万物育"，是就圣人而言的；就一般人而言，需要在"致"上下功夫，就是要通过戒慎恐惧以及慎独，而达到喜怒哀乐未发之"中"与发而中节之"和"，并且把握"天下之大本"与"天下之达道"，把握天地万物之理和变化规律，这样才能达到"天地位"、"万物育"。朱熹还说：

致中和而天地位、万物育者，常也。……大抵致中和，自吾一念之间培植推广，以至于裁成辅相、匡直辅翼，无一事之不尽，方是至处。自一事物之得所区处之合宜，以致三光全，寒暑平，山不童，泽不涸，飞潜动植各得其性，方是天地位、万物育之实效。盖致者，推致极处之名，须从头到尾看，方见得极处。若不说到天地万物真实效验，便是只说得前一截，却要准折了后一截，元不是实推到极处也。④

---

① （宋）黎靖德：《朱子语类》（五）卷七十，北京，中华书局，1986，第 1759 页。
② （宋）黎靖德：《朱子语类》（五）卷七十，北京，中华书局，1986，第 1760 页。
③ （宋）朱熹：《晦庵先生朱文公文集》卷五十三《答胡季随》（六），四部丛刊初编本。
④ （宋）朱熹：《晦庵先生朱文公文集》卷五十三《答胡季随》（六），四部丛刊初编本。

朱熹认为，"致中和"而达到"天地位"、"万物育"，这是恒常的道理。因为"致中和"，就是要通过"自吾一念之间培植推广，以至于裁成辅相"，"无一事之不尽"，从而实现"天地位"、"万物育"。而且在朱熹看来，"致中和"必须达到"天地位、万物育"，才是"推致极处"，达到最高境界。

由此可见，朱熹《中庸章句》对"致中和，天地位焉，万物育焉"的诠释，其丰富内涵在于：朱熹认为，将人的喜怒哀乐未发的"中"与发而中节的"和"推到极致，并据此体会人的先天本性以及与此具有共同性的天地万物之理和变化规律，进而"裁成天地之道，辅相天地之宜"，就可以实现"天地位"、"万物育"。应当说，朱熹的这一诠释是具有重要意义的，其中还蕴含着具有现代价值的生态思想，主要包括以下几个方面。

第一，人与自然的和谐是人所追求的重要目标。《中庸》讲"致中和，天地位焉，万物育焉"，体现了人对"天地位"、"万物育"，即天地自然和谐的追求。汉唐儒家的《礼记正义·中庸》以及朱熹《中庸章句》对此所作的诠释，则进一步反映了这种对于人与自然和谐的一贯的和持续的追求，以及在这样的追求中所形成的文化传统。这既是我们今天需要延续的具有现代价值的传统，也为我们今天构建新的生态理念，提供了思想资源。

第二，实现人与自然的和谐，人的道德素质至关重要。《中庸》认为，要实现"天地位"、"万物育"的自然和谐，必须先要"致中和"，将人的性情中喜怒哀乐未发的"中"与发而中节的"和"推到极致。朱熹《中庸章句》同样坚守着这样的理念。朱熹还说："若不能'致中和'，则山崩川竭者有矣，天地安得而位！胎夭失所者有矣，万物安得而育！"[①]从现代的角度看，在人与自然的相互关系中，人始终占据主导地位。自然的和谐要靠人来保护，而自然和谐的破坏往往来自人的肆意妄为，人的道德素质和行为直接影响到人与自然关系的解决。因此，人的道德素质和行为以及作为其基础的人的性情修养，对于自然的和谐至关重要。不可否认，要保护自然的和谐，制止对自然和谐的破坏，需要有制度的建设，但是也离不开人的道德素质的提高。显然，朱熹《中庸章句》强调以人的道德素质和性情修养作为实现人与自然和谐的前提要求，无疑仍具有现代价值。

第三，人与自然的和谐要通过合理解决人与自然的关系才能够实现。对于"致中和"如何使得"天地位"、"万物育"，《中庸》并没有做出明确回答。《礼记正义·中庸》以为"致中和"可以使天地"阴阳"和谐，进而实现"天地位"、"万物育"，带有"天人感应"的迹象，同样无助于问题的解决。

---

① （宋）黎靖德：《朱子语类》（四）卷六十二，北京，中华书局，1986，第1519页。

朱熹特别强调"致中和"与"裁成辅相"的关系，既认为"致中和"应当推广到"赞天地之化育"，又认为只有在"赞天地之化育"中才能达到"致中和"的最高境界。因此，在朱熹看来，"致中和"应当在把握天地万物之理和变化规律的基础上，通过"裁成辅相"，达到"天地位"、"万物育"。

应当说，朱熹《中庸章句》对"致中和，天地位焉，万物育焉"的诠释，蕴含着丰富的生态思想，但是又必须看到，《中庸章句》只是对于《中庸》的诠释，必然受到《中庸》文本所涉及内容的局限。由于《中庸》本身主要是探讨人的心性道德问题，因此，《中庸章句》不可能更为深入地阐述和讨论人与自然的关系，而只能侧重于从人的心性道德角度进行探讨。重要的是，从人的心性道德角度探讨人与自然的关系，也许是我们今天所忽略的一个重要方面。

当然，朱熹《中庸章句》在阐发"致中和，天地位焉，万物育焉"时，把论述的重点放在如何"致中和"上，至于如何实现"天地位"、"万物育"，并没有做出更多具体的讨论，因此，其中所蕴含的以人与自然和谐为中心的生态观，没有能够得到充分的阐释，在理论上也存在着一些不可避免的问题。朱熹《中庸章句》虽然认为在从"致中和"到"天地位"、"万物育"的过程中，需要通过"裁成辅相"，但是，如何才能保证这种"裁成辅相"不会像《庄子·应帝王》所说，为"浑沌"凿七窍①那样而强加于自然？而且，如何"裁成辅相"，也是一个非常复杂的问题，朱熹《中庸章句》并没有就此展开讨论。尽管如此，朱熹《中庸章句》对于"致中和，天地位焉，万物育焉"的诠释所蕴含的生态思想，是应当被肯定的。

---

① 《庄子·应帝王》载：南海之帝为儵，北海之帝为忽，中央之帝为浑沌。儵与忽时相与遇于浑沌之地，浑沌待之甚善。儵与忽谋报浑沌之德，曰："人皆有七窍以视听食息。此独无有，尝试凿之。"日凿一窍，七日而浑沌死。

第五章　"中庸"与德行

朱熹《中庸章句》第二章按语说："此下十章，皆论中庸以释首章之义。文虽不属，而意实相承也。变'和'言'庸'者，游氏曰：'以性情言之，则曰中和，以德行言之，则曰中庸是也。'然'中庸'之'中'，实兼'中和'之义。"①第十一章按语说："子思所引夫子之言，以明首章之义者止此。"②在朱熹看来，第二章至第十一章是对第一章所谓"中和"之义的阐释，之所以"变'和'言'庸'"而讲"中庸"，不仅是因为"'中庸'之'中'，实兼'中和'之义"，而且还因为"中和"是就性情而言，"中庸"是就德行而言。朱熹认为，"中庸"，作为德行，不仅与人的品性、品行有关，而且与对"中庸"的知行有关，与知（智）、仁、勇三达德有关。

第一节　"中庸"与君子小人

《中庸》第二章引孔子说："君子中庸，小人反中庸；君子之中庸也，君子而时中；小人之中庸也，小人而无忌惮也。"郑玄注曰："'君子而时中'者，其容貌君子，而又时节其中也。'小人而无忌惮'，其容貌小人，又以无畏难为常行，是其'反中庸'也。"孔颖达疏曰："君子之人，用中以为常，故云'君子中庸'。'小人反中庸'者，小人则不用中为常，是'反中庸'也。'君子之中庸也，君子而时中'者，此覆说'君子中庸'之事，言君子之为中庸，容貌为君子，心行而时节其中，谓喜怒不过节也，故云'君子而时中'。'小人之中庸也，小人而无忌惮也'者，此覆说'小人反中庸'之事，言小人为中庸，形貌为小人，而心行无所忌惮，故云'小人而无忌惮也'。"③在郑玄、孔颖达看来，君子与小人在对"中庸"的态度与行为上是截然相反的。这显然是强调君子与小人由于品性、品行上的不同而导致"君子中庸，小人反中庸"。

与此相类似，朱熹阐释"君子中庸，小人反中庸"，也是从君子与小

---

① （宋）朱熹：《四书章句集注·中庸章句》，北京，中华书局，1983，第19页。
② （宋）朱熹：《四书章句集注·中庸章句》，北京，中华书局，1983，第22页。
③ 《礼记正义》卷五十二《中庸第三十一》，（清）阮元校刻：《十三经注疏》（下册），北京，中华书局，1980，第1625～1626页。

人在品性、品行上的截然相反而展开的。朱熹《中庸章句》注曰：

> 中庸者，不偏不倚、无过不及，而平常之理，乃天命所当
> 然，精微之极致也。惟君子为能体之，小人反是。……君子之
> 所以为中庸者，以其有君子之德，而又能随时以处中也。小人
> 之所以反中庸者，以其有小人之心，而又无所忌惮也。盖"中"
> 无定体，随时而在，是乃平常之理也。君子知其在我，故能戒
> 谨不睹、恐惧不闻，而无时不中。小人不知有此，则肆欲妄行，
> 而无所忌惮矣。①

在朱熹看来，"中庸"乃平常之理，为"天命所当然"，因而是人人都能做
到的，但事实上，只有君子能够做到，小人则做不到。问题是：既然"中
庸"是"天命所当然"，那么，为什么"君子中庸，小人反中庸"？朱熹认
为，"君子之所以为中庸"，"小人之所以反中庸"，这首先是因为君子有
"君子之德"，小人有"小人之心"。据《朱子语类》载，

> 问："如何是'君子之德'与'小人之心'？"曰："为善者君子
> 之德，为恶者小人之心。君子而处不得中者有之，小人而不至
> 于无忌惮者亦有之。惟其反中庸，则方是其无忌惮也。"②

在朱熹看来，"君子中庸，小人反中庸"，是由于君子与小人在品性方面
存在着明显的反差，"君子中庸"，是因为君子为善，有"君子之德"；"小
人反中庸"，是因为小人为恶，有"小人之心"。

与此同时，朱熹认为，"君子中庸，小人反中庸"还由于君子与小人
在品行上存在着明显的反差。他还认为，即使有"君子之德"者，也有"处
不得中者"；小人之中，也有"不至于无忌惮者"。在他看来，"君子中
庸"，是因为君子既有君子之德，又能"随时以处中"；"小人反中庸"，是
因为小人既有小人之心，又"无所忌惮"。据《朱子语类》载，

> 问："'有君子之德，而又能随时以处中'，盖君子而能择善
> 者。"曰："有君子之德，而不能随时以处中，则不免为贤、知之

---

① （宋）朱熹：《四书章句集注·中庸章句》，北京，中华书局，1983，第18~19页。
② （宋）黎靖德：《朱子语类》（四）卷六十三，北京，中华书局，1986，第1522页。

过。故有君子之德，而又能随时以处中，方是到恰好处。"①

在朱熹看来，智者、贤者虽有君子之德，但是，如果不能"随时以处中"，也难免有过，所以，应当既要有君子之德，又能"随时以处中"，才能达到中庸。据《朱子语类》载，

> 至之疑先生所解"有君子之德，又能随时以得中"。曰："当看'而'字，既是君子，又要时中；既是小人，又无忌惮。"②

所以，朱熹既强调要有君子之德，又要求能"随时以处中"。

朱熹阐释"君子中庸，小人反中庸"，除了从君子与小人在品性、品行上的截然相反展开，还进一步认为，君子之所以"随时以处中"，小人之所以"无所忌惮"，是由于"君子知其在我"，"小人不知有此"。他说：

> 中庸者，无过不及而平常之理，盖天命人心之正也。惟君子为能知其在我，而戒谨恐惧以无失其当然，故能随时而得中。小人则不知有此，而无所忌惮，故其心每反乎此，而不中不常也。③

在朱熹看来，"中庸""乃天命人心之正"，惟君子能知其为人所共有，所以能"随时而得中"；小人不知有此，而无所忌惮，所以"小人反中庸"。由此可见，朱熹阐释"君子中庸，小人反中庸"，不仅从君子与小人在品德上的截然相反展开，而且进一步讨论了君子与小人对于"中庸"的认知上的差异。

从《中庸》文本看，《中庸》第二章讲"君子中庸，小人反中庸"，实际上并没有论及对中庸的认知问题，朱熹《中庸章句》之所以不仅讲君子之品性、品行，而且还进一步讲"君子知其在我"，"小人不知有此"，讲对于"中庸"的认知，显然表明朱熹对于中庸认知的重视。同时，这也与《中庸》第四章讲对中庸的知与行有着密切的关系。

---

① （宋）黎靖德：《朱子语类》（四）卷六十三，北京，中华书局，1986，第1522页。
② （宋）黎靖德：《朱子语类》（四）卷六十三，北京，中华书局，1986，第1522页。
③ （宋）朱熹：《四书或问·中庸或问》，朱杰人等主编：《朱子全书》（第六册），上海，上海古籍出版社；合肥，安徽教育出版社，2002，第564页。

第二节 "中庸"与知行

《中庸》第四章引孔子说："道之不行也，我知之矣：知者过之，愚者不及也。道之不明也，我知之矣：贤者过之，不肖者不及也。"《礼记正义·中庸》载孔颖达疏曰："'知者过之，愚者不及也'，以轻于道，故'过之'。以远于道，故'不及'。……'贤者过之，不肖者不及也'，言道之不行为易，故'知者过之，愚者不及'；道之不明为难，故云'贤者过之，不肖者不及'。是以变'知'称'贤'，变'愚'称'不肖'，是贤胜于智，不肖胜于愚也。……人莫不行中庸，但鲜能久行之。言知之者易，行之者难，所谓愚者不能及中庸也。"[①]在孔颖达看来，中庸之道之所以鲜能久行，是因为人们或知而不行，或行而不知；知而不行者，就知而言，或智者"过之"，或愚者"不及"；行而不知，就行而言，或贤者"过之"，或不肖者"不及"。

与孔颖达相同，朱熹《中庸章句》注曰：

> 道者，天理之当然，中而已矣。知、愚、贤、不肖之过不及，则生禀之异而失其中也。知者知之过，既以道为不足行；愚者不及知，又不知所以行，此道之所以常不行也。贤者行之过，既以道为不足知；不肖者不及行，又不求所以知，此道之所以常不明也。[②]

在朱熹看来，中庸之道之所以"常不行"、"常不明"，是由于智者、愚者、贤者、不肖者的气禀的差异而造成知与行上的过与不及。他还进一步解释说：

> 测度深微，揣摩事变，能知君子之所不必知者，知者之过乎中也。昏昧塞浅，不能知君子之所当知者，愚者之不及乎中也。知之过者，既惟知是务，而以道为不足行；愚者又不知所以行也，此道之所以不行也。刻意尚行，惊世骇俗，能行君子之所不必行者，贤者之过乎中也。卑污苟贱，不能行君子之所

---

① 《礼记正义》卷五十二《中庸三十一》，（清）阮元校刻：《十三经注疏》（下册），北京，中华书局，1980，第1626页。

② （宋）朱熹：《四书章句集注·中庸章句》，北京，中华书局，1983，第19页。

当行者，不肖者之不及乎中也。贤之过者，既惟行是务，而以
道为不足知；不肖者又不求所以知也，此道之所以不明也。①

朱熹认为，智者、贤者之过乎"中"，是由于智者"知之过"，"惟知是务，
而以道为不足行"，贤者"行之过"，"惟行是务，而以道为不足知"；愚
者、不肖者不及乎"中"，是由于愚者"不及知"，且"不知所以行"，不肖
者"不及行"，且"不求所以知"；正是由于智者、贤者、愚者、不肖者在
知与行上的过与不及，造成了"道之不行"、"道之不明"。

需要指出的是，在对中庸的知与行的关系上，孔颖达讲"知之者易，
行之者难"，较为重视"行"；朱熹则强调先要"知"。

如前所述，朱熹说："惟君子为能知其在我，而戒谨恐惧以无失其当
然，故能随时而得中。小人则不知有此，而无所忌惮，故其心每反乎此，
而不中不常也。"认为首先要"能知其在我"，然后"能随时而得中"。他
还说：

道之所谓中者，是乃天命人心之正，当然不易之理，固不
外乎人生日用之间；特行而不著，习而不察，是以不知其至而
失之耳。②

在朱熹看来，"中庸"为人所共有的"当然不易之理"，但是由于往往日用
而不察，以至于"不知其至而失之"。

《论语·雍也》载孔子说："中庸之为德也，其至矣乎！民鲜久矣。"朱
熹《论语集注》注曰："中者，无过无不及之名也；庸，平常也；至，极
也；鲜，少也。言民少此德，今已久矣。程子曰：'不偏之谓中，不易之
谓庸。中者天下之正道，庸者天下之定理。自世教衰，民不兴于行，少
有此德久矣。'"③《中庸》也引孔子说："中庸其至矣乎！民鲜能久矣！"朱
熹《中庸章句》注曰："过则失中，不及则未至，故惟中庸之德为至。然亦
人所同得，初无难事，但世教衰，民不兴行，故鲜能之，今已久矣。"④
在朱熹看来，中庸之德，人所同得，之所以鲜能久矣，在于"世教衰"，

---

① （宋）朱熹：《四书或问·中庸或问》，朱杰人等主编：《朱子全书》（第六册），上海，上海古籍出版社；合肥，安徽教育出版社，2002，第566页。
② （宋）朱熹：《四书或问·中庸或问》，朱杰人等主编：《朱子全书》（第六册），上海，上海古籍出版社；合肥，安徽教育出版社，2002，第566页。
③ （宋）朱熹：《四书章句集注·论语集注》，北京，中华书局，1983，第91页。
④ （宋）朱熹：《四书章句集注·中庸章句》，北京，中华书局，1983，第19页。

以至于"民不兴行"。据《朱子语类》载,

> 问"中庸之为德其至矣乎"章。曰:"只是不知理,随他偏长
> 处做将去:谨愿者则小廉曲谨,放纵者则跌荡不羁,所以《中
> 庸》说'道之难明'"。[1]

而且,朱熹注《中庸》"人莫不饮食也,鲜能知味也"曰:"道不可离,人自不察,是以有过不及之弊。"[2]又说:"知味之正,则必嗜之而不厌矣;知道之中,则必守之而不失矣。"[3]朱熹还注《中庸》"道其不行矣夫"曰:"由不明,故不行。"[4]赵顺孙《中庸纂疏》引陈氏曰:"人之所以不能行道者,以其不能知道也。"[5]

与朱熹不同,对于《中庸》"中庸其至矣乎!民鲜能久矣",郑玄注曰:"中庸为道至美,顾人罕能久行。"孔颖达疏曰:"中庸之美,人寡能久行。其中庸之德,至极美乎!……故人罕能久行之。"[6]在郑玄、孔颖达看来,中庸之道至美,所以"人罕能久行之"。而在朱熹看来,人所同得的中庸之德而"民鲜能久矣",并不是由于中庸之道至美而"人罕能久行之",而是人们在对中庸的知与行上出现了偏差。

所以,在朱熹看来,人所同得的中庸之德,之所以会"鲜能之",是因为人们"习而不察","不知其至";智者、愚者、贤者、不肖者,因气禀的差异而造成对中庸的知与行上的过与不及,导致"道之不行"、"道之不明"。

第三节 "中庸"与"知仁勇"

朱熹通过阐释《中庸》所谓"君子中庸,小人反中庸"和"中庸其至矣乎!民鲜能久矣",讨论了中庸与君子之德的关系,以及对于中庸的知与行的问题,实际上已经包含了对于中庸与"知(智)、仁、勇"关系的讨论。

---

① (宋)黎靖德:《朱子语类》(三)卷三十三,北京,中华书局,1986,第841页。
② (宋)朱熹:《四书章句集注·中庸章句》,北京,中华书局,1983,第19页。
③ (宋)朱熹:《四书或问·中庸或问》,朱杰人等主编:《朱子全书》(第六册),上海,上海古籍出版社;合肥,安徽教育出版社,2002,第566页。
④ (宋)朱熹:《四书章句集注·中庸章句》,北京,中华书局,1983,第19页。
⑤ (宋)赵顺孙:《大学纂疏·中庸纂疏》,上海,华东师范大学出版社,1992,第158页。
⑥ 《礼记正义》卷五十二《中庸第三十一》,(清)阮元校刻:《十三经注疏》(下册),北京,中华书局,1980,第1625～1626页。

而在对其后的《中庸》第六章至第十一章的解说中,朱熹着重分析了"知、仁、勇"与"中庸"的关系,并在《中庸章句》第十一章按语中指出:"知、仁、勇三达德为入道之门。……三者废其一,则无以造道而成德矣。"①

一、"知、仁、勇"的内涵

孔子讲"知、仁、勇",又讲"仁、知、勇"。为此,朱熹认为,"知、仁、勇"三者有先后次序上的区分。《论语·子罕》载孔子曰:"知者不惑;仁者不忧;勇者不惧。"朱熹《论语集注》注曰:"明足以烛理,故不惑;理足以胜私,故不忧;气足以配道义,故不惧。此学之序也。"②认为"知—仁—勇"的次序,是就为学而言。《论语·宪问》载孔子曰:"君子道者三,我无能焉:仁者不忧;知者不惑;勇者不惧。"朱熹《论语集注》引尹氏(尹焞)曰:"成德以仁为先,进学以知为先。故夫子之言,其序有不同者以此。"③认为"仁—知—勇"的次序,是就成德而言。据《朱子语类》载,

> 或问:"'仁者不忧,知者不惑,勇者不惧',何以与前面'知者不惑,仁者不忧,勇者不惧',次序不同?"曰:"成德以仁为先,进学以知为先,此诚而明,明而诚也。""《中庸》言三德之序如何?"曰:"亦为学者言也。"问:"何以勇皆在后?"曰:"末后做工夫不退转,此方是勇。"④

《中庸》说:"知、仁、勇三者,天下之达德也。"并引孔子曰:"好学近乎知,力行近乎仁,知耻近乎勇。"在朱熹看来,《中庸》言知、仁、勇"三达德",以"知"为先,"亦为学者言也"。他还说:"《中庸》说'知仁勇',把知做擗初头说,可见知是要紧。"⑤

朱熹重视"知、仁、勇"。那么,什么是"知、仁、勇"呢?据《论语·颜渊》载,樊迟问仁。子曰:"爱人。"问知。子曰:"知人。"在此基础上,朱熹进一步指出:

> 理会得底是知,行得底是仁,著力去做底是勇。

① (宋)朱熹:《四书章句集注·中庸章句》,北京,中华书局,1983,第22页。
② (宋)朱熹:《四书章句集注·论语集注》,北京,中华书局,1983,第116页。
③ (宋)朱熹:《四书章句集注·论语集注》,北京,中华书局,1983,第156页。
④ (宋)黎靖德:《朱子语类》(三)卷三十七,北京,中华书局,1986,第985~986页。
⑤ (宋)黎靖德:《朱子语类》(四)卷五十三,北京,中华书局,1986,第1290页。

知底属知，行底属仁，勇是勇于知，勇于行。①

朱熹还说："圣人以仁智勇为德。聪明便是智，强毅便是勇。"②他还注《中庸》"诚之者，择善而固执之者也"，"博学之，审问之，慎思之，明辨之，笃行之"曰："择善，然后可以明善，……固执，然后可以诚身"；"学、问、思、辨，所以择善而为知，学而知也。笃行，所以固执而为仁，利而行也"。③ 由此可见，在朱熹那里，"知、仁、勇"意在"择善而固执"，即"博学之，审问之，慎思之，明辨之，笃行之"。

朱熹还认为，"知、仁、勇"三者又是互相关联的。他说：

"舜其大知"，知而不过，兼行说，"仁在其中矣"。回"择乎中庸"，兼知说。"索隐行怪"不能择，不知。"半涂而废"不能执，不仁。④

朱熹《中庸章句》说："能择而不能守，皆不得为知也。"⑤认为真正的知，就如《论语·子张》所引子夏曰："博学而笃志，切问而近思，仁在其中矣"，是知与仁的统一。朱熹又说："有仁、知而后有勇，然而仁、知又少勇不得。盖虽曰'仁能守之'，只有这勇方能守得到头，方能接得去。若无这勇，则虽有仁、知，少间亦恐会放倒了。所以《中庸》说'仁、知、勇三者'。勇，本是个没紧要底物事。然仁、知不是勇，则做不到头，半涂而废。"⑥又说："为学自是要勇，方行得彻，不屈慑。若才行不彻，便是半涂而废。"⑦

所以，对于《中庸》所言"或生而知之，或学而知之，或困而知之，及其知之一也；或安而行之，或利而行之，或勉强而行之，及其成功一也"，朱熹进行了如下阐发。

以其分而言：则所以知者知也，所以行者仁也，所以至于知之成功而一者勇也。以其等而言：则生知安行者知也，学知

---

① （宋）黎靖德：《朱子语类》（四）卷六十四，北京，中华书局，1986，第1560页。
② （宋）黎靖德：《朱子语类》（八）卷一百三十四，北京，中华书局，1986，第3206页。
③ （宋）朱熹：《四书章句集注·中庸章句》，北京，中华书局，1983，第31页。
④ （宋）黎靖德：《朱子语类》（四）卷六十四，北京，中华书局，1986，第1527页。
⑤ （宋）朱熹：《四书章句集注·中庸章句》，北京，中华书局，1983，第20页。
⑥ （宋）黎靖德：《朱子语类》（三）卷三十七，北京，中华书局，1986，第985页。
⑦ （宋）黎靖德：《朱子语类》（四）卷六十四，北京，中华书局，1986，第1561页。

利行者仁也，困知勉行者勇也。盖人性虽无不善，而气禀有不同者，故闻道有蚤莫，行道有难易，然能自强不息，则其至一也。①

而且，朱熹还进一步解释说："盖生知安行主于知而言。不知，如何行？安行者，只是安而行之，不用著力，然须是知得，方能行得也。故以生知安行为知。学知利行主于行而言。虽是学而知得，然须是著意去力行，则所学而知得者不为徒知也。"②显然，在朱熹看来，"知、仁、勇"三者既有各自不同的内涵，又互相关联。

二、"中庸"与"知"

《中庸》引孔子曰："舜其大知也与！舜好问而好察迩言，隐恶而扬善；执其两端，用其中于民，其斯以为舜乎！"朱熹以为此言"知"，并注曰：

> 舜之所以为大知者，以其不自用而取诸人也。迩言者，浅近之言，犹必察焉，其无遗善可知。然于其言之未善者则隐而不宣，其善者则播而不匿，其广大光明又如此，则人孰不乐告以善哉？两端，谓众论不同之极致。盖凡物皆有两端，如小大、厚薄之类。于善之中又执其两端，而量度以取中，然后用之，则其择之审而行之至矣。然非在我之权度精切不差，何以与此？此知之所以无过不及，而道之所以行也。③

在朱熹看来，舜之所以为"大知"，首先是因为舜能够广泛听取他人的各种意见，"以其不自用而取诸人"。朱熹还说："盖舜本自知，能合天下之知为一人之知，而不自用其知，此其知之所以愈大。若愚者既愚矣，又不能求人之知而自任其愚，此其所以愈愚。惟其知也，所以能因其知以求人之知而知愈大；惟其愚也，故自用其愚，而不复求人之知而愈愚也。"④

其次是舜能够善于处理各种合理的和不合理的意见，"于其言之未善

---

① （宋）朱熹：《四书章句集注·中庸章句》，北京，中华书局，1983，第29页。
② （宋）黎靖德：《朱子语类》（四）卷六十四，北京，中华书局，1986，第1560页。
③ （宋）朱熹：《四书章句集注·中庸章句》，北京，中华书局，1983，第20页。
④ （宋）黎靖德：《朱子语类》（四）卷六十三，北京，中华书局，1986，第1524页。

者则隐而不宣，其善者则播而不匿"。朱熹还说："其言之善者播扬之，不善者隐而不宣，则善者愈乐告以善，而不善者亦无所愧而不复言也。若其言不善，我又扬之于人，说他底不是，则其人愧耻，不复敢以言来告矣。此其求善之心广大如此，人安得不尽以其言来告？而吾亦安有不尽闻之言乎？"[1]

最后是舜能够把合理的意见中的不同意见结合起来考察，"执其两端，而量度以取中，然后用之"。朱熹还说："盖当众论不同之际，未知其孰为过、孰为不及，而孰为中也。故必兼总众说，以执其不同之极处，而求其义理之至当，然后有以知夫无过不及之在此，而在所当行。若其未然，则又安能先识彼两端者之为过不及而不可行哉？"[2]

至于什么是"中"，如何"执其两端，用其中于民"，朱熹往往举例以说明。他说：

> 或问"执其两端而用其中"。曰："如天下事，一个人说东，一个说西。自家便把东西来斟酌，看中在那里？"
>
> 两端如厚薄轻重。"执其两端，用其中于民"，非谓只于二者之间取中。当厚而厚，即厚上是中；当薄而薄，即薄上是中。轻重亦然。
>
> 两端不专是中间。如轻重，或轻处是中，或重处是中。
>
> 两端未是不中。且如赏一人，或谓当重，或谓当轻，于此执此两端，而求其恰好道理而用之。
>
> 问："'执两端而量度以取中'，当厚则厚，当薄则薄，为中否？"曰：……某谓此句只是将两端来量度取一个恰好处。如此人合与之百钱，若与之二百钱则过，与之五十则少，只是百钱便恰好。"
>
> 问："注云：'两端是众论不同之极致。'"曰："两端是两端尽处。如要赏一人，或言万金，或言千金，或言百金，或言十金。自家须从十金审量至万金，酌中看当赏他几金。"[3]

显然，在朱熹看来，能够广泛听取他人的各种意见，能够善于处理

---

①　（宋）黎靖德：《朱子语类》（四）卷六十三，北京，中华书局，1986，第1524页。

②　（宋）朱熹：《四书或问·中庸或问》，朱杰人等主编：《朱子全书》（第六册），上海，上海古籍出版社；合肥，安徽教育出版社，2002，第567页。

③　（宋）黎靖德：《朱子语类》（四）卷六十三，北京，中华书局，1986，第1524～1525页。

各种合理的和不合理的意见，并且能够把合理的意见中的不同意见结合起来进行考察，"执其两端而用其中"，这就能够做到"知之所以无过不及"，这就是"大知"。朱熹还说："舜固是聪明睿知，然又能'好问而好察迩言，乐取诸人以为善'，并合将来，所以谓之大知。"①"以舜之聪明睿智如此，似不用著力，乃能下问，至察迩言，又必执两端以用中，非大知而何！盖虽圣人亦合用如此也。"②又说："舜之知而不过，则道之所以行也。盖不自恃其聪明，而乐取诸人者如此，则非知者之过矣；又能执两端而用其中，则非愚者之不及矣。此舜之知所以为大，而非他人之所及也。"③

对于中庸的"知"，朱熹《中庸章句》特别强调"择乎中庸"，也就是要"辨别众理，以求所谓中庸"④，同时还要能择而能守，"'舜其大知'，知而不过，兼行说，'仁在其中矣'"，与此相反，"能择而不能守，皆不得为知也"。可见，在朱熹那里，对于中庸的"知"，也包含了对于中庸的"行"以及对于中庸的坚守，这就是"仁"。

三、"中庸"与"仁"

《中庸》引孔子曰："回之为人也，择乎中庸，得一善则拳拳服膺，而弗失之矣。"对于这里所谓"拳拳服膺"，朱熹注释为："奉持而著之心胸之间，言能守也。"⑤"择乎中庸"为"知"，知之后，需要坚守，这是一种品德，朱熹以为此言"仁"。

关于"仁"，颜渊问仁。子曰："克己复礼为仁。"朱熹《论语集注》注曰："仁者，本心之全德。……为仁者，所以全其心之德也。盖心之全德，莫非天理，而亦不能不坏于人欲。故为仁者必有以胜私欲而复于礼，则事皆天理，而本心之德复全于我矣。"⑥朱熹《仁说》则说："天地以生物为心者也，而人、物之生，又各得夫天地之心以为心者也。故语心之德，虽其总摄贯通无所不备，然一言以蔽之，则曰仁而已矣。"⑦显然，在朱熹看来，"仁"为"心之德"，就是《中庸》所谓"拳拳服膺"的品德。

---

① （宋）黎靖德：《朱子语类》（四）卷六十三，北京，中华书局，1986，第1524页。
② （宋）黎靖德：《朱子语类》（四）卷六十三，北京，中华书局，1986，第1530页。
③ （宋）朱熹：《四书或问·中庸或问》，朱杰人等主编：《朱子全书》（第六册），上海，上海古籍出版社；合肥，安徽教育出版社，2002，第566~567页。
④ （宋）朱熹：《四书章句集注·中庸章句》，北京，中华书局，1983，第20页。
⑤ （宋）朱熹：《四书章句集注·中庸章句》，北京，中华书局，1983，第20页。
⑥ （宋）朱熹：《四书章句集注·论语集注》，北京，中华书局，1983，第131页。
⑦ （宋）朱熹：《晦庵先生朱文公文集》卷六十七《仁说》，四部丛刊初编本。

朱熹《中庸章句》还说：

> 颜子盖真知之，故能择、能守如此，此行之所以无过不及，而道之所以明也。①

《中庸或问》则进一步解释说：

> 回之贤而不过，则道之所以明也。盖能择乎中庸，则无贤者之过矣；服膺弗失，则非不肖者之不及矣。②

在朱熹看来，颜回"择乎中庸"，并且能守，即是"仁"，既不是如贤者"行之过"，"以道为不足知"，也不是如不肖者"不及行"，"不求所以知"，所以，归根到底在于对中庸的真知。

如前所述，朱熹讲舜"大知"而"仁在其中矣"。与此相对应，朱熹又说："回'择乎中庸'，兼知说。"③至于对中庸能知而不能守，朱熹认为，那是因为"知处不曾亲切，故守得不曾安稳，所以半涂而废。若大知之人，一下知了，千了万当。"④。

朱熹认为，要做到对中庸能择、能守，不仅要有对中庸的真知，而且还需要"无一毫人欲之私"。对于《中庸》所言"天下国家可均也，爵禄可辞也，白刃可蹈也，中庸不可能也"，朱熹注曰：

> 三者亦知、仁、勇之事，天下之至难也，然不必其合于中庸，则质之近似者皆能以力为之。若中庸，则虽不必皆如三者之难，然非义精仁熟而无一毫人欲之私者，不能及也。三者难而易，中庸易而难，此民之所以鲜能也。⑤

在朱熹看来，"天下国家可均也，爵禄可辞也，白刃可蹈也"三者之难，并不及于中庸，因为中庸需要"义精仁熟而无一毫人欲之私"。朱熹还说：

---

① （宋）朱熹：《四书章句集注·中庸章句》，北京，中华书局，1983，第20页。
② （宋）朱熹：《四书或问·中庸或问》，朱杰人等主编：《朱子全书》（第六册），上海，上海古籍出版社；合肥，安徽教育出版社，2002，第567页。
③ （宋）黎靖德：《朱子语类》（四）卷六十三，北京，中华书局，1986，第1527页。
④ （宋）黎靖德：《朱子语类》（四）卷六十三，北京，中华书局，1986，第1532页。
⑤ （宋）朱熹：《四书章句集注·中庸章句》，北京，中华书局，1983，第21页。

　　盖三者之事，亦知、仁、勇之属，而人之所难，然皆取必于行，而无择于义，且或出于气质之偏，事势之迫，未必从容而中节也。若曰中庸，则虽无难知、难行之事，然天理浑然，无过不及，苟一毫之私意有所未尽，则虽欲择而守之，而拟议之间，忽已堕于过与不及之偏而不自知矣。此其所以虽若甚易，而实不可能也。故程子以克己最难言之，其旨深矣。①

朱熹认为，对于中庸，虽无难知、难行，但如果有一毫之私意，都有可能"堕于过与不及之偏而不自知"。因此，他说：

　　克尽己私，浑无意必，方见得中庸恰好处。未能克己，则中庸不可得而道矣，此子思明道之意也。②

　　当然，朱熹还认为，要做到中庸，除了要克尽己私，还必须格物致知。据《朱子语类》载，

　　徐孟宝问："中庸如何是不可能？"曰："只是说中庸之难行也。急些子便是过，慢些子便不及。且如天下国家虽难均，舍得便均得；爵禄虽难辞，舍得便辞得；蹈白刃亦然。只有中庸却便如此不得，所以难也。"徐曰："如此也无难。只心无一点私，则事事物物上各有个自然道理，便是中庸。以此公心应之，合道理顺人情处便是，恐亦无难。"曰："若如此时，圣人却不必言致知、格物。格物者，便是要穷尽物理到个是处，此个道理至难。扬子云说得是：'穷之益远，测之益深。'分明是。"徐又曰："只以至公之心为大本，却将平日学问积累，便是格物。如此不辍，终须自有到处。"曰："这个如何当得大本！若使如此容易，天下圣贤煞多。只公心不为不善，此只做得个稍稍贤于人之人而已。圣贤事业，大有事在。须是要得此至公之心有归宿之地，事至物来，应之不错方是。"③

---

①　(宋)朱熹：《四书或问·中庸或问》，朱杰人等主编：《朱子全书》(第六册)，上海，上海古籍出版社；合肥，安徽教育出版社，2002，第568页。
②　(宋)朱熹：《晦庵先生朱文公文集》卷四十二《答石子重》(九)，四部丛刊初编本。
③　(宋)黎靖德：《朱子语类》(四)卷六十三，北京，中华书局，1986，第1528～1529页。

在朱熹看来，中庸之难行，不仅在于要求"心无一点私"，而且要求"穷尽物理到个是处"，以至于能够应对各种事物而不发生错误。

四、"中庸"与"勇"

据《中庸》载，子路问强。子曰："南方之强与？北方之强与？抑而强与？宽柔以教，不报无道，南方之强也，君子居之。衽金革，死而不厌，北方之强也，而强者居之。故君子和而不流，强哉矫！中立而不倚，强哉矫！国有道，不变塞焉，强哉矫！国无道，至死不变，强哉矫！"朱熹以为此言"勇"，并注曰：

> 宽柔以教，谓含容巽顺以诲人之不及也。不报无道，谓横逆之来，直受之而不报也。南方风气柔弱，故以含忍之力胜人为强，君子之道也。……北方风气刚劲，故以果敢之力胜人为强，强者之事也。……国有道，不变未达之所守；国无道，不变平生之所守也。此则所谓中庸之不可能者，非有以自胜其人欲之私，不能择而守也。君子之强，孰大于是？夫子以是告子路者，所以抑其血气之刚，而进之以德义之勇也。[①]

在朱熹看来，"南方之强"讲"宽柔以教，不报无道"，以含忍之力胜人，为君子之道；"北方之强"以果敢之力胜人，属强者之事；而孔子所谓的"强"是"和而不流"；"中立而不倚"；"国有道，不变未达之所守"；"国无道，不变平生之所守也"。因此，朱熹认为，孔子所谓的"强"，既非"南方之强"，也非"北方之强"。他还说：

> 盖强者，力有以胜人之名也。凡人和而无节，则必至于流；中立而无依，则必至于倚；国有道而富贵，或不能不改其平素；国无道而贫贱，或不能久处乎穷约，非持守之力有以胜人者，其孰能及之？故此四者，汝子路之所当强也。南方之强，不及强者也；北方之强、过乎强者也；四者之强，强之中也。子路好勇，故圣人之言所以长其善而救其失者类如此。[②]

---

① （宋）朱熹：《四书章句集注·中庸章句》，北京，中华书局，1983，第21页。

② （宋）朱熹：《四书或问·中庸或问》，朱杰人等主编：《朱子全书》（第六册），上海，上海古籍出版社；合肥，安徽教育出版社，2002，第568页。

当然，朱熹所谓的"强"、"勇"，是"知"、"仁"之后的事，是对中庸能择、能守，并且坚守到底。他说："智仁勇，须是智能知，仁能守，斯可言勇。不然，则恃个甚！"①与此同时，在对中庸能择、能守之后，又需要"强"、"勇"，才能够不半途而废。据《朱子语类》载，

> 又问："'和而不流'，'中立而不倚'，'国有道，不变未达之所守'，'国无道，至死不变'，此四者勇之事。必如此，乃能择中庸而守之否？"曰："非也。此乃能择后工夫。……能择能守后，须用如此自胜，方能彻头彻尾不失。"②

需要指出的是，朱熹往往将"知"、"仁"、"勇"三者统一起来，以为"三者废其一，则无以造道而成德矣"。朱熹《中庸章句》注"素隐行怪，后世有述焉，吾弗为之矣"曰：

> 索隐行怪，言深求隐僻之理，而过为诡异之行也。然以其足以欺世而盗名，故后世或有称述之者。此知之过而不择乎善，行之过而不用其中，不当强而强者也，圣人岂为之哉！③

朱熹认为，首先要"知"、"仁"，知、行无过不及而合乎"中"，择善而能守，不可"不当强而强者也"。《中庸章句》又注："君子遵道而行，半涂而废，吾弗能已矣"曰：

> 遵道而行，则能择乎善矣；半涂而废，则力之不足也。此其知虽足以及之，而行有不逮，当强而不强者也。④

朱熹认为，择善而能守之后，还要"勇"，以免半途而废，不可"当强而不强者也"。《中庸章句》还注"君子依乎中庸，遁世不见知而不悔，唯圣者能之"曰：

> 不为索隐行怪，则依乎中庸而已。不能半涂而废，是以遁

① （宋）黎靖德：《朱子语类》（四）卷六十四，北京，中华书局，1986，第1596页。
② （宋）黎靖德：《朱子语类》（四）卷六十三，北京，中华书局，1986，第1530页。
③ （宋）朱熹：《四书章句集注·中庸章句》，北京，中华书局，1983，第21～22页。
④ （宋）朱熹：《四书章句集注·中庸章句》，北京，中华书局，1983，第22页。

世不见知而不悔也。此中庸之成德,知之尽、仁之至、不赖勇
而裕如者,正吾夫子之事,而犹不自居也。故曰'唯圣者能之'
而已。①

朱熹认为,依乎中庸,并且能够坚守到底,不半途而废,才能成就中庸
之德。至于"知之尽、仁之至"者,由于其内涵了"勇",可以"不赖勇而裕
如",而这只有圣人能够做到。这就是《孟子·公孙丑上》所载孟子曰:
"昔者子贡问于孔子曰:'夫子圣矣乎?'孔子曰:'圣则吾不能。我学不厌
而教不倦也。'子贡曰:'学不厌,智也;教不倦,仁也。仁且智,夫子既
圣矣。'夫圣,孔子不居,是何言也!"朱熹说:"大知之人无俟乎守,只是
安行;贤者能择能守,无俟乎强勇。"②认为真正的"知"者不仅能择,而
且能守,并能坚守到底;真正的"贤"者能择能守,且内涵了"勇",而"无
俟乎强勇";而只有这样的"知之尽、仁之至"者,才能真正坚守到底,不
半途而废。

---

①　(宋)朱熹:《四书章句集注·中庸章句》,北京,中华书局,1983,第22页。
②　(宋)黎靖德:《朱子语类》(四)卷六十三,北京,中华书局,1986,第1530页。

第六章 "道不可离"

《中庸》第一章讲"天命之谓性，率性之谓道"，又讲"道也者，不可须臾离也，可离非道也"。关于"道不可离"，如前所述，朱熹注曰："道者，日用事物当行之理，皆性之德而具于心，无物不有，无时不然，所以不可须臾离也。若其可离，则为外物而非道矣。"①他还说：

> 天地中间，物物上有这个道理，虽至没紧要底物事，也有这道理。盖"天命之谓性"，这道理却无形，无安顿处。只那日用事物上，道理便在上面。这两个元不相离，凡有一物，便有一理。②

> 盖所谓道者，率性而已，性无不有，故道无不在，大而父子君臣，小而动静食息，不假人力之为，而莫不各有当然不易之理，所谓道也。是乃天下人、物之所共由，充塞天地，贯彻古今，而取诸至近，则常不外乎吾之一心。循之则治，失之则乱，盖无须臾之顷可得而暂离也。③

按照朱熹《中庸章句》第十二章按语所说，《中庸》第十二章以及第十三章至第二十章，都是要阐明首章"道不可离"之意。其中第十二章通过阐述道之体用关系，讲"道之在天下，其用之广"，以说明"道不可离"；第十三章至第二十章则是"杂引孔子之言以明之"，既讲"道不远人"，又讲"行远自迩，登高自卑"；既讲鬼神之德在于真实无妄，又讲舜、文、武、周公"由庸行之常，推之以极其至"。在朱熹看来，"'中庸'之'中'，实兼'中和'之义"，而"中庸"之"庸"即"平常"，"事理之当然"，因此，在《中庸》第二章至第十一章以"中庸"之"中"阐释"中和"之义后，第十二章至第二十章则是通过对于"道不可离"的阐释，以表达"中庸"之"庸"的"平常"之义。

---

① （宋）朱熹：《四书章句集注·中庸章句》，北京，中华书局，1983，第17页。
② （宋）黎靖德：《朱子语类》（四）卷六十二，北京，中华书局，1986，第1497页。
③ （宋）朱熹：《四书或问·中庸或问》，朱杰人等主编：《朱子全书》（第六册），上海，上海古籍出版社；合肥，安徽教育出版社，2002，第554页。

第一节　道之体用

　　朱熹讲"道",他的《论语集注·里仁》注"朝闻道,夕死可矣"曰:"道者,事物当然之理。"①《论语集注·述而》注"志于道"曰:"道,则人伦日用之间所当行者是也。"②朱熹《中庸章句》注"率性之谓道"曰:"率,循也;道,犹路也。人、物各循其性之自然,则其日用事物之间,莫不各有当行之路,是则所谓道也。"可见,在朱熹那里,"道"是日用事物的"当然之理"、"当行之路"。朱熹《中庸章句》不仅讲"道",而且还通过对《中庸》所谓"君子之道费而隐"的解说,讨论了道之体用。

　　朱熹讲道之体用,源自二程。对于《论语·子罕》所载"子在川上,曰:'逝者如斯夫!不舍昼夜'",历代有不同解说。魏何晏引汉包咸曰:"逝,往也。言凡往也者,如川之流。"宋邢昺疏曰:"此章记孔子感叹时事既往,不可追复也。逝,往也。夫子因在川水之上,见川水之流迅速,且不可追复,故感之而兴叹,言凡时事往者,如此川之流夫,不以昼夜而有舍止也。"③程颐说:"'子在川上,曰逝者如斯夫',言道之体如此,这里须是自见得。"④朱熹《论语集注》则注曰:

　　　　天地之化,往者过,来者续,无一息之停,乃道体之本然也。然其可指而易见者,莫如川流。故于此发以示人,欲学者时时省察,而无毫发之间断也。程子曰:"此道体也。天运而不已,日往则月来,寒往则暑来,水流而不息,物生而不穷,皆与道为体,运乎昼夜,未尝已也。是以君子法之,自强不息。及其至也,纯亦不已焉。"⑤

显然,二程和朱熹都以"子在川上,曰逝者如斯夫"言道之体。据《朱子语类》载,

---

① (宋)朱熹:《四书章句集注·论语集注》,北京,中华书局,1983,第71页。
② (宋)朱熹:《四书章句集注·论语集注》,北京,中华书局,1983,第94页。
③ 《论语注疏》卷九《子罕第九》,(清)阮元校刻:《十三经注疏》(下册),北京,中华书局,1980,第2491页。
④ (宋)程颢、程颐:《河南程氏遗书》卷十九,《二程集》(第一册),北京,中华书局,1981,第251页。
⑤ (宋)朱熹:《四书章句集注·论语集注》,北京,中华书局,1983,第113页。

问:"伊川曰'此道体也。天运而不已',至'皆与道为体',
如何?"曰:"'形而上者谓之道,形而下者谓之器',道本无体。
此四者,非道之体也,但因此则可以见道之体耳。那'无声无
臭'便是道。但寻从那'无声无臭'处去,如何见得道?因有此四
者,方见得那'无声无臭'底,所以说'与道为体'。"①

这里所谓"四者",即程子所说"日往则月来,寒往则暑来,水流而不息,
物生而不穷"。朱熹认为,这"四者""与道为体",其本身并不是道之体,
但是可以据此见道之体。他还说:"其实这许多物事凑合来,便都是道之
体,便在这许多物上,只是水上较亲切易见。"②又据《朱子语类》载,

周元兴问"与道为体"。曰:"天地日月,阴阳寒暑,皆'与
道为体'。"又问:"此'体'字如何?"曰:"是体质。道之本然之体
不可见,观此则可见无体之体,如阴阳五行为太极之体。"又问:
"太极是体,二五是用?"曰:"此是无体之体。"③

由此可见,在朱熹那里,道之体是无形体、不可见的道之本然之体。
朱熹《中庸章句》较多论及道之体与道之用。朱熹注"中也者,天下之
大本也;和也者,天下之达道也"曰:"大本者,天命之性,天下之理皆
由此出,道之体也。达道者,循性之谓,天下古今之所共由,道之用
也。"④尤其是,朱熹认为,《中庸》第十二章"明道之体用"⑤。
《中庸》第十二章曰:"君子之道费而隐。夫妇之愚,可以与知焉,及
其至也,虽圣人亦有所不知焉;夫妇之不肖,可以能行焉,及其至也,
虽圣人亦有所不能焉。天地之大也,人犹有所憾。故君子语大,天下莫
能载焉;语小,天下莫能破焉。"朱熹注曰:

费,用之广也。隐,体之微也。……君子之道,近自夫妇
居室之间,远而至于圣人天地之所不能尽,其大无外,其小无
内,可谓费矣。然其理之所以然,则隐而莫之见也。盖可知可

---

① (宋)黎靖德:《朱子语类》(三)卷三十六,北京,中华书局,1986,第975~976页。
② (宋)黎靖德:《朱子语类》(三)卷三十六,北京,中华书局,1986,第975页。
③ (宋)黎靖德:《朱子语类》(三)卷三十六,北京,中华书局,1986,第976页。
④ (宋)朱熹:《四书章句集注·中庸章句》,北京,中华书局,1983,第18页。
⑤ (宋)朱熹:《晦庵先生朱文公文集》卷八十一《书中庸后》,四部丛刊初编本。

能者，道中之一事，及其至而圣人不知不能，则举全体而言，圣人固有所不能尽也。①

对此，《中庸或问》作了进一步解说，曰：

> 道之用广，而其体则微密而不可见，所谓费而隐也。即其近而言之，男女居室，人道之常，虽愚不肖亦能知而行之；极其远而言之，则天下之大，事物之多，圣人亦容有不尽知尽能者也。然非独圣人有所不知不能也。天能生覆而不能形载，地能形载而不能生覆，至于气化流行，则阴阳寒暑，吉凶灾祥，不能尽得其正者尤多，此所以虽以天地之大，而人犹有憾也。夫自夫妇之愚不肖所能知行，至于圣人天地之所不能尽，道盖无所不在也。故君子之语道也，其大至于天地圣人之所不能尽，而道无不包，则天下莫能载矣；其小至于愚夫愚妇之所能知能行，而道无不体，则天下莫能破矣。道之在天下，其用之广如此，可谓费矣；而其所用之体，则不离乎此，而有非视听之所及者，此所以为费而隐也。②

在这里，朱熹将《中庸》"君子之道费而隐"明确解说为道之用广、道之体微。同时，他还以道之"其大无外，其小无内"论证道之用广，认为道之大，"其大至于天地圣人之所不能尽，而道无不包，则天下莫能载矣"；道之小，"其小至于愚夫愚妇之所能知能行，而道无不体，则天下莫能破矣"。所谓"莫能破"，是指"至小无可下手处，破他不得"③。而且《中庸或问》还在解说《中庸》第十二章末句"君子之道，造端乎夫妇；及其至也，察乎天地"时，指出："造端乎夫妇，极其近小而言也；察乎天地，极其远大而言也。盖夫妇之际，隐微之间，尤见道之不可离处。"④所以，朱熹得出结论："道之在天下，其用之广。"

需要指出的是，朱熹把"君子之道费而隐"解说为道之用广、道之体微，与郑玄、孔颖达的《礼记正义·中庸》是完全不同的。《礼记正义·中

---

① （宋）朱熹：《四书章句集注·中庸章句》，北京，中华书局，1983，第22页。
② （宋）朱熹：《四书或问·中庸或问》，朱杰人等主编：《朱子全书》（第六册），上海，上海古籍出版社；合肥，安徽教育出版社，2002，第569～570页。
③ （宋）黎靖德：《朱子语类》（四）卷六十三，北京，中华书局，1986，第1534页。
④ （宋）朱熹：《四书或问·中庸或问》，朱杰人等主编：《朱子全书》（第六册），上海，上海古籍出版社；合肥，安徽教育出版社，2002，第570页。

庸》载郑玄注曰："言可隐之节也。费，犹佹也。道不费则仕。"孔颖达疏
曰："言君子之人，遭值乱世，道德违费则隐而不仕。若道之不费，则当
仕也。"①应当说，朱熹《中庸章句》的解说把道之体用的思想贯穿其中，
是朱熹的一大发明。

《中庸》第十二章曰："《诗》云：'鸢飞戾天，鱼跃于渊。'言其上下察
也。"其中"鸢飞戾天，鱼跃于渊"引自《诗·大雅·旱麓》。就原意而言，
郑玄笺云："鸢，鸱之类，鸟之贪恶者也。飞而至天，喻恶人远去，不为
民害也。鱼跳跃于渊中，喻民喜得所。"②而对于《中庸》引《诗》所曰，郑
玄注曰："察，犹著也。言圣人之德至於天，则'鸢飞戾天'；至於地，则
'鱼跃于渊'，是其著明於天地也。"孔颖达疏曰："引之者，言圣人之德上
至於天，则'鸢飞戾天'，是翱翔得所。圣人之德下至於地，则'鱼跃于
渊'，是游泳得所。言圣人之德，上下明察。《诗》本文云'鸢飞戾天'，喻
恶人远去；'鱼跃于渊'，喻善人得所。此引断章，故与《诗》义有
异也。"③

朱熹《中庸章句》则从道之体用的观点对"《诗》云：'鸢飞戾天，鱼跃
于渊。'言其上下察也"进行解说，注曰："察，著也。子思引此诗以明化
育流行，上下昭著，莫非此理之用，所谓费也。然其所以然者，则非见
闻所及，所谓隐也。"④这里把"察"解说为"著"，或"昭著"，并与"君子之
道费而隐"之"费"相联系，而把"其所以然者"与"隐"相联系。对此，朱
熹说：

> 道之流行发见于天地之间，无所不在，在上则鸢之飞而戾
> 于天者此也，在下则鱼之跃而出于渊者此也，其在人则日用之
> 间，人伦之际，夫妇之所知所能，而圣人之所不知不能者，亦
> 此也。此其流行发见于上下之间者，可谓著矣。⑤

① 《礼记正义》卷五十二《中庸第三十一》，（清）阮元校刻：《十三经注疏》（下册），北京，中华书局，1980，第1626～1627页。
② 《毛诗正义》卷十六《大雅·旱麓》，（清）阮元校刻：《十三经注疏》（上册），北京，中华书局，1980，第516页。
③ 《礼记正义》卷五十二《中庸第三十一》，（清）阮元校刻：《十三经注疏》（下册），北京，中华书局，1980，第1627页。
④ （宋）朱熹：《四书章句集注·中庸章句》，北京，中华书局，1983，第22～23页。
⑤ （宋）朱熹：《四书或问·中庸或问》，朱杰人等主编：《朱子全书》（第六册），上海，上海古籍出版社；合肥，安徽教育出版社，2002，第571页。

朱熹还明确说:"言其'上下察也','其'者指道体而言,'察'者昭著之义,言道体之流行发见昭著如此也。"①另据《朱子语类》载,

> 问"鸢飞鱼跃"之说。曰:"盖是分明见得道体随时发见处。察者,著也,非'察察'之'察'(非审察之'察')。《诗》中之意,本不为此。《中庸》只是借此两句形容道体。"
>
> 鸢飞鱼跃,道体随处发见。谓道体发见者,犹是人见得如此,若鸢鱼初不自知。察,只是著。天地明察,亦是著也。②

需要特别指出的是,朱熹把"《诗》云:'鸢飞戾天,鱼跃于渊。'言其上下察也"之"其"解说为"道体","察"解说为"著",或"昭著",即"道体之流行发见昭著",与郑玄、孔颖达有很大的差异。郑玄注曰:"察,犹著也。言圣人之德至于天,则'鸢飞戾天';至于地,则'鱼跃于渊',是其著明于天地也。"孔颖达疏曰:"圣人之德上至于天,则'鸢飞戾天',是翱翔得所。圣人之德下至于地,则'鱼跃于渊',是游泳得所。言圣人之德,上下明察。"③与朱熹注相比,郑玄、孔颖达的注疏虽然也把"察"注为"著",但把"其"注为"圣人之德",讲的是圣人之德著明于天地之间。

朱熹《中庸章句》在论及道之体与道之用的同时,实际上蕴含了对于二者关系的阐述。关于朱熹论体用关系,钱穆《朱子新学案》有"朱子论体用"④,涉及道兼体用、体用无定、体用一源等;陈荣捷《朱子新探索》有"朱子言体用"⑤,讨论了体用有别、体用不离、体用一源、自有体用、体用无定、同体异用等。以下从道兼体用、体在用之中、用是体之发见、体用一源四个方面,阐述朱熹《中庸章句》有关道之体用关系的思想。

第一,道兼体用。朱熹《中庸章句》既讲道之体又讲道之用,实际上是将"体"与"用"统一于"道"。朱熹还说:"道者,兼体用,该隐费而言也。"⑥所以,《中庸或问》往往讲"道之体用",说:"道之体用,上下昭

---

① (宋)朱熹:《晦庵先生朱文公文集》卷四十九《答王子合》(七),四部丛刊初编本。
② (宋)黎靖德:《朱子语类》(四)卷六十三,北京,中华书局,1986,第1534页。
③ 《礼记正义》卷五十二《中庸第三十一》,(清)阮元校刻:《十三经注疏》(下册),北京,中华书局,1980,第1626~1627页。
④ 钱穆:《朱子新学案》(第一册),台北,三民书局,1971,第429~440页。
⑤ 陈荣捷:《朱子新探索》,上海,华东师范大学出版社,2007,第179~185页。
⑥ (宋)黎靖德:《朱子语类》(一)卷六,北京,中华书局,1986,第99页。

著，而无所不在也。"①还说："道之体用，流行发见，充塞天地，亘古亘今，……未尝有一毫之空阙，一息之间断"②；"道之体用，其大天下莫能载，其小天下莫能破"③。这实际上是把道之体与道之用结合在一起。

第二，体在用之中。朱熹《中庸章句》讲道之体"隐而莫之见"，不只是讲道之体是无形体、不可见的，而且还在于讲道之体在用之中。朱熹说：

> 费，道之用也；隐，道之体也。用则理之见于日用，无不可见也。体则理之隐于其内，形而上者之事，固有非视听之所及者。④

朱熹还说："'费而隐'，只费之中理便是隐"⑤；"《中庸》言许多费而不言隐者，隐在费之中"⑥；"费而隐常默具乎其中。若于费外别有隐而可言，则已不得为隐矣"⑦。所以，《中庸或问》讲"道之在天下，其用之广如此，可谓费矣；而其所用之体，则不离乎此"，就是认为道之体离不开道之用，道之体在用之中。

第三，用是体之发见。朱熹讲道之体"微密而不可见"，又讲"用则理之见于日用，无不可见也"；同时，他又认为，"道体随处发见"而为道之用。因此，他说："用未尝离体。"⑧甚至认为"体立而用得以行"，讲"体自先有"。⑨但是，朱熹较多地讲体用不可分离。所以，他又说："乾乾不息者体；日往月来，寒来暑往者用。有体则有用，有用则有体，不可分先后说。"⑩又说："观其一体一用之名，则安得不二？察其一体一用之

① （宋）朱熹：《四书或问·中庸或问》，朱杰人等主编：《朱子全书》（第六册），上海，上海古籍出版社；合肥，安徽教育出版社，2002，第570页。
② （宋）朱熹：《四书或问·中庸或问》，朱杰人等主编：《朱子全书》（第六册），上海，上海古籍出版社；合肥，安徽教育出版社，2002，第571页。
③ （宋）朱熹：《四书或问·中庸或问》，朱杰人等主编：《朱子全书》（第六册），上海，上海古籍出版社；合肥，安徽教育出版社，2002，第576页。
④ （宋）黎靖德：《朱子语类》（四）卷六十三，北京，中华书局，1986，第1532页。
⑤ （宋）黎靖德：《朱子语类》（四）卷六十三，北京，中华书局，1986，第1533页。
⑥ （宋）黎靖德：《朱子语类》（四）卷六十三，北京，中华书局，1986，第1535页。
⑦ （宋）朱熹：《四书或问·中庸或问》，朱杰人等主编：《朱子全书》（第六册），上海，上海古籍出版社；合肥，安徽教育出版社，2002，第570页。
⑧ （宋）朱熹：《西铭解》，朱杰人等主编：《朱子全书》（第十三册），上海，上海古籍出版社；合肥，安徽教育出版社，2002，第146页。
⑨ （宋）黎靖德：《朱子语类》（六）卷九十四，北京，中华书局，1986，第2374页。
⑩ （宋）黎靖德：《朱子语类》（五）卷七十六，北京，中华书局，1986，第1946页。

实，则此为彼体，彼为此用，如耳目之能视听，视听之由耳目，初非有二物也。"①《中庸章句》则说："其一体一用虽有动静之殊，然必其体立而后用有以行，则其实亦非有两事也。"②

第四，体用一源。在朱熹看来，由于体在用之中，用是体之发见，体用不可分离，因此，他必然要讲体用一源。程颐曾说："至微者理也，至著者象也。体用一源，显微无间。"③对此，朱熹解释说："盖自理而言，则即体而用在其中，所谓一源也；自象而言，则即显而微不能外，所谓无间也。其文理密察，有条不紊乃如此。"④他还说："体用一源者，自理而观，则理为体，象为用，而理中有象，是一源也。显微无间者，自象而观，则象为显，理为微，而象中有理，是无间也。……且既曰有理而后有象，则理象便非一物。故伊川但言其一源与无间耳。"⑤"'体用一源'，体虽无迹，中已有用。'显微无间'者，显中便具微。天地未有，万物已具，此是体中有用；天地既立，此理亦存，此是显中有微。"⑥

朱熹《中庸章句》通过解说"君子之道费而隐"，讨论道之体用关系，旨在通过这一讨论，阐述其用之广以及体在用之中，以说明道的"其大无外，其小无内"，无所不在、无所不包，并由此进一步强调"道不可离"，正如《中庸章句》第十二章按语所说："第十二章，子思之言，盖以申明首章道不可离之意也。其下八章，杂引孔子之言以明之。"⑦所以，在朱熹看来，《中庸》第十三章至第二十章无非是进一步讲明道之体用，特别是道之无所不在、无所不包，"兼费隐，包大小"⑧。

朱熹门人黄榦发挥了《中庸章句》道之体用的思想，认为《中庸》"皆言道之体用"，并指出："首言'性'与'道'，则性为体而道为用矣。次言'中'与'和'，则中为体而和为用矣。又言'中庸'，则合体用而言，无适而非中庸也。又言'费'与'隐'，则分体用而言，隐为体，费为用也。自'道不远人'以下，则皆指用以明体。自言'诚'以下，则皆因体以明用。'大哉，圣人之道'一章，总言道之体用也。'发育万物，峻极于天'，道

① （宋）朱熹：《四书或问·中庸或问》，朱杰人等主编：《朱子全书》（第六册），上海，上海古籍出版社；合肥，安徽教育出版社，2002，第559页。
② （宋）朱熹：《四书章句集注·中庸章句》，北京，中华书局，1983，第18页。
③ 引自《易传序》，《二程集》（第二册），北京，中华书局，1981，第689页。
④ （宋）朱熹：《晦庵先生朱文公文集》卷三十《答汪尚书》（七），四部丛刊初编本。
⑤ （宋）朱熹：《晦庵先生朱文公文集》卷四十《答何叔京》（三），四部丛刊初编本。
⑥ （宋）黎靖德：《朱子语类》（五）卷六十七，北京，中华书局，1986，第1654页。
⑦ （宋）朱熹：《四书章句集注·中庸章句》，北京，中华书局，1983，第23页。
⑧ （宋）朱熹：《四书章句集注·中庸章句》，北京，中华书局，1983，第25页。

之体也。'礼仪三百，威仪三千'，道之用也。'仲尼'一章，言圣人尽道之体用也。'大德敦化'，道之体也。'小德川流'，道之用也。'至圣'则足以全道之用矣。'至诚'则足以全道之体矣。末言'上天之载，无声无臭'，则用即体，体即用，造道之极至也。虽皆以体用为言，然首章则言道之在天，由体以见于用。末章则言人之适道，由用而归于体也。"①

第二节 "道不远人"

《中庸》第十三章引孔子曰："道不远人。人之为道而远人，不可以为道。"郑玄注曰："言道，即不远于人，人不能行也。"孔颖达疏曰："'道不远人'者，言中庸之道不远离于人身，但人能行之于己，则是中庸也。'人之为道而远人，不可以为道'，言人为中庸之道，当附近于人，谓人所能行，则己所行可以为道。若违理离远，则不可施于己，又不可行于人，则非道也。"②认为道不远人，行道在于行人所能行之道，而人不可行者，则不是道。

朱熹注曰：

> 道者，率性而已，固众人之所能知能行者也，故常不远于人。若为道者，厌其卑近以为不足为，而反务为高远、难行之事，则非所以为道矣。③

朱熹还说："道者，众人之道，众人所能知能行者。今人自做未得众人耳。（此众人，不是说不好底人。）"④在朱熹看来，道是"众人之所能知能行者"，即所谓"道不远人"，所以，为道，不能因为每个人都能做到而以为不足为，也不能在人之所能知能行之外，去为那些所谓高远、难行之事，否则，就不是为道。显然，朱熹认为，为道应当从每个人都能知能行之道做起。从字面上看，朱熹的这一解说与郑玄、孔颖达认为道为人所能行之道似乎是一致的。

但需要指出的是，朱熹对于道的界定，与郑玄、孔颖达仍存在一定

---

① （宋）黄榦：《中庸总论》，《勉斋集》卷三，文渊阁四库全书本。
② 《礼记正义》卷五十二《中庸第三十一》，（清）阮元校刻：《十三经注疏》（下册），北京，中华书局，1980，第1627页。
③ （宋）朱熹：《四书章句集注·中庸章句》，北京，中华书局，1983，第23页。
④ （宋）黎靖德：《朱子语类》（四）卷六十三，北京，中华书局，1986，第1543页。

差异。郑玄、孔颖达讲的是普遍而共同的人道，认为每个人都应当行这样的道，所谓"人所能行，则己所行可以为道"；而朱熹则认为，道既是"众人之所能知能行者"，又是每个人自身所固有的。

对于《中庸》所言"君子以人治人，改而止"，郑玄注曰："人有罪过，君子以人道治之，其人改，则止，赦之，不责以人所不能。"孔颖达疏曰："人有过，君子当以人道治此有过之人。……若人自改而休止，不须更责不能之事。若人所不能，则己亦不能，是行道在于己身也。"①显然，郑玄、孔颖达讲的是，以普遍而共同的人道治人。与此不同，朱熹则强调，这样的人道同时也为每个人自身所固有。他说：

> 若以人治人，则所以为人之道，各在当人之身，初无彼此之别。故君子之治人也，即以其人之道，还治其人之身。其人能改，即止不治。盖责之以其所能知能行，非欲其远人以为道也。张子所谓"以众人望人则易从"②，是也。③

在朱熹看来，普遍而共同的为人之道，也是每个人自身所固有的，"初无彼此之别"，所以，以人治人，是以其人之身所固有的为人之道而治其人之身，这就是所谓"以其人之道，还治其人之身"，也就是要求从其"所能知能行"的基本状况出发，"其人能改，即止不治"，而不是要求其做根本做不到的"远人"之事以作为道。朱熹还说：

> 天下只是一个善恶，不善即恶，不恶即善。如何说既能改其恶，更用别讨个善？只改底便是善了。……人人本自有许多道理，只是不曾依得这道理，却做从不是道理处去。今欲治之，不是别讨个道理治他，只是将他元自有底道理，还以治其人。如人之孝，他本有此孝，它却不曾行得这孝，却乱行从不孝处去。君子治之，非是别讨个孝去治它，只是与他说："你这个不是。你本有此孝，却如何错行从不孝处去？"其人能改，即是孝矣。不是将他人底道理去治他，又不是分我底道理与他。他本有此道理，我但因其自有者还以治之而已。及我自治其身，亦

① 《礼记正义》卷五十二《中庸第三十一》，（清）阮元校刻：《十三经注疏》（下册），北京，中华书局，1980，第 1627 页。
② （宋）张载：《正蒙·中正篇》，《张载集》，北京，中华书局，1978，第 32 页。
③ （宋）朱熹：《四书章句集注·中庸章句》，北京，中华书局，1983，第 23 页。

不是将它人底道理来治我，亦只是将我自思量得底道理，自治
我之身而已。……若此个道理，人人具有，才要做底便是，初
无彼此之别。放去收回，只在这些子，何用别处讨？故《中庸》
一书初间便说"天命之谓性，率性之谓道"。此是如何？只是说
人人各具此个道理，无有不足故耳。①

在朱熹看来，人人都具有天命之性，同时又由于气禀的不同，而具有各
自的道理；治人，"不是将他人底道理去治他，又不是分我底道理与他"，
而是"因其自有者还以治之"；治己，"亦不是将它人底道理来治我"，而
是用自己的道理"自治我之身"；所以，无论治人或是治己，都只是"将他
元自有底道理，还以治其人"，而不是依据其他道理。所以，朱熹主张
"以其所及知者责其知，以其所能行者责其行，人改即止，不厚望焉"②。
　　孔子讲"忠恕"之道，《论语·里仁》载曾子曰："夫子之道，忠恕而已
矣。"《中庸》第十三章则引孔子曰："忠恕违道不远，施诸己而不愿，亦勿
施于人。"郑玄注曰："违，犹去也"，孔颖达疏曰："言身行忠恕，则去道
不远也。……他人有一不善之事施之于己，己所不愿，亦勿施于人，人
亦不愿故也。"③与郑玄、孔颖达的注疏大致相同，朱熹注曰：

　　尽己之心为忠，推己及人为恕。违，去也，……言自此至
彼，相去不远，非背而去之之谓也。道，即其不远人者是也。施
诸己而不愿，亦勿施于人，忠恕之事也。以己之心度人之心，未
尝不同，则道之不远于人者可见。故己之所不欲，则勿以施之于
人，亦不远人以为道之事。张子所谓"以爱己之心爱人则尽仁"④，
是也。⑤

　　对于《中庸》讲"忠恕违道不远"，孔颖达说："身行忠恕，则去道不远
也。"朱熹也说："道是自然底。人能忠恕，则去道不远。"⑥应当说，在这

---

① （宋）黎靖德：《朱子语类》（四）卷六十三，北京，中华书局，1986，第1541~1542页。
② （宋）朱熹：《四书或问·中庸或问》，朱杰人等主编：《朱子全书》（第六册），上海，上海古籍出版社；合肥，安徽教育出版社，2002，第575页。
③ 《礼记正义》卷五十二《中庸第三十一》，（清）阮元校刻：《十三经注疏》（下册），北京，中华书局，1980，第1627页。
④ （宋）张载：《正蒙·中正篇》，《张载集》，北京，中华书局，1978，第32页。
⑤ （宋）朱熹：《四书章句集注·中庸章句》，北京，中华书局，1983，第23页。
⑥ （宋）黎靖德：《朱子语类》（四）卷六十三，北京，中华书局，1986，第1543页。

一点上，朱熹与孔颖达大体一致。但需要指出的是，朱熹对于"忠恕违道不远"的解说，不只是认为"人能忠恕，则去道不远"，更在于强调忠恕之道本身是"不远人以为道之事"。问题是，既然忠恕之道为"道之事"，那么为什么又说"人能忠恕，则去道不远"？对此，朱熹说：

> 盖所谓道者，当然之理而已，根于人心而见诸行事，不待勉而能也。然惟尽己之心而推以及人，可以得其当然之实，而施无不当，不然，则求之愈远而愈不近矣。此所以自是忠恕而往，以至于道，独为不远，其曰违者，非背而去之之谓也。……忠者，诚有是心而不自欺也；恕者，推待己之心以及人也。推其诚心以及于人，则其所以爱人之道，不远于我而得之矣。①

在朱熹看来，道"根于人心"而"不待勉而能"，而忠恕讲的是"尽己之心而推以及人"，所以"人能忠恕，则去道不远"。

《中庸》第十三章引孔子曰："君子之道四，丘未能一焉：所求乎子，以事父，未能也；所求乎臣，以事君，未能也；所求乎弟，以事兄，未能也；所求乎朋友，先施之，未能也。庸德之行，庸言之谨，有所不足，不敢不勉，有余不敢尽。"朱熹注曰：

> 求，犹责也。道不远人，凡己之所以责人者，皆道之所当然也，故反之以自责而自修焉。庸，平常也；行者，践其实；谨者，择其可。德不足而勉，则行益力；言有余而讱，则谨益至。……凡此皆不远人以为道之事。张子所谓"以责人之心责己则尽道"②，是也。③

对此，《中庸或问》作了进一步的阐述：

> 夫子之意，盖曰我之所责乎子之事己者如此，而反求乎己之所以事父，则未能如此也；所责乎臣之事己者如此，而反求乎己之所以事君，则未能如此也；所责乎弟之事己者如此，而

---

① （宋）朱熹：《四书或问·中庸或问》，朱杰人等主编：《朱子全书》（第六册），上海，上海古籍出版社；合肥，安徽教育出版社，2002，第575～576页。
② （宋）张载：《正蒙·中正篇》，《张载集》，北京，中华书局，1978，第32页。
③ （宋）朱熹：《四书章句集注·中庸章句》，北京，中华书局，1983，第24页。

反求乎己之所以事兄,则未能如此也;所责乎朋友之施己者如此,而反求乎己之所以先施于彼者,则未能如此也。于是以其所以责彼者,自责于庸言庸行之间,盖不待求之于他,而吾之所以自修之则,具于此矣。①

事父、事君、事兄、交友,皆所以求乎人者,责乎己之所未能,则其所以治己之道,亦不远于心而得之矣。夫四者固皆众人之所能,而圣人乃自谓未能者,亦曰未能如其所以责人者耳。此见圣人之心,纯亦不已,而道之体用,其大天下莫能载,其小天下莫能破,……如此,然后属乎庸者常道之云,则庶乎其无病矣。②

在朱熹看来,孔子言"君子之道四,丘未能一焉",是以己之所以责人者"反之以自责",而且是"自责于庸言庸行之间",从而说明庸言庸行"皆不远人以为道之事",以强调从"众人之所能知能行者"做起。朱熹还说:

学者所至,自有浅深,如草木之有大小,其类固有别矣。若不量其浅深,不问其生熟,而概以高且远者强而语之,则是诬之而已。君子之道,岂可如此?若夫始终本末一以贯之,则惟圣人为然,岂可责之门人小子乎?程子曰:"君子教人有序,先传以小者近者,而后教以大者远者。非先传以近小,而后不教以远大也。"又曰:"洒扫应对,便是形而上者,理无大小故也。"③

因此,朱熹推崇《中庸》第十四章所谓"君子素其位而行,不愿乎其外",注曰:"君子但因见在所居之位而为其所当为,无慕乎其外之心也。"又注"君子居易以俟命"曰:"居易,素位而行也。俟命,不愿乎外也。"反对"小人行险以徼幸",认为这是"不当得而得者";并且赞同所引孔子曰:"失诸正鹄,反求诸其身",认为射箭不中目标,应反自责于己。④

① (宋)朱熹:《四书或问·中庸或问》,朱杰人等主编:《朱子全书》(第六册),上海,上海古籍出版社;合肥,安徽教育出版社,2002,第574页。
② (宋)朱熹:《四书或问·中庸或问》,朱杰人等主编:《朱子全书》(第六册),上海,上海古籍出版社;合肥,安徽教育出版社,2002,第576页。
③ (宋)朱熹:《四书章句集注·论语集注》,北京,中华书局,1983,第190页。
④ (宋)朱熹:《四书章句集注·中庸章句》,北京,中华书局,1983,第24页。

第三节 "行远自迩，登高自卑"

朱熹把《中庸》"君子之道费而隐"解说为道之用广、道之体微，讲道之无所不在、无所不包，"兼费隐，包大小"，"其大至于天地圣人之所不能尽"，"其小至于愚夫愚妇之所能知能行"，其目的不只是在于阐述道之体用，"道不远人"，而且还在于要求从"愚夫愚妇之所能知能行"出发，达到"天地圣人之所不能尽"。对此，朱熹说：

> 夫妇之所能知能行者，道也；圣人之所不知不能而天地犹有憾者，亦道也。然自人而言，则夫妇之所能知能行者，人之所切于身而不可须臾离者也；至于天地圣人所不能及，则其求之当有渐次，而或非日用之所急矣。然则责人而先其切于身之不可离者，后其有渐而不急者，是乃行远自迩、升高自卑之序，使其由是而不已焉，则人道之全、亦将可以驯致。①

《中庸》第十五章曰："君子之道，辟如行远必自迩，辟如登高必自卑。《诗》曰：'妻子好合，如鼓瑟琴；兄弟既翕，和乐且耽；宜尔室家；乐尔妻帑。'子曰：'父母其顺矣乎！'"对于"行远必自迩"、"登高必自卑"，郑玄注曰："行之以近者、卑者始，以渐致之高远。"孔颖达疏曰："行之以远者，近之始；升之以高者，卑之始。言以渐至高远。不云近者远始，卑者高始，但勤行其道于身，然后能被于物，而可谓之高远耳。"对于《诗》所言，郑玄注曰："此诗言和室家之道，自近者始。"孔颖达疏曰："此《小雅·常棣》之篇，美文王之诗。记人引此者，言行道之法自近始，犹如诗人之所云，欲和远人，先和其妻子、兄弟。"对于"子曰'父母其顺矣乎'"，孔颖达疏曰："谓父母能以教令行乎室家，其和顺矣乎！言中庸之道，先使室家和顺，乃能和顺于外。"②

与郑玄、孔颖达相同，朱熹《中庸章句》注"子曰'父母其顺矣乎'"说："夫子诵此诗而赞之曰：人能和于妻子，宜于兄弟如此，则父母其安乐之

---

① （宋）朱熹：《四书或问·中庸或问》，朱杰人等主编：《朱子全书》（第六册），上海，上海古籍出版社；合肥，安徽教育出版社，2002，第573页。

② 《礼记正义》卷五十二《中庸第三十一》，（清）阮元校刻：《十三经注疏》（下册），北京，中华书局，1980，第1627～1628页。

矣。子思引诗及此语,以明行远自迩、登高自卑之意。"①朱熹认为,君子自"和于妻子,宜于兄弟"而让父母安乐开始,由近而行远,自低而登高。朱熹门人陈孔硕曰:"行远自迩,登高自卑,凡君子之道,其推行之序皆然。"②朱熹后学陈栎说:"兄弟妻子之间,日用常行之事,道无不在,不可忽其为卑近,虽高远实自于此。尧舜之道,孝弟而已。"③

朱熹对于《中庸》第十五章的解说,主要有三层含义:其一,为道应当从"能知能行者"做起,不可因平凡小事而不为,去追逐所谓高远、难行之事;其二,所谓"能知能行者",即切于身之事,包括"和于妻子,宜于兄弟"而让父母安乐之事;其三,从"能知能行者"做起,循序渐进,达到"天地圣人所不能及"。这就是所谓"行远自迩,登高自卑"。

需要指出的是,在朱熹看来,从切于身之事、"和于妻子,宜于兄弟"而让父母安乐之事出发,并不是因为这些事多么的重要,而是在于这些事是切于身之事,是较为容易做到之事;而且,这些事虽然只是人们所能知能行的平凡小事,但其中同样也包含了道,并由此可以达到"天地圣人所不能及"之道。

朱熹的这一思想,在解说"格物"的先后缓急之序中也有所体现。据《朱子语类》载:

> 问:"格物虽是格天下万物之理,天地之高深,鬼神之幽显,微而至于一草一木之间,物物皆格,然后可也;然而用工之始,伊川所谓'莫若察之吾身者为急'。不知一身之中,当如何用力,莫亦随事而致察否?"曰:"次第亦是如此。但如今且从头做将去。若初学,又如何便去讨天地高深、鬼神幽显得?"④

朱熹讲格物,要求先"察之吾身",然后再格自然界事物,而之所以要先"察之吾身",并不是因为它对于格自然界事物有多么重要,而是在于它是切于身之事,是较为容易做到之事,更多的是就先易后难而言。

《中庸》第十七章言舜之大孝,并且"德为圣人,尊为天子,富有四海之内";第十八章、第十九章言文王以王季为父,以武王为子,周公成

---

① (宋)朱熹:《四书章句集注·中庸章句》,北京,中华书局,1983,第25页。
② 引自(宋)赵顺孙:《大学纂疏·中庸纂疏》,上海,华东师范大学出版社,1992,第190页。
③ 引自(明)胡广:《四书大全·中庸章句大全上》,文渊阁四库全书本。
④ (宋)黎靖德:《朱子语类》(二)卷十八,北京,中华书局,1986,第410页。

文、武之德，又言武王、周公之达孝，修宗庙、行其礼、为孝道，"治国其如示诸掌"。这些叙述，就文字内容而言，似与《中庸》无关。如前所述，宋人陈善《扪虱新话》认为，《中庸》"春秋修其祖庙，陈其宗器"以下一段以及论武王、周公达孝，即第十九章，"恐只是汉儒杂记"。徐复观认为，《中庸》第十七章"子曰：'舜其大孝也与'"，第十八章"子曰：'无忧者其惟文王乎'"，第十九章"子曰：'武王、周公，其达孝矣乎'"，"都与《中庸》本文无关，这是由礼家所杂入到里面去的"。①

与此相反，吕大临注《中庸》第十七章曰："中庸之行，孝弟而已。如舜之德位皆极，流泽之远，始可尽其孝。故禄位名寿之皆得，非大德其孰能致之？故'夫妇之不肖，可以能焉，及其至也，虽圣人亦有所不能焉'。"②在吕大临看来，舜能成就大业，是因为他始于尽孝，而这与《中庸》第十二章所言"夫妇之不肖，可以能行焉，及其至也，虽圣人亦有所不能焉"是一致的。吕大临又注《中庸》第十八章、第十九章曰："此章亦言庸行本于孝。文、武、周公皆尽孝者也，所以父作子述而无忧者。文王之所致，犹舜之德为圣人，尊为天子；武王之孝，能不失显名，而尊为天子；周公则达孝於天下，是皆尽孝者也。"③认为舜以及文王、武王、周公之所以成就大业，始于庸行之尽孝。

朱熹《中庸章句》第十七章按语更为明确地指出：此三章"由庸行之常，推之以极其至，见道之用广也。而其所以然者，则为体微矣"。认为这三章不仅与《中庸》第十二章言道之用广、道之体微相一致，而且其主旨在于"由庸行之常，推之以极其至"，也与《中庸》第十五章讲"行远必自迩"、"登高必自卑"相吻合。朱熹还说："《中庸》说细处只是谨独、谨言、谨行；大处是武王、周公达孝，经纶天下，无不载。小者便是大者之验。须是要谨行、谨言，从细处做起，方能克得如此大。"④认为《中庸》第十九章讲武王、周公达孝，即是《中庸》所谓谨独、谨言、谨行，就是要"从细处做起"，以"克得如此大"，即所谓"行远必自迩"、"登高必自卑"。

从以上朱熹《中庸章句》对"道不可离"的诠释可以看出：朱熹不仅讲人乃至万事万物皆有"道"，而且认为人与万事万物都有其各自不同的"道"，所以，他特别强调不同的人有着不同的"道"。从这一点出发，朱

---

① 徐复观：《中国人性论史》，上海，华东师范大学出版社，2005，第 66 页。
② （宋）吕大临：《中庸解》，陈俊民辑校：《蓝田吕氏遗著辑校》，北京，中华书局，1993，第 484 页。
③ （宋）吕大临：《中庸解》，陈俊民辑校：《蓝田吕氏遗著辑校》，北京，中华书局，1993，第 485 页。
④ （宋）黎靖德：《朱子语类》（一）卷八，北京，中华书局，1986，第 131 页。

熹既要求尊重他人之"道","以其人之道，还治其人之身","施诸己而不愿，亦勿施于人","以责人之心责己"，又主张为道应当从"众人之所能知能行者"做起，以达到"天地圣人所不能及"。这实际上就是《中庸》第二十章所谓"诚"之道。

第七章 "诚"之道

先秦儒家经典讲"诚",莫过于《中庸》。《中庸》明确指出:"诚者,天之道也;诚之者,人之道也。"然而,在汉唐时期儒家经典的诠释中,"诚"多被释为"信",所谓"诚信",故多就人道而言。与此不同,朱熹《中庸章句》把"诚"界定为"真实无妄",赋予了新的含义,尤其是从天道与人道合一的层面讲"诚",并把"诚"看成是"三达德"、"五达道"之根本,视为"成己"、"成物"的必要基础。

第一节 "诚"之界定

在《中庸》中,"诚"最初出现于第十六章。该章引孔子曰:"鬼神之为德,其盛矣乎! 视之而弗见,听之而弗闻,体物而不可遗。……夫微之显,诚之不可揜如此夫。"对于所谓"夫微之显,诚之不可揜如此夫",郑玄注曰:"言神无形而著,不言而诚。"孔颖达疏曰:"'夫微之显'者,言鬼神之状,微昧不见,而精灵与人为吉凶,是从'微之显'也。'诚之不可揜'者,言鬼神诚信,不可揜蔽。善者,必降之以福;恶者,必降之以祸。"①这里把鬼神之无形与人之吉凶相联系,以说明鬼神之"诚",而其中的"诚"被解说为"诚信"。

与郑玄、孔颖达不同,朱熹《中庸章句》以阴阳二气言鬼神,指出:"以二气言,则鬼者阴之灵也,神者阳之灵也。以一气言,则至而伸者为神,反而归者为鬼,其实一物而已。"还说:"鬼神无形与声,然物之终始,莫非阴阳合散之所为,是其为物之体,而物所不能遗也。"对于所谓"夫微之显,诚之不可揜如此夫",朱熹注曰:"诚者,真实无妄之谓。阴阳合散,无非实者。故其发见之不可揜如此。"②朱熹《中庸或问》还说:"曰'诚之不可揜如此',则是以为鬼神之德所以盛者,盖以其诚耳。"③在

---

① 《礼记正义》卷五十二《中庸第三十一》,(清)阮元校刻:《十三经注疏》(下册),北京,中华书局,1980,第1628页。
② (宋)朱熹:《四书章句集注·中庸章句》,北京,中华书局,1983,第25页。
③ (宋)朱熹:《四书或问·中庸或问》,朱杰人等主编:《朱子全书》(第六册),上海,上海古籍出版社;合肥,安徽教育出版社,2002,第579页。

朱熹看来，鬼神之无形与物之终始一样，都是阴阳合散之所为，而阴阳合散本身是"诚"而不可揜的。此外，《朱子语类》载朱熹说："诚是实然之理，鬼神亦只是实理。若无这理，则便无鬼神，无万物，都无所该载了。'鬼神之为德'者，诚也。"①重要的是，其中的"诚"被解说为"真实无妄"。

《中庸》第二十章曰："在下位不获乎上，民不可得而治矣。获乎上有道；不信乎朋友，不获乎上矣。……顺乎亲有道；反诸身不诚，不顺乎亲矣。诚身有道；不明乎善，不诚乎身矣。"孔颖达疏曰："此明为臣为人，皆须诚信于身，然后可得之事。"②事实上，孔颖达疏《礼记·中庸》，大都把"诚"解说为"诚信"。再比如，孔颖达疏《中庸》所言"唯天下至诚，为能尽其性"曰："天性至诚，圣人之道也。'唯天下至诚'者，谓一天下之内，至极诚信为圣人也。'为能尽其性'者，以其至极诚信，与天地合，故能'尽其性'。"③

与此不同，朱熹注《中庸》第二十章所言"反诸身不诚"曰："'反诸身不诚'，谓反求诸身而所存、所发，未能真实而无妄也。"同时还注该章"诚者，天之道也；诚之者，人之道也"曰："诚者，真实无妄之谓，天理之本然也。诚之者，未能真实无妄，而欲其真实无妄之谓，人事之当然也。"④事实上，在朱熹《中庸章句》中，"诚"均被诠释为"真实无妄"。所以，《中庸或问》回答"诚之为义，其详可得而闻乎？"曰："难言也。姑以其名义言之，则真实无妄之云也。若事理之得此名，则亦随其所指之大小，而皆有取乎真实无妄之意耳。"⑤

关于"诚"的界定，东汉许慎《说文解字》明确说："诚，信也。从言成声"；"信，诚也，从人从言"。可见在当时，"诚"与"信"是相通的。事实上，汉唐时期的儒家大都把"诚"释为"信"。

《中庸》原载于《礼记》之中，而《礼记》中就有"诚信"一词。《礼记·祭统》曰："贤者之祭也，致其诚信，与其忠敬。"⑥"身致其诚信，诚信之谓

① (宋)黎靖德：《朱子语类》(四)卷六十三，北京，中华书局，1986，第1550页。
② 《礼记正义》卷五十三《中庸》，(清)阮元校刻：《十三经注疏》(下册)，北京，中华书局，1980，第1632页。
③ 《礼记正义》卷五十三《中庸》，(清)阮元校刻：《十三经注疏》(下册)，北京，中华书局，1980，第1632页。
④ (宋)朱熹：《四书章句集注·中庸章句》，北京，中华书局，1983，第31页。
⑤ (宋)朱熹：《四书或问·中庸或问》，朱杰人等主编：《朱子全书》(第六册)，上海，上海古籍出版社；合肥，安徽教育出版社，2002，第591页。
⑥ 《礼记正义》卷四十九《祭统第二十五》，(清)阮元校刻：《十三经注疏》(下册)，北京，中华书局，1980，第1602页。

尽，尽之谓敬，敬尽然后可以事神明，此祭之道也。"①而且在宋之前，
《礼记》中的"诚"大都被界定为"信"，即"诚信"。比如《礼记·郊特牲》曰：
"币必诚。"汉郑玄注曰："诚，信也。"唐孔颖达疏曰："'币必诚'者，诚，
谓诚信。币帛必须诚信，使可裁制，勿令虚滥。"②又比如《礼记·乐记》
曰："著诚去伪，礼之经也。"孔颖达疏曰："诚，谓诚信也；伪，谓虚诈
也；经，常也。言显著诚信，退去诈伪，是礼之常也。"③

对于汉唐儒家以"诚信"释"诚"，朱熹门人陈淳则说："'诚'字，后世
都说差了，到伊川方云'无妄之谓诚'，字义始明。至晦翁又增两字，曰
'真实无妄之谓诚'，道理尤见分晓。"④元胡炳文说："汉儒皆不识'诚'
字。宋李邦直始谓'不欺之谓诚'，徐仲车谓'不息之谓诚'。⑤ 至子程子
则曰'无妄之谓诚'。子朱子又加以'真实'二字，'诚'之说尽矣。"⑥

其实，周敦颐也已经开始对"诚"做出了不同于汉唐的解释。周敦颐
的《通书》阐发《中庸》"诚"论，指出："诚，五常之本，百行之源也。"⑦还
说："诚者，圣人之本。"朱熹注曰："诚者，至实而无妄之谓。"⑧周敦颐
还在解说《周易》"无妄"卦时指出："无妄，则诚矣。"朱熹为之作注，则引
二程所言："无妄之谓诚。"⑨

二程以"无妄"释"诚"，与解说《周易》"无妄"卦有关。《周易·无妄》
曰："无妄：元亨，利贞。其匪正有眚，不利有攸往。"程颐注曰："无妄
者，至诚也；至诚者，天之道也。天之化育万物，生生不穷，各正其性
命，乃无妄也。人能合无妄之道，则所谓与天地合其德也。无妄，有大
亨之理，君子行无妄之道，则可以致大亨矣。无妄，天之道也。"⑩程颐

---

① 《礼记正义》卷四十九《祭统第二十五》，（清）阮元校刻：《十三经注疏》（下册），北京，
　 中华书局，1980，第1603页。
② 《礼记正义》卷二十六《郊特牲》，（清）阮元校刻：《十三经注疏》（下册），北京，中华书
　 局，1980，第1456页。
③ 《礼记正义》卷三十八《乐记》，（清）阮元校刻：《十三经注疏》（下册），北京，中华书局，
　 1980，第1537页。
④ （宋）陈淳：《北溪字义》卷上《诚》，北京，中华书局，1983，第32～33页。
⑤ 据《河南程氏遗书》载，李邦直云："不欺之谓诚。"便以不欺为诚。徐仲车云："不息之
　 谓诚。"《中庸》言至诚无息，非以无息解诚也。或以问先生，先生曰云云。见（宋）程颢、
　 程颐：《河南程氏遗书》卷六，《二程集》（第一册），北京，中华书局，1981，第92页。
⑥ （元）胡炳文：《四书通·中庸通》卷二《朱子章句》，文渊阁四库全书本。
⑦ （宋）周敦颐：《周敦颐集》卷二《通书·诚下》，北京，中华书局，2009，第15页。
⑧ （宋）周敦颐：《周敦颐集》卷二《通书·诚上》，北京，中华书局，2009，第13页。
⑨ （宋）周敦颐：《周敦颐集》卷三《通书·家人暌复无妄》，北京，中华书局，2009，第39页。
⑩ （宋）程颢、程颐：《周易程氏传》卷二《周易上经下》，《二程集》（第二册），北京，中华
　 书局，1981，第822页。

还曾明确说过:"诚者,无妄之谓。"①针对当时有人说"不欺之谓诚",程颐明确指出:"无妄之谓诚,不欺其次矣。"②同时,二程又以"实理"言"诚"。据《河南程氏粹言》载,或问:"诚者,专意之谓乎?"子曰:"诚者实理也,专意何足以尽之?"吕大临曰:"信哉!实有是理,故实有是物;实有是物,故实有是用;实有是用,故实有是心;实有是心,故实有是事。故曰:诚者实理也。"③

朱熹以"真实无妄"释"诚",实际上是对二程既讲"诚者,无妄之谓"又讲"诚者实理也"的综合。事实上,朱熹在把"诚"解说为"真实无妄"的同时,也采用二程"诚者实理也"的说法,并且指出:"诚者,实理之谓也。"④还说:"诚者,实有此理";"诚,实理也,亦诚悫也。由汉以来,专以诚悫言诚。至程子乃以实理言,后学皆弃诚悫之说不观。《中庸》亦有言实理为诚处,亦有言诚悫为诚处。不可只以实为诚,而以诚悫为非诚也。"⑤认为《中庸》的"诚"既是指"实理",也是指"诚悫",即诚实、真诚。所以,朱熹还说:"大抵'诚'字,在道则为实有之理,在人则为实然之心。"⑥又说:"盖诚之为言,实而已矣。……有以理之实而言者,……有以心之实而言者。"⑦

除了把"诚"界定为"真实无妄",朱熹还对与"诚"相关的概念作了辨析。《大学》讲"诚意",朱熹解释说:"所谓'诚其意'者,表里内外,彻底皆如此,无纤毫丝发苟且为人之弊。如饥之必欲食,渴之必欲饮,皆自以求饱足于己而已,非为他人而食饮也。又如一盆水,彻底皆清莹,无一毫砂石之杂。如此,则其好善也必诚好之,恶恶也必诚恶之,而无一毫强勉自欺之杂。……表里内外,精粗隐显,无不慎之,方谓之'诚其意'。"⑧所以,朱熹又说:"诚意,是真实好善恶恶,无夹杂。"⑨

《孟子·尽心上》讲"反身而诚",朱熹注曰:"诚,实也。言反诸身,

① (宋)程颢、程颐:《河南程氏遗书》卷二十一下,《二程集》(第一册),北京,中华书局,1981,第274页。
② (宋)程颢、程颐:《河南程氏遗书》卷六,《二程集》(第一册),北京,中华书局,1981,第92页。
③ (宋)程颢、程颐:《河南程氏粹言》卷一《论道篇》,《二程集》(第四册),北京,中华书局,1981,第1169~1170页。
④ (宋)朱熹:《晦庵先生朱文公文集》卷六十一《答林德久》(七),四部丛刊初编本。
⑤ (宋)黎靖德:《朱子语类》(一)卷六,北京,中华书局,1986,第102页。
⑥ (宋)朱熹:《晦庵先生朱文公文集》卷四十六《答曾致虚》(一),四部丛刊初编本。
⑦ (宋)朱熹:《四书或问·中庸或问》,朱杰人等主编:《朱子全书》(第六册),上海,上海古籍出版社;合肥,安徽教育出版社,2002,第598页。
⑧ (宋)黎靖德:《朱子语类》(二)卷十六,北京,中华书局,1986,第335页。
⑨ (宋)黎靖德:《朱子语类》(二)卷十六,北京,中华书局,1986,第343页。

而所备之理，皆如恶恶臭、好好色之实然，则其行之不待勉强而无不利矣，其为乐孰大于是。"①他还说："'诚者，天之道'，诚是实理，自然不假修为者也。'诚之者，人之道'，是实其实理，则是勉而为之者也。孟子言'万物皆备于我'，便是'诚'，'反身而诚'，便是'诚之'。反身，只是反求诸己。诚，只是万物具足，无所亏欠。"②又说："'反身而诚'，只是个真知，真实知得，则滔滔行将去，见得万物与我为一，自然其乐无涯。"③

《周易·乾·文言》曰："君子进德修业。忠信，所以进德也。修辞立其诚，所以居业也。"朱熹注曰："忠信，主于心者，无一念之不诚也。修辞见于事者，无一言之不实也。虽有忠信之心，然非修辞立诚，则无以居之。"④据《朱子语类》载，

> 问'君子进德修业。忠信所以进德，修辞立诚所以居业'。曰："这'忠信'二字，正是《中庸》之'反诸身而诚'，《孟子》之'反身而诚'样'诚'字。是知得真实了，知得决然是如此，更撅扑不碎了，只欠下手去做。'忠信'是知得到那真实极至处，'修辞立诚'是做到真实极至处。若不是真实知得，进个甚么？前头黑淬淬地，如何地进得去？既知得，若不真实去做，那个道理也只悬空在这里，无个安泊处。⑤

此外，朱熹还对"诚"与"信"、"忠"、"敬"的关系作了阐述。关于"诚"与"信"，据《朱子语类》载，

> 问诚、信之别。曰："诚是自然底实，信是人做底实。故曰：'诚者，天之道。'这是圣人之信。若众人之信，只可唤做信，未可唤做诚。诚是自然无妄之谓。如水只是水，火只是火，仁彻底是仁，义彻底是义。"
> 叔器问："诚与信如何分？"曰："诚是个自然之实，信是个人所为之实。《中庸》说'诚者，天之道也'，便是诚。若'诚之

① （宋）朱熹：《四书章句集注·孟子集注》，北京，中华书局，1983，第350页。
② （宋）黎靖德：《朱子语类》（四）卷六十四，北京，中华书局，1986，第1563页。
③ （宋）黎靖德：《朱子语类》（四）卷六十，北京，中华书局，1986，第1436页。
④ （宋）朱熹：《周易本义》，上海，上海古籍出版社，1987，第3页。
⑤ （宋）黎靖德：《朱子语类》（五）卷六十九，北京，中华书局，1986，第1721页。

者，人之道也'，便是信。信不足以尽诚，犹爱不足以尽仁。"①

陈淳则说："诚与信相对论，则诚是自然，信是用力；诚是理，信是心；诚是天道，信是人道。诚是以命言，信是以性言。诚是以道言，信是以德言。"②显然，在朱熹及其门人看来，"诚"与"信"是有差别的。

关于"诚"与"忠"，朱熹说：

> 伊川言："一心之谓诚，尽心之谓忠。"某看忠有些子是诚之用。"如恶恶臭，如好好色。"十分真实，恁地便是诚；若有八九分恁地，有一分不恁地，便是夹杂些虚伪在内，便是不诚。忠，便是尽心，尽心亦是恁地，便有些子是诚之用。

> 诚是实理自然如此，此处却不曾带那动，只恁地平放在这里。忠却是处事待物见得，却是向外说来。③

> "诚"字以心之全体而言，"忠"字以其应事接物而言，此义理之本名也。④

朱熹还论及"诚"与"忠信"的关系，他说："诚者实有之理，自然如此。忠信以人言之，须是人体出来方见。"⑤朱熹门人陈淳则说："忠信两字近诚字。忠信只是实，诚也只是实。但诚是自然实底，忠信是做工夫实底。诚是就本然天赋真实道理上立字，忠信是就人做工夫上立字。"⑥"诚字与忠信字极相近，须有分别。诚是就自然之理上形容出一字，忠信是就人用工夫上说。"⑦

关于"诚"与"敬"，据《朱子语类》载，

> 问诚、敬。曰："须逐处理会。诚若是有不欺意处，只做不欺意会；敬若是有谨畏意处，只做谨畏意会。"⑧

> 或问："专一可以至诚敬否？"曰："诚与敬不同：诚是实理，

---

① （宋）黎靖德：《朱子语类》（一）卷六，北京，中华书局，1986，第103页。
② （宋）陈淳：《北溪字义》卷上《诚》，北京，中华书局，1983，第32页。
③ （宋）黎靖德：《朱子语类》（七）卷九十七，北京，中华书局，1986，第2486页。
④ （宋）黎靖德：《朱子语类》（一）卷六，北京，中华书局，1986，第103页。
⑤ （宋）黎靖德：《朱子语类》（一）卷六，北京，中华书局，1986，第103页。
⑥ （宋）陈淳：《北溪字义》卷上《诚》，北京，中华书局，1983，第27页。
⑦ （宋）陈淳：《北溪字义》卷上《诚》，北京，中华书局，1983，第32页。
⑧ （宋）黎靖德：《朱子语类》（一）卷六，北京，中华书局，1986，第103页。

是人前辈后都恁地，做一件事直是做到十分，便是诚。若只做得两三分，说道今且谩恁地做，恁地也得，不恁地也得，便是不诚。敬是戒慎恐惧意。"①

朱熹还说："敬只是个收敛畏惧，不纵放；诚只是个朴直悫实，不欺诳。初时须着如此不纵放，不欺诳；到得工夫到时，则自然不纵放，不欺诳矣。"②对于二程所谓"诚然后能敬，未及诚时，须敬而后能诚"，朱熹作了解释，指出：

敬是竦然如有所畏之意，诚是真实无妄之名，意思不同。诚而后能敬者，意诚而后心正也。敬而后能诚者，意虽未诚，而能常若有畏，则当不敢自欺而进于诚矣。③

据《朱子语类》载，

问："诚然后能敬。未知诚，须敬然后诚。'敬小诚大'，如何说？"曰："必存此实理方能敬。只是此一'敬'字，圣人与学者深浅自异。"④

朱熹还说："'谨'字未如敬，敬又未如诚。程子曰：'主一之谓敬，一者之谓诚。'敬尚是着力。"⑤显然，在朱熹看来，"诚"比"敬"更为根本，并要求由"敬"而"诚"。

朱熹把"诚"界定为"真实无妄"，对后世影响很大，不仅在朱熹后学中得以传播，而且也被朱熹的论敌所接受。王阳明说："夫诚者，无妄之谓。诚身之诚，则欲其无妄之谓。"⑥又说："夫诚，实理也。其在天地，则其丽焉者，则其明焉者，则其行焉者，则其引类而言之不可穷焉者，皆诚也；其在人、物，则其蕃焉者，则其群焉者，则其分焉者，则其引

---

① （宋）黎靖德：《朱子语类》（六）卷九十六，北京，中华书局，1986，第2471页。
② （宋）黎靖德：《朱子语类》（七）卷一百一十三，北京，中华书局，1986，第2743～2744页。
③ （宋）朱熹：《晦庵先生朱文公文集》卷五十三《答胡季随》（十三），四部丛刊初编本。
④ （宋）黎靖德：《朱子语类》（七）卷九十七，北京，中华书局，1986，第2486页。
⑤ （宋）黎靖德：《朱子语类》（一）卷六，北京，中华书局，1986，第103页。
⑥ （明）王守仁：《王阳明全集》（上册）卷四《与王纯甫》，上海，上海古籍出版社，1992，第156页。

类而言之不可尽焉者，皆诚也。"①显然，这里把"诚"界定为"无妄"、"实理"，与朱熹把"诚"界定为"真实无妄"是一致的。

王夫之也非常推崇朱熹所谓"诚者，真实无妄之谓"。对于朱熹《中庸章句》注"夫微之显，诚之不可揜如此夫"曰"诚者，真实无妄之谓。阴阳合散，无非实者。故其发见之不可揜如此"，王夫之说："盖阴阳合散，实有其气，则必实有其机；实有其机，则必实有其理。实有其理者，诚也；而气机之发不容已也者，诚之不可揜也。"②还说："诚则无妄矣。凡妄之兴，因虚故假。流动充满。皆其实有。妄奚从生哉！"③对于朱熹《中庸章句》注"诚者，天之道也"曰"诚者，真实无妄之谓，天理之本然也"，王夫之说："'妄'者，无本而动之谓，天理不实，人欲间之以动也"；"天下之事，其本然无非天理，不随妄动，无非诚也。"④显然，王夫之是接受朱熹把"诚"界定为"真实无妄"的。

第二节 "诚"与天道人道

朱熹不仅以"真实无妄"释"诚"，而且更为重要的还在于从天道与人道合一的层面对"诚"作了进一步说明。如前所述，《中庸章句》注"天命之谓性"曰："性，即理也。天以阴阳五行化生万物，气以成形，而理亦赋焉，犹命令也。于是人、物之生，因各得其所赋之理，以为健顺五常之德，所谓性也。"认为天化生万物，将天所固有的"理"也赋予了人和物，因而有了人、物之"性"，这就是所谓"性即理"。所以，在《中庸章句》那里，"理"既为天所固有，同时也是人的先天本性，为人所固有，天道与人道合二而一。

正是以这一说法为前提，朱熹《中庸章句》注"诚者，天之道也；诚之者，人之道也。诚者，不勉而中，不思而得，从容中道，圣人也。诚之者，择善而固执之者也"曰：

---

① （明）王守仁：《王阳明全集》（上册）卷七《赠林典卿归省序》，上海，上海古籍出版社，1992，第235页。
② （明）王夫之：《四书训义》（上）卷三《中庸》，《船山全书》（第七册），长沙，岳麓书社，1990，第148页。
③ （明）王夫之：《礼记章句》卷三十一《中庸》，《船山全书》（第四册），长沙，岳麓书社，1991，第1272页。
④ （明）王夫之：《礼记章句》卷三十一《中庸》，《船山全书》（第四册），长沙，岳麓书社，1991，第1288页。

> 诚者，真实无妄之谓，天理之本然也。诚之者，未能真实
> 无妄，而欲其真实无妄之谓，人事之当然也。圣人之德，浑然
> 天理，真实无妄，不待思勉而从容中道，则亦天之道也。未至
> 于圣，则不能无人欲之私，而其为德不能皆实。故未能不思而
> 得，则必择善，然后可以明善；未能不勉而中，则必固执，然
> 后可以诚身，此则所谓人之道也。①

在朱熹看来，"诚"既是"天理之本然"，为天所固有，也为人性所固有；
圣人能够真实无妄，因而圣人之德，即为天之道；而未至于圣者，则可
以通过"择善而固执"以达到"诚身"，此即为人之道。对此，《中庸或问》
进一步解释说：

> 盖以自然之理言之，则天地之间，惟天理为至实而无妄，
> 故天理得诚之名，若所谓天之道、鬼神之德是也。以德言之，
> 则有生之类，惟圣人之心为至实而无妄，故圣人得诚之名，若
> 所谓不勉而中、不思而得者是也。至于随事而言，则一念之实
> 亦诚也，一行之实亦诚也，是其大小虽有不同，然其义之所归，
> 则未始不在于实也。②

在这里，"诚"所表达的"真实无妄"，既是"以自然之理言之"，而表示为
天地之间的"天理"，即天道，又是"以德言之"，而表示为"圣人之心"，
即人道。

　　然而，如上所述，在郑玄、孔颖达的《礼记正义》中，《中庸》的"诚"
被解说为"诚信"。对于《中庸》曰"诚者，天之道也；诚之者，人之道也。
诚者，不勉而中，不思得，从容中道，圣人也"，郑玄注曰："'诚者'，
天性也。'诚之者'，学而诚之者也。"孔颖达疏曰："此经明至诚之道，天
之性也，则人当学其至诚之性，是上天之道不为而诚，不思得。若天
之性有杀，信著四时，是天之道。'诚之者，人之道也'者，言人能勉力
学此至诚，是人之道也。不学则不得，故云人之道。'诚者，不勉而中，
不思而得，从容中道，圣人也'者，此覆说上文'诚者，天之道也'，唯圣
人能然，谓不勉励而自中当于善，不思虑而自得于善，从容闲暇而自中

---

① （宋）朱熹：《四书章句集注·中庸章句》，北京，中华书局，1983，第31页。
② （宋）朱熹：《四书或问·中庸或问》，朱杰人等主编：《朱子全书》（第六册），上海，上
　　海古籍出版社；合肥，安徽教育出版社，2002，第591页。

乎道,以圣人性合于天道自然,故云'圣人也'。"①显然,在郑玄、孔颖达那里,"诚"是天之性,只有圣人能够具备"诚"的天性,能够"不勉而中,不思而得,从容中道",而与天之性相符合;而常人则需要通过努力学习,才能够达到"诚",所以,"诚"只为圣人所固有,而不为常人所固有。这与朱熹《中庸章句》讲"诚"是"天理之本然",既为天所固有,也为人性所固有,是天道与人道的合一,有着很大的不同。

同样,朱熹《孟子集注·离娄章句上》注"诚者,天之道也;思诚者,人之道也"曰:"诚者,理之在我者皆实而无伪,天道之本然也;思诚者,欲此理之在我者皆实而无伪,人道之当然也。"②并且还说:"'诚者,天之道也',天无不实,寒便是寒,暑便是暑,更不待使它恁地。圣人仁便真个是仁,义便真个是义,更无不实处。"③在这里,"诚"即"实而无伪",为人性所固有,既是"天道之本然",也是"人道之当然"。这与朱熹《中庸章句》对"诚"的界定是完全一致的。然而,与郑玄同时代的赵岐(?—201年,字台卿、邠卿)注《孟子·离娄上》"诚者,天之道也"曰:"授人诚善之性者,天也。"北宋孙奭(962—1033年,字宗古)疏曰:"诚者是天授人诚善之性之性也,是为天之道也。"④与郑玄、孔颖达《礼记正义》一样,赵岐、孙奭并没有明确讲"诚"为人性所固有。

与此不同,在朱熹《中庸章句》中,"诚"作"真实无妄"讲,既是"天理之本然",为人性所固有,又是圣人之德;既是天道,又是人道。《中庸或问》还说:

> 夫天之所以为天也,冲漠无朕,而万物兼该,无所不具,然其为体则一而已矣,未始有物以杂之也。……此天理之所以为实而不妄者也。若夫人、物之生,性命之正,固亦莫非天理之实。但以气质之偏、口鼻耳目四支之好得以蔽之,而私欲生焉。是以当其恻隐之发,而忮害杂之,则所以为仁者有不实矣;当其羞恶之发,而贪昧杂之,则所以为义者有不实矣。……惟圣人气质清纯,浑然天理,初无人欲之私以病之。是以仁则表里皆仁,而无一毫之不仁;义则表里皆义,而无一毫之不义。

---

① 《礼记正义》卷五十三《中庸》,(清)阮元校刻:《十三经注疏》(下册),北京,中华书局,1980,第1632页。
② (宋)朱熹:《四书章句集注·孟子集注》,北京,中华书局,1983,第282页。
③ (宋)黎靖德:《朱子语类》(四)卷五十六,北京,中华书局,1986,第1329页。
④ 《孟子注疏》卷七下《离娄章句上》,(清)阮元校刻:《十三经注疏》(下册),北京,中华书局,1980,第2721页。

> 其为德也，固举天下之善而无一事之或遗；而其为善也，又极
> 天下之实而无一毫之不满。此其所以不勉不思，从容中道，而
> 动容周旋莫不中礼也。①

在朱熹看来，天理是"真实无妄"的，人的本性"莫非天理"，"圣人气质清
纯，浑然天理"，因而也是"真实无妄"的。另据《朱子语类》载，

> 问"诚者天之道，诚之者人之道"。曰："诚是天理之实然，
> 更无纤毫作为。圣人之生，其禀受浑然，气质清明纯粹，全是
> 此理，更不待修为，而自然与天为一。若其余，则须是'博学、
> 审问、慎思、明辨、笃行'。如此不已，直待得仁义礼智与夫忠
> 孝之道，日用本分事无非实理，然后为诚。有一毫见得与天理
> 不相合，便于诚有一毫未至。"②

同时，朱熹还赞同门人所说："'诚者，真实无妄之谓，天之道也。'
此言天理至实而无妄，指理而言也。'诚之者，未能真实无妄，而欲其真
实无妄之谓，人之道也。'此言在人当有真实无妄之知行，乃能实此理之
无妄，指人事而言也。盖在天固有真实之理，在人当有真实之功。圣人
不思不勉，而从容中道，无非实理之流行，则圣人与天如一，即天之道
也。未至于圣人，必择善，然后能实明是善；必固执，然后实得是善，
此人事当然，即人之道也。"③显然，朱熹以"真实无妄"释"诚"，旨在从
天道与人道合一的层面来界定"诚"，以为"诚"既是天道又是人道，是天
道与人道的合一。

由于从天道与人道合一的层面界定"诚"，朱熹对天道之"诚"作了进
一步阐述。《中庸》第二十六章讲"至诚无息"，又讲"天地之道，可一言而
尽也，其为物不贰，则其生物不测"，郑玄注曰："言其德化与天地相似，
可一言而尽，要在至诚。……至诚无贰，乃能生万物多无数也。"孔颖达
疏曰："言圣人之德能同于天地之道，欲寻求所由，可一句之言而能尽其
事理，正由于至诚。……圣人行至诚，接待于物不有差贰，以此之故，

① （宋）朱熹：《四书或问·中庸或问》，朱杰人等主编：《朱子全书》（第六册），上海，上
海古籍出版社；合肥，安徽教育出版社，2002，第 592 页。
② （宋）黎靖德：《朱子语类》（四）卷六十四，北京，中华书局，1986，第 1563 页。
③ （宋）黎靖德：《朱子语类》（四）卷六十四，北京，中华书局，1986，第 1564 页。

能生殖众物不可测量。"①显然，在郑玄、孔颖达看来，《中庸》第二十六章是言圣人至诚。

与此不同，朱熹《中庸章句》则认为，该章专门讲天道之"诚"，并且注"天地之道，可一言而尽也：其为物不贰，则其生物不测"曰：

> 天地之道，可一言而尽，不过曰"诚"而已。不贰，所以诚也。诚故不息，而生物之多，有莫知其所以然者。②

朱熹认为，天道之"诚"在于"不贰"，"不贰"，即专一，专一即"诚"；而且由于"诚"，天能够生生不息，化生万物。朱熹还注"天地之道，博也，厚也，高也，明也，悠也，久也"曰："天地之道，诚一不贰，故能各极所盛，而有……生物之功。"③认为天地之道正因为诚一不贰，所以能够"博也，厚也，高也，明也，悠也，久也"，"博厚，所以载物也；高明，所以覆物也；悠久，所以成物也"，因而能够化生万物。

对于《中庸》第二十六章所言"今夫天，斯昭昭之多，及其无穷也，日月星辰系焉，万物覆焉。今夫地，一撮土之多，及其广厚，载华岳而不重，振河海而不泄，万物载焉。今夫山，一卷石之多，及其广大，草木生之，禽兽居之，宝藏兴焉。今夫水，一勺之多，及其不测，鼋鼍、蛟龙、鱼鳖生焉，货财殖焉"，朱熹注曰："此四条，皆以发明由其不贰不息以致盛大而能生物之意。"④可见，在朱熹那里，天道之"诚"就在于"不贰"。

所谓"不贰"，就是纯而不杂。朱熹《中庸或问》在把"诚"界定为"真实无妄"的同时，指出：

> 一则纯，二则杂，纯则诚，杂则妄。此常物之大情也。夫天之所以为天也，冲漠无朕，而万物兼该，无所不具，然其为体则一而已矣，未始有物以杂之也。是以无声无臭，无思无为，而一元之气，春秋夏冬，昼夜昏明，百千万年，未尝有一息之缪；天下之物，洪纤巨细，飞潜动植，亦莫不各得其性命之正

① 《礼记正义》卷五十三《中庸》，（清）阮元校刻：《十三经注疏》（下册），北京，中华书局，1980，第1633页。
② （宋）朱熹：《四书章句集注·中庸章句》，北京，中华书局，1983，第34页。
③ （宋）朱熹：《四书章句集注·中庸章句》，北京，中华书局，1983，第34～35页。
④ （宋）朱熹：《四书章句集注·中庸章句》，北京，中华书局，1983，第35页。

以生，而未尝有一毫之差，此天理之所以为实而不妄者也。①

在朱熹看来，天道"为物不贰"，即纯而不杂，就是"诚"；天道诚而不息，故能化生万物，即所谓"生物不测"，并赋予万物以性命。对此，朱熹门人陈淳说：

> "诚"字本就天道论，……只是一个诚。天道流行，自古及今，无一毫之妄。暑往则寒来，日往则月来，春生了便夏长，秋杀了便冬藏，元亨利贞，终始循环，万古常如此，皆是真实道理为之主宰。如天行一日一夜，一周而又过一度，与日月星辰之运行缠度，万古不差，皆是真实道理如此。又就果木观之，甜者万古甜，苦者万古苦，青者万古常青，白者万古常白，红者万古常红，紫者万古常紫，圆者万古常圆，缺者万古常缺，一花一叶，文缕相等对，万古常然，无一毫差错，便待人力十分安排撰造来，终不相似，都是真实道理，自然而然。此《中庸》所以谓"其为物不贰，则其生物不测"。②

从天道与人道合一的层面讲"诚"，朱熹既讲天道之诚，讲圣人之德与天道的统一，又讲人道之诚，讲"未至于圣"者的"择善而固执之"，认为"未至于圣"者，由于有人欲之私，其德不能皆诚，但是通过择善而明善，并且能够固执而能守，则可以诚身，即朱熹所谓"择善，然后可以明善"，"固执，然后可以诚身"。这就是人之道。至于如何"择善而固执"，朱熹注《中庸》"博学之，审问之，慎思之，明辨之，笃行之"曰："学、问、思、辨，所以择善而为知，学而知也。笃行，所以固执而为仁，利而行也。"认为"择善而固执"就是要"博学之，审问之，慎思之，明辨之，笃行之"。

需要指出的是，朱熹讲"择善而固执"，还与《大学》所言"格物致知"联系起来，指出：

> 盖不能格物致知，以真知至善之所在，则好善必不能如好好色，恶恶必不能如恶恶臭，虽欲勉焉以诚其身，而身不可得

---

① （宋）朱熹：《四书或问·中庸或问》，朱杰人等主编：《朱子全书》（第六册），上海，上海古籍出版社；合肥，安徽教育出版社，2002，第592页。

② （宋）陈淳：《北溪字义》卷上《诚》，北京，中华书局，1983，第33页。

而诚矣。此必然之理也。故夫子言此,而其下文即以天道、人道、择善、固执者继之。盖择善所以明善,固执所以诚身。择之之明,则《大学》所谓物格而知至也;执之之固,则《大学》所谓意诚而心正身修也。知至,则反诸身者将无一毫之不实。[①]

因此,朱熹反对杨时将《孟子》"反身而诚"诠释为"反求诸身",认为先要有格物工夫,才可言"反身而诚"。他说:

盖反身而诚者,物格知至,而反之于身,则所明之善无不实,有如前所谓如恶恶臭、如好好色者,而其所行自无内外隐显之殊耳。若知有未至,则反之而不诚者多矣。安得直谓但能反求诸身,则不待求之于外,而万物之理皆备于我而无不诚哉?[②]

反身而诚,乃为物格知至以后之事,言其穷理之至,无所不尽,故凡天下之理,反求诸身,皆有以见,其如目视、耳听、手持、足行之毕具于此,而无毫发之不实耳。固非以是方为格物之事,亦不谓但务反求诸身,而天下之理,自然无不诚也。《中庸》之言明善,即物格知至之事,其言诚身,即意诚心正之功。故不明乎善,则有反诸身而不诚者,其功夫地位固有序,而不可诬矣。[③]

从天道与人道合一的层面界定"诚",在周敦颐那里已见端倪。周敦颐指出:"诚者,圣人之本。"朱熹注曰:"诚者,至实而无妄之谓,天所赋、物所受之正理也。人皆有之,而圣人之所以圣者无他焉,以其独能全此而已。"[④]周敦颐还通过对《易传》关于天道与人道关系的阐释,解说《中庸》的"诚",指出:"'大哉乾元,万物资始',诚之源也。'乾道变化,各正性命',诚斯立焉。纯粹至善者也。故曰:'一阴一阳之谓道,继之者善也,成之者性也。'元、亨,诚之通;利、贞,诚之复。大哉《易》也,

---

① (宋)朱熹:《四书或问·中庸或问》,朱杰人等主编:《朱子全书》(第六册),上海,上海古籍出版社;合肥,安徽教育出版社,2002,第590~591页。

② (宋)朱熹:《四书或问·中庸或问》,朱杰人等主编:《朱子全书》(第六册),上海,上海古籍出版社;合肥,安徽教育出版社,2002,第591页。

③ (宋)朱熹:《四书或问·大学或问》,朱杰人等主编:《朱子全书》(第六册),上海,上海古籍出版社;合肥,安徽教育出版社,2002,第530~531页。

④ (宋)周敦颐:《周敦颐集》卷二《通书·诚上》,北京,中华书局,2009,第13页。

性命之源乎!"①邵雍讲"惟至诚与天地同久,天地无则至诚可息;苟天地不能无,则至诚亦不息也"②,张载明确提出"性与天道合一存乎诚"③,都从天道与人道合一的层面讲"诚"。二程不仅以"无妄"释"诚",而且还说:"自性言之为诚,自理言之为道,其实一也。"④二程门人游酢说:"诚者,非有成之者,自成而已。其道非有道之者,自道而已。自成自道,犹言自本自根也。以性言之,为诚;以理言之,为道。其实一也。"⑤杨时从天道与人道合一的层面讲"诚",指出:"夫诚者,天之道,性之德也。故《中庸》言'天下之至诚',其卒曰:'非聪明圣知达天德者,其孰能知之?'盖惟圣人与天同德者,为能诚焉!"⑥"诚即神也,上下与天地同流,则兆乎天地之间者。"⑦应当说,朱熹正是沿袭了这一理学脉络,进一步从天道与人道合一的层面解说"诚"。

朱熹从天道与人道合一的层面来界定"诚",还为其后学所继承和发挥。朱熹门人陈淳认为,"诚"既就天道而论,也就人而论。他还说:

> 就人论,则只是这实理流行付予于人,自然发见出来底,未说到做工夫处。且诚之一字,不成受生之初便具这理,到赋形之后未死之前,这道理便无了?在吾身日用常常流行发见,但人不之察耳。如孩提之童,无不知爱亲敬兄,都是这实理发见出来,乃良知良能,不待安排。又如乍见孺子将入井,便有怵惕之心。至行道乞人饥饿濒死,而蹴尔嗟来等食乃不屑就,此皆是降衷秉彝真实道理,自然发见出来。虽极恶之人,物欲昏蔽之甚,及其稍息,则良心之实自然发见,终有不可殄灭者。此皆天理自然流行真实处。虽曰见于在人,而亦天之道也。及就人做工夫处论,则只是悫实不欺伪之谓。是乃人事之当然,便是人之道也。故存心全体悫实,固诚也;若一言之实,亦诚也,一行之实,亦诚也。⑧

① (宋)周敦颐:《周敦颐集》卷二《通书·诚上》,北京,中华书局,2009,第13~14页。
② (宋)邵雍:《皇极经世书》卷十四《观物外篇下》,文渊阁四库全书本。
③ (宋)张载:《正蒙·诚明篇》,《张载集》,北京,中华书局,1978,第20页。
④ (宋)程颢、程颐:《河南程氏粹言》卷一《论道篇》,《二程集》(第四册),北京,中华书局,1981,第1182页。
⑤ (宋)游酢:《游廌山集》卷一《中庸义》,文渊阁四库全书本。
⑥ (宋)杨时:《龟山集》卷二十一《答吕秀才》,文渊阁四库全书本。
⑦ (宋)卫湜:《礼记集说》卷一百三十三,文渊阁四库全书本。
⑧ (宋)陈淳:《北溪字义》卷上《诚》,北京,中华书局,1983,第33~34页。

在这里，陈淳从人的心性的角度讲"诚"为天道与人道的统一，与朱熹较多从圣人的角度讲"诚"，二者是一致的。朱熹后学赵顺孙《中庸纂疏》说："'诚'之一字，有以自然之理言者，有以德言者，有以事言者，随其所指之大小，固有不同，然皆有取乎真实无妄之意。论其大者，天也只是一个'诚'字，圣人也只是一个'诚'字；论其小者，一物一事之实亦是'诚'，一言一行之实亦是'诚'。"①

朱熹《中庸章句》从天道与人道合一的层面界定"诚"，以为"诚"既是天道，又是人道；需要指出的是，这样的论述，就天道而言，不可避免地带有人道的意味，因而存在着一定的偏差；但是，从"天人合一"的角度阐发天道，是儒家天道观的重要特点，而《中庸章句》关于天道之"诚"的天道观，正是体现了这样的特点。同样，就人道而言，《中庸章句》以天道与人道合一的"诚"言人道，实际上是秉承了儒家以"天人合一"言人道的思想，反映了朱熹为儒家的人道找寻形上学依据的一种努力。

第三节 "诚"与"三达德""五达道"

朱熹《中庸章句》从天道与人道合一的层面讲"诚"，既以"诚"言天道，又以"诚"言人道。重要的是，朱熹以天道与人道合一的"诚"作为儒家人道的基础，把"诚"看成是比"五达道"、"三达德"更为根本。

《中庸》第二十章"哀公问政"，其中引孔子曰："为政在人，取人以身，修身以道，修道以仁。……故君子不可以不修身；思修身，不可以不事亲；思事亲，不可以不知人；思知人，不可以不知天。"朱熹注曰：

> 人君为政在于得人，而取人之则又在修身。能修其身，则有君有臣，而政无不举矣。……为政在人，取人以身，故不可以不修身。修身以道，修道以仁，故思修身不可以不事亲。欲尽亲亲之仁，必由尊贤之义，故又当知人。亲亲之杀，尊贤之等，皆天理也，故又当知天。②

显然，朱熹推崇孔子的"为政以德"，要求修道、修德；而这正是朱熹进一步讲"诚"的基础和出发点。

---

① （宋）赵顺孙：《大学纂疏·中庸纂疏》，上海，华东师范大学出版社，1992，第232页。
② （宋）朱熹：《四书章句集注·中庸章句》，北京，中华书局，1983，第28页。

接着,《中庸》第二十章讲"三达德"、"五达道",曰:"天下之达道五,所以行之者三。曰君臣也,父子也,夫妇也,昆弟也,朋友之交也,五者天下之达道也。知、仁、勇三者,天下之达德也。所以行之者一也。"朱熹注曰:

> 达道者,天下古今所共由之路,即《书》所谓五典,孟子所谓"父子有亲、君臣有义、夫妇有别、长幼有序、朋友有信"是也。知,所以知此也;仁,所以体此也;勇,所以强此也;谓之达德者,天下古今所同得之理也。一则诚而已矣。达道虽人所共由,然无是三德,则无以行之;达德虽人所同得,然一有不诚,则人欲间之,而德非其德矣。①

在朱熹看来,行"五达道",必须有"三达德","无是三德,则无以行之";而就"三达德"而言,"所以行之者一也",这里的"一",即"诚";因此,行"三达德",必须以"诚",如果不诚,则"德非其德"。为此,朱熹《中庸章句》还接着引二程曰:"所谓诚者,止是诚实此三者。三者之外,更别无诚。"他还说:"智、仁、勇是做的事,诚是行此三者都要实。"②显然,在朱熹看来,要行"五达道"、"三达德",必须要有"诚"。

《中庸》第二十章还讲"国家有九经",曰:"凡为天下国家有九经,曰:修身也,尊贤也,亲亲也,敬大臣也,体群臣也,子庶民也,来百工也,柔远人也,怀诸侯也。……凡为天下国家有九经,所以行之者一也。"朱熹认为,这段论述言及"九经之目"、"九经之效"、"九经之事"。此外,他还引吕大临所言阐述"九经之序":"天下国家之本在身,故修身为九经之本。然必亲师取友,然后修身之道进,故尊贤次之。道之所进,莫先其家,故亲亲次之。由家以及朝廷,故敬大臣、体群臣次之。由朝廷以及其国,故子庶民、来百工次之。由其国以及天下,故柔远人、怀诸侯次之。此九经之序也。"③

重要的是,朱熹注"凡为天下国家有九经,所以行之者一也"曰:

---

① (宋)朱熹:《四书章句集注·中庸章句》,北京,中华书局,1983,第 29 页。
② (宋)黎靖德:《朱子语类》(四)卷六十二,北京,中华书局,1986,第 1483 页。
③ 吕大临说:"经者,百世所不变也。九经之用,皆本于德怀,无一物不在所抚,而刑有不与焉。修身,九经之本。必亲师友,然后修身之道进,故次之以尊贤。道之所进。莫先其家,故次之以亲亲。由亲亲以及朝廷,故敬大臣,体群臣。由朝廷以及其国,故子庶民,来百工。由其国以及天下,故柔远人,怀诸侯。此九经之序。"见(宋)吕大临:《中庸解》,陈俊民辑校:《蓝田吕氏遗著辑校》,北京,中华书局,1993,第 486 页。

　　一者，诚也。一有不诚，则是九者皆为虚文矣，此九经之实也。①

在朱熹看来，治理国家行"九经"之法，也必须先有"诚"；如果不"诚"，则"九者皆为虚文"；只有"诚"，才能切实地行"九经"之法。

　　《中庸》第二十章还说："凡事豫则立，不豫则废。言前定则不跲，事前定则不困，行前定则不疚，道前定则不穷。"朱熹注曰：

　　凡事，指达道、达德九经之属。豫，素定也。……言凡事皆欲先立乎诚。②

　　二程门人游酢说："豫者，前定之谓也。惟至诚为能定；惟前定为能应。故以言则必行，以事则必成，以行则无悔，以道则无方。诚定之效如此，故继九经言之。"③对此，朱熹《中庸或问》有言：

　　曰："所谓前定，何也？"曰："先立乎诚也。先立乎诚，则言有物而不跲矣，事有实而不困矣，行有常而不疚矣，道有本而不穷矣。诸说惟游氏诚定之云得其要。"④

另据《朱子语类》载，

　　问："'凡事豫则立'以下四句，只是泛举四事，或是包'达道、达德、九经'之属？"曰："上文言'天下之达道五，所以行之者三；天下之达德三，所以行之者一。凡为天下国家有九经，所以行之者一'。遂言'凡事豫则立'，则此'凡事'正指'达道、达德、九经'可知。'素定'，是指先立乎诚可知。"⑤

在朱熹看来，行"五达道"、"三达德"以及"九经"，必须"先立乎诚"。由

① （宋）朱熹：《四书章句集注·中庸章句》，北京，中华书局，1983，第30～31页。
② （宋）朱熹：《四书章句集注·中庸章句》，北京，中华书局，1983，第31页。
③ （宋）游酢：《游廌山集》卷一《中庸义》，文渊阁四库全书本。
④ （宋）朱熹：《四书或问·中庸或问》，朱杰人等主编：《朱子全书》（第六册），上海，上海古籍出版社；合肥，安徽教育出版社，2002，第590页。
⑤ （宋）黎靖德：《朱子语类》（四）卷六十四，北京，中华书局，1986，第1562页。

此可见，"诚"要比"五达道"、"三达德"更为根本。

应当说，以上朱熹《中庸章句》的这些注释，完全不同于郑玄、孔颖达《礼记正义·中庸》。对于《中庸》曰"天下之达道五，所以行之者三。……所以行之者一也"，孔颖达疏曰："言百王以来，行此五道三德，其义一也，古今不变也。"①对于《中庸》曰"凡为天下国家有九经，……凡为天下国家有九经，所以行之者一也"以及"凡事豫则立，不豫则废"，郑玄注曰："一，谓当豫也。"孔颖达疏曰："'九经'之法，唯在豫前谋之，故云'所以行之者一也'。'一'，谓豫也。"②显然，在这里，"五达道"、"三达德"与"诚"并没有层次上的差别，更不可能有《中庸章句》把"诚"看成是比"五达道"、"三达德"更为根本的思想。

朱熹把"诚"看成是比"五达道"、"三达德"更为根本的思想，源自周敦颐。周敦颐不仅从天道与人道合一的层面讲"诚"，而且进一步把"诚"看作人道的基础。他说："诚，五常之本，百行之源也。"朱熹注曰："五常，仁、义、礼、智、信，五行之性也。百行，孝、弟、忠、信之属，万物之象也。实理全，则五常不亏，而百行修矣。"③这里明确把"诚"看作比"五常"更为根本。据《朱子语类》载，

> 问："'诚，五常之本。'同此实理于其中，又分此五者之用?"曰："然。"④

周敦颐还说："五常百行，非诚，非也。"朱熹注曰："非诚，则五常百行皆无其实，所谓不诚无物者也。"⑤又据《朱子语类》载，

> 或问："诚是体，仁是用否?"曰："理一也，以其实有，故谓之诚。以其体言，则有仁义礼智之实；以其用言，则有恻隐、羞恶、恭敬、是非之实，故曰：'五常百行非诚，非也。'盖无其实矣，又安得有是名乎!"⑥

---

① 《礼记正义》卷五十二《中庸第三十一》，（清）阮元校刻：《十三经注疏》（下册），北京，中华书局，1980，第1629页。
② 《礼记正义》卷五十二《中庸第三十一》，（清）阮元校刻：《十三经注疏》（下册），北京，中华书局，1980，第1630页。
③ （宋）周敦颐：《周敦颐集》卷二《通书·诚下》，北京，中华书局，2009，第15页。
④ （宋）黎靖德：《朱子语类》（六）卷九十四，北京，中华书局，1986，第2393页。
⑤ （宋）周敦颐：《周敦颐集》卷二《通书·诚下》，北京，中华书局，2009，第15页。
⑥ （宋）黎靖德：《朱子语类》（一）卷六，北京，中华书局，1986，第104页。

朱熹不仅吸取了周敦颐的思想，而且吸取了二程之说。二程注《中庸》"知、仁、勇三者，天下之达德也。所以行之者一也"指出："一则诚也。止是诚实三者，三者之外，更别无诚。"①认为"诚"就是要诚实于"知、仁、勇"。程颐还说："学者不可以不诚，不诚无以为善，不诚无以为君子。修学不以诚，则学杂；为事不以诚，则事败；自谋不以诚，则是欺其心而自弃其忠；与人不以诚，则是丧其德而增人之怨。今小道异端，亦必诚而后得，而况欲为君子者乎？故曰：学者不可以不诚。虽然，诚者在知道本而诚之耳。"②

二程门人吕大临注《中庸》"天下之达道五，所以行之者三。……所以行之者一也"曰："所谓达道者，天下古今之所共行；所谓达德者，天下古今之所共有。虽有共行之道，必知之体之勉之，然后可行；虽知之体之勉之，不一于诚，则有时而息。"③认为"诚"是行"三达德"、"五达道"的基础。还注《中庸》"凡为天下国家有九经，所以行之者一也"曰："一即诚也。"④游酢也说："经虽有九，而所以行之一者，诚而已；不诚则九经为虚文，是无物也。"⑤杨时还说："《中庸》论天下国家有九经，而卒曰'所以行之者一'。一者何？诚而已。盖天下国家之大，未有不诚而能动者也。"⑥

朱熹《中庸章句》认为"诚"比"五达道"、"三达德"更为根本，其经学依据在于将《中庸》"所以行之者一也"中的"一"释为"诚"。这样的诠释明显不同于先前的《礼记正义》，而且在后世，随着朱熹《四书章句集注》被大加推崇而广为流传；但是在学术上，仍是褒贬不一。

朱熹后学大都秉承师说。朱熹后学许谦说："达道五，所以行之者三；达德三，所以行之者一；又九经，所以行之者一。'一'皆指诚此。凡事，指达道、达德、九经，则豫与前定皆谓先立乎诚也。"⑦明蔡清说："夫智、仁、勇三者，即为天下古今所同得之理，而乃有能行此达道，有

---

① （宋）程颢、程颐：《河南程氏遗书》卷二上，《二程集》（第一册），北京，中华书局，1981，第 19 页。
② （宋）程颢、程颐：《河南程氏遗书》卷二十五，《二程集》（第一册），北京，中华书局，1981，第 326 页。
③ （宋）吕大临：《礼记解·中庸》，陈俊民辑校：《蓝田吕氏遗著辑校》，北京，中华书局，1993，第 291 页。
④ （宋）吕大临：《礼记解·中庸》，陈俊民辑校：《蓝田吕氏遗著辑校》，北京，中华书局，1993，第 294 页。
⑤ （宋）游酢：《游鹰山集》卷一《中庸义》，文渊阁四库全书本。
⑥ （宋）杨时：《龟山集》卷二十一《答学者其一》，文渊阁四库全书本。
⑦ （元）许谦：《读四书丛说》卷三《读中庸丛说下》，四部丛刊续编本。

不能行此达道者，何也？盖理之得于己者虽同，而其出于心之诚与不诚者，则不能同也，故所以行之者须是一也。一则智实是智实，于智则无有不能知此达道者矣！仁实是仁实，于仁则无有不能体此达道者矣！勇实是勇实，于勇则无有不能强此达道者矣！'所以行之者一也'，'一'字对'三'字而言。下文'凡为天下国家有九经，所以行之者一也'，'一'字亦然，皆是数目字，但'一'字所指是诚也。"①

王夫之的《四书笺解·中庸》有"哀公问政"章，指出："自仁义礼推之智仁勇，又推之好学力行知耻，而总之以一，一者诚也。"②又说："'天下之达德'，言人人固有之良能。仁义礼是天所立人之道，知仁勇是人所受才于天而可以修道之人道。虚喝'一也'，要归诚上，此一章之脉络。'所以行之者一'，知仁勇也。诚知，诚仁，诚勇，知仁勇乃行。"③显然是接受了朱熹《中庸章句》把"所以行之者一也"中的"一"注释为"诚"。在解释"凡为天下国家有九经，所以行之者一也"时，王夫之不仅把"一"解为"诚"，而且还做了一些说明，指出："须知此'一'字不是一件，非九经博而所以行之者约也。何物何事唤作诚，诚者无一不诚也。'一'字是一样之意，犹言无所不用其极，无一不诚则一于诚也。"④

然而，清代经学家戴震（1724—1777年，字东原、慎修）并不赞同朱熹的注释。他认为，《中庸》"天下之达道五，所以行之者三。……知、仁、勇三者，天下之达德也。所以行之者一也"的意思是，以知、仁、勇"三达德"行"五达道"，就能够实现"为君尽君道，为臣尽臣道"⑤。他还说："智也者，言乎其不蔽也；仁也者，言乎其不私也；勇也者，言乎其自强也；非不蔽不私加以自强，不可语于智仁勇。既以智仁勇行之，即诚也。使智仁勇不得为诚，则是不智不仁不勇，又安得曰智仁勇！"⑥在戴震看来，以知、仁、勇"三达德"行"五达道"，这本身就是"诚"。他还说："《中庸》既云'所以行之者三'，又云'所以行之者一也'，程子、朱子以'诚'当其所谓'一'；下云'凡为天下国家有九经，所以行之者一也'，

① （明）蔡清：《四书蒙引》卷四，文渊阁四库全书本。
② （明）王夫之：《四书笺解》卷二《中庸》，《船山全书》（第六册），长沙，岳麓书社，1991，第141页。
③ （明）王夫之：《四书笺解》卷二《中庸》，《船山全书》（第六册），长沙，岳麓书社，1991，第143页。
④ （明）王夫之：《四书笺解》卷二《中庸》，《船山全书》（第六册），长沙，岳麓书社，1991，第144～145页。
⑤ （清）戴震：《孟子字义疏证》卷下，《戴震全书》（六），合肥，黄山书社，1995，第208页。
⑥ （清）戴震：《孟子字义疏证》卷下，《戴震全书》（六），合肥，黄山书社，1995，第209页。

朱子亦谓'不诚则皆为虚文'。在《中庸》，前后皆言诚矣，此何以不言'所以行之者诚也'？"①。至于何谓"所以行之者一也"，戴震说："其皆曰'所以行之者一也'，言人之才质不齐，而行达道之必以智仁勇，修身之必以齐明盛服，非礼不动，劝贤之必以去谗远色，贱货而贵德，则无不同也。"②他认为，由于人的才质不同，所以行"五达道"必须以知、仁、勇"三达德"，这样才能够达到共同的成效，这就是"一"。

另有清代汉学家王引之（1766—1834 年，字伯申，号曼卿）《经义述闻·所以行之者一也》对《中庸》"天下之达道五，所以行之者三。……知、仁、勇三者，天下之达德也。所以行之者一也"作了文字上的考证。他说："家大人曰：'一字，衍文也。'五道是所行者，三德是所以行五道者。'五者天下之达道也'，即所谓'天下之达道五'也；'三者，天下之达德也。所以行之者也'，即所谓'所以行之者三'也。文义上下相应，不当有'一'字。此因下文'所以行之者一也'而误衍耳。《史记·平津侯传》：'知、仁、勇，此三者，天下之通德，所以行之者也。'《汉书·公孙传》：'知、仁、勇三者，所以行之者也。'则经文本无'一'字，郑（玄）于下文'所以行之者一也'注曰：'一，谓当豫也。'而于此不释'一'字，则郑本无'一'字可知。《家语·哀公问政篇》：'知、仁、勇三者，天下之达德，所以行之者一也。''一'字，亦后人据误本《礼记》加之也。"③显然，王引之是从文字学的角度，否定朱熹的注释。

虽然戴震、王引之都不赞同朱熹把"所以行之者一也"中的"一"释为"诚"，并把"诚"看成是比"知、仁、勇"更根本的，但无论如何，朱熹通过把《中庸》"天下之达道五，所以行之者三。……三者，天下之达德也。所以行之者一也"中的"一"注释为"诚"，并认为所以行"五达道"者在于"三达德"；所以行"三达德"者在于"诚"，从而把"诚"看成是比"五达道"、"三达德"更根本的，为"三达德"、"五达道"找寻到形上学的根据。由此亦可见得，在朱熹《中庸章句》那里，《中庸》的"五达道"讲"父子有亲，君臣有义，夫妇有别，长幼有序，朋友有信"，是就"礼"而言；"三达德"讲"知、仁、勇"，是就"德"而言；"诚"讲"真实无妄"，是就"性"，即"理"而言。

---

① （清）戴震：《孟子字义疏证》卷下，《戴震全书》（六），合肥，黄山书社，1995，第208～209 页。
② （清）戴震：《孟子字义疏证》卷下，《戴震全书》（六），合肥，黄山书社，1995，第 209 页。
③ （清）王引之：《经义述闻》卷十六《所以行之者一也》，南京，江苏古籍出版社，1985，第 386～387 页。

第四节 "诚"与"成己""成物"

《中庸》第二十五章曰："诚者，自成也；而道，自道也。诚者，物之终始；不诚无物。是故君子诚之为贵。诚者，非自成己而已也，所以成物也。成己，仁也；成物，知也；性之德也，合外内之道也。"郑玄注曰："言人能至诚，所以'自成'也。有道艺，所以自道达。……物，万物也，亦事也。大人无诚，万物不生；小人无诚，则事不成。……以至诚成己，则仁道立；以至诚成物，则知弥博。此五性之所以为德也，外内所须而合也。"孔颖达疏曰："此经明已有至诚能成就物也。'诚者非自成己而已也，所以成物也'者，言人有至诚，非但自成就己身而已，又能成就外物。'成己，仁也；成物，知也'者，若成能就己身，则仁道兴立，故云'成己，仁也'。若能成就外物，则知力广远，故云'成物，知也'。'性之德也'者，言诚者是人五性之德，则仁、义、礼、知、信皆犹至诚而为德，故云'性之德也'。'合外内之道也'者，言至诚之行合于外内之道，无问外内，皆须至诚。"① 认为至诚，既能成就自己，也能够成就外部事物。

与郑玄、孔颖达的注疏大致相同，朱熹《中庸章句》注曰：

> 诚者，物之所以自成；而道者，人之所当自行也。诚以心言，本也；道以理言，用也。……天下之物，皆实理之所为，故必得是理，然后有是物。所得之理既尽，则是物亦尽而无有矣。故人之心一有不实，则虽有所为，亦如无有，而君子必以诚为贵也。盖人之心能无不实，乃为有以自成，而道之在我者亦无不行矣。……诚虽所以成己，然既有以自成，则自然及物，而道亦行于彼矣。仁者体之存，知者用之发，是皆吾性之固有，而无内外之殊。②

在这里，朱熹主要从以下三个方面对"诚"与"成己"、"成物"的关系展开讨论：

第一，"诚者，物之所以自成"。对于《中庸》所言"诚者，物之终始；

---

① 《礼记正义》卷五十三《中庸》，(清)阮元校刻：《十三经注疏》(下册)，北京，中华书局，1980，第1633页。

② (宋)朱熹：《四书章句集注·中庸章句》，北京，中华书局，1983，第33～34页。

不诚无物"，郑玄、孔颖达主要从人道层面进行阐释，郑玄讲"大人无诚，万物不生；小人无诚，则事不成"，孔颖达讲"人有至诚，非但自成就己身而已，又能成就外物"；朱熹则从天道与人道合一的层面进行阐释，认为天下之物，皆"诚"之所以自成，有"诚"则有物，不"诚"则无物。《中庸或问》对"诚者，物之终始；不诚无物"作了进一步诠释，曰：

> 所谓"诚者物之终始，不诚无物"者，以理言之，则天地之理，至实而无一息之妄，故自古至今，无一物之不实，而一物之中，自始至终，皆实理之所为也；以心言之，则圣人之心，亦至实而无一息之妄，故从生至死，无一事之不实，而一事之中，自始至终，皆实心之所为也。此所谓"诚者物之终始"者然也。苟未至于圣人，而其本心之实者，犹未免于间断，则自其实有是心之初，以至未有间断之前，所为无不实者；及其间断，则自其间断之后，以至未相接续之前，凡所云为，皆无实之可言，虽有其事，亦无以异于无有矣。如曰三月不违，则三月之间，所为皆实，而三月之后，未免于无实，盖不违之终始，即其事之终始也。日月至焉，则至此之时，所为皆实，而去此之后，未免于无实，盖至焉之终始，即其物之终始也。是则所谓"不诚无物"者然也。①

另据《朱子语类》载，

> "诚者，物之终始。"来处是诚，去处亦是诚。诚则有物，不诚则无物。且如而今对人说话，若句句说实，皆自心中流出，这便是有物。若是脱空诳诞，不说实话，虽有两人相对说话，如无物也。且如草木自萌芽发生，以至枯死朽腐归土，皆是有此实理，方有此物。若无此理，安得有此物！②
>
> "诚者，物之终始；不诚无物。"诚者，事之终始，不诚，比不曾做得事相似。且如读书，一遍至三遍无心读，四遍至七遍方有心读，八遍又无心，则是三遍以上与八遍，如不曾读

---

① （宋）朱熹：《四书或问·中庸或问》，朱杰人等主编：《朱子全书》（第六册），上海，上海古籍出版社；合肥，安徽教育出版社，2002，第592页。
② （宋）黎靖德：《朱子语类》（四）卷六十四，北京，中华书局，1986，第1578页。

相似。①

　　"'诚者，物之终始；不诚无物。'做万物看亦得，就事物上看亦得。物以诚为体，故不诚则无此物。终始，是彻头彻尾底意。"问："《或问》中云'自其间断之后，虽有其事，皆无实之可言'，何如？"曰："此是说'不诚无物'。如人做事，未做得一半，便弃了，即一半便不成。"②

　　在朱熹看来，《中庸》所谓"不诚无物"，既是就人道而言，又是就天道而言，是"通理之实、人之实而言。有是理，则有是物；天下之物，皆实理之所为。彻头彻尾，皆是此理所为。未有无此理而有此物也。无是理，则虽有是物，若无是物矣"③。

　　第二，诚所以成己。对于《中庸》讲"诚者，自成也"，郑玄讲"人能至诚，所以'自成'也"，孔颖达认为，人有至诚，就能够成就己身；朱熹则认为，"人之心能无不实，乃为有以自成"。然而，在朱熹看来，"惟圣人之心为至实而无妄，故圣人得诚之名"，而对于未至于圣的常人来说，由于他们未能免于人欲之私，而其为德不能皆诚，所以要行诚之道，要"择善而固执之"，然后可以"诚身"，这就是所谓"诚之者"，即"人之道"。据《中庸或问》所述，

　　曰："然则常人未免于私欲，而无以实其德者，奈何？"曰："……择善而固执之耳。夫于天下之事，皆有以知其如是为善而不能不为，知其如是为恶而不能不去，则其为善去恶之心，固已笃矣。于是而又加以固执之功，虽其不睹不闻之间，亦必戒谨恐惧而不敢懈，则凡所谓私欲者，出而无所施于外，入而无所藏于中，自将消磨泯灭，不得以为吾之病，而吾之德，又何患于不实哉！是则所谓诚之者也。"④

　　《中庸》第二十三章曰："其次致曲，曲能有诚，诚则形，形则著，著则明，明则动，动则变，变则化，唯天下至诚为能化。"朱熹注曰：

---

① （宋）黎靖德：《朱子语类》（四）卷六十四，北京，中华书局，1986，第1578页。
② （宋）黎靖德：《朱子语类》（四）卷六十四，北京，中华书局，1986，第1579～1580页。
③ （宋）黎靖德：《朱子语类》（四）卷六十四，北京，中华书局，1986，第1579页。
④ （宋）朱熹：《四书或问·中庸或问》，朱杰人等主编：《朱子全书》（第六册），上海，上海古籍出版社；合肥，安徽教育出版社，2002，第592～593页。

"其次"，通大贤以下凡诚有未至者而言也。致，推致也；曲，一偏也；形者，积中而发外；著，则又加显矣；明，则又有光辉发越之盛也；动者，诚能动物；变者，物从而变；化，则有不知其所以然者。盖人之性无不同，而气则有异，故惟圣人能举其性之全体而尽之。"其次"则必自其善端发见之偏，而悉推致之，以各造其极也。曲无不致，则德无不实，而形、著、动、变之功自不能已。积而至于能化，则其至诚之妙，亦不异于圣人矣。①

朱熹认为，那些"诚有未至"的贤人，由于气禀不同，而发见有偏，但是，能"自其善端发见之偏，而悉推致之，以各造其极也"，也能够"不异于圣人"，这就是所谓"致曲"。他还认为，如果能够"就事上事事推致。且如事父母，便就这上致其孝；处兄弟，便致其恭敬；交朋友，便致其信"，那么，"则能诚矣"。② 朱熹还说：

人性虽同，而气禀或异。自其性而言之，则人自孩提，圣人之质悉已完具；以其气而言之，则惟圣人为能举其全体而无所不尽。……若其次，则善端所发，随其所禀之厚薄，或仁或义，或孝或弟，而不能同矣。自非各因其发见之偏，一一推之，以至乎其极，使其薄者厚而异者同，则不能有以贯通乎全体而复其初。③

另据《朱子语类》载，

问："'其次致曲'，是'就其善端发见之偏而悉推致之'，如何？"曰："随其善端发见于此，便就此上推致以造其极；发见于彼，便就彼上推致以造其极，非是止就其发见一处推致之也。……如从此恻隐处发，便从此发见处推致其极；从羞恶处发，便就此发见处推致其极，孟子所谓扩充其四端是也。曲无不致，则德无不实，而明著动变积而至于能化，亦与圣人至诚

① （宋）朱熹：《四书章句集注·中庸章句》，北京，中华书局，1983，第33页。
② （宋）黎靖德：《朱子语类》（四）卷六十四，北京，中华书局，1986，第1572页。
③ （宋）朱熹：《四书或问·中庸或问》，朱杰人等主编：《朱子全书》（第六册），上海，上海古籍出版社；合肥，安徽教育出版社，2002，第596页。

无异矣。"①

　　元德问"其次致曲，曲能有诚"。曰："凡事皆当推致其理，所谓'致曲'也。如事父母，便来这里推致其孝；事君，便推致其忠；交朋友，便推致其信。凡事推致，便能有诚。曲不是全体，只是一曲。人能一一推之，以致乎其极，则能通贯乎全体矣。"②

在朱熹看来，从"其善端发见之偏"而推致以造其极，就能够自"偏"而"全"，"亦与圣人至诚无异"。

　　第三，成己自然及物。如前所述，《中庸》讲"诚者，非自成己而已也，所以成物也"，朱熹则说："诚虽所以成己，然既有以自成，则自然及物。"他还说：

　　　　凡应接事物之来，皆当尽吾诚心以应之，方始是有这个物事。且干一件事，自家心不在这上，这一事便不成，便是没了这事。如读书，自家心不在此，便是没这书。

　　　　物，只是眼前事物，都唤做物。若诚实，方有这物。若口里说庄敬，肚里自慢忽，口里说诚实，肚里自狡伪，则所接事物还似无一般。须是实见得是，实见得非，截定而不可易，方有这物。且如欲为善，又有个为恶意思；欲为是，又有为非意思；这只是不实，如何会有物！③

朱熹认为，诚者，既能成己，又能够成物，而且，必先成己，然后能成物；同时，成己应当成物，成己与成物无内外之别。他说：

　　　　"诚者非自成己而已。"此"自成"字与前面不同。盖怕人只说"自成"，故言"非自成己，乃所以成物"。故成己便以仁言，成物便以知言。盖成己、成物，固无内外之殊，但必先成己，然后能成物，此道之所以当自行也。④

　　　　成己方能成物，成物在成己之中。须是如此推出，方能合

①　（宋）黎靖德：《朱子语类》（四）卷六十四，北京，中华书局，1986，第1573页。
②　（宋）黎靖德：《朱子语类》（四）卷六十四，北京，中华书局，1986，第1574页。
③　（宋）黎靖德：《朱子语类》（二）卷二十一，北京，中华书局，1986，第504页。
④　（宋）黎靖德：《朱子语类》（四）卷六十四，北京，中华书局，1986，第1580～1581页。

义理。圣贤千言万语，教人且从近处做去。①

另据《朱子语类》载，

> 问："诚者非自成己而已也，所以成物也。成己，仁也；成物，知也。"曰："诚虽所以成己，然在我真实无伪，自能及物。自成己言之，尽己而无一毫之私伪，故曰仁；自成物言之，因物成就而各得其当，故曰知。"
>
> 问："'成己，仁也；成物，知也。'成物如何说知？"曰："须是知运用，方成得物。"②

所以，在朱熹看来，无论成己之仁，还是成物之知，"皆吾性之固有，而无内外之殊"，这就把成己与成物统一起来，并归于"诚"。

朱熹把成己与成物统一于"诚"的思想，对后世影响很大，并被广为接受。朱熹后学饶鲁说："成己成物、己与物，虽有内外之殊，而仁、知之德，则具于己性分之内，乃合内外而为一底道理"；"起头说诚自成，其下说成物；说道自道，其下说合内外之道。见得诚不但成己，道不但自道，又能成物，而合内外之道也"。③ 王祎（1322—1373 年，字子充，号华川）亦为朱熹后学。④ 他说："君子之为学，学乎圣贤之道者也。圣贤之道，成己、成物而已矣。是故不有以成己，则无以立其本；不有以成物，则无以措诸用。穷理尽性以至于命者，成己之道也；及推而至天地位、万物育，则成物之道也。然自一己以对天下，本末虽殊，而非二致，由下学而底上达，精粗虽异，而皆一理。"⑤明清之际的王夫之指出："君子知人心固有其诚，而非自成之，则于物无以为之终始而无物；则吾诚之之功，所以凝其诚而行乎道，……则所贵者，必在己之'自成'而'自道'也，惟君子之能诚之也。诚之，则有其诚矣。有其诚，则非但'成己'，而亦以成物矣。以此，诚也者，原足以成己，而无不足于成物，则诚之而底于成，其必成物审矣。成己者，仁之体也。成物者，知之用也。天命之性，固有之德也；而能成己焉，则是仁之体立也；能成物焉，则

---

① （宋）黎靖德：《朱子语类》（一）卷八，北京，中华书局，1986，第 131 页。
② （宋）黎靖德：《朱子语类》（四）卷六十四，北京，中华书局，1986，第 1581 页。
③ （明）胡广：《四书大全·中庸章句大全下》，文渊阁四库全书本。
④ 朱熹传门人徐侨，再传叶由庚，三传王炎泽，四传黄溍，五传王祎。
⑤ （明）王祎：《王忠文公集》卷十一《崆峒山房记》，文渊阁四库全书本。

是知之用行也。仁、知咸得，则是复其性之德也。统乎一诚，而己、物胥成焉，则同此一道，而外内固合焉。"①显然，这些都是对朱熹关于成己与成物统一于"诚"的思想的进一步阐释。

①　（明）王夫之：《读四书大全说》卷三《中庸》，《船山全书》（第六册），长沙，岳麓书社，1991，第553～554页。

第八章　"尊德性而道问学"

　　黄宗羲曾在《宋元学案·象山学案》中说："先生（陆九渊）之学，以尊德性为宗，谓'先立乎其大，而后天之所以与我者，不为小者所夺。夫苟本体不明，而徒致功于外索，是无源之水也'。同时紫阳（朱熹）之学，则以道问学为主，谓'格物穷理，乃吾人入圣之阶梯。夫苟信心自是，而惟从事于覃思，是师心之用也'。"①于是，有些学者以为朱陆之异在于陆九渊"以尊德性为宗"，朱熹"以道问学为主"。其实，在朱熹那里，"尊德性"与"道问学"是相互联系、不可分离的。

　　《中庸》第二十七章曰："君子尊德性而道问学，致广大而尽精微，极高明而道中庸，温故而知新，敦厚以崇礼。"朱熹注曰：

　　　　尊德性，所以存心而极乎道体之大也；道问学，所以致知而尽乎道体之细也。二者修德凝道之大端也。不以一毫私意自蔽，不以一毫私欲自累，涵泳乎其所已知，敦笃乎其所已能，此皆存心之属也。析理则不使有毫厘之差，处事则不使有过不及之谬，理义则日知其所未知，节文则日谨其所未谨，此皆致知之属也。盖非存心无以致知，而存心者又不可以不致知。②

应当说，在朱熹《中庸章句》中，"尊德性"与"道问学"并没有明确的轻重、先后之分；所谓"尊德性而道问学"，更多的是强调二者的不可分离。

第一节　"尊德性"与"道问学"

　　孔子讲"仁"，同时还讲"礼"。据《论语·颜渊》载，颜渊问"仁"。子曰："克己复礼，为仁。一日克己复礼，天下归仁焉。为仁由己，而由仁乎哉？"颜渊曰："请问其目？"子曰："非礼勿视，非礼勿听，非礼勿言，非礼勿动。"孔子讲"礼"，因而要求"知礼"，《论语·尧曰》载孔子曰："不

---

①　（清）黄宗羲、全祖望：《宋元学案》（第三册）卷五十八《象山学案》，北京，中华书局，1986，第1885页。

②　（宋）朱熹：《四书章句集注·中庸章句》，北京，中华书局，1983，第35～36页。

知命，无以为君子也。不知礼，无以立也。不知言，无以知人也。"所以，孔子讲"知"。为了要"知"，孔子又讲"学"，《论语·述而》载孔子曰："志于道，据于德，依于仁，游于艺。"这里的"游于艺"，就是要学习礼、乐、射、御、书、数此六艺。所以，《论语·颜渊》载孔子曰："博学于文，约之以礼，亦可以弗畔矣夫。"《论语·宪问》载孔子曰："不怨天，天尤人；下学而上达。"可见，孔子既讲"仁"，又讲"知"，讲"仁"、"知"统一；既讲"德"，又讲"学"，讲"德"、"学"统一。

《中庸》第二十七章讲"君子尊德性而道问学"，郑玄注曰："德性，谓性至诚者。道，犹由也。问学，学诚者也。"孔颖达疏曰："此经明贤人学而至诚也。'君子尊德性'者，谓君子贤人尊敬此圣人道德之性，自然至诚也。'而道问学'者，言贤人行道由于问学，谓勤学乃致至诚也。"①张载说："尊德性，犹据于德，德性须尊之。道，行也；问，问得者；学，行得者；犹学问也。尊德性，须是将前言往行、所闻所知以参验，恐行有错。""今且只将尊德性而道问学为心，日自求于问学有所背否，于德性有所懈否。此义亦是博文约礼，下学上达。"②吕大临说："道之在我者，德性而已，不先贵乎此，则所谓问学者，不免乎口耳为人之事矣。道之全体者，广大而已。"③游酢说："惩忿窒欲，闲邪存诚，此尊德性也。非学以聚之、问以辨之，则择善不明矣。故继之以道问学。"④朱熹则以"存心"释"尊德性"，以"致知"释"道问学"，所谓"尊德性，所以存心而极乎道体之大也；道问学，所以致知而尽乎道体之细也"。

《中庸》第二十七章除了讲"君子尊德性而道问学"，还讲"致广大而尽精微，极高明而道中庸，温故而知新，敦厚以崇礼"。朱熹把这五句结合起来，指出：

> "尊德性、致广大、极高明、温故、敦厚"，皆是说行处；
> "道问学、尽精微、道中庸、知新、崇礼"，皆是说知处。⑤
> "尊德性、致广大、极高明、温故、敦厚"，只是"尊德性"；

① 《礼记正义》卷五十三《中庸》，（清）阮元校刻：《十三经注疏》（下册），北京，中华书局，1980，第1633页。
② （宋）卫湜：《礼记集说》卷一百三十四，文渊阁四库全书本。
③ （宋）吕大临：《礼记解·中庸》，陈俊民辑校：《蓝田吕氏遗著辑校》，北京，中华书局，1993，第304页。
④ （宋）游酢：《游鹰山集》卷一《中庸义》，文渊阁四库全书本。
⑤ （宋）黎靖德：《朱子语类》（四）卷六十四，北京，中华书局，1986，第1586页。

"尽精微、道中庸、知新、崇礼",只是"道问学"。①

> 德性也、广大也、高明也、故也、厚也,道之大也。问学
> 也、精微也、中庸也、新也、礼也,道之小也。尊之、道之、
> 致之、尽之、极之、道之、温之、知之、敦之、崇之,所以修
> 是德而凝是道也。②

所以,朱熹《中庸章句》说:"此五句,大小相资,首尾相应,圣贤所示入
德之方,莫详于此,学者宜尽心焉。"③

同时,朱熹还认为,在这五句中,"尊德性而道问学"一句是纲,而
统领其余四句。他说:

> "尊德性而道问学"一句是纲领。此五句,上截皆是大纲工
> 夫,下截皆是细密工夫。"尊德性",故能"致广大、极高明、温
> 故、敦厚"。"温故"是温习此,"敦厚"是笃实此。"道问学",故
> 能"尽精微、道中庸、知新、崇礼"。④

> 自"尊德性"而下,虽是五句,却是一句总四句;虽是十件,
> 却两件统八件。……"尊德性,道问学",这一句为主,都总得
> '致广大,尽精微;极高明,道中庸;温故,知新;敦厚,崇
> 礼',四句。⑤

关于"尊德性"与"道问学"的关系,朱熹大体认为,二者不可偏颇。
早在乾道三年(1167年),朱熹在《答王龟龄》中就说:

> 古之君子"尊德性"矣,而必曰"道问学";"致广大"矣,必
> 曰"尽精微";"极高明"矣,必曰"道中庸";"温故知新"矣,必
> 曰"敦厚崇礼"。盖不如是,则所学所守必有偏而不备之处。惟
> 其如是,是故居上而不骄,为下而不倍,有道则足以兴,无道
> 则足以容,而无一偏之蔽也。熹之区区以此深有望于门下,盖
> 所谓德性、广大、高明、知新者,必有所措,而所谓问学、精

---

① (宋)黎靖德:《朱子语类》(四)卷六十四,北京,中华书局,1986,第1588页。
② (宋)朱熹:《四书或问·中庸或问》,朱杰人等主编:《朱子全书》(第六册),上海,上海古籍出版社;合肥,安徽教育出版社,2002,第601页。
③ (宋)朱熹:《四书章句集注·中庸章句》,北京,中华书局,1983,第36页。
④ (宋)黎靖德:《朱子语类》(四)卷六十四,北京,中华书局,1986,第1590页。
⑤ (宋)黎靖德:《朱子语类》(七)卷一百一十八,北京,中华书局,1986,第2861页。

微、中庸、崇礼者，又非别为一事也。①

后来，朱熹还说：

> 圣贤之学，事无大小，道无精粗，莫不穷究无余。至如事之切身者，固未尝不加意；而事之未为紧要，亦莫不致意焉。所以《中庸》曰："君子尊德性而道问学，致广大而尽精微，极高明而道中庸，温故而知新，敦厚以崇礼。"这五句十件事，无些子空阙处。②

> "尊德性"至"敦厚"，此上一截，便是浑沦处；"道问学"至"崇礼"，此下一截，便是详密处。道体之大处直是难守，细处又难穷究。若有上面一截，而无下面一截，只管道是我浑沦，更不务致知，如此则茫然无觉。若有下面一截，而无上面一截，只管要纤悉皆知，更不去行，如此则又空无所寄。③

> 子思做《中庸》，大段周密不易，他思量如是。"德性"五句，须是许多句方该得尽，然第一句为主。"致广大、极高明、温故、敦厚"，此上一截是"尊德性"事；如"道中庸、尽精微、知新、崇礼"，此下一截是"道问学"事。都要得纤悉具备，无细不尽，如何只理会一件？④

需要指出的是，朱熹讲"尊德性"与"道问学"，往往与《论语·雍也》所载孔子曰"君子博学于文，约之以礼，亦可以弗畔矣夫"，以及《论语·子罕》所载颜渊曰"夫子循循然善诱人，博我以文，约我以礼"相对应。朱熹说：

> 圣人之教学者，不过博文约礼两事尔。博文，是"道问学"之事，于天下事物之理，皆欲知之；约礼，是"尊德性"之事，于吾心固有之理，无一息而不存。⑤

---

① （宋）朱熹：《晦庵先生朱文公文集》卷三十七《答王龟龄》，四部丛刊初编本。参见陈来：《朱子书信编年考证》，上海，上海人民出版社，1989，第40页。
② （宋）黎靖德：《朱子语类》（四）卷六十四，北京，中华书局，1986，第1589页。
③ （宋）黎靖德：《朱子语类》（四）卷六十四，北京，中华书局，1986，第1590页。
④ （宋）黎靖德：《朱子语类》（七）卷一百一十八，北京，中华书局，1986，第2851页。
⑤ （宋）黎靖德：《朱子语类》（二）卷二十四，北京，中华书局，1986，第569页。

在这里，朱熹把"博文"、"约礼"分别与"道问学"、"尊德性"联系起来。

关于"博文"与"约礼"的关系，朱熹强调二者不可分离，指出：

> 若博学而不约之以礼，安知不畔于道？徒知要约而不博学，则所谓约者，未知是与不是，亦或不能不畔于道也。
>
> 若博文而不约之以礼，便是无归宿处。如读《书》，读《诗》，学《易》，学《春秋》，各自有一个头绪。若只去许多条目上做工夫，自家身己都无归著，便是离畔于道也。①
>
> "博我以文，约我以礼"，圣门教人，只此两事，须是互相发明。约礼底工夫深，则博文底工夫愈明，博文底工夫至，则约礼底工夫愈密。②

所以，朱熹还说："'尊德性、道问学'一段，'博我以文，约我以礼'，两边做工夫都不偏。"③

朱熹在讲"尊德性"与"道问学"二者不可偏颇的同时，较为重视"尊德性"，认为"尊德性"是一个"坯子"，"有这坯子，学问之功方有措处"④，并且指出："不'尊德性'，则懈怠弛慢矣，学问何从而进？"⑤而且，朱熹赞同张载的说法："'尊德性而道问学，致广大而尽精微，极高明而道中庸'，皆逐句为一义。上言重，下语轻。"⑥指出："张子所论逐句为义一条，其为切于文义。"⑦朱熹还说：

> 为学纤毫丝忽，不可不察。若小者分明，大者越分明。如《中庸》说"发育万物，峻极于天"，大也；"礼仪三百，威仪三千"，细也。"尊德性、致广大、极高明、温故、敦厚"，此是大者五事；"道问学、尽精微、道中庸、知新、崇礼"，此是小者五事。然不先立得大者，不能尽得小者。⑧

---

① （宋）黎靖德：《朱子语类》（三）卷三十三，北京，中华书局，1986，第832~833页。
② （宋）黎靖德：《朱子语类》（三）卷三十六，北京，中华书局，1986，第963页。
③ （宋）黎靖德：《朱子语类》（四）卷六十四，北京，中华书局，1986，第1589页。
④ （宋）黎靖德：《朱子语类》（四）卷六十四，北京，中华书局，1986，第1588页。
⑤ （宋）黎靖德：《朱子语类》（四）卷六十四，北京，中华书局，1986，第1585页。
⑥ （宋）卫湜：《礼记集说》卷一百三十四，文渊阁四库全书本。
⑦ （宋）朱熹：《四书或问·中庸或问》，朱杰人等主编：《朱子全书》（第六册），上海，上海古籍出版社；合肥，安徽教育出版社，2002，第600页。
⑧ （宋）黎靖德：《朱子语类》（四）卷六十四，北京，中华书局，1986，第1588页。

> "尊德性、致广大、极高明、温故、敦厚",是一头项;"道
> 问学、尽精微、道中庸、知新、崇礼",是一头项。盖能尊德
> 性,便能道问学,所谓本得而末自顺也。其余四者皆然。本即
> 所谓"礼仪三百",末即所谓"威仪三千"。"三百"即"大德敦化"
> 也,"三千"即"小德川流"也。①

在这里,朱熹明确把"尊德性"视为"大者",而把"道问学"视为"小者",认为"不先立得大者,不能尽得小者";又讲"能尊德性,便能道问学",明显是较为强调"尊德性"。而且,朱熹还明确讲"以尊德性为本"、"以尊德性为主"。他说:

> 大抵此学以尊德性、求放心为本,而讲于圣贤亲切之训以
> 开明之,此为要切之务。若通古今、考世变,则亦随力所至,
> 推广增益,以为补助耳。不当以彼为重,而反轻凝定收敛之实、
> 少圣贤亲切之训也。②
> 君子之学,既能尊德性以全其大,便须道问学以尽其小。
> 其曰致广大、极高明、温故而敦厚,则皆"尊德性"之功也;其
> 曰尽精微、道中庸、知新而崇礼,则皆"道问学"之事也。学者
> 于此,固当以尊德性为主,然于道问学,亦不可不尽其力,要
> 当使之有以交相滋益,互相发明,则自然该贯通达,而于道体
> 之全无欠阙处矣。③

当然,朱熹讲"以尊德性为本"、"以尊德性为主",同样也十分重视"道问学",强调二者"交相滋益、互相发明"。他还说:"此本是两事,细分则有十事。其实只两事,两事又只一事。只是个'尊德性',却将个'尊德性'来'道问学',所以说'尊德性而道问学'也。"④由此可见,既讲"以尊德性为本"、"以尊德性为主",又讲"尊德性"与"道问学"二者"交相滋益、互相发明",这是朱熹在"尊德性"与"道问学"关系上的基本看法。

---

① (宋)黎靖德:《朱子语类》(四)卷六十四,北京,中华书局,1986,第 1588~1589 页。
② (宋)朱熹:《晦庵先生朱文公集》卷四十七《答吕子约》(二十四),四部丛刊初编本。
③ (宋)朱熹:《晦庵先生朱文公集》卷七十四《玉山讲义》,四部丛刊初编本。
④ (宋)黎靖德:《朱子语类》(四)卷六十四,北京,中华书局,1986,第 1589 页。

第二节　朱陆"鹅湖之会"

讨论朱熹对于"尊德性"与"道问学"二者关系的看法，不能不回顾朱陆"鹅湖之会"。如前所述，淳熙二年(1175年)，朱熹与吕祖谦共同编订《近思录》。该书逐篇纲目为：(一)道体；(二)为学大要；(三)格物穷理；(四)存养；(五)改过迁善，克己复礼；(六)齐家之道；(七)出处、进退、辞受之义；(八)治国、平天下之道；(九)制度；(十)君子处事之方；(十一)教学之道；(十二)改过及人心疵病；(十三)异端之学；(十四)圣贤气象。① 其中第一卷"论性之本原、道之体统"；第二卷"总论为学之要。盖尊德性矣，必道问学"；第三卷"论致知。知之至而后有以行之"；第四卷"论存养。盖穷格之虽至，而涵养之不足，则其知将日昏，而亦何以为力行之地哉！"第五卷"论力行。盖穷理既明，涵养既厚，及推于行已之间，尤当尽其克治之力也"。② 由此可见，《近思录》实际上建立了以"道问学"为先的学术体系。

《近思录》编成之后，吕祖谦便邀陆九渊(1139—1193年，字子静，号存斋，世称象山先生)以及其兄陆九龄(1132—1180年，字子寿，世称复斋先生)，至信州鹅湖寺(今位于江西铅山)与朱熹会面。这就是所谓"鹅湖之会"。

在"鹅湖之会"前，朱熹对陆九渊的为学已有所闻。淳熙元年(1174年)，朱熹在《答吕子约》(十五)中说："陆子静之贤，闻之盖久。然似闻有脱略文字、直趋本根之意。不知其与《中庸》学、问、思、辨然后笃行之旨又如何耳。"③在《答吕子约》(十七)中，朱熹说："近闻陆子静言论风旨之一二，全是禅学，但变其名号耳。竞相祖习，恐误后生。恨不识之，不得深扣其说，因献所疑也。"④

淳熙二年(1175年)，朱陆会于鹅湖。起初，陆氏兄弟赋诗攻讦朱熹，其中有："易简功夫终久大，支离事业竟浮沉"；"欲知自下升高处，真伪先须辨只今"。陆氏兄弟说朱熹的学问为"支离事业"，为"伪"学问，

---

① (宋)黎靖德：《朱子语类》(七)卷一百五，北京，中华书局，1986，第2629页。
② (宋)朱熹、吕祖谦：《近思录》卷一，文渊阁四库全书本。
③ (宋)朱熹：《晦庵先生朱文公文集》卷四十七《答吕子约》(十五)，四部丛刊初编本。参见陈来：《朱子书信编年考证》，上海，上海人民出版社，1989，第127页。
④ (宋)朱熹：《晦庵先生朱文公文集》卷四十七《答吕子约》(十七)，四部丛刊初编本。参见陈来：《朱子书信编年考证》，上海，上海人民出版社，1989，第127页。

令朱熹不悦，而临时休会。① 有关此后几日所讨论的内容，据陆九渊《年谱》载，随陆九渊赴"鹅湖之会"的门人朱亨道（生卒年不详，名泰卿）云："鹅湖之会，论及教人。元晦之意，欲令人泛观博览，而后归之约。二陆之意，欲先发明人之本心，而后使之博览。朱以陆之教人为太简，陆以朱之教人为支离，此颇不合。先生更欲与元晦辩，以为尧舜之前何书可读？复斋止之。"②在朱亨道看来，朱熹当时的为学是先"博文"而后"约礼"，而不同于陆九渊"先发明人之本心，而后使之博览"。

"鹅湖之会"后，朱熹与陆九渊多有交流，双方的对立有所缓解。淳熙七年（1180 年），朱熹在《答林择之》（二十六）中说："陆子寿兄弟近日议论，却肯向讲学上理会。其门人有相访者，气象皆好，但其间亦有旧病。此间学者，却是与渠相反，初谓只如此讲学渐涵，自能入德，不谓末流之弊只成说话，至于人伦日用最切近处，亦都不得毫毛气力，此不可不深惩而痛警也。"③同年，朱熹还在《与吴茂实》（一）中说："近来自觉向时工夫止是讲论文义，以为积集义理，久当自有得力处，却于日用功夫全少点检。诸朋友往往亦只如此做工夫，所以多不得力。今方深省而痛惩之，亦愿与诸同志勉焉。……陆子寿兄弟近日议论与前大不同，却方要理会讲学。其徒有曹立之、万正淳者来相见，气象皆尽好，却是先于情性持守上用力，此意自好。但不合自主张太过，又要得省发觉悟，故流于怪异耳。若去其所短、集其所长，自不害为入德之门也。"④

淳熙十年（1183 年），朱熹在《答项平父》（二）中说：

> 大抵子思以来，教人之法，惟以尊德性、道问学两事为用力之要。今子静所说，专是尊德性事，而熹平日所论，却是问学上多了。所以为彼学者，多持守可观，而看得义理全不子细，又别说一种杜撰道理，遮盖不肯放下。而熹自觉虽于义理上不敢乱说，却于紧要为己为人上多不得力，今当反身用力，去短

---

① （宋）陆九渊：《陆九渊集》卷三十四《语录上》，北京，中华书局，1980，第 427～428 页。

② （宋）陆九渊：《陆九渊集》卷三十六《年谱》，北京，中华书局，1980，第 491 页。

③ （宋）朱熹：《晦庵先生朱文公文集》卷四十三《答林择之》（二十六），四部丛刊初编本。参见陈来：《朱子书信编年考证》，上海，上海人民出版社，1989，第 180～181 页。

④ （宋）朱熹：《晦庵先生朱文公文集》卷四十四《与吴茂实》（一），四部丛刊初编本。参见陈来：《朱子书信编年考证》，上海，上海人民出版社，1989，第 181 页。

集长，庶几不堕一边耳。①

对此，陆九渊则指出：“朱元晦欲去两短，合两长，然吾以为不可。既不知尊德性，焉有所谓道问学。”②据陆九渊《语录》载：“朱元晦曾作书与学者云：‘陆子静专以尊德性诲人，故游其门者多践履之士，然于道问学处欠了。某教人岂不是道问学处多了些子？故游某之门者践履多不及之。’观此，则是元晦欲去两短，合两长。然吾以为不可，既不知尊德性，焉有所谓道问学？”③至此，“鹅湖之会”的朱陆之争，被诠释为关于“尊德性”与“道问学”的关系之争。后来，朱熹还对门人说过：“某向来自说得尊德性一边轻了，今觉见未是。”④

需要指出的是，朱熹承认自己在“道问学”上多了，而在“尊德性”上“多不得力”，就是要“去短集长”，以求达到“尊德性”与“道问学”二者的不相偏颇。而陆九渊对朱熹的回应，则是要强调以“尊德性”为先。

淳熙十一年(1184 年)，朱熹在《答吕子约》(二十四)中明确讲“大抵此学以尊德性、求放心为本，而讲于圣贤亲切之训以开明之，此为要切之务”⑤。淳熙十三年(1186 年)，朱熹在《答项平父》(四)中说：“近世学者，务反求者便以博观为外驰，务博观者又以内省为隘狭，左右佩剑，各主一偏，而道术分裂，不可复合，此学者之大病也。”⑥显然，这一时期的朱熹开始强调“以尊德性为本”，明确反对将“尊德性”与“道问学”二者相割裂；而这期间所完成的《中庸章句》，在对“君子尊德性而道问学”的注释中，讲“尊德性，所以存心而极乎道体之大也；道问学，所以致知而尽乎道体之细也”，又讲“非存心无以致知，而存心者又不可以不致知”，似乎也不存在二者有所偏颇的意味。

朱熹晚年更为强调“尊德性”与“道问学”二者的不可偏颇。绍熙二年(1191 年)，朱熹在《答项平父》(五)中说：“大抵人之一心，万理具备，若能存得，便是圣贤，更有何事？然圣贤教人所以有许多门路节次，而

---

① （宋）朱熹：《晦庵先生朱文公文集》卷五十四《答项平父》(二)，四部丛刊初编本。参见陈来：《朱子书信编年考证》，上海，上海人民出版社，1989，第 212 页。

② （宋）陆九渊：《陆九渊集》卷三十六《年谱》，北京，中华书局，1980，第 494 页。

③ （宋）陆九渊：《陆九渊集》卷三十四《语录上》，北京，中华书局，1980，第 400 页。

④ （宋）黎靖德：《朱子语类》(四)卷六十四，北京，中华书局，1986，第 1588 页。

⑤ （宋）朱熹：《晦庵先生朱文公文集》卷四十七《答吕子约》(二十四)，四部丛刊初编本。参见陈来：《朱子书信编年考证》，上海，上海人民出版社，1989，第 220 页。

⑥ （宋）朱熹：《晦庵先生朱文公文集》卷五十四《答项平父》(四)，四部丛刊初编本。参见陈来：《朱子书信编年考证》，上海，上海人民出版社，1989，第 249 页。

未尝教人只守此心者，盖为此心此理虽本完具，却为气质之禀不能无偏。若不讲明体察，极精极密，往往随其所偏，堕于物欲之私而不自知。是以圣贤教人，虽以恭敬持守为先，而于其中又必使之即事即物，考古验今，体会推寻，内外参合。盖必如此，然后见得此心之真，此理之正，而于世间万事，一切言语无不洞然了其白黑。"①在这里，朱熹既认为圣贤教人"以恭敬持守为先"，即以尊德性为先，同时又认为"尊德性"与"道问学"二者应当相互参合。据《朱子语类》载，

> 问："圣人定之以中正仁义而主静。"曰："此是圣人'修道之谓教'处。"因云："今且须涵养。如今看道理未精进，便须于尊德性上用功；于德性上有不足处，便须于讲学上用功。二者须相趱逼，庶得互相振策出来。若能德性常尊，便恁地广大，便恁地光辉，于讲学上须更精密，见处须更分晓。若能常讲学，于本原上又须好。觉得年来朋友于讲学上却说较多，于尊德性上说较少，所以讲学处不甚明了。"②

可见，朱熹不赞同"于讲学上却说较多，于尊德性上说较少"。

绍熙五年（1194 年），朱熹至玉山，讲学于县庠，指出："圣贤教人，始终本末，循循有序，精粗巨细，无有或遗。故才'尊德性'，便有个'道问学'一段事。虽当各自加功，然亦不是判然两事也。……盖道之为体，其大无外，其小无内，无一物之不在焉。"③并且还认为，学者"固当以尊德性为主，然于道问学，亦不可不尽其力，要当使之有以交相滋益，互相发明"。④

庆元五年（1199 年）十一月，陈淳再次拜见朱熹。朱熹对他说：

> 子思说"尊德性"，又却说"道问学"；"致广大"，又却说"尽精微"；"极高明"，又却说"道中庸"；"温故"，又却说"知新"；"敦厚"，又却说"崇礼"，这五句是为学用功精粗，全体说尽了。如今所说，却只偏在"尊德性"上去，拣那便宜多底占了，无"道

---

① （宋）朱熹：《晦庵先生朱文公文集》卷五十四《答项平父》（五），四部丛刊初编本。参见陈来：《朱子书信编年考证》，上海，上海人民出版社，1989，第 327 页。

② （宋）黎靖德：《朱子语类》（六）卷九十四，北京，中华书局，1986，第 2371 页。

③ （宋）朱熹：《晦庵先生朱文公文集》卷七十四《玉山讲义》，四部丛刊初编本。

④ （宋）朱熹：《晦庵先生朱文公文集》卷七十四《玉山讲义》，四部丛刊初编本。

问学"底许多工夫。恐只是占便宜自了之学，出门动步便有碍，做一事不得。今人之患，在于徒务末而不究其本。然只去理会那本，而不理会那末，亦不得。①

这可能是朱熹对于"尊德性而道问学"的最后定论。显然，朱熹既不赞同"只偏在'尊德性'上"，而无"道问学"工夫，"只去理会那本，而不理会那末"；又批评"徒务末而不究其本"，而是主张"尊德性"与"道问学"二者相互促进，相互发明。但需要指出的是，朱熹在这里讲"尊德性"是"本"，"道问学"是"末"。

关于朱陆之辩所涉及"尊德性"与"道问学"的关系问题，王阳明不赞同所谓陆九渊"专以尊德性为主，未免堕于禅学之虚空"的说法，指出："既曰'尊德性'，则不可谓'堕于禅学之虚空'；'堕于禅学之虚空'，则不可谓之'尊德性'矣。""今观《象山文集》所载，未尝不教其徒读书穷理。而自谓'理会文字颇与人异'者，则其意实欲体之于身。其亟所称述以诲人者，曰'居处恭，执事敬，与人忠'，曰'克己复礼'，曰'万物皆备于我，反身而诚，乐莫大焉'，曰'学问之道无他，求其放心而已'，曰'先立乎其大者，而小者不能夺'。是数言者，孔子、孟轲之言也，乌在其为空虚者乎？"同时，王阳明也不同意所谓朱熹"专以道问学为主，未免失于俗学之支离"的说法，指出："既曰'道问学'，则不可谓'失于俗学之支离'；'失于俗学之支离'，则不可谓'道问学'矣。""然晦庵之言，曰'居敬穷理'，曰'非存心无以致知'，曰'君子之心，常存敬畏，虽不见闻，亦不敢忽，所以存天理之本然，而不使离于须臾之顷也'。是其为言虽未尽莹，亦何尝不以尊德性为事？而又乌在其为支离者乎？"对于《中庸》"君子尊德性而道问学"，王阳明说："夫君子之论学，要在得之于心。众皆以为是，苟求之心而未会焉，未敢以为是也；众皆以为非，苟求之心而有契焉，未敢以为非也。心也者，吾所得于天之理也，无间于天人，无分于古今。苟尽吾心以求焉，则不中不远矣。学也者，求以尽吾心也。是故尊德性而道问学，尊者，尊此者也；道者，道此者也。不得于心而惟外信于人以为学，乌在其为学也已！"②

黄宗羲《宋元学案·象山学案》虽然讲陆九渊"以尊德性为宗"，朱熹

---

① （宋）黎靖德：《朱子语类》（七）卷一百一十七，北京，中华书局，1986，第2823～2824页。

② （明）王守仁：《王阳明全集》（上册）卷二十一《答徐成之》，上海，上海古籍出版社，1992，第806～809页。

"以道问学为主",但又说,"考二先生之生平自治,先生(陆九渊)之尊德性,何尝不加功于学古笃行,紫阳之道问学,何尝不致力于反身修德,特以示学者之入门各有先后,曰'此其所以异耳'";"二先生同植纲常,同扶名教,同宗孔、孟。即使意见终于不合,亦不过仁者见仁,知者见知,所谓'学焉而得其性之所近'。原无有背于圣人"。①

关于朱熹与陆九渊在"尊德性"与"道问学"关系上的异同,冯友兰早有过论述,指出:"一般人之论朱陆异同者,多谓朱子偏重道问学;象山偏重尊德性。此等说法,在当时即已有之。然朱子之学之最终目的,亦在于明吾心之全体大用。此为一般道学家共同之目的。故谓象山不十分注重道问学可;谓朱子不注重尊德性不可。"②

应当说,无论是朱熹还是陆九渊,他们在为学上都是既"尊德性"又"道问学"。朱熹早年建立了以"道问学"为先的学术体系,并且在"道问学"上多了,而在"尊德性"上"多不得力",后来则要求"去短集长",以求达到"尊德性"与"道问学"二者的不相偏颇,甚至还提出"以尊德性为本"、"以尊德性为主",认为圣贤教人"以恭敬持守为先",强调"尊德性"与"道问学"二者"交相滋益、互相发明"。所以,简单地讲朱熹偏重于道问学,或认为朱熹主张以道问学为主,都是不准确的。

第三节　如何"尊德性而道问学"

朱熹《中庸章句》讲"尊德性,所以存心而极乎道体之大也;道问学,所以致知而尽乎道体之细也",由此可见,"尊德性",即"存心";"道问学",即"致知"。同时,朱熹认为,"致广大、极高明、温故、敦厚",即"不以一毫私意自蔽,不以一毫私欲自累,涵泳乎其所已知,敦笃乎其所已能",皆存心之属;"尽精微、道中庸、知新、崇礼",即"析理则不使有毫厘之差,处事则不使有过不及之谬,理义则日知其所未知,节文则日谨其所未谨",皆致知之属。而且,朱熹又认为,"非存心无以致知,而存心者又不可以不致知"。

一、"存心"

《孟子·尽心上》引孟子曰:"尽其心者,知其性也;知其性,则知天

---

①　(清)黄宗羲、全祖望:《宋元学案》(第三册)卷五十八《象山学案》,北京,中华书局,1986,第1886~1887页。

②　冯友兰:《中国哲学史》(下册),上海,华东师范大学出版社,2000,第280页。

矣。存其心，养其性，所以事天也。"对于"存其心，养其性"，朱熹注曰："存，谓操而不舍；养，谓顺而不害。"①他还说：

> 孟子说"存其心，养其性"，只是要人常常操守此心，不令放逸，则自能去讲学以明义理，而动静之间，皆有以顺其性之当然也。②

在朱熹看来，"存心"就是"操守此心"。他还说："存得此心，便是要在这里常常照管。若不照管，存养要做甚么用"；"存心不在纸上写底，且体认自家心是何物"。③

孟子讲"存心"，同时又讲"求其放心"。《孟子·告子上》引孟子曰："仁，人心也；义，人路也。舍其路而弗由，放其心而不知求，哀哉！人有鸡犬放，则知求之；有放心，而不知求。学问之道无他，求其放心而已矣。"认为人心会放而散失，应当"求其放心"。对此，朱熹不以为然，说：

> 这个心已放去了，如何会收得转来！只是莫令此心逐物去，则此心便在这里。不是如一件物事，放去了又收回来。……"操则存，舍则亡"，只是操，则此心便存。孟子曰："人有鸡犬放，则知求之；有放心而不知求。"可谓善喻。然鸡犬犹有放失求而不得者。若心，则求著便在这里。只是知求则心便在此，未有求而不可得者。④

> 孟子说："学问之道无他，求其放心而已矣。"可煞是说得切。子细看来，却反是说得宽了。孔子只云："居处恭，执事敬，与人忠。""出门如见大宾，使民如承大祭。"若能如此，则此心自无去处，自不容不存，此孟子所以不及孔子。⑤

朱熹认为，孟子讲"求放心"，不够严密；人之心不会放而散失，因而也无须"求"；只要用心做事，"心自无去处"，当然也就无须"求"。所以，

---

① （宋）朱熹：《四书章句集注·孟子集注》，北京，中华书局，1983，第349页。
② （宋）朱熹：《晦庵先生朱文公文集》卷六十二《答余国秀》（二），四部丛刊初编本。
③ （宋）黎靖德：《朱子语类》（一）卷十二，北京，中华书局，1986，第203～204页。
④ （宋）黎靖德：《朱子语类》（四）卷五十九，北京，中华书局，1986，第1411～1412页。
⑤ （宋）黎靖德：《朱子语类》（四）卷五十九，北京，中华书局，1986，第1410页。

朱熹较多地把孟子"求放心"诠释为"存心",指出:"所谓求放心,只常存此心便是。"①

朱熹讲"存心",往往与"尽心"相对应。他说:

> "尽心、知性、知天",此是致知;"存心、养性、事天",此是力行。②

> 人之所以能尽其心者,以其知其性故也。盖尽心与存心不同。存心即操存求放之事,是学者用力处;尽心则穷理之至,廓然贯通之谓。③

> 若尽心云者,则格物穷理,廓然贯通,而有以极夫心之所具之理也。存心云者,则敬以直内,义以方外,若前所谓精一,操存之道也。④

在这里,朱熹把"尽心"与"格物致知"相联系,又把"存心"与"敬"联系起来。

朱熹非常强调"存心"在于"敬",他说:

> 以敬为主,则内外肃然,不忘不助而心自存。不知以敬为主而欲存心,则不免将一个心把捉一个心,外面未有一事时,里面已是三头两绪,不胜其扰扰矣。⑤

据《朱子语类》载,

> 再问存心。曰:"非是别将事物存心。孔子曰:'居处恭,执事敬,与人忠。'便是存心之法。如说话觉得不是,便莫说;做事觉得不是,便莫做;亦是存心之法。"⑥

在朱熹那里,"尊德性"就是要"存心",因而即在于"敬"。他说:

---

① (宋)黎靖德:《朱子语类》(二)卷十六,北京,中华书局,1986,第316页。
② (宋)黎靖德:《朱子语类》(四)卷六十,北京,中华书局,1986,第1427页。
③ (宋)朱熹:《晦庵先生朱文公文集》卷六十一《答林德久》(六),四部丛刊初编本。
④ (宋)朱熹:《晦庵先生朱文公文集》卷六十七《观心说》,四部丛刊初编本。
⑤ (宋)朱熹:《晦庵先生朱文公文集》卷三十一《答张敬夫》(二十四),四部丛刊初编本。
⑥ (宋)黎靖德:《朱子语类》(一)卷十二,北京,中华书局,1986,第203页。

明道说："圣贤千言万语，只是欲人将已放之心收拾入身来，自能寻向上去。"今且须就心上做得主定，方验得圣贤之言有归着，自然有契。如《中庸》所谓"尊德性"，"致广大"，"极高明"，盖此心本自如此广大，但为物欲隔塞，故其广大有亏；本自高明，但为物欲系累，故于高明有蔽。若能常自省察警觉，则高明广大者常自若，非有所增损之也。①

在朱熹看来，要"尊德性"，"致广大"，"极高明"，就必须"就心上做得主定"，应当"常自省察警觉"，这就是要"敬"。据《朱子语类》载，

文蔚以所与李守约答问书请教。曰："大概亦是如此。只是'尊德性'功夫，却不在纸上，在人自做。自'尊德性'至'敦厚'，凡五件，皆是德性上工夫。自'道问学'至'崇礼'，皆是问学上工夫。须是横截断看。问学工夫，节目却多；尊德性工夫甚简约。且如伊川只说一个'主一之谓敬，无适之谓一'。只是如此，别更无事。"②

曰："何者是德性？何者是问学？"曰："不过是'居处恭，执事敬'，'言忠信，行笃敬'之类，都是德性。至于问学，却煞阔，条项甚多。事事物物皆是问学，无穷无尽。"③

可见，在朱熹看来，"尊德性"就是要"敬"。

二、"致知"

《大学》讲"致知在格物"，朱熹注曰："致，推极也。知，犹识也。推极吾之知识，欲其所知无不尽也。格，至也。物，犹事也。穷至事物之理，欲其极处无不到也。"④尤为重要的是，朱熹《大学章句》还补"格物致知"传，曰：

所谓致知在格物者，言欲致吾之知，在即物而穷其理也。

---

①　(宋)黎靖德：《朱子语类》(一)卷十二，北京，中华书局，1986，第202页。
②　(宋)黎靖德：《朱子语类》(四)卷六十四，北京，中华书局，1986，第1587～1588页。
③　(宋)黎靖德：《朱子语类》(七)卷一百一十八，北京，中华书局，1986，第2860～2861页。
④　(宋)朱熹：《四书章句集注·大学章句》，北京，中华书局，1983，第4页。

盖人心之灵莫不有知，而天下之物莫不有理，惟于理有未穷，故其知有不尽也。是以《大学》始教，必使学者即凡天下之物，莫不因其已知之理而益穷之，以求至乎其极。至于用力之久，而一旦豁然贯通焉，则众物之表里精粗无不到，而吾心之全体大用无不明矣。此谓物格，此谓知之至也。①

在朱熹那里，"格物"之"物"，即指"事物"，为天下之事物，包括道德方面的事物、心理和思维活动，以及自然界事物。他说：

若其用力之方，则或考之事为之著，或察之念虑之微，或求之文字之中，或索之讲论之际，使于身心性情之德、人伦日用之常，以至天地鬼神之变、鸟兽草木之宜，自其一物之中，莫不有以见其所当然而不容己，与其所以然而不可易者。②

朱熹还特别强调格内在的身心性情与格外部的事物不可偏颇。他说："务反求者，以博观为外弛；务博观者，以内省为狭隘，堕于一偏。此皆学者之大病也！"③他还说：

见人之敏者，太去理会外事，则教之使去父慈、子孝处理会，曰："若不务此，而徒欲泛然以观万物之理，则吾恐其如大军之游骑，出太远而无所归。"若是人专只去里面理会，则教之以"求之情性，固切于身，然一草一木亦皆有理"。要之，内事外事，皆是自己合当理会底，但须是六七分去里面理会，三四分去外面理会方可。若是工夫中半时，已自不可。况在外工夫多，在内工夫少耶！此尤不可也。④

朱熹认为，格外部事物较多者，应当加强身心性情、伦理道德方面的修养，而只在身心性情方面下功夫者，则应当多关注外部事物。这里所谓"六七分去里面理会，三四分去外面理会"，既反映出朱熹"内事"与"外

---

① （宋）朱熹：《四书章句集注·大学章句》，北京，中华书局，1983，第6～7页。
② （宋）朱熹：《四书或问·大学或问》，朱杰人等主编：《朱子全书》（第六册），上海，上海古籍出版社；合肥，安徽教育出版社，2002，第527～528页。
③ （宋）黎靖德：《朱子语类》（一）卷九，北京，中华书局，1986，第160页。
④ （宋）黎靖德：《朱子语类》（二）卷十八，北京，中华书局，1986，第406页。

事"不可或缺、皆当理会的思想，又表现了朱熹对于"内事"的略微重视。

朱熹讲"格物致知"，非常重视《中庸》所谓"博学之，审问之，慎思之，明辨之，笃行之"，并注曰：

> 学、问、思、辨，所以择善而为知，学而知也。笃行，所以固执而为仁，利而行也。程子曰："五者废其一，非学也。"①

朱熹还说：

> 大学之道，必以格物致知为先，而于天下之理、天下之书无不博学、审问、谨思、明辨，以求造其义理之极，然后因吾日用之间、常行之道，省察践履，笃志力行。②
>
> 《中庸》所谓博学、审问、谨思、明辨者，皆致知之事，而必以笃行终之，此可见也。苟不从事于学、问、思、辨之间，但欲以"静"为主而待理之自明，则亦没世穷年而无所获矣。③

朱熹特别强调"博学之，审问之，慎思之，明辨之，笃行之"的先后次序，并作了阐述，指出：

> 学之博，然后有以备事物之理，故能参伍之以得所疑而有问；问之审，然后有以尽师友之情，故能反复之以发其端而可思；思之谨，则精而不杂，故能有所自得而可以施其辨；辨之明，则断而不差，故能无所疑惑而可以见于行。行之笃，则凡所学、问、思、辨而得之者，又皆必践其实而不为空言矣。此五者之序也。……盖君子之于天下，必欲无一理之不通，无一事之不能。故不可以不学，而其学不可以不博，及其积累而贯通焉，然后有以深造乎约，而一以贯之。非其博学之初，已有造约之心，而始从事于博以为之地也。至于学而不能无疑，则不可以不问，而其问也或粗略而不审，则其疑不能尽决，而与不问无以异矣，故其问之不可以不审。若曰成心亡而后可进，则是疑之说也，非疑而问、问而审之说也。学也、问也，得于

---

① （宋）朱熹：《四书章句集注·中庸章句》，北京，中华书局，1983，第 31 页。
② （宋）朱熹：《晦庵先生朱文公文集》卷六十《答曾无疑》（五），四部丛刊初编本。
③ （宋）朱熹：《晦庵先生朱文公文集》卷五十《答程正思》（四），四部丛刊初编本。

外者也，若专恃此而不反之心，以验其实，则察之不精，信之
不笃，而守之不固矣。故必思索以精之，然后心与理熟，而彼
此为一。然使其思也，或太多而不专，则亦泛滥而无益，或太
深而不止，则又过苦而有伤，皆非思之善也。故其思也，又必
贵于能谨，非独为反之于身，知其为何事何物而已也。其余则
皆得之，而所论变化气质者，尤有功也。①

当然，这里所谓的次序，只是就逻辑而言；而在实际过程中，朱熹则强
调"博学之，审问之，慎思之，明辨之，笃行之"五者无先后次序。他说：
"夫是五者，无先后，有缓急。不可谓博学时未暇审问，审问时未暇慎
思，慎思时未暇明辨，明辨时未暇笃行。五者从头做将下去，只微有少
差耳，初无先后也。"②

在《中庸章句》所谓"致知之属"中，朱熹非常重视"知新"，要求"日知
其所未知"。他指出："温故然后有以知新，而温故又不可不知新。"③并
且还有诗曰："旧学商量加邃密，新知培养转深沉。"④对于《论语·为政》
引孔子曰："温故而知新，可以为师矣"，朱熹说：

徒能温故，而不能索其义理之所以然者，则见闻虽富，诵
说虽勤，而口耳文字之外，略无毫发意见，譬若无源之水，其
出有穷，亦将何以授业解惑，而待学者无已之求哉？⑤

"温故而知新"，味其语意，乃为温故而不知新者设。不温
故固是间断了。若果无所得，虽温故亦不足以为人师，所以温
故又要知新。惟温故而不知新，故不足以为人师也。这语意在
知新上。⑥

朱熹强调"知新"，因而讲"读书有疑"。他说："读书不能亡疑。"⑦

① （宋）朱熹：《四书或问·中庸或问》，朱杰人等主编：《朱子全书》（第六册），上海，上海古籍出版社；合肥，安徽教育出版社，2002，第593～594页。
② （宋）黎靖德：《朱子语类》（八）卷一百二十一，北京，中华书局，1986，第2941页。
③ （宋）朱熹：《四书或问·中庸或问》，朱杰人等主编：《朱子全书》（第六册），上海，上海古籍出版社；合肥，安徽教育出版社，2002，第601页。
④ （宋）朱熹：《晦庵先生朱文公文集》卷四《鹅湖寺和陆子寿》，四部丛刊初编本。
⑤ （宋）朱熹：《四书或问·论语或问》，朱杰人等主编：《朱子全书》（第六册），上海，上海古籍出版社；合肥，安徽教育出版社，2002，第648页。
⑥ （宋）黎靖德：《朱子语类》（二）卷二十四，北京，中华书局，1986，第575页。
⑦ （宋）朱熹：《晦庵先生朱文公文集》卷三十八《答范文叔》（二），四部丛刊初编本。

"大疑则可大进。"①他还说：

> 学者不可只管守从前所见，须除了，方见新意。如去了浊水，然后清者出焉。
>
> 读书无疑者，须教有疑；有疑者，却要无疑，到这里方是长进。②

朱熹认为，读书之所以有疑，在于"熟读精思"。他说：

> 学者读书，须是于无味处当致思焉。至于群疑并兴，寝食俱废，乃能骤进。③
>
> 大抵观书先须熟读，使其言皆若出于吾之口；继以精思，使其意皆若出于吾之心，然后可以有得尔。然熟读精思既晓得后，又须疑不止如此，庶几有进。若以为止如此矣，则终不复有进也。④
>
> 读书须是子细，逐句逐字要见着落。若用工粗卤，不务精思，只道无可疑处。非无可疑，理会未到，不知有疑尔。⑤
>
> 读书只是且恁地虚心就上面熟读，久之自有所得，亦自有疑处。盖熟读后，自有窒碍，不通处是自然有疑，方好较量。今若先去寻个疑，便不得。⑥

可见，在朱熹看来，"读书有疑"是虚心熟读的结果，而不是在还没有读书之前先找个疑问。他还说：

> 今世上有一般议论，成就后生懒惰。如云不敢轻议前辈、不敢妄立论之类，皆中怠惰者之意。前辈固不敢妄议，然论其行事之是非，何害？固不可凿空立论，然读书有疑，有所见，自不容不立论。其不立论者，只是读书不到疑处耳。⑦

---

① （宋）黎靖德：《朱子语类》（七）卷一百一十五，北京，中华书局，1986，第 2771 页。
② （宋）黎靖德：《朱子语类》（一）卷十一，北京，中华书局，1986，第 186 页。
③ （宋）黎靖德：《朱子语类》（一）卷十，北京，中华书局，1986，第 163 页。
④ （宋）黎靖德：《朱子语类》（一）卷十，北京，中华书局，1986，第 168 页。
⑤ （宋）黎靖德：《朱子语类》（一）卷十，北京，中华书局，1986，第 169 页。
⑥ （宋）黎靖德：《朱子语类》（一）卷十一，北京，中华书局，1986，第 186 页。
⑦ （宋）黎靖德：《朱子语类》（一）卷十一，北京，中华书局，1986，第 190 页。

朱熹认为，读书不立论是由于"懒惰"；"不敢轻议前辈"、"不敢妄立论"是由于读书不到疑处。

朱熹强调读书有疑，并且还认为，读书是一个从有疑到无疑的过程。他说：

> 书始读，未知有疑，其次渐有疑，又其次节节有疑，过了此一番后，疑渐渐释，以至融会贯通，都无可疑，方始是学。①

朱熹讲读书有疑，又讲从有疑到无疑，目的在于立新论，见新意。朱熹非常赞赏张载所说"濯去旧见，以来新意"，并且指出："此说甚当。若不濯去旧见，何处得新意来。"②

三、"存心"与"致知"交相发明

朱熹《中庸章句》强调"存心"与"致知"的相互联系，不可偏颇，所谓"非存心无以致知，而存心者又不可以不致知"。朱熹还说："所谓'存心'者，或读书以求义理，或分别是非以求至当之归"；"遇无事则静坐，有书则读书，以至接物处事，常教此心光呛呛地，便是存心"。③ 又说："人若先以简易存心，不知'博学、审问、慎思、明辨、笃行'，将来便入异端去。"④

朱熹强调二程所谓"涵养须是敬，进学则在致知"，认为"此二言者，体用本末无不该备"⑤，"实学者立身进步之要，而二者之功盖未尝不交相发也"⑥，"如车两轮，如鸟两翼，未有废其一而可行可飞者也"⑦。他还说："主敬者，存心之要；而致知者，进学之功。二者交相发焉，则知日益明，守日益固，而旧习之非，自将日改月化于冥冥之中矣。"⑧朱熹还讲"涵养"与"穷理"不可偏废，指出：

---

① 引自(宋)叶采：《近思录集解》，《近思录》卷三，文渊阁四库全书本。另，张洪、齐熙《朱子读书法》引朱熹曰："读书始读，未知有疑，其次则渐渐有疑，中则节节是疑。过了这一番，疑渐渐释，以至融贯会通，都无可疑，方始是学。"见(宋)张洪、齐熙：《朱子读书法》卷一《熟读精思》，文渊阁四库全书本。
② (宋)黎靖德：《朱子语类》(一)卷十一，北京，中华书局，1986，第186页。
③ (宋)黎靖德：《朱子语类》(七)卷一百一十五，北京，中华书局，1986，第2775页。
④ (宋)黎靖德：《朱子语类》(八)卷一百二十一，北京，中华书局，1986，第2941页。
⑤ (宋)朱熹：《晦庵先生朱文公文集》卷三十五《答刘子澄》(二)，四部丛刊初编本。
⑥ (宋)朱熹：《晦庵先生朱文公文集》卷五十六《答陈师德》(一)，四部丛刊初编本。
⑦ (宋)朱熹：《晦庵先生朱文公文集》卷六十三《答孙敬甫》(一)，四部丛刊初编本。
⑧ (宋)朱熹：《晦庵先生朱文公文集》卷三十八《答徐元敏》，四部丛刊初编本。

盖欲应事，先须穷理，而欲穷理，又须养得心地本原虚静
明澈，方能察见几微、剖析烦乱而无所差□。若只如此终日驰
骛，何缘见得事理分明？程夫子所谓学莫先于致知，又未有致
知而不在敬者，正为此也。①

学者若不穷理，又见不得道理。然去穷理，不持敬，又不
得。不持敬，看道理便都散，不聚在这里。②

若不能以敬养在这里，如何会去致得知。若不能致知，又
如何成得这敬。③

朱熹还说："涵养中自有穷理工夫，穷其所养之理；穷理中自有涵养
工夫，养其所穷之理，两项都不相离"；"涵养、穷索，二者不可废一，
如车两轮，如鸟两翼"；"学者工夫，唯在居敬、穷理二事。此二事互相
发。能穷理，则居敬工夫日益进；能居敬，则穷理工夫日益密"。④ 所
以，他认为，"当各致其力，不可恃此而责彼也"⑤。

同时，朱熹又推崇二程所谓"入道莫如敬，未有能致知而不在敬者"，
指出："敬则心存，心存，则理具于此而得失可验。"⑥并且还说："《大学》
须自格物入，格物从敬入最好。只敬，便能格物。"⑦因此，他进一步指出：

敬者，一心之主宰，而万事之本根也。知其所以用力之方，
则知小学之不能无赖于此以为始；知小学之赖此以始，则夫大
学之不能无赖乎此以为终者，可以一以贯之而无疑矣。盖此心既
立，而由是格物致知以尽事物之理，则所谓尊德性而道问学；由
是诚意正心以修其身，则所谓先立其大者而小者不能夺；由是齐
家治国以及乎天下，则所谓修己以安百姓，笃恭而天下平。是
皆未始一日而离乎敬也，然则敬之一字，岂非圣学始终之要
也哉？⑧

① （宋）朱熹：《晦庵先生朱文公文集·别集》卷三《彭子寿》(一)，四部丛刊初编本。
② （宋）黎靖德：《朱子语类》(一)卷九，北京，中华书局，1986，第151页。
③ （宋）黎靖德：《朱子语类》(三)卷四十五，北京，中华书局，1986，第1162页。
④ （宋）黎靖德：《朱子语类》(一)卷九，北京，中华书局，1986，第149～150页。
⑤ （宋）朱熹：《晦庵先生朱文公文集》卷四十一《答程允夫》(八)，四部丛刊初编本。
⑥ （宋）黎靖德：《朱子语类》(二)卷十八，北京，中华书局，1986，第402页。
⑦ （宋）黎靖德：《朱子语类》(一)卷十四，北京，中华书局，1986，第269页。
⑧ （宋）朱熹：《四书或问·大学或问》，朱杰人等主编：《朱子全书》(第六册)，上海，上
海古籍出版社；合肥，安徽教育出版社，2002，第506～507页。

朱熹还说："圣门之学别无要妙，彻头彻尾只是个'敬'字而已"①；"'敬'之一字，万善根本，涵养省察，格物致知，种种功夫，皆从此出，方有据依"②；"用诚敬涵养为格物致知之本"③；"持敬是穷理之本"④。

但是，朱熹又反对把持敬与致知割裂开来，他说："今所谓持敬，不是将个'敬'字做个好物事样塞放怀里。只要胸中常有此意，而无其名耳。"⑤又说：

> 今人将敬来别做一事，所以有厌倦，为思虑引去。敬只是自家一个心常醒醒便是，不可将来别做一事。又岂可指擎跽曲拳，块然在此而后为敬！……今人将敬、致知来做两事。持敬时只块然独坐，更不去思量；却是今日持敬，明日去思量道理也！岂可如此？但一面自持敬，一面去思虑道理，二者本不相妨。⑥

朱熹还在讨论涵养、致知、力行三者关系时说：

> 涵养、致知、力行三者，便是以涵养做头，致知次之，力行次之。不涵养则无主宰。如做事须用人，才放下或困睡，这事便无人做主，都由别人，不由自家。既涵养，又须致知；既致知，又须力行。若致知而不力行，与不知同。亦须一时并了，非谓今日涵养，明日致知，后日力行也。要当皆以敬为本。敬却不是将来做一个事。今人多先安一个'敬'字在这里，如何做得？敬只是提起这心，莫教放散；恁地，则心便自明。这里便穷理、格物。⑦

可见，朱熹强调持敬，但不是单纯地持敬，而是要把持敬贯穿于格物致知之中。所以，朱熹认为，能持敬，还须格物，否则，就不能致知，

---

①　(宋)朱熹：《晦庵先生朱文公文集》卷四十一《答程允夫》(六)，四部丛刊初编本。

②　(宋)朱熹：《晦庵先生朱文公文集》卷五十《答潘恭叔》(八)，四部丛刊初编本。

③　(宋)黎靖德：《朱子语类》(二)卷十八，北京，中华书局，1986，第407页。

④　(宋)黎靖德：《朱子语类》(一)卷九，北京，中华书局，1986，第150页。

⑤　(宋)黎靖德：《朱子语类》(一)卷十二，北京，中华书局，1986，第212页。

⑥　(宋)黎靖德：《朱子语类》(七)卷一百一十五，北京，中华书局，1986，第2771～2772页。

⑦　(宋)黎靖德：《朱子语类》(七)卷一百一十五，北京，中华书局，1986，第2777页。

因而也不能更好地持敬。据《朱子语类》载,

> 问:"程子云:'未有致知而不在敬者。'盖敬则胸次虚明,
> 然后能格物而判其是非。"曰:"虽是如此,然亦须格物,不使一
> 毫私欲得以为之蔽,然后胸次方得虚明。只一个持敬,也易得
> 做病。若只持敬,不时时提撕着,亦易以昏困。须是提撕,才
> 见有私欲底意思来,便屏去。且谨守着,到得复来,又屏去。
> 时时提撕,私意自当去也。"①
>
> 问:"持敬致知,互相发明否?"曰:"古人如此说,必须是
> 如此。更问他发明与不发明要如何?古人言语写在册子上,不
> 解错了。只如此做工夫,便见得滋味。不做持敬,只说持敬作
> 甚?不做致知,只说致知作甚?"②

所以,朱熹赞同门人万人杰所说:"'君子尊德性而道问学,致广大而尽
精微,极高明而道中庸,温故而知新,敦厚以崇礼',所以示学者之于此
道不可徒志其大而遗其小、得其本而遗其末、驰意于高远而不求夫致知
力行之实也。"③

对于"敬"与"致知"何者为先的问题,朱熹说:

> 涵养、致知,亦何所始?但学者须自截从一处做去。程子:
> "为学莫先于致知。"是知在先。又曰:"未有致知而不在敬者。"
> 则敬也在先。从此推去,只管恁地。④

显然,在朱熹看来,既可以"致知"在先,也可以"敬"在先,根据具体情
况而定。他还认为,涵养与致知"本不可先后,又不可无先后,须当以涵
养为先。若不涵养而专于致知,则是徒然思索;若专于涵养而不致知,
却鹘突去了"⑤。据《朱子语类》载,

> 任道弟问:"《或问》,涵养又在致知之先?"曰:"涵养是合

---

① (宋)黎靖德:《朱子语类》(二)卷十八,北京,中华书局,1986,第402页。
② (宋)黎靖德:《朱子语类》(七)卷一百一十七,北京,中华书局,1986,第2818~2819页。
③ (宋)朱熹:《晦庵先生朱文公文集》卷五十一《答万正淳》(五),四部丛刊初编本。
④ (宋)黎靖德:《朱子语类》(一)卷十二,北京,中华书局,1986,第212页。
⑤ (宋)黎靖德:《朱子语类》(七)卷一百一十五,北京,中华书局,1986,第2771页。

下在先。古人从小以敬涵养，父兄渐渐教之读书，识义理。今
若说待涵养了方去理会致知，也无期限。须是两下用工，也著
涵养，也著致知。伊川多说敬，敬则此心不放，事事皆从此
做去。"①

至于朱熹《大学章句》"格物致知补传"只是讲"格物致知"，而没有论
及"敬"，朱熹说："'敬'已就小学处做了。此处只据本章直说，不必杂在
这里，压重了，不净洁。"②《大学或问》说："昔者圣人……于其始教，为
之小学，而使之习于诚敬，则所以收其放心、养其德性者，已无所不用
其至矣。及其进乎大学，则又使之即夫事物之中，因其所知之理，推而
究之，以各到乎其极，则吾之知识，亦得以周遍精切而无不尽也。"③在
朱熹看来，圣人之教分小学、大学两个阶段，小学"习于诚敬"，以"收其
放心、养其德性"，大学则格物致知。显然，朱熹把"敬"摆在整个为学成
人过程中在先的位置。他还说："盖吾闻之，'敬'之一字，圣学所以成始
而成终者也。为小学者，不由乎此，固无以涵养本原，而谨夫洒扫、应
对、进退之节，与夫六艺之教。为大学者，不由乎此，亦无以开发聪明、
进德修业，而致夫明德、新民之功也。"④在朱熹看来，"'敬'字是彻头彻
尾工夫。自格物、致知至治国、平天下，皆不外此"⑤，持敬涵养贯穿于
为学成人的整个过程。

总之，无论从朱熹《中庸章句》对"尊德性而道问学"的解说来看，还
是就朱陆"鹅湖之会"后朱熹思想的逐渐成熟而言，甚至从朱熹在如何"尊
德性而道问学"问题上强调"存心"与"致知"的不可分离和交相发明来看，
朱熹实际上是主张"尊德性"与"道问学"二者"交相滋益、互相发明"，因
而并不存在孰轻孰重、孰先孰后的问题。

---

① （宋）黎靖德：《朱子语类》（二）卷十八，北京，中华书局，1986，第403～404页。
② （宋）黎靖德：《朱子语类》（二）卷十六，北京，中华书局，1986，第326页。
③ （宋）朱熹：《四书或问·大学或问》，朱杰人等主编：《朱子全书》（第六册），上海，上
　海古籍出版社；合肥，安徽教育出版社，2002，第527页。
④ （宋）朱熹：《四书或问·大学或问》，朱杰人等主编：《朱子全书》（第六册），上海，上
　海古籍出版社；合肥，安徽教育出版社，2002，第506页。
⑤ （宋）黎靖德：《朱子语类》（二）卷十七，北京，中华书局，1986，第371页。

第九章 "至诚"与"至圣"

　　《中庸》既讲"诚"、"至诚",又讲"圣人"、"至圣",并以"诚"作为圣人的内在本质。朱熹《中庸章句》则从天道与人道合一的层面界定"诚",并以此阐释"圣人之德",而且还明确指出:"至诚之道,非至圣不能知;至圣之德,非至诚不能为,则亦非二物矣。"①这就把"至诚"与"至圣"统一起来。

第一节 "诚"为圣人之德

　　据《论语·雍也》载,子贡曰:"如有博施于民而能济众,何如?可谓仁乎?"子曰:"何事于仁!必也圣乎!尧、舜其犹病诸。"对于孔子所言,魏何晏引汉孔安国曰:"君能广施恩惠,济民于患难,尧、舜至圣,犹病其难。"宋邢昺疏曰:"此孔子答子贡之语也。言君能博施济众,何止事于仁!谓不啻于仁,必也为圣人乎!然行此事甚难,尧、舜至圣,犹病之以为难也。"②在孔子看来,"博施于民而能济众"之事,那是圣人才能够做到的;换言之,圣人能够"博施于民而能济众"。至于圣人为什么能够"博施于民而能济众"?孔子并没有予以阐释。

　　《中庸》说:"诚者,天之道也;……诚者,不勉而中,不思而得,从容中道,圣人也。"按照郑玄、孔颖达《礼记正义》的注疏,"'诚者,天之道也',唯圣人能然,谓不勉励而自中当于善,不思虑而自得于善,从容闲暇而自中乎道,以圣人性合于天道自然,故云'圣人也'"③,显然,这是把"诚"看成是圣人的天性,并认为,圣人的"诚"的天性"合于天道自然"。

　　需要指出的是,孔颖达所谓"圣人性合于天道自然"中的"合"是指"符合",圣人之性符合于天道,并不是指二者同为一体。孔颖达疏《中庸》"唯天下至诚,为能尽其性"曰:"'唯天下至诚'者,谓一天下之内,至极

---

　　① (宋)朱熹:《四书章句集注·中庸章句》,北京,中华书局,1983,第39页。
　　② 《论语注疏》卷六《雍也第六》,(清)阮元校刻:《十三经注疏》(下册),北京,中华书局,1980,第2479~2480页。
　　③ 《礼记正义》卷五十三《中庸》,(清)阮元校刻:《十三经注疏》(下册),北京,中华书局,1980,第1632页。

诚信为圣人也。'为能尽其性'者，以其至极诚信，与天地合，故能'尽其性'。"①认为圣人"至极诚信"而与天地符合。又疏"性之德也，合外内之道也"曰："'性之德也'者，言诚者是人五性之德，则仁、义、礼、知、信皆犹至诚而为德，故云'性之德也'。'合外内之道也'者，言至诚之行合于外内之道，无问外内，皆须至诚。于人事言之，有外有内；于万物言之，外内犹上下。上谓天，下谓地。天体高明，故为外；地体博厚闭藏，故为内也。是至诚合天地之道也。"②认为仁、义、礼、智、信，"至诚而为德"，至诚而符合天地之道。此外，孔颖达还疏《周易·乾文言》"夫大人者，与天地合其德，与日月合其明，与四时合其序，与鬼神合其吉凶；先天而天弗违，后天而奉天时"曰："此论大人之德，无所不合，广言所合之事。'与天地合其德'者，庄氏云：谓'覆载'也。'与日月合其明'者，谓照临也。'与四时合其序'者，若赏以春夏、刑以秋冬之类也。'与鬼神合其吉凶'者，若福善祸淫也。'先天而天弗违'者，若在天时之先行事，天乃在后不违，是天合大人也。'后天而奉天时'者，若在天时之后行事，能奉顺上天，是大人合天也。"③由此可见，孔颖达讲天人之"合"，是指圣人之德与天的相符合，而不是"合二而一"。

唐代韩愈说："夫圣人抱诚明之正性，根中庸之正德。"④还说："圣人之德，与天地通，诚发于中，事应于外。"⑤李翱则说："诚者，圣人性之也。"⑥北宋周敦颐明确提出"诚者，圣人之本"⑦，又说："圣，诚而已矣。"朱熹注曰："圣人之所以圣，不过全此实理而已。"⑧朱熹还说："圣人所以圣者，诚而已。"⑨这就把"诚"看作是圣人之所以为圣的本质规定。

朱熹讲"诚"为圣人之德，是以"天人合一"为基础的。在他看来，天地以阴阳五行化生万物，气以成形，天理赋于人和物，而使之有性。但由于人和物气禀的差异，人所禀之气"正且通"，物所禀之气"偏且塞"，

---

① 《礼记正义》卷五十三《中庸》，（清）阮元校刻：《十三经注疏》（下册），北京，中华书局，1980，第1632页。

② 《礼记正义》卷五十三《中庸》，（清）阮元校刻：《十三经注疏》（下册），北京，中华书局，1980，第1633页。

③ 《周易正义》卷一《乾文言》，（清）阮元校刻：《十三经注疏》（上册），北京，中华书局，1980，第17页。

④ （宋）朱熹：《朱文公校昌黎先生集》卷十四《省试颜子不贰过论》，四部丛刊初编本。

⑤ （宋）朱熹：《朱文公校昌黎先生集》卷四十《贺雨表》，四部丛刊初编本。

⑥ （唐）李翱：《李文公集》卷二《复性书上》，四部丛刊初编本。

⑦ （宋）周敦颐：《周敦颐集》卷二《通书·诚上》，北京，中华书局，2009，第13页。

⑧ （宋）周敦颐：《周敦颐集》卷二《通书·诚下》，北京，中华书局，2009，第15页。

⑨ （宋）黎靖德：《朱子语类》（六）卷九十四，北京，中华书局，1986，第2389页。

因而造成人之性与物之性的差别。就人而言，人所禀之气虽然皆为"正且通"，但有清浊厚薄的差异，人之性有全与不全的差异，只有圣人之性与天理完全一致。朱熹《中庸章句》说："盖人之性无不同，而气则有异，故惟圣人能举其性之全体而尽之。"所以，朱熹说："圣人之生，其禀受浑然，气质清明纯粹，全是此理，更不待修为，而自然与天为一。"①还讲"圣人之意即是天地之心"②，"圣人之心与天合一"③，"圣人固与天地同德"④，"圣人与天为一"⑤。显然，在朱熹那里，圣人与天，不仅是相符合，而且是合二而一。

朱熹《中庸章句》从天道与人道合一的层面阐述圣人观，在把"诚"界定为"真实无妄"的同时，把《中庸》"诚者，不勉而中，不思而得，从容中道，圣人也"诠释为："圣人之德，浑然天理，真实无妄，不待思勉而从容中道，则亦天之道也。"又说："圣人不思不勉，而从容中道，无非实理之流行，则圣人与天如一，即天之道也。"⑥从而把圣人之德与天道之"诚"合二而一。

《中庸》第三十一章讲"唯天下至圣"，第三十二章讲"唯天下至诚"，朱熹《中庸章句》第三十二章按语曰："前章言至圣之德，此章言至诚之道。然至诚之道，非至圣不能知；至圣之德，非至诚不能为，则亦非二物矣。"把"诚"看作是圣人之德。

朱熹后学大都持"诚"为圣人之德的看法。朱熹门人陈淳说："'至诚'二字，乃圣人德性地位，万理皆极其真实，绝无一毫虚伪，乃可以当之。"⑦真德秀也说："天地、圣人、诚，天地与圣人只是一'诚'字。诚者，真实无妄之谓也。昼必明，夜必暗，夏必热，冬必寒，春必生，夏必长，亘千万年如一日，不曾有少差缪，此天地之诚也。仁真个仁，义真个义，存于心无一念之不实，见于事无一件之不实，形于言无一句之不实，而百行万善备足无余，此圣人之诚也。天地只是一个'诚'字，万物自然各遂其生。圣人只是一个'诚'字，万事自然各当其理，此乃天地

---

① (宋)黎靖德：《朱子语类》(四)卷六十四，北京，中华书局，1986，第1563页。
② (宋)朱熹：《晦庵先生朱文公文集》卷四十七《答吕子约》(十九)，四部丛刊初编本。
③ (宋)黎靖德：《朱子语类》(六)卷八十四，北京，中华书局，1986，第2184页。
④ (宋)朱熹：《四书或问·论语或问》，朱杰人等主编：《朱子全书》(第六册)，上海，上海古籍出版社；合肥，安徽教育出版社，2002，第885页。
⑤ (宋)黎靖德：《朱子语类》(二)卷二十七，北京，中华书局，1986，第698页。
⑥ (宋)黎靖德：《朱子语类》(四)卷六十四，北京，中华书局，1986，第1564页。
⑦ (宋)陈淳：《北溪字义》卷上《诚》，北京，中华书局，1983，第34页。

圣人之事。"①王柏说:"天道发育,本于一诚。其心生生,其德孔仁。人得此仁,具此全美。本然之性,曰善而已。圣人之本,斯诚独全。真实无妄,其动也天。人秉五常,万善浑浑。其惟诚者,五常之本。"②显然,这些论述都继承了朱熹的思想,从天道与人道合一的层面阐明"诚"为圣人之德。

《中庸》第二十一章曰:"自诚明,谓之性;自明诚,谓之教。诚则明矣,明则诚矣。"郑玄注曰:"自,由也。由至诚而有明德,是圣人之性者也。由明德而有至诚,是贤人学以知之也。有至诚则必有明德,有明德则必有至诚。"孔颖达疏曰:"'自诚明,谓之性'者,此说天性自诚者。自,由也,言由天性至诚,而身有明德,此乃自然天性如此,故'谓之性'。'自明诚,谓之教'者,此说学而至诚,由身聪明,勉力学习,而致至诚,非由天性教习使然,故云'谓之教'。然则'自诚明、谓之性',圣人之德也。'自明诚,谓之教',贤人之德也。'诚则明矣'者,言圣人天性至诚,则能有明德,由至诚而致明也。'明则诚矣'者,谓贤人由身聪明、习学,乃致至诚,故云'明则诚矣'。是诚则能明,明则能诚,优劣虽异,二者皆通有至诚也。"③认为圣人天性至诚,"由至诚而有明德",贤人学以知之,"由明德而有至诚"。

与郑玄、孔颖达的注疏大体一致,朱熹注曰:

> 自,由也。德无不实而明无不照者,圣人之德。所性而有者也,天道也。先明乎善,而后能实其善者,贤人之学。由教而入者也,人道也。诚则无不明矣,明则可以至于诚矣。④

朱熹认为,圣人之德,实而诚,"诚则无不明";贤人之学,先明乎善,"明则可以至于诚"。他还说:"'自诚明,谓之性。'诚,实然之理,此尧舜以上事。学者则'自明诚,谓之教',明此性而求实然之理。经礼三百,曲礼三千,无非使人明此理。"⑤然而重要的是,在朱熹看来,圣人之所以为圣,不仅在于有内在的"诚",而且还在于由"诚"而展开,实现自"诚"而"明"的过程。

---

① (宋)真德秀:《西山先生真文忠公文集》卷第三十一《问忠恕》,四部丛刊初编本。
② (宋)王柏:《鲁斋王文宪公文集》卷六《本斋箴钱府博修史荣满造朝》,《丛书集成续编》第132册,台北,新文丰出版公司,1997,第261页。
③ 《礼记正义》卷五十三《中庸》,(清)阮元校刻:《十三经注疏》(下册),北京,中华书局,1980,第1632页。
④ (宋)朱熹:《四书章句集注·中庸章句》,北京,中华书局,1983,第32页。
⑤ (宋)黎靖德:《朱子语类》(四)卷六十四,北京,中华书局,1986,第1567页。

第二节 "至诚"与"尽性"

《中庸》第二十二章曰："唯天下至诚，为能尽其性；能尽其性，则能尽人之性；能尽人之性，则能尽物之性。"应当说，这段论述旨在强调圣人"至诚"对于"尽其性"、"尽人之性"、"尽物之性"的重要价值。但是，对于这一经文，郑玄注、孔颖达疏《礼记正义·中庸》与朱熹《中庸章句》有着不同的诠释。

郑玄注曰："尽性者，谓顺理之使不失其所也。"孔颖达疏曰："此明天性至诚，圣人之道也。'唯天下至诚'者，谓一天下之内，至极诚信为圣人也。'为能尽其性'者，以其至极诚信，与天地合，故能'尽其性'。既尽其性，则能尽其人与万物之性，是以下云'能尽人之性'。既能尽人性，则能尽万物之性。"①认为圣人"至极诚信"而与天地符合，所以能够尽其性，尽人与万物之性。

朱熹注曰：

> 天下至诚，谓圣人之德之实，天下莫能加也。尽其性者德无不实，故无人欲之私，而天命之在我者，察之由之，巨细精粗，无毫发之不尽也。人、物之性，亦我之性，但以所赋形气不同而有异耳。能尽之者，谓知之无不明而处之无不当也。②

在朱熹看来，所谓"至诚"是指"圣人之德之实，天下莫能加也"，即朱熹门人陈淳所谓"万理皆极其真实，绝无一毫虚伪"。由于圣人之德与天道合二而一，所以"至诚"能够尽其性，尽人与万物之性。

与郑玄、孔颖达的注疏相比，朱熹的注释有着两个重要的差别：其一，郑玄、孔颖达的注疏将"诚"释为"诚信"，意在人道；而在朱熹那里，"诚"被释为"真实无妄"，意在天道与人道的统一。其二，在郑玄、孔颖达那里，人只有像圣人那样"至极诚信"，才能与天地之道相符合，这意味着人性与天地之道并不是同一的；而在朱熹看来，人性为天之所赋，具有与天道相一致的"至诚"，所以，要成为圣人，与天地之道合二而一，就要"尽其性"。

---

① 《礼记正义》卷五十三《中庸》，（清）阮元校刻：《十三经注疏》（下册），北京，中华书局，1980，第1632页。
② （宋）朱熹：《四书章句集注·中庸章句》，北京，中华书局，1983，第32～33页。

朱熹认为，圣人至诚，无人欲之私，所以能够察识并推展天所赋予的本性之全体，"无毫发之不尽"；同时，人与万物为天地所化生，人与物之性源于共同的"天理"，所谓"人、物之性，亦我之性"，所以，能尽己之性，则能尽人之性、尽物之性，达到"知之无不明而处之无不当"。

一、"尽性"

《中庸》讲"性"，讲"天命之谓性"，即天赋于人的本性。在朱熹看来，"尽性"就是尽此本性之全体。所谓"尽"，即朱熹所谓"察之由之"，"知之无不明而处之无不当也"。据《朱子语类》载，

> 问："'至诚尽性，尽人，尽物'，如何是'尽'？"曰："性便是仁义礼智。'尽'云者，无所往而不尽也。尽于此不尽于彼，非尽也；尽于外不尽于内，非尽也。尽得这一件，那一件不尽，不谓之尽；尽得头，不尽得尾，不谓之尽。"①

朱熹还说：

> 且如仁，能尽父子之仁，推而至于宗族，亦无有不尽；又推而至于乡党，亦无不尽；又推而至于一国，至于天下，亦无有不尽。若只于父子上尽其仁，不能推之于宗族，便是不能尽其仁。能推之于宗族，而不能推之于乡党，亦是不能尽其仁。能推之于乡党，而不能推之于一国天下，亦是不能尽其仁。能推于己，而不能推于彼，能尽于甲，而不能尽于乙，亦是不能尽。且如十件事，能尽得五件，而五件不能尽，亦是不能尽。如两件事尽得一件，而一件不能尽，亦是不能尽。只这一事上，能尽其初，而不能尽其终，亦是不能尽；能尽于蚤，而不能尽于暮，亦是不能尽。就仁上推来是如此，义礼智莫不然。然自家一身，也如何做得许多事？只是心里都有这个道理。且如十件事，五件事是自家平生晓得底，或曾做来；那五件平生不曾识，也不曾做，卒然至面前，自家虽不曾做，然既有此道理，便识得破，都处置得下，无不尽得这个道理。……盖圣人通身都是这个真实道理了，拈出来便是道理，东边拈出东边也是道

---

① （宋）黎靖德：《朱子语类》（四）卷六十四，北京，中华书局，1986，第1569页。

理，西边拈出西边也是道理。如一斛米，初间量有十斗，再量过也有十斗，更无些子少欠。若是不能尽其性，如元有十斗，再量过却只有七八斗，少了二三斗，便是不能尽其性。天与你许多道理，本自具足，无些子欠阙，只是人自去欠阙了他底。①

由此可见，朱熹所谓"尽性"，包括两个方面：其一，就是要体察天赋于的内在本性，即仁、义、礼、智，并推展至事事物物，而无所不尽；其二，是要根据其本性，尽可能合理地予以对待和处置。这就是所谓"察之由之"，"知之无不明而处之无不当也"。对此，后来的赵顺孙《中庸纂疏》引陈氏曰："知无不尽，而行亦无不尽，朱子谓察之由之是也。"②胡炳文说："尽，兼知行而言。'察之'者，如'舜明于庶物，察于人伦'是也。'由之'者，如'舜由仁义行，非行仁义'是也。察之无不尽，故于人、物知之无不明；由之无不尽。"③

朱熹还就《中庸》的"尽性"与《孟子》的"尽心"作了比较。《孟子·尽心上》引孟子曰："尽其心者，知其性也；知其性，则知天矣。"朱熹注曰：

> 心者，人之神明，所以具众理而应万事者也。性则心之所具之理，而天又理之所从以出者也。人有是心，莫非全体，然不穷理，则有所蔽而无以尽乎此心之量。故能极其心之全体而无不尽者，必其能穷夫理而无不知者也。既知其理，则其所从出，亦不外是矣。以《大学》之序言之，知性则物格之谓，尽心则知至之谓也。④

朱熹还专门作《尽心说》，指出：

> "尽其心者，知其性也；知其性，则知天矣。"言人能尽其心，则是知其性，能知其性，则知天也。盖天者，理之自然，而人之所由以生者也；性者，理之全体，而人之所得以生者也；心则人之所以主于身而具是理者也。天大无外，而性禀其全，故人之本心，其体廓然，亦无限量，惟其梏于形器之私，滞于

---

① （宋）黎靖德：《朱子语类》（四）卷六十四，北京，中华书局，1986，第1567～1568页。
② （宋）赵顺孙：《大学纂疏·中庸纂疏》，上海，华东师范大学出版社，1992，第240页。
③ （元）胡炳文：《四书通·中庸通》卷三《朱子章句》，文渊阁四库全书本。
④ （宋）朱熹：《四书章句集注·孟子集注》，北京，中华书局，1983，第349页。

闻见之小，是以有所蔽而不尽。人能即事即物，穷究其理，至
于一日会贯通彻而无所遗焉，则有以全其本心廓然之体，而吾
之所以为性与天之所以为天者，皆不外乎此，而一以贯之矣。①

由此可见，朱熹是把《孟子》所谓"尽心"、"知性"与《大学》"格物"、"致
知"联系在一起。

在朱熹看来，《中庸》的"尽性"与《孟子》的"尽心"是不同的。他说：

尽心是知，尽性是行；尽心是见得个浑沦底，尽性是于零
碎事物上见；尽心是见得许多条绪都包在里许，尽性则要随事
看，无一之或遗。且如人之一身，虽未便要历许多事，十事尽
得五事，其余五事心在那上，亦要尽之。其它事，力未必能为，
而有能为之理，亦是尽也。至诚之人，通身皆是实理，无少欠
阙处，故于事事物物无不尽也。②

据《朱子语类》载，

问"尽心、尽性"。曰："尽心云者，知之至也；尽性云者，
行之极也。尽心则知性、知天，以其知之已至也。若存心、养
性，则是致其尽性之功也。"③

或曰："《中庸》之尽性，即《孟子》所谓尽心否?"曰："只差
些子。"……久之，又曰："尽心是就知上说，尽性是就行上说。"
或曰："能尽得真实本然之全体是尽性，能尽得虚灵知觉之妙用
是尽心。"曰："然。尽心就所知上说，尽性就事物上说。事事物
物上各要尽得他道理，较零碎，尽心则浑沦。"盖行处零碎，知
处却浑沦。如尽心，才知些子，全体便都见。又问："尽心了，
方能尽性否?"曰："然。孟子云'尽其心者，知其性也，知性则
知天'，便是如此。"④

朱熹讲"尽性"，特别强调其与"至诚"的相互联系。他说："尽心、尽

① (宋)朱熹：《晦庵先生朱文公文集》卷六十七《尽心说》，四部丛刊初编本。
② (宋)黎靖德：《朱子语类》(四)卷六十四，北京，中华书局，1986，第1569页。
③ (宋)黎靖德：《朱子语类》(四)卷六十，北京，中华书局，1986，第1427页。
④ (宋)黎靖德：《朱子语类》(四)卷六十四，北京，中华书局，1986，第1568～1569页。

性之'尽',不是做功夫之谓。盖言上面功夫已至,至此方尽得耳。《中庸》言'唯天下至诚,为能尽其性',《孟子》言'尽其心者,知其性'是也。"①认为"至诚"则能"尽性"。如前所述,《中庸章句》还注"唯天下至诚为能化"曰:"盖人之性无不同,而气则有异,故惟圣人能举其性之全体而尽之。"以为只有至诚的圣人才能完全尽性,至于"大贤以下凡诚有未至者","则必自其善端发见之偏,而悉推致之,以各造其极也。……积而至于能化,则其至诚之妙,亦不异于圣人矣"。朱熹还说,"所谓'诚'字,连那'尽性'都包在里面,合下便就那根头一尽都尽,更无纤毫欠阙处",至于其他人,"则未能如此,须是事事上推致其诚,逐旋做将去,以至于尽性也"。②

二、尽人、物之性

在朱熹看来,人、物为天地所化生,人、物之性源于共同的"天命之性",所谓"人、物之性,亦我之性",而要尽人、物之性,先要"尽己之性"。他说:

> 万物皆只同这一个原头。圣人所以尽己之性,则能尽人之性、尽物之性,由其同一原故也。若非同此一原,则人自人之性,物自物之性,如何尽得?③

在朱熹看来,就人、物之性源于共同的"天命之性"而言,"尽己之性,则能尽人之性、尽物之性",所以先要尽己之性,他还说:"至诚惟能尽性,只尽性时万物之理都无不尽了。故尽其性,便尽人之性;尽人之性,便尽物之性。"④同时,人之性与物之性"以所赋形气不同而有异",仅仅尽己之性,并不能完全尽人之性、尽物之性,因而要求在"尽己之性"基础上进一步尽人之性、尽物之性,从而达到对人与物的"知之无不明而处之无不当"。

在尽人、物之性方面,朱熹首先要求"知之无不明"。他推崇《中庸》所谓"至诚之道,可以前知",并注曰:"惟诚之至极,而无一毫私伪留于

---

① (宋)黎靖德:《朱子语类》(四)卷六十,北京,中华书局,1986,第1425页。
② (宋)黎靖德:《朱子语类》(四)卷六十四,北京,中华书局,1986,第1573页。
③ (宋)黎靖德:《朱子语类》(四)卷六十二,北京,中华书局,1986,第1490页。
④ (宋)黎靖德:《朱子语类》(二)卷十七,北京,中华书局,1986,第381页。

心目之间者，乃能有以察其几焉。"①据《朱子语类》载，

> 问"至诚之道，可以前知"。曰："在我无一毫私伪，故常虚明，自能见得。如祯祥、妖孽与蓍龟所告，四体所动，皆是此理已形见，但人不能见耳。圣人至诚无私伪，所以自能见得。且如蓍龟所告之吉凶甚明，但非至诚人却不能见也。"②

可见，在朱熹看来，圣人至诚，"无一毫私伪"，所以能够知万物之变化，达到"知之无不明"。

朱熹不仅要求"知之无不明"，而且更强调"处之无不当"，要求根据人、物之性的不同而使之各得其所。据《朱子语类》载，

> 问："至诚尽人、物之性，是晓得尽否？"曰："非特晓得尽，亦是要处之尽其道。若凡所以养人教人之政，与夫利万物之政，皆是也。故下文云：'赞天地之化育，而与天地参矣！'若只明得尽，如何得与天地参去？"③

显然，在讲尽人、物之性时，朱熹较为强调"处之尽其道"，他说：

> 如"能尽人之性"，人之气禀有多少般样，或清或浊，或昏或明，或贤或鄙，或寿或夭，随其所赋，无不有以全其性而尽其宜，更无些子欠阙处。是他元有许多道理，自家一一都要处置教。如"能尽物之性"，如鸟兽草木有多少般样，亦莫不有以全其性而遂其宜。④
> 至于尽人，则凡或仁或鄙，或夭或寿，皆有以处之，使之各得其所。至于尽物，则鸟兽虫鱼，草木动植，皆有以处之，使之各得其宜。⑤

朱熹还特别强调"尽人之性"与"尽物之性"二者之不同。他说：

---

① （宋）朱熹：《四书章句集注·中庸章句》，北京，中华书局，1983，第33页。
② （宋）黎靖德：《朱子语类》（四）卷六十四，北京，中华书局，1986，第1575页。
③ （宋）黎靖德：《朱子语类》（四）卷六十四，北京，中华书局，1986，第1569页。
④ （宋）黎靖德：《朱子语类》（四）卷六十四，北京，中华书局，1986，第1568页。
⑤ （宋）黎靖德：《朱子语类》（四）卷六十四，北京，中华书局，1986，第1569页。

尽人性，尽物性，性只一般，人、物气禀不同。人虽禀得
气浊，善底只在那里，有可开通之理。是以圣人有教化去开通
它，使复其善底。物禀得气偏了，无道理使开通，故无用教化。
尽物性，只是所以处之各当其理，且随他所明处使之。它所明
处亦只是这个善，圣人便是用他善底。如马悍者，用鞭策亦可
乘。然物只到得这里，此亦是教化，是随他天理流行发见处使
之也。如虎狼，便只得陷而杀之，驱而远之。①

在朱熹看来，人与物都具有天赋的"善"性，但气禀各有不同。有些人虽
然禀得浊气，但"善"性仍然存在，可以开通，所以圣人用教化去开通它。
物禀得气偏了，无法开通，也不能教化，然而，圣人可以根据它们不同
的物性，合理地加以处置和使用，"使之各得其宜"。

就"尽物之性"而言，他说：

圣贤出来抚临万物，各因其性而导之。如昆虫草木，未尝
不顺其性，如取之以时，用之有节：当春生时'不殀夭，不覆
巢，不杀胎；草木零落，然后入山林；獭祭鱼，然后虞人入泽
梁；豺祭兽，然后田猎'。所以能使万物各得其所者，惟是先知
得天地本来生生之意。②

在朱熹看来，要使万物各得其所，就必须"因其性而导之"，就是要根据
自然物的不同物性，顺其性而为，合理地加以开发和利用，"取之以时，
用之有节"；而要做到这一点，则先要"知得天地本来生生之意"，知得万
物之性。

朱熹非常强调对待自然物的"取之以时，用之有节"。他的《孟子集
注·尽心章句上》注"仁民而爱物"中的"爱物"曰："物，谓禽兽草木；爱，
谓取之有时，用之有节。"③认为"爱物"，就是对动、植物的"取之有时，
用之有节"。他还说：

爱物……则是食之有时，用之有节；见生不忍见死，闻声
不忍食肉；如仲春之月，牺牲无用牝，不麛，不卵，不杀胎，

---

① （宋）黎靖德：《朱子语类》（四）卷六十四，北京，中华书局，1986，第1570页。
② （宋）黎靖德：《朱子语类》（一）卷十四，北京，中华书局，1986，第256页。
③ （宋）朱熹：《四书章句集注·孟子集注》，北京，中华书局，1983，第363页。

不覆巢之类，如此而已。①

所以，朱熹赞赏并引述张栻所说："圣人之心，天地生物之心也。其亲亲而仁民，仁民而爱物，皆是心之发也。然于物也，有祭祀之须，有奉养宾客之用，则其取之也，有不得免焉。于是取之有时，用之有节，若夫子之不绝流、不射宿，皆仁之至义之尽，而天理之公也。……夫穷口腹以暴天物者，则固人欲之私也。而异端之教，遂至禁杀茹蔬，殒身饲兽，而于其天性之亲，人伦之爱，反恝然其无情也，则亦岂得为天理之公哉！"②认为保护自然应当"取之有时，用之有节"，要像孔子那样"钓而不纲，弋不射宿"，既要反对"穷口腹以暴天物"，也要反对"禁杀茹蔬、殒身饲兽"。

由此可见，朱熹讲"尽物之性"，要求对自然物"知之无不明而处之无不当"，要求"因其性而导之"，"取之以时，用之有节"，从广义上讲，就是要在认识自然的基础上，对自然物进行合理的开发和利用；"知之无不明"，就是要深入认识自然；"取之有时"，就是开发自然物须按照时令；"用之有节"，就是利用自然物须有所节制。显然，这种"尽物之性"而"赞天地之化育"的思想，蕴含着深刻的生态思想。

第三节 "赞天地之化育"

《中庸》在讲圣人至诚而能尽其性，尽人、物之性的同时，还说："能尽物之性，则可以赞天地之化育。"所谓"天地之化育"，就是指天地对于人以及万物的形体与先天本性的化生和养育；而所谓"赞天地之化育"，郑玄注曰："赞，助也。育，生也。助天地之化生。"孔颖达疏曰："既能尽人性，则能尽万物之性，故能赞助天地之化育。"③把"赞天地之化育"中的"赞"注疏为"赞助"。

与此不同，程颐曾说："至诚可以赞天地之化育，则可以与天地参。赞者，参赞之义，'先天而天弗违，后天而奉天时'之谓也，非谓赞助。

---

① （宋）黎靖德：《朱子语类》（八）卷一百二十六，北京，中华书局，1986，第3014页。
② （宋）朱熹：《四书或问·论语或问》，朱杰人等主编：《朱子全书》（第六册），上海，上海古籍出版社；合肥，安徽教育出版社，2002，第751页。
③ 《礼记正义》卷五十三《中庸》，（清）阮元校刻：《十三经注疏》（下册），北京，中华书局，1980，第1632页。

只有一个诚，何助之有？"①认为人对于天，不是"赞助"，而是"参赞"。对此，《宋元学案》载杨开沅(生卒年不详，字用九，号禹江)案："参赞皆是同体中事。如人一身，目视耳听，手持足行，不可谓耳有助于目，足有助于手。"②以为天人一体，无所谓"助"。

对于程颢论"赞天地之化育"而曰"不可以赞助言"，朱熹《中庸或问》认为，"若有可疑者"③；并且指出：

> 天下之理，未尝不一，而语其分，则未尝不殊，此自然之势也。盖人生天地之间，禀天地之气，其体即天地之体，其心即天地之心，以理而言，是岂有二物哉？……若以其分言之，则天之所为，固非人之所及，而人之所为，又有天地之所不及者，其事固不同也。但分殊之状，人莫不知，而理一之致，多或未察，故程子之言，发明理一之意多，而及于分殊者少，盖抑扬之势不得不然，然亦不无小失其平矣。④

朱熹认为，程颢鉴于当时人们对"理一""多或未察"，而较多地讲天人一体；但是，就"分殊"而言，天与人各有不同的职分，天人之事是各不相同的。

与程颢从天人一体出发解说"赞天地之化育"不同，程颐说："'赞天地之化育'，自人而言之，从尽其性至尽物之性，然后可以赞天地之化育，可以与天地参矣。言人尽性所造如此。若只是至诚，更不须论。所谓'人者天地之心'，及'天聪明自我民聪明'，止谓只是一理，而天人所为，各自有分。"⑤在程颐看来，讲"天人一体"只是就"理"而言，而在现实的天人关系中，天与人不仅各不相同，而且各自有不同的职分。

朱熹赞同程颐的说法，指出："程子说赞化处，谓'天人所为，各自

① (宋)程颢、程颐：《河南程氏遗书》卷十一，《二程集》(第一册)，北京，中华书局，1981，第133页。
② (清)黄宗羲、全祖望：《宋元学案》(第一册)卷十三《明道学案上》，北京，中华书局，1986，第563页。
③ (宋)朱熹：《四书或问·中庸或问》，朱杰人等主编：《朱子全书》(第六册)，上海，上海古籍出版社；合肥，安徽教育出版社，2002，第595页。
④ (宋)朱熹：《四书或问·中庸或问》，朱杰人等主编：《朱子全书》(第六册)，上海，上海古籍出版社；合肥，安徽教育出版社，2002，第595~596页。
⑤ (宋)程颢、程颐：《河南程氏遗书》卷十五，《二程集》(第一册)，北京，中华书局，1981，第158页。

有分'，说得好。"①事实上，《荀子·天论》已经讲"明于天人之分"。然而，程颐、朱熹在"天人一体"的基础上讲天人相分，无疑是对荀子的一大进步。朱熹还说：

> "赞天地之化育。"人在天地中间，虽只是一理，然天人所为，各自有分，人做得底，却有天做不得底。如天能生物，而耕种必用人；水能润物，而灌溉必用人；火能爨物，而薪爨必用人。裁成辅相，须是人做，非赞助而何？程先生言："'参赞'之义，非谓赞助。"此说非是。②

在朱熹看来，天与人"各自有分"，天有天所为之事，也有天做不到的事；人有人所为之事，也有人做不到的事，所以，人对于天只能是给予"赞助"，而不是程颢所谓的"参赞"。朱熹《中庸章句》注"赞天地之化育"曰："赞，犹助也。"明确把"赞天地之化育"之"赞"诠释为"赞助"。

朱熹还说：

> 乾坤者，一气运于无心，不能无过不及之差。圣人有心以为之主，故无过不及之失。所以圣人能赞天地之化育，天地之功有待于圣人。③
>
> 圣人"赞天地之化育"。盖天下事有不恰好处，被圣人做得都好。丹朱不肖，尧则以天下与人。洪水泛滥，舜寻得禹而民得安居。桀纣暴虐，汤武起而诛之。④

朱熹认为，天下之事，固有其过而不及之差，有不恰好之处，只有通过圣人"赞天地之化育"才能无过不及，才能做得好。

需要指出的是，朱熹还把"赞天地之化育"之"赞"，进一步诠释为"裁成辅相"。他说：

> 且如君臣父子兄弟夫妇，圣人便为制下许多礼数伦序，只此便是裁成处。至大至小之事皆是。固是万物本自有此理，若

---

① （宋）黎靖德：《朱子语类》（四）卷六十四，北京，中华书局，1986，第1570页。
② （宋）黎靖德：《朱子语类》（四）卷六十四，北京，中华书局，1986，第1570页。
③ （宋）黎靖德：《朱子语类》（五）卷六十七，北京，中华书局，1986，第1648页。
④ （宋）黎靖德：《朱子语类》（四）卷六十四，北京，中华书局，1986，第1570页。

非圣人裁成，亦不能如此齐整，所谓"赞天地化育而与之参"也。……此皆天地之所不能为而圣人能之，所以赞天地之化育，而功与天地参也。①

朱熹认为，天地之间有"天地之所不能为而圣人能之"之事，需要圣人的"裁成辅相"，这就是所谓"赞天地之化育"。

朱熹讲圣人"赞天地之化育"，旨在说明只有像圣人那样至诚而能尽人、物之性者，才能达到"赞天地之化育"。他说：

> 万物皆有此理，理皆同出一原。但所居之位不同，则其理之用不一。如为君须仁，为臣须敬，为子须孝，为父须慈。物物各具此理，而物物各异其用，然莫非一理之流行也。圣人所以"穷理尽性而至于命"。凡世间所有之物，莫不穷极其理，所以处置得物物各得其所，无一事一物不得其宜。除是无此物，方无此理；既有此物，圣人无有不尽其理者。所谓"惟至诚赞天地之化育，则可与天地参者也"。②

朱熹认为，圣人至诚，因而能够穷极万物之理，从而使万物各得其所。

对于"赞天地之化育"之说，吕大临说："己也，人也，物也，莫不尽其性，则天地之化几矣。故行其所无事，顺以养之而已，是所谓赞天地之化育者也。如尧命羲和，钦若昊天，至于民之析因夷隩，鸟兽之孳尾希革，毛毨氄毛，③ 无不与知，则所赞可知矣。"游酢说："万物之性，一人之性是也，故能尽人之性，则能尽物性。同焉皆得者，各安其常，则尽人性也；群然皆生者，各得其理，则尽物之性也。至于尽物之性，则和气充塞，故可以赞天地之化育。夫如是，则天覆地载，教化各任其职，而成位乎其中矣。"杨时说："性者万物之一源也。非夫体天德者，其

---

① （宋）黎靖德：《朱子语类》（五）卷七十，北京，中华书局，1986，第1759页。
② （宋）黎靖德：《朱子语类》（二）卷十八，北京，中华书局，1986，第398页。
③ 《尚书·尧典》曰："（帝尧）乃命羲和，钦若昊天，历象日月星辰，敬授人时。分命羲仲，宅嵎夷，曰旸谷。寅宾出日，平秩东作。日中星鸟，以殷仲春。厥民析，鸟兽孳尾。申命羲叔，宅南交，曰明都。平秩南讹，敬致。日永星火，以正仲夏。厥民因，鸟兽希革。分命和仲，宅西，曰昧谷。寅饯纳日，平秩西成。宵中星虚，以殷仲秋。厥民夷，鸟兽毛毨。申命和叔，宅朔方，曰幽都。平在朔易。日短星昴，以正仲冬。厥民隩，鸟兽氄毛。帝曰：'咨，汝羲暨和，期三百有六旬有六日，以闰月定四时成岁。允厘百工，庶绩咸熙。'"

孰能尽之。能尽其性，则人、物之性斯尽矣，言有渐次也。赞化育参天地，皆其分内耳。"①对此，朱熹说："吕、游、杨说皆善，而吕尤确实。"②

朱熹还说：

> 凡天下之事，虽若人之所为，而其所以为之者，莫非天地之所为也。又况圣人纯于义理，而无人欲之私，则其所以代天而理物者，乃以天地之心，而赞天地之化，尤不见其有彼此之间也。③

在朱熹看来，只有像圣人那样至诚而"无人欲之私"，才能"以天地之心而赞天地之化"，按照天地之道，赞助于天地之化育，而这样的"人之所为"实际上就是"天地之所为"。朱熹还说：

> 尽己之性，如在君臣则义，在父子则亲，在兄弟则爱之类，己无一之不尽。尽人之性，如黎民时雍，各得其所。尽物之性，如鸟兽草木咸若。如此，则可以"赞天地之化育"，皆是实事，非私心之仿像也。④

朱熹认为，只有像圣人那样至诚而能尽己之性，尽人、物之性，才能避免出于私心而依据主观的模仿想象。

需要指出的是，在朱熹那里，"赞天地之化育"并不是从人出发。他说：

> 凡有形于天地之间者，若动若植，有情无情，莫不有以若其性、遂其宜焉。此儒者之道，所以必至于参天地、赞化育，然后为功用之全，而非有所强于外也。⑤

---

① 以上均引自（宋）朱熹：《中庸辑略》卷下，文渊阁四库全书本。
② （宋）朱熹：《四书或问·中庸或问》，朱杰人等主编：《朱子全书》（第六册），上海，上海古籍出版社；合肥，安徽教育出版社，2002，第596页。
③ （宋）朱熹：《四书或问·中庸或问》，朱杰人等主编：《朱子全书》（第六册），上海，上海古籍出版社；合肥，安徽教育出版社，2002，第596页。
④ （宋）黎靖德：《朱子语类》（四）卷六十四，北京，中华书局，1986，第1570页。
⑤ （宋）朱熹：《西铭解》，朱杰人等主编：《朱子全书》（第十三册），上海，上海古籍出版社；合肥，安徽教育出版社，2002，第142页。

在朱熹看来，"赞天地之化育"就是要对于不同的物，要给予不同的对待，应当"若其性、遂其宜"，也就是要根据自然物的特殊性，合理地予以对待，而不是人为的外在强加。

就人与自然的关系而言，朱熹对"赞天地之化育"的诠释，包含了重要的生态思想：首先，由于"天人所为，各自有分"，人应当积极主动地在与自然的互动中，通过弥补自然之不足，以满足人的要求，而不是消极而被动地适应自然，甚至畏惧自然；其次，在与自然的互动中，人只是起到辅助自然的作用，只是补充自然的不足，而不是肆意破坏或"改造"自然，正是通过这种人与自然的互为补充，实现人与自然的和谐；再次，在与自然的互动中，人应当真诚地对待自己和自然，以人与自然共为一体的境界，克服"人欲之私"，"以天地之心而赞天地之化"，从而使"人之所为"成为"天地之所为"，这就是"尽性"；最后，在与自然的互动中，人还要深入研究自然规律，按照自然规律而不是人的主观想象，"取之以时，用之有节"，使得自然万物各得其所，各得其宜，这就是"尽物之性"，这样就能够达到"赞天地之化育"。显然，这是从人与自然的和谐出发，要求尊重自然，而不是从"人欲之私"出发；从对自然的认知出发，要求在把握自然之理的基础上，合理地对待自然，而不是从人的主观愿望出发。其目的在于辅助自然，在于实现人与自然的相互补充、相互协调，而不在于为了人的利益干扰、改变和改造自然。由此可见，这不仅是为了人，而且也是为了自然。从生态的角度看，这不是单纯的以人类为中心，而是一种通过人与自然的互补与协调而达到和谐的生态观，是以人与自然和谐为中心的生态观。

第四节 "与天地参"与"至圣"

在朱熹《中庸章句》看来，圣人因其德与天道之"诚"合二而一，而与天地同德；同时，因"至诚"，而能"尽己之性"、"尽人之性"、"尽物之性"，并能"赞天地之化育"，而与天地同功。《中庸》还说："可以赞天地之化育，则可以与天地参矣。"朱熹注曰："与天地参，谓与天地并立为三也。"[①]显然，在朱熹看来，"与天地参"就是天、地、人三者并立，实现人与天地的和谐。而且，朱熹赞同吕大临所谓"天地之化育，犹有所不及，必人赞之而后备，则天地非人不立，故人与天地并立为三才，此之

---

① （宋）朱熹：《四书章句集注·中庸章句》，北京，中华书局，1983，第33页。

谓'与天地参'"①。显然，在朱熹看来，"与天地参"，实现人与天地的和谐，是人类所要追求的重要目标；而要实现这一目标，需要通过人与自然的互动，并在辅助自然的过程中，达到与自然的相互补充、相互协调。

关于"与天地参"，先秦的荀子也有过阐释。如前所述，《荀子·天论》讲"明于天人之分"，但是较多强调人对于天地的作用，指出："天有其时，地有其财，人有其治。夫是之谓能参。舍其所以参而愿其所参，则惑矣。"认为人与天地参，是指人为了自己的需要而治天时、地财，而不是让天地自然发展。所以，荀子反对放弃人力而顺从天地，要求"制天命而用之"。

与荀子较多强调人对于天地的作用不同，朱熹则要求通过"赞天地之化育"，辅助并顺从天地自然，达到"与天地参"，强调人与天地"并立为三"，追求的是人与自然的和谐统一，人与天地的合二而一。由此可见，朱熹对"赞天地之化育"、"与天地参"的注释，虽然讲人对于自然的作用，但是又认为，人只是辅助自然，只是补充自然之不足，并以此达到人与自然的相互协调，而最终的目的在于人与天地并立为三，实现人与自然的和谐。

显然，在朱熹看来，《中庸》第二十二章从圣人"至诚"，而能"尽己之性"，进而能够"尽人之性"、"尽物之性"，直至"赞天地之化育"，"与天地参"，实际上是一个由内而外、由"至诚"而"至圣"相互统一的过程。

《中庸》第二十六章曰："故至诚无息。不息则久，久则征，征则悠远，悠远则博厚，博厚则高明。博厚，所以载物也；高明，所以覆物也；悠久，所以成物也。"朱熹注曰："悠久，即悠远，兼内外而言之也。本以悠远致高厚，而高厚又悠久也。此言圣人与天地同用。"他还注"博厚配地，高明配天，悠久无疆"曰："此言圣人与天地同体。"并注"如此者，不见而章，不动而变，无为而成"曰："不见而章，以配地而言也。不动而变，以配天而言也。无为而成，以无疆而言也。"②又据《朱子语类》载，

> 问"悠久、博厚、高明"。曰："此是言圣人功业，自'征则悠远'，至'博厚、高明、无疆'，皆是功业著见如此。"③

显然，在朱熹看来，圣人至诚，因而能够"博厚"、"高明"、"悠久"，并且"配地"、"配天"而"悠久无疆"，与天地"同体"、"同用"。

---

① 引自(宋)朱熹：《中庸辑略》卷下，文渊阁四库全书本。
② (宋)朱熹：《四书章句集注·中庸章句》，北京，中华书局，1983，第34页。
③ (宋)黎靖德：《朱子语类》(四)卷六十四，北京，中华书局，1986，第1582页。

如前所述，《中庸》第二十六章还讲天地之道；认为天地之道，"其为物不贰，则其生物不测"，"博也，厚也，高也，明也，悠也，久也"。最后还说："《诗》云：'维天之命，于穆不已。'盖曰天之所以为天也。'于乎不显，文王之德之纯。'盖曰文王之所以为文也，纯亦不已。"对此，朱熹注曰：

> 穆，深远也。不显，犹言"岂不显"也。纯，纯一不杂也。引此以明至诚无息之意。程子曰："天道不已，文王纯于天道，亦不已。纯则无二无杂，不已则无间断先后。"①

在朱熹看来，天道运行，深远而不息，而文王之德，纯一不杂亦不已，所以与天道同德而合一。朱熹还说：

> 子思子曰："'维天之命，于穆不已'，盖曰天之所以为天也。'于乎不显，文王之德之纯'，盖曰文王之所以为文也，纯亦不已。夫知天之所以为天，又知文王之所以为文，则夫与天同德者，可得而言矣。"②

朱熹后学陈栎还说："子思引《诗》以明天地与圣人之道同一，至诚无息而已。维天命之流行，实深远难测，而万古不已，……天之所以为天，惟在至诚无息焉耳。于乎，岂不显著乎？文王之德之纯一不贰也。……文王所以为文，亦在至诚无息焉耳。……圣人所以与天道合一者，此而已。"③

朱熹注《中庸》第二十七章"大哉圣人之道！洋洋乎！发育万物，峻极于天"曰："此言道之极于至大而无外也。"又注"优优大哉！礼仪三百，威仪三千"曰："此言道之入于至小而无间也。"据《朱子语类》载，

> 或问"圣人之道，发育万物，峻极于天"！曰："即春生夏长、秋收冬藏便是圣人之道。不成须要圣人使他发育，方是圣人之道。'峻极于天'，只是充塞天地底意思。"
>
> "礼仪三百，威仪三千，优优大哉！"皆是天道流行，发见为用处。④

---

① （宋）朱熹：《四书章句集注·中庸章句》，北京，中华书局，1983，第35页。
② （宋）朱熹：《诗集传》卷十六，四部丛刊三编本。
③ 引自（明）胡广：《四书大全·中庸章句大全下》，文渊阁四库全书本。
④ （宋）黎靖德：《朱子语类》（四）卷六十四，北京，中华书局，1986，第1584页。

显然，这里把"至大而无外"、"至小而无间"的"圣人之道"看成是天地之道，而充塞天地之间，亦有圣人与天地"同体"、"同用"之意。

《中庸》第三十章曰："仲尼祖述尧舜，宪章文武；上律天时，下袭水土。辟如天地之无不持载，无不覆帱，辟如四时之错行，如日月之代明。万物并育而不相害，道并行而不相悖，小德川流，大德敦化，此天地之所以为大也。"朱熹注曰："律天时者，法其自然之运。袭水土者，因其一定之理。皆兼内外该本末而言也。……天覆、地载，万物并育于其间而不相害；四时、日月，错行、代明而不相悖。所以不害、不悖者，小德之川流；所以并育、并行者，大德之敦化。小德者，全体之分；大德者，万殊之本。川流者，如川之流，脉络分明而往不息也。敦化者，敦厚其化，根本盛大而出无穷也。此言天地之道。"①朱熹还说：

> 此章言"仲尼祖述尧舜，宪章文武；上律天时，下袭水土"，是言圣人功夫。"譬如天地之无不持载，无不覆帱，譬如四时之错行，如日月之代明"，是言圣人之德如天地。"万物并育而不相害，道并行而不相悖，小德川流，大德敦化"，是言天地之大如此。言天地，则见圣人。②

在这里，朱熹既讲圣人之德，又讲天地之道，而且还把二者统一起来，"言天地，则见圣人"，以为《中庸》讲天地之道与讲圣人之德是一致的。

关于"小德之川流"、"大德之敦化"，赵顺孙《中庸纂疏》引陈氏曰："大德是就造化浑沦大本处论，造化之大本处敦厚，则根本盛大，其出也流行而不穷。小德是就造化中间条贯处细碎论，造化之生成，其条理如川水之流，脉络分明，而昼夜之流不息。若以天地言，则万物之或高或下，或散或殊者，小德之川流；维天之命，于穆不已者，大德之敦化。若以本文言之，则万物有许多种类，各止其所而不相害，四时日月之运行而不相悖，是小德之川流；天地覆载，而万物并育，四时日月，其道并行，是大德之敦化。此说天地之道，所以为大，而孔子之德，所以取譬于斯。"③显然，这里只是就天地之道而言"小德之川流"、"大德之敦化"。朱熹《中庸或问》则指出：

---

①　（宋）朱熹：《四书章句集注·中庸章句》，北京，中华书局，1983，第37~38页。
②　（宋）黎靖德：《朱子语类》（四）卷六十四，北京，中华书局，1986，第1594页。
③　（宋）赵顺孙：《大学纂疏·中庸纂疏》，上海，华东师范大学出版社，1992，第267~268页。

> 以天地言之，则高下散殊者，小德之川流；于穆不已者，大德之敦化。以圣人言之，则物各付物者，小德之川流；纯亦不已者，大德之敦化。①

在朱熹看来，《中庸》讲"小德之川流"、"大德之敦化"，既是"以天地言之"，又是"以圣人言之"。

《中庸》第三十一章曰："唯天下至圣，为能聪明睿知，足以有临也；宽裕温柔，足以有容也；发强刚毅，足以有执也；齐庄中正，足以有敬也；文理密察，足以有别也。溥博渊泉，而时出之。溥博如天，渊泉如渊。见而民莫不敬，言而民莫不信，行而民莫不说。是以声名洋溢乎中国，施及蛮貊；舟车所至，人力所通；天之所覆，地之所载，日月所照，霜露所队；凡有血气者，莫不尊亲，故曰配天。"对于其中"聪明睿知，足以有临也"，朱熹注曰："聪明睿知，生知之质。临，谓居上而临下也。"②对此，赵顺孙《中庸纂疏》引陈氏曰："聪明睿智者，圣人生知安行之资，盖首出庶物者也。聪是耳之所听无不闻，明是目之所视无不见，睿是无所不通，知是无所不知，聪明以耳目言，睿知以心言。"③朱熹还认为，"聪明睿知"不同于"仁义礼智"之"智"。据《朱子语类》载，

> 安卿问："'仁义礼智'之'智'与聪明睿知，想是两样。礼智是自然之性能辨是非者，睿知是说圣人聪明之德无所不能者。"曰："便只是这一个物事。礼智是通上下而言，睿知是充扩得较大。炉中底便是那礼智，如睿知，则是那照天烛地底。"④

朱熹还说："'睿'只训通，对'知'而言，知是体，睿是深通处。"⑤

至于所谓"宽裕温柔，足以有容也；发强刚毅，足以有执也；齐庄中正，足以有敬也；文理密察，足以有别也"，朱熹《中庸章句》认为，"乃仁、义、礼、知之德"⑥。对此，赵顺孙《中庸纂疏》引陈氏曰："宽是宽大，裕是优裕，温和而柔顺，此仁也；仁则度量宽洪广大，故曰有容。

① （宋）朱熹：《四书或问·中庸或问》，朱杰人等主编：《朱子全书》（第六册），上海，上海古籍出版社；合肥，安徽教育出版社，2002，第603页。
② （宋）朱熹：《四书章句集注·中庸章句》，北京，中华书局，1983，第38页。
③ （宋）赵顺孙：《大学纂疏·中庸纂疏》，上海，华东师范大学出版社，1992，第268页。
④ （宋）黎靖德：《朱子语类》（四）卷六十四，北京，中华书局，1986，第1594～1595页。
⑤ （宋）黎靖德：《朱子语类》（四）卷六十四，北京，中华书局，1986，第1595页。
⑥ （宋）朱熹：《四书章句集注·中庸章句》，北京，中华书局，1983，第38页。

发是奋发，强是强而有力，刚毅皆刚意，此义也；义则操执得牢固，故曰有执。齐是齐严，庄是端庄，中则无过不及，正则不偏，此言礼也，故曰有敬。文理密察，此知也，故曰有别。"①所谓"配天"，朱熹《中庸章句》认为，"言其德之所及，广大如天也"②。在朱熹看来，"唯天下至圣"，具有生知之质，而聪明睿知，能够居上而临下，具有仁、义、礼、智之德，其德所及，广大如天，因而能够"配天"。对此，王夫之说："天下之至圣，其德天德也，其积于中者天之藏也，其发于外者天之化也，其感通有生之类者，亦犹人之戴天也，故曰'配天'。"③

《中庸》第三十二章曰："唯天下至诚，为能经纶天下之大经，立天下之大本，知天地之化育。夫焉有所倚?"对此，朱熹注曰：

> 大经者，五品之人伦。大本者，所性之全体也。惟圣人之德极诚无妄，故于人伦各尽其当然之实，而皆可以为天下后世法，所谓经纶之也。其于所性之全体，无一毫人欲之伪以杂之，而天下之道，千变万化皆由此出，所谓立之也。其于天地之化育，则亦其极诚无妄者，有默契焉，非但闻见之知而已。此皆至诚无妄，自然之功用，夫岂有所倚著于物而后能哉?④

显然，在朱熹看来，圣人至诚、尽性，既能"于人伦各尽其当然之实"，又能"无一毫人欲之伪以杂之"，并与天地之化育"有默契焉"，因而能够"经纶天下之大经，立天下之大本，知天地之化育"，这就是"与天地参"。

朱熹《中庸章句》还注"肫肫其仁，渊渊其渊，浩浩其天"曰："肫肫，恳至貌，以经纶而言也。渊渊，静深貌，以立本而言也。浩浩，广大貌，以知化而言也。'其渊'、'其天'，则非特'如'之而已。"认为至诚无妄，在根本上与天地化育相一致。

朱熹特别将《中庸》第三十二章与第三十一章综合起来考察，认为第三十一章讲"至圣之德"，第三十二章则讲"圣人之德极诚无妄"，讲"至诚之道"，而且，"至诚之道，非至圣不能知；至圣之德，非至诚不能为，则亦非二物矣"⑤，这就把"至圣"与"至诚"统一起来，以为只有"至诚"才

---

① （宋）赵顺孙：《大学纂疏·中庸纂疏》，上海，华东师范大学出版社，1992，第268页。
② （宋）朱熹：《四书章句集注·中庸章句》，北京，中华书局，1983，第38页。
③ （明）王夫之：《四书训义》（上）卷四《中庸》，《船山全书》（第七册），长沙，岳麓书社，1990，第228页。
④ （宋）朱熹：《四书章句集注·中庸章句》，北京，中华书局，1983，第38~39页。
⑤ （宋）朱熹：《四书章句集注·中庸章句》，北京，中华书局，1983，第39页。

能达到"至圣"。

为此，朱熹还进一步讨论了"至诚"与"至圣"的关系。他说："至圣至诚，非有优劣。然'圣'字是从外说，'诚'字是从里说。"①据《朱子语类》载，

　　问："'至诚、至圣'如何分？"曰："'至圣、至诚'，只是以表里言。至圣，是其德之发见乎外者，故人见之，但见其'溥博如天，渊泉如渊，见而民莫不敬，言而民莫不信'，至'凡有血气者莫不尊亲'，此其见于外者如此。至诚，则是那里面骨子。经纶大经，立大本，知化育，此三句便是骨子；那个聪明睿知却是这里发出去。至诚处，非圣人不自知；至圣，则外人只见得到这处。"②

　　问："'至圣'章言'如天'、'如渊'，'至诚'章'其天'、'其渊'，不同何也？"曰："此意当以表里观之：'至圣'一章说发见处，'至诚'一章说存主处。圣以德言，诚则所以为德也。以德而言，则外人观其表，但见其如天、如渊；诚所以为德，故自家里面却真个是其天、其渊。惟其如天、如渊，故'日月所照，霜露所坠，凡有血气者，莫不知尊而亲之'，谓自其表而观之则易也。惟其天、其渊，故非'聪明圣知达天德者'不足以知之，谓自其里而观之则难也。"③

　　问："上章言'溥博如天，渊泉如渊'；下章只言'其渊'、'其天'，《章句》中云'不但如之而已'，如何？"曰："此亦不是两人事。上章是以圣言之，圣人德业著见于世，其盛大自如此。下章以诚言之，是就实理上说，'其渊'、'其天'，实理自是如此。"④

在朱熹看来，至圣与至诚二者是表里关系；至圣为表，"其德之发见乎外者"；至诚为里，是圣人"所以为德也"；而且二者都是天地之道。这就把至圣与至诚统一于天地之道。对此，王夫之说："天地之大德敦化，定群生之品类，正万物之性命，全覆载之功能，故并育并行者以之而不相害

①　（宋）朱熹：《晦庵先生朱文公文集》卷五十一《答万正淳》（四），四部丛刊初编本。
②　（宋）黎靖德：《朱子语类》（四）卷六十四，北京，中华书局，1986，第1594页。
③　（宋）黎靖德：《朱子语类》（四）卷六十四，北京，中华书局，1986，第1595页。
④　（宋）黎靖德：《朱子语类》（四）卷六十四，北京，中华书局，1986，第1596页。

悖。以此思圣人之大德，又何如哉？夫在天而为理者，在人而为伦；在天而为命者，在人而为性；在天主宰而有其能者，在人赞化育而有其知；一而已矣。故诚者，天之道也；而天下至诚之德，即天之大德也。……夫至诚之道一合乎天道者，言之详矣，而实求其所以然之实，则必由小德以知大德，而后见天之所以为天，诚之所以为诚，圣之所以为圣，果其合一而无殊，故曰：'诚者天之道也。'"①在王夫之看来，天之大德，即为圣人之大德，而至诚之德，即天之大德，所以，天之大德、至诚之德与圣人之大德，实际上是"合一而无殊"。显然，这与朱熹的思想是完全一致的。

---

① （明）王夫之：《四书训义》(上)卷四《中庸》，《船山全书》(第七册)，长沙，岳麓书社，1990，第230～232页。

第十章　"不显之德"

《中庸》有两处引《诗》所云"不显"：

其一，《中庸》第二十六章曰："《诗》云：'维天之命，于穆不已。'盖曰天之所以为天也。'于乎不显，文王之德之纯。'盖曰文王之所以为文也，纯亦不已。"其中"维天之命，于穆不已。于乎不显，文王之德之纯"引自《诗·周颂·维天之命》。

其二，《中庸》末章，即第三十三章，曰："《诗》曰：'不显惟德！百辟其刑之。'是故君子笃恭而天下平。"其中"不显惟德，百辟其刑之"引自《诗·周颂·烈文》曰："无竞维人，四方其训之。不显维德，百辟其刑之。"

需要指出的是，朱熹《中庸章句》第三十三章对于"不显"的注释，与第二十六章正好相反，进而引申出"不显之德"的概念，并作了深入的阐释，具体论述了"不显之德"之幽深玄远，"不显之德"的成德之序，以及"不显之德"在于"反身以谨独"。

第一节　"不显之德"幽深玄远

对于《诗·周颂·维天之命》云"维天之命，于穆不已。于乎不显，文王之德之纯"，郑玄笺云："命，犹道也。天之道，于乎！美哉！动而不止，行而不已"；"于乎！不光明与？文王之施德教之无倦已，美其与天同功也。"孔颖达疏曰："言维此天所为之教命，于乎！美哉！动行而不已，言天道转运无极止时也。天德之美如此，而文王能当于天心，又叹文王，于乎！岂不显乎？此文王之德之大。言文王美德之大，实光显也。文王德既显大，而亦行之不已，与天同功。"[①]

对于《中庸》第二十六章引《诗》云"于乎不显，文王之德之纯"，孔颖达疏曰："纯，谓不已。显，谓光明。诗人叹之云，于乎！不光明乎？言

---

① 《毛诗正义》卷十九《周颂·维天之命》，（清）阮元校刻：《十三经注疏》（上册），北京，中华书局，1980，第583～584页。

光明矣。"①可见，在郑玄、孔颖达看来，《中庸》第二十六章引《诗》云"于乎不显，文王之德之纯"，与《诗》的原意是相同的。

朱熹注《诗·周颂·维天之命》"维天之命，于穆不已。于乎不显，文王之德之纯"曰："言天道无穷，而文王之德纯一不杂、与天无间，以赞文王之德之盛也。"②又注《诗·周颂·清庙》"对越在天，骏奔走在庙。不显不承，无射于人斯"中的"不显不承"曰："……如此，则是文王之德，岂不显乎？岂不承乎？"③这里把"不显"诠释为"岂不显乎？"但是，朱熹后学金履祥④（1232—1303年，字吉父，世称仁山先生）不以为然，指出："'不显不承'，说者曰：'岂不显乎？岂不承乎？'于义不通。'不'字当读'丕'字。凡《诗》美辞而加'不'者，皆'丕'字也。"⑤后来清代戴震撰《毛郑诗考正》，指出："古字'丕'通作'不'，据《洛诰》，是为成王七年，周正之十二月戊辰在新邑烝祭文、武之诗。周公相成王朝诸侯后，故咸至庙助祭。诗中'丕显'颂文王，'丕承'颂武王，甚明。盖同一'丕显'耳，以后承前则谓之'丕承'，此诗先言助祭者之致敬，而推本先王之丕显于前，丕承于后，是以人心自无或厌倦。《书》曰：'丕显哉，文王谟！丕承哉，武王烈！'与《诗》通。"⑥戴震还说："《诗》之'不显'、'不承'，即《书》之'丕显'、'丕承'，古字'丕'通用'大'，大也。"⑦

朱熹注《中庸》第二十六章"于乎不显"曰："于，叹辞。……不显，犹言'岂不显'也。"朱熹后学赵顺孙《中庸纂疏》还引陈氏曰："不显者，言甚显也。"⑧显然，在朱熹看来，《中庸》第二十六章引《诗》云"于乎不显"，与《诗》的原意是相同的，而且，朱熹的注释与郑玄、孔颖达的注疏也是完全一致的。

对于《诗·周颂·烈文》曰"无竞维人，四方其训之。不显维德，百辟其刑之"，郑玄笺云："无疆乎维得贤人也，得贤人则国家强矣，故天下诸侯顺其所为也。不勤明其德乎？勤明之也，故卿大夫法其所为也。"孔颖达疏曰："得贤国强，则四邻畏威慕德，故天下诸侯顺其所为。言诸侯

① 《礼记正义》卷五十三《中庸》，（清）阮元校刻：《十三经注疏》（下册），北京，中华书局，1980，第1633页。
② （宋）朱熹：《诗集传》卷十九，四部丛刊三编本。
③ （宋）朱熹：《诗集传》卷十九，四部丛刊三编本。
④ 朱熹传门人黄榦，再传金华何基，三传王柏，四传金履祥。
⑤ （宋）金履祥：《资治通鉴前编》卷八《王至新邑十有二年烝于文武命周公其后王归宗周》，文渊阁四库全书本。
⑥ （清）戴震：《毛郑诗考正》卷四，《戴震全书》（一），合肥，黄山书社，1994，第655页。
⑦ （清）戴震：《答彭进士允初书》，《戴震全书》（六），合肥，黄山书社，1995，第356页。
⑧ （宋）赵顺孙：《大学纂疏·中庸纂疏》，上海，华东师范大学出版社，1992，第254页。

得贤人，则其余诸侯顺之。……卿大夫能勤明其德者，其余卿大夫则法其所为也。"①在这里，"不显维德"诠释为"不勤明其德乎？"意在"勤明其德"。

对于《中庸》第三十三章引《诗》曰"不显惟德！百辟其刑之"，郑玄注曰："不显，言显也。辟，君也。此《颂》也，言不显乎？文王之德，百君尽刑之，诸侯法之也。"孔颖达疏曰："此《周颂·烈文》之篇，美文王之德。不显乎？文王之德，言其显矣。以道德显著，故天下百辟诸侯皆刑法之。引之者，证君子之德犹若文王，其德显明在外，明众人皆刑法之。"②显然，在郑玄、孔颖达看来，《中庸》第三十三章引《诗》曰"不显惟德！百辟其刑之"，与《诗》的原意是相同的。

与郑玄、孔颖达把"不显维德"诠释为"勤明其德"，并赋予"不显乎？文王之德，言其显"之意大致相同，朱熹《诗集传》注"不显维德"曰："莫强于人，莫显于德。"③在这里，"不显"不是不显，而是大显。但是，与此不同，对于《中庸》第三十三章所言"《诗》曰：'不显惟德！百辟其刑之。'是故君子笃恭而天下平"，朱熹注曰：

> "不显"，说见二十六章，此借引以为幽深玄远之意。承上文言天子有不显之德，而诸侯法之，则其德愈深而效愈远矣。笃，厚也。"笃恭"，言不显其敬也。"笃恭而天下平"，乃圣人至德渊微，自然之应，中庸之极功也。④

在这里，"不显"之意，即在不显，就是指其原本之含义。显然，朱熹对这里"不显"的注释，不同于他对《中庸》第二十六章的注释，即把"不显"释为"岂不显？"也不同于郑玄、孔颖达对《中庸》第三十三章"不显惟德"的注疏。

《中庸》第三十三章共引述《诗》句八条："衣锦尚絅"；"潜虽伏矣，亦孔之昭"；"相在尔室，尚不愧于屋漏"；"奏假无言，时靡有争"；"不显惟德！百辟其刑之"；"予怀明德，不大声以色"；"德𬨎如毛"；"上天之载，无声无臭"。借以阐发思想。朱熹认为，对于其中"不显惟德"的诠

---

① 《毛诗正义》卷十九《周颂·烈文》，（清）阮元校刻：《十三经注疏》（上册），北京，中华书局，1980，第585页。

② 《礼记正义》卷五十三《中庸》，（清）阮元校刻：《十三经注疏》（下册），北京，中华书局，1980，第1635~1636页。

③ （宋）朱熹：《诗集传》卷十九，四部丛刊三编本。

④ （宋）朱熹：《四书章句集注·中庸章句》，北京，中华书局，1983，第40页。

释，应当依据于该章其他所引《诗》句之义。他说：

> "不显"二字，二十六章者别无他义，故只用《诗》意。卒章
> 所引，缘自章首"尚絅"之云，与章末"无声无臭"，皆有隐微深
> 密之意，故知其当别为一义，与《诗》不同也。①

在朱熹看来，《中庸》第二十六章的"不显"与《诗》意相同，即诠释为"岂不
显？"与此不同，对于《中庸》第三十三章来说，由于该章所引《诗》句，包
括开头的"衣锦尚絅"以及结尾的"上天之载，无声无臭"，都有"隐微深
密"之意，所以，该章引《诗》"不显惟德"中的"不显"与《诗》意不同。为
此，朱熹还说："其曰'不显'、亦充'尚絅'之心，以至其极耳，与《诗》之
训义不同，盖亦假借而言。"②

此外，朱熹还用《中庸》第三十三章与前三章的关系，以说明对"不显
惟德"的诠释。在朱熹看来，《中庸》第三十章讲圣人之德，又讲天地之
道，而且还把二者统一起来；《中庸》第三十一章讲"唯天下至圣"，第三
十二章讲"唯天下至诚"，把圣人之德与天地之道合二而一为"诚"。朱熹
《中庸章句》第三十二章按语还认为，前面所言"圣人天道之极致，至此而
无以加矣"。因此，朱熹《中庸或问》在论及《中庸》第三十三章时，指出：

> 承上三章既言圣人之德而极其盛矣。子思惧夫学者求之于
> 高远玄妙之域，轻自大而反失之也，故反于其至近者而言之，
> 以示入德之方，欲学者先知用心于内，不求人知，然后可以谨
> 独诚身，而训致乎其极也。君子笃恭而天下平，而其所以平者，
> 无声臭之可寻。此至诚盛德自然之效，而中庸之极功也。故以
> 是而终篇焉。③

显然，这里所说的"欲学者先知用心于内，不求人知"，正是朱熹对《中
庸》第三十三章"不显惟德"的诠释。朱熹认为，《中庸》在第三十章、第三
十一章、第三十二章言圣人之德而极其盛之后，担心学者"求之于高远玄

---

① （宋）朱熹：《晦庵先生朱文公文集》卷四十九《答王子合》（七），四部丛刊初编本。
② （宋）朱熹：《四书或问·中庸或问》，朱杰人等主编：《朱子全书》（第六册），上海，上
　海古籍出版社；合肥，安徽教育出版社，2002，第604页。
③ （宋）朱熹：《四书或问·中庸或问》，朱杰人等主编：《朱子全书》（第六册），上海，上
　海古籍出版社；合肥，安徽教育出版社，2002，第604页。

妙之域",所以反而要求从身边做起,从自己的"心"做起,"不求人知","谨独诚身"。这也正是朱熹对《中庸》第三十三章"不显惟德"所作不同诠释的动机。

据《朱子语类》载,

> 问:"'不显维德',按《诗》中例,是言'岂不显'也。今借引此诗,便真作'不显'说,如何?"曰:"是个幽深玄远意,是不显中之显。"[①]

可见,在朱熹看来,"不显之德",虽然看似不显,但具有"幽深玄远"之意,因而是"不显中之显"。

朱熹从《中庸》第三十三章"不显惟德"中引申出"不显之德",以示"幽深玄远"之意,这样的诠释受到了后世褒贬不一的评价。朱熹后学王应麟[②](1223—1296年,字伯厚,号深宁,世称厚斋先生)说:"《中庸》末章,凡八引《诗》,朱子谓'衣锦尚絅'至'不显维德'始学成德之序也,'不大声以色'至'无声无臭'赞不显之德也。反复示人,至深切矣。"[③]清代的戴震则说:"《中庸》言'声名洋溢乎中国',其言'闇然'也,与'日章'并言,何必不欲大显,而以幽深玄远为至。"[④]认为《中庸》第三十一章讲圣人"声名洋溢乎中国",而《中庸》第三十三章又讲"君子之道,闇然而日章",又何必要"不显"而去追求"幽深玄远"呢?

第二节 "不显之德"的成德之序

朱熹《中庸或问》说:"此章凡八引《诗》。自'衣锦尚絅'以至'不显维德'凡五条,始学成德疏密浅深之序也;自'不大声色'以至'无声无臭'凡三条,皆所以赞夫不显之德也。"[⑤]朱熹认为,《中庸》第三十三章引《诗》八条,前五条:"衣锦尚絅","潜虽伏矣,亦孔之昭","相在尔室,尚不愧于屋漏","奏假无言,时靡有争","不显惟德!百辟其刑之";后三条:"予怀明德,不大声以色","德輶如毛","上天之载,无声无臭";

---

① (宋)黎靖德:《朱子语类》(四)卷六十四,北京,中华书局,1986,第1600页。
② 朱熹传门人詹体仁,再传真德秀,三传王埜,四传王应麟。
③ (宋)王应麟:《困学纪闻》卷三《诗》,四部丛刊三编本。
④ (清)戴震:《答彭进士允初书》,《戴震全书》(六),合肥,黄山书社,1995,第356页。
⑤ (宋)朱熹:《四书或问·中庸或问》,朱杰人等主编:《朱子全书》(第六册),上海,上海古籍出版社;合肥,安徽教育出版社,2002,第604~605页。

对"不显之德"作了步步深入的阐释。由此可见，在朱熹看来，《中庸》第三十三章主要讲的是"不显之德"的成德之序。

一、"衣锦尚絅"

《中庸》说："《诗》曰'衣锦尚絅'，恶其文之著也。"其中"衣锦尚絅"来自《诗·卫风·硕人》曰："硕人其颀，衣锦褧衣。"颀，长貌；褧，同絅，禅衣也。就《诗》而言，郑玄笺云："硕，大也。言庄姜仪表长丽俊好，颀颀然。……国君夫人翟衣而嫁。今衣锦者，在途之所服也。尚之以禅衣，为其文之大著。"孔颖达疏曰："言庄姜仪容表状乃长大而佳丽，又佼壮美好，颀颀然也。……国君夫人当翟衣而嫁。今言锦衣非翟衣，则是在途之所服也。锦衣所以加褧者，为其文之大著也。"①在《礼记正义·中庸》中，郑玄注曰："锦衣之美而君子以絅表之，为其文章露见，似小人也。"孔颖达疏曰："此《诗·卫风·硕人》之篇，美庄姜之诗。言庄姜初嫁在途，衣着锦衣，为其文之大著，尚着禅絅加于锦衣之上。""《诗》本文云'衣锦褧衣'，此云'尚絅'者，断截《诗》文也。……记人欲明君子谦退，恶其文之彰著。"②

在"《诗》曰'衣锦尚絅'，恶其文之著也"之后，《中庸》接着说："故君子之道，闇然而日章；小人之道，的然而日亡。君子之道，淡而不厌，简而文，温而理；知远之近，知风之自，知微之显，可与入德矣。"对此，朱熹《中庸章句》注曰：

> 古之学者为己，故其立心如此。尚絅故闇然，衣锦故有日章之实。淡、简、温，絅之袭于外也；不厌而文且理焉，锦之美在中也。小人反是，则暴于外而无实以继之，是以的然而日亡也。远之近，见于彼者由于此也；风之自，著乎外者本乎内也；微之显，有诸内者形诸外也。有为己之心，而又知此三者，则知所谨而可入德矣。③

《论语·宪问》载孔子曰："古之学者为己，今之学者为人。"对此，朱

---

① 《毛诗正义》卷三《卫风·硕人》，(清)阮元校刻：《十三经注疏》(上册)，北京，中华书局，1980，第322页。

② 《礼记正义》卷五十三《中庸》，(清)阮元校刻：《十三经注疏》(下册)，北京，中华书局，1980，第1635页。

③ (宋)朱熹：《四书章句集注·中庸章句》，北京，中华书局，1983，第39页。

熹《论语集注》引程颐所言:"为己,欲得之于己也;为人,欲见知于人也。""古之学者为己,其终至于成物。今之学者为人,其终至于丧己。"①可见,"为己"之学,是为自己有所得并为自己以后能做成事而学。朱熹又说:"学者须是为己。圣人教人,只在《大学》第一句'明明德'上。以此立心,则如今端己敛容,亦为己也;读书穷理,亦为己也;做得一件事是实,亦为己也。"②

在朱熹看来,既是"为己"之学,就要"立心",就应当"淡而不厌,简而文,温而理",注重内在的"不厌"、"文"、"理",这就是所谓"锦之美在中";同时要"恶其文之著",而表现为"淡"、"简"、"温",这就是所谓"絅之袭于外";因此,看上去"闇然",而实际上会因为"锦之美在中"而日益彰显。这就是"锦里絅外"的君子之道。与此相反,小人"暴于外而无实以继之",结果是,初看上去很光鲜,却日益暗淡。

关于"锦里絅外"的君子之道,朱熹说:"君子之道,固是不暴著于外。然曰'恶其文之著',亦不是无文也,自有文在里。淡则可厌,简则不文,温则不理;而今却不厌而文且理,只缘有锦在里。若上面着布衣,里面着布袄,便是内外黑窣窣地。"③所以,最重要的还在于是否"有锦在里"。

朱熹认为,除了要有为己之心,"锦里絅外",还要懂得:彼者,由于此心所发;外者,本于一身之内;一心至微,其极显著。这样,就可以谨慎于入德了。据《朱子语类》载,朱熹曾再三诵"淡而不厌,简而文,温而理;知远之近,知风之自,知微之显"六言,并接着说:

> 此工夫似淡而无味,然做时却自有可乐,故不厌;似乎简略,然大小精粗秩然有序,则又不止于简而已。"温而理",温厚似不可晓,而条目不可乱,是于有序中更有分别。如此入细做工夫,故能"知远之近,知风之自,知微之显"。夫见于远者皆本于吾心,可谓至近矣,然犹以己对物言之。"知风之自",则知凡见于视听举动者,其是非得失,必有所从来,此则皆本于一身而言矣。至于"知微之显",则又说得愈密。夫一心至微也,然知其极,分明显著。学者工夫能如此收敛来,方可言德,然亦未可便谓之德,但如此则可以入德矣。④

① (宋)朱熹:《四书章句集注·论语集注》,北京,中华书局,1983,第155页。
② (宋)黎靖德:《朱子语类》(一)卷十四,北京,中华书局,1986,第261页。
③ (宋)黎靖德:《朱子语类》(四)卷六十四,北京,中华书局,1986,第1598页。
④ (宋)黎靖德:《朱子语类》(七)卷九十七,北京,中华书局,1986,第2490页。

二、"潜虽伏矣，亦孔之昭"

《中庸》说："《诗》云：'潜虽伏矣，亦孔之昭！'故君子内省不疚，无恶于志。君子之所不可及者，其唯人之所不见乎。"其中"潜虽伏矣，亦孔之昭"来自《诗·小雅·正月》曰："鱼在于沼，亦匪克乐，潜虽伏矣，亦孔之炤。"沼，池也。就《诗》而言，郑玄笺云："池鱼之所乐而非能乐，其潜伏于渊，又不足以逃，甚炤炤易见。以喻时贤者在朝廷，道不行无所乐，退而穷处，又无所止也。"孔颖达疏曰："此章言贤者不得其所。鱼在于沼池之中，为人所惊骇，不得逸游，亦非能有乐。退而潜处，虽伏于深渊之下，亦甚于炤炤然易见，不足以避网罟之害，莫知所逃也。以兴贤者在于朝廷之上，为时所陷害，不得行道，意非能有乐。退而隐居，虽遁于山林之中，又其姓名闻彻，不足以遇苛虐之政，莫知所于。"①在《礼记正义·中庸》中，郑玄注曰："言圣人虽隐遁，其德亦甚明矣。……君子自省，身无愆病，虽不遇世，亦无损害于己志。""君子虽隐居，不失其君子之容德也。"孔颖达疏曰："所引者《小雅·正月》之篇，刺幽王之诗。《诗》之本文以幽王无道，喻贤人君子虽隐其身，德亦甚明著，不能免祸害，犹如鱼伏于水，亦甚著见，被人采捕。记者断章取义，言贤人君子身虽藏隐，犹如鱼伏于水，其道德亦甚彰矣。……君子虽不遇世，内自省身，不有愆病，则亦不损害于己志。""君子之闲居独处，不敢为非，故云：'君子所不可及者，其唯人之所不见乎。'"②孔颖达认为，《中庸》所引《诗》"潜虽伏矣，亦孔之昭"不同于其原意。在《诗》中，该句意在"贤人君子虽隐其身"，但"不能免祸害"；而在《中庸》中，该句意则在"贤人君子身虽藏隐"，但"其道德亦甚彰"。

对于《中庸》所言，朱熹《中庸章句》注曰："承上文言'莫见乎隐、莫显乎微'也。……无恶于志，犹言无愧于心，此君子谨独之事也。"③朱熹还明确指出："'亦孔之昭'是慎独意。"④对此，赵顺孙《中庸纂疏》引陈氏曰："《正月》诗'潜虽伏矣'，即首章隐微处；'亦孔之昭'即首章莫见莫显意。言隐伏之间，其理甚昭明。君子内省，此处须是无一豪疚病，如此

① 《毛诗正义》卷十二《小雅·正月》，（清）阮元校刻：《十三经注疏》（上册），北京，中华书局，1980，第442页。
② 《礼记正义》卷五十三《中庸》，（清）阮元校刻：《十三经注疏》（下册），北京，中华书局，1980，第1635页。
③ （宋）朱熹：《四书章句集注·中庸章句》，北京，中华书局，1983，第39页。
④ （宋）黎靖德：《朱子语类》（四）卷六十四，北京，中华书局，1986，第1599页。

则无愧于心。君子所以不可及者，只是能于人所不知而己独知之地，致其谨耳。"①显然，朱熹把《中庸》"潜虽伏矣，亦孔之昭"诠释为"慎独"。这不仅不同于《诗》之原意，而且也与郑玄、孔颖达之注疏大相径庭。

三、"相在尔室，尚不愧于屋漏"

《中庸》说："《诗》云：'相在尔室，尚不愧于屋漏。'故君子不动而敬，不言而信。"其中"相在尔室，尚不愧于屋漏"来自《诗·大雅·抑》，屋漏，即室西北隅。就《诗》而言，郑玄笺云："诸侯卿大夫助祭在女宗庙之室，尚无肃敬之心，不惭愧于屋漏有神见人之为也。"孔颖达疏曰："（诸侯及卿大夫之君子）助祭于汝王宗庙之室，尚无肃敬之心，不惭愧于屋漏。祭当尽敬，尚无愧心，其于诸事怠惰，明矣。"②在《礼记正义·中庸》中，郑玄注曰："言君子虽隐居，不失其君子之容德也。相，视也。室西北隅谓之'屋漏'。视女在室独居者，犹不愧于屋漏。屋漏非有人也，况有人乎？"孔颖达疏曰："此《大雅·抑》之篇，刺厉王之诗。诗人意称王朝小人不敬鬼神，瞻视女在庙堂之中，犹尚不愧畏于屋漏之神。记者引之断章取义，言君子之人，在室之中'屋漏'，虽无人之处不敢为非，犹愧惧于屋漏之神，况有人之处君子愧惧可知也。言君子虽独居，常能恭敬。……'故君子不动而敬，不言而信'者，以君子敬惧如是，故不动而民敬之，不言而民信之。"③孔颖达认为，《中庸》所引《诗》"相在尔室，尚不愧于屋漏"是断章取义，而不同于其原意。在《诗》中，该句意在：诸侯卿大夫助祭在宗庙之室，"无肃敬之心，不惭愧于屋漏"；而在《中庸》中，该句意则在：君子之人，虽在屋漏无人之处，"犹愧惧于屋漏之神"。

对于《中庸》所言，朱熹《中庸章句》注曰："承上文，又言君子之戒谨恐惧，无时不然，不待言动而后敬信，则其为己之功，益加密矣。"④他还明确指出："'不愧屋漏'是戒慎恐惧意。"⑤对此，赵顺孙《中庸纂疏》引陈氏曰："《抑》诗即是首章戒谨其所不睹、恐惧其所不闻意。屋隅，人迹所不到之地。此处盖己之所不睹，须是真实无妄，常加戒谨恐惧，方能无愧怍。君子为己之功至此，不待于动而应事接物方始敬，盖于未应接

① （宋）赵顺孙：《大学纂疏·中庸纂疏》，上海，华东师范大学出版社，1992，第274页。
② 《毛诗正义》卷十八《大雅·抑》，（清）阮元校刻：《十三经注疏》（上册），北京，中华书局，1980，第555页。
③ 《礼记正义》卷五十三《中庸》，（清）阮元校刻：《十三经注疏》（下册），北京，中华书局，1980，第1635～1636页。
④ （宋）朱熹：《四书章句集注·中庸章句》，北京，中华书局，1983，第40页。
⑤ （宋）黎靖德：《朱子语类》（四）卷六十四，北京，中华书局，1986，第1599页。

之前无人处，已无非敬矣；不待见于发言而后信实，盖于未发言之前，本来真实无非信矣。"还引陈氏曰："此处一节密一节。首章先说戒谨恐惧，后说谨独，是自密而疏，盖从内面发出来。此处先说谨独，后说戒谨恐惧，是自疏而密，盖从外面说入。"①

对于朱熹认为"潜虽伏矣，亦孔之昭"是慎独意，"不愧屋漏"是戒慎恐惧意，吕祖俭予以反对，指出："末章'潜虽伏矣'、'不愧屋漏'分为两节，虽可以各相附属，然前一节谓人所不见则属乎人，后一节谓己之所有则犹有迹，比之己之不睹不闻，则又有间矣。今以人之所不见为谨独，意虽切而反轻，以'不愧屋漏'为不睹不闻，则又几于躐等。"朱熹则针锋相对，说："卒章所引'潜虽伏矣'，犹是有此一物藏在隐微之中，'不愧屋漏'，则表里洞然，更无纤芥查滓矣。盖首章本静以之动，卒章自浅以及深也。且所不见，非独而何？不动而敬、不言而信，非戒谨乎其所不睹不闻而何？"②

四、"奏假无言，时靡有争"

《中庸》说："《诗》曰：'奏假无言，时靡有争。'是故君子不赏而民劝，不怒而民威于鈇钺。"其中"奏假无言，时靡有争"来自《诗·商颂·烈祖》曰："亦有和羹，既戒既平，鬷假无言，时靡有争。"戒，至；鬷，总；假，大也。就《诗》而言，郑玄笺云："和羹者，五味调，腥熟得节，食之于人性安和，喻诸侯有和顺之德也。我既裸献，神灵来至，亦复由有和顺之诸侯来助祭也。其在庙中既恭肃敬戒矣，既齐立乎列矣，至于设荐进俎，又总升堂而齐一，皆服其职，劝其事，寂然无言语者，无争讼者。"孔颖达疏曰："此和顺诸侯来在庙中，既肃敬戒至矣，既齐立于列位矣，莫不总集大众，而能寂然无言语者。"③在《礼记正义·中庸》中，郑玄注曰："此《颂》也，言奏大乐于宗庙之中，人皆肃敬。金声玉色，无有言者，以时太平，和合无所争也。"孔颖达疏曰："此《商颂·烈祖》之篇，美成汤之诗。《诗》本文云'鬷假无言'，此云'奏假'者，与《诗》反异也。……言祭成汤之时，奏此大乐于宗庙之中，人皆肃敬，无有喧哗之言。所以然者，时既太平，无有争讼之事，故'无言'也。"④

---

① （宋）赵顺孙：《大学纂疏·中庸纂疏》，上海，华东师范大学出版社，1992，第274页。
② （宋）朱熹：《晦庵先生朱文公文集》卷四十八《答吕子约》（四十四），四部丛刊初编本。
③ 《毛诗正义》卷二十《商颂·烈祖》，（清）阮元校刻：《十三经注疏》（上），北京，中华书局，1980，第621～622页。
④ 《礼记正义》卷五十三《中庸》，（清）阮元校刻：《十三经注疏》（下），北京，中华书局，1980，第1635～1636页。

与郑玄、孔颖达注疏"奏假"为"奏大乐"不同，朱熹《中庸章句》注"奏"为"进"，注"假"同"格"，并且注《中庸》所言曰："承上文，而遂及其效，言进而感格于神明之际，极其诚敬，无有言说而人自化之也。"①《诗》讲"鬷假"，讲的是"总集大众"。《中庸》讲"奏假"，郑玄注为"奏大乐于宗庙之中"，而与《诗》不同；朱熹则讲"进而感格于神明"，差异更大。至于"无言，时靡有争"，《诗》意即"寂然无言语者，无争讼者"；而在《中庸》，郑玄注为"无有言者，以时太平，和合无所争"；朱熹则注为"无有言说而人自化之"。显然，朱熹的注释，不同于郑玄、孔颖达之注疏，更不是《诗》之原意。

在朱熹看来，极其诚敬，可以感通于神明，指出："虽神明若有若亡，圣人但尽其诚敬，俨然如神明之来格，得以与之接也。……盖神明不可见，惟是此心尽其诚敬，专一在于所祭之神，便见得'洋洋然如在其上，如在其左右'。""诚者，实也。有诚则凡事都有，无诚则凡事都无。如祭祀有诚意，则幽明便交；无诚意，便都不相接了。"②因此，朱熹认为，极其诚敬，亦可以感动人心，使得"无有言说而人自化之也"。

需要指出的是，朱熹这里所言"极其诚敬，无有言说而人自化之也"，与他对《论语·为政》"为政以德"的注释是一致的。朱熹《论语集注》注"为政以德"曰："为政以德，则无为而天下归之，其象如此。程子曰：'为政以德，然后无为。'范氏曰：'为政以德，则不动而化、不言而信、无为而成。'"③从字面上看，朱熹所言与老子《道德经·第五十七章》所言"我无为而民自化"颇为相近。但是，朱熹讲"极其诚敬，无有言说而人自化之也"，"为政以德，则无为而天下归之"，并不是老子所讲的"无为"。据《朱子语类》载，

　　问："'为政以德'，老子言无为之意，莫是如此否？"曰："不必老子之言无为。孔子尝言：'无为而治者，其舜也与！夫何为哉？恭己正南面而已矣。'老子所谓无为，便是全不事事。圣人所谓无为者，未尝不为，依旧是'恭己正南面而已矣'；是'己正而物正'，'笃恭而天下平'也。后世天下不治者，皆是不能笃恭尽敬。若能尽其恭敬，则视必明，听必聪，而天下之事

① （宋）朱熹：《四书章句集注·中庸章句》，北京，中华书局，1983，第40页。
② （宋）黎靖德：《朱子语类》（二）卷二十五，北京，中华书局，1986，第620页。
③ （宋）朱熹：《四书章句集注·论语集注》，北京，中华书局，1983，第53页。

岂有不理!"①

朱熹认为，老子讲"无为"，是"全不事事"，孔子讲"无为"在于"己正"。他还说："(老子)虽曰'我无为而民自化'，然不化者则亦不之问也。"②在朱熹看来，老子讲"我无为而民自化"，旨在我之"无为"，而不在民之"化"或"不化"；而讲"为政以德"，旨在希望"众星四面旋绕而归向之"，"天下归之"。显然，这与老子的"我无为而民自化"是不同的。

<h3 style="text-align:center">五、"不显惟德! 百辟其刑之"</h3>

《中庸》说："《诗》曰：'不显惟德! 百辟其刑之。'是故君子笃恭而天下平。"如前所述，在《礼记正义·中庸》中，所谓"不显惟德"，意为"不显乎? 文王之德，言其显矣"。而朱熹对这里"不显"的注释，并不同于郑玄、孔颖达的注疏，而是引申出"不显之德"，并以此表达"幽深玄远"之意。在朱熹看来，正是由于天子有不显之德，诸侯效法，其德愈深而其效愈远。

朱熹认为，自前面"衣锦尚絅"讲"锦里絅外"作为入德之始，经"潜虽伏矣，亦孔之昭"讲"慎于独知"；"相在尔室，尚不愧于屋漏"讲"戒慎恐惧"；"奏假无言，时靡有争"讲"极其诚敬，无有言说"，至"不显惟德! 百辟其刑之"，成就"不显之德"，步步深入，而达到了极至。朱熹还说："此章到'笃恭而天下平'，已是极至结局处。所谓'不显维德'者，幽深玄远，无可得而形容。虽'不大声以色'，'德輶如毛'，皆不足以形容。直是'无声无臭'，到无迹之可寻，然后已。"③朱熹后学赵顺孙《中庸纂疏》引陈氏曰："文章至此，凡五引《诗》，头节说学者须为己，不求人知；第二节说致谨于人所不见处；第三节说不特人所不见，虽己所不闻不见处，亦当致敬；第四节说不待言说，而人自化之；第五节说不显笃恭，圣人至德功效，有自然之应，乃中庸之极功也。"④

<h3>六、"予怀明德，不大声以色"；"德輶如毛"；"上天之载，无声无臭"</h3>

《中庸》说："《诗》云：'予怀明德，不大声以色。'子曰：'声色之于以化民，末也。《诗》曰"德輶如毛"，毛犹有伦；"上天之载，无声无臭"，

①　(宋)黎靖德：《朱子语类》(二)卷二十三，北京，中华书局，1986，第 537 页。
②　(宋)黎靖德：《朱子语类》(八)卷一百二十五，北京，中华书局，1986，第 2986 页。
③　(宋)黎靖德：《朱子语类》(四)卷六十四，北京，中华书局，1986，第 1599～1600 页。
④　(宋)赵顺孙：《大学纂疏·中庸纂疏》，上海，华东师范大学出版社，1992，第 275 页。

至矣！'"①其中"予怀明德，不大声以色"来自《诗·大雅·皇矣》曰："帝谓文王，予怀明德，不大声以色。"怀，归也。就《诗》而言，郑玄笺云："天之言云：我归人君有光明之德，而不虚广言语，以外作容貌。"孔颖达疏曰："郑以为，天帝告语文王曰：我之所归，归于人君而有光明之德，而不虚广其言语之音声，以外作容貌之色。"②"德輶如毛"来自《诗·大雅·烝民》曰："人亦有言，德輶如毛，民鲜克举之。"輶，轻也。郑玄笺云："人之言云德甚轻，然而众人寡能独举之以行者。"孔颖达疏曰："人亦有俗谚之常言：德之在人，此于无德之时，非复益重，其轻如毛，然其轻如毛，行之甚易，要民无其志，寡能举行之者。"③"上天之载，无声无臭"引自《诗·大雅·文王》曰："上天之载，无声无臭。"郑玄笺云："天之道，难知也。耳不闻声音，鼻不闻香臭。"孔颖达疏曰："上天所为之事，无声音，无臭味，人耳不闻其音声，鼻不闻其香臭，其事冥寞，欲效无由。"④

　　对于《中庸》所言"《诗》云：'予怀明德，不大声以色。'"郑玄注曰："言我归有明德者，以其不大声为严厉之色以威我也。"孔颖达疏曰："言天谓文王曰，我归就尔之明德，所以归之者，以文王不大作音声以为严厉之色，故归之。"⑤对于《中庸》所言"子曰：'声色之于以化民，末也。《诗》曰"德輶如毛"，毛犹有伦；"上天之载，无声无臭"，至矣'"，郑玄注曰："言化民常以德，德之易举而用，其轻如毛耳。……伦，犹比也；载，读曰'栽'，谓生物也。言毛虽轻，尚有所比；有所比，则有重。上天之造生万物，人无闻其声音，亦无知其臭气者。化民之德，清明如神，渊渊浩浩然后善。"孔颖达疏曰："此一节是夫子之言。子思既说君子之德不大声以色，引夫子旧语声色之事以接之，言化民之法当以德为本，不用声色以化民也。若用声色化民，是其末事，故云'化民末也'。'《诗》曰德輶如毛'者，此《大雅·烝民》之篇，美宣王之诗。輶，轻也。言用德化民，举行甚易，其轻如毛也。……毛虽细物，犹有形体可比并，故云'毛

---

①　此处采用上海古籍出版社 2008 年版《礼记正义》标点（第 2051 页），不同于中华书局 1983 年版《四书章句集注》（第 40 页）。
②　《毛诗正义》卷十六《大雅·皇矣》，（清）阮元校刻：《十三经注疏》（上册），北京，中华书局，1980，第 522 页。
③　《毛诗正义》卷十八《大雅·烝民》，（清）阮元校刻：《十三经注疏》（上册），北京，中华书局，1980，第 569 页。
④　《毛诗正义》卷十六《大雅·文王》，（清）阮元校刻：《十三经注疏》（上册），北京，中华书局，1980，第 505 页。
⑤　《礼记正义》卷五十三《中庸》，（清）阮元校刻：《十三经注疏》（下册），北京，中华书局，1980，第 1635～1636 页。

犹有伦'也。'上天之载，无声无臭，至矣'，载，生也，言天之生物无音声、无臭气，寂然无象而物自生。言圣人用德化民，亦无音声，亦无臭气而人自化。是圣人之德至极，与天地同。"①

对于《中庸》所引《诗》及孔子所言，朱熹《中庸章句》注曰：

> 引之以明上文所谓"不显之德"者，正以其不大声与色也。又引孔子之言，以为声色乃化民之末务，今但言不大之而已，则犹有声色者存，是未足以形容不显之妙。不若《烝民》之诗所言"德輶如毛"，则庶乎可以形容矣，而又自以为谓之毛，则犹有可比者，是亦未尽其妙。不若《文王》之诗所言"上天之事，无声无臭"，然后乃为不显之至耳。盖声臭有气无形，在物最为微妙，而犹曰"无"之，故惟此可以形容不显笃恭之妙。②

在朱熹看来，这里《中庸》所引《诗》及孔子所言，实际上是对前面所谓"不显之德"的步步深入的阐释：从"不大声与色"直至"无声无臭"。

朱熹不仅把"无声无臭"看成是"不显之德"之极致，而且还说：

> 《中庸》"无声无臭"，本是说天道。彼其所引《诗》，……诗人意初不在"无声无臭"上也。《中庸》引之，结《中庸》之义。尝细推之，盖其意自言慎独以修德。至《诗》曰"不显维德，百辟其刑之"，乃"笃恭而天下平"也。后面节节赞叹其德如此，故至"予怀明德"，以至"'德輶如毛'，毛犹有伦，'上天之载，无声无臭，至矣!"盖言天德之至，而微妙之极，难为形容如此。③

在朱熹看来，"无声无臭"，是就"天德之至，而微妙之极"而言。对此，朱熹门人周舜弼也认为，《中庸》第三十三章所引《诗》后三条"以叹咏不显之德固不在乎声色之末，亦非'德輶如毛'之可比。极论其妙，不若'无声无臭'之诗为可以形容其不显之至耳"④。

需要指出的是，《中庸》讲"无声无臭"与老子《道德经·第一章》讲"玄

---

① 《礼记正义》卷五十三《中庸》，(清)阮元校刻：《十三经注疏》(下册)，北京，中华书局，1980，第1636页。

② (宋)朱熹：《四书章句集注·中庸章句》，北京，中华书局，1983，第40页。

③ (宋)黎靖德：《朱子语类》(四)卷六十四，北京，中华书局，1986，第1600～1601页。

④ (宋)朱熹：《晦庵先生朱文公文集》卷五十《答周舜弼》(十)，四部丛刊初编本。

之又玄"颇有相似之处。对此，朱熹作了区别。据《朱子语类》载，

> 公晦问："《中庸》末章说及本体微妙处，与老子所谓'玄之
> 又玄'，庄子所谓'冥冥默默'之意同。不知老庄是否？"先生不
> 答。良久，曰："此自分明，可且自看。某从前趁口答将去，诸
> 公便更不思量。"临归，又请教。曰："开阔中又著细密，宽缓中
> 又著谨严，这是人自去做。夜来所说'无声无臭'，亦不离这个。
> 自'不显维德'引至这上，岂特老庄说得恁地？佛家也说得相似，
> 只是他个虚大。"①

在朱熹看来，老子"玄之又玄"讲的是"虚"，讲的是"无"，而《中庸》"无声
无臭"讲的是"有"。朱熹还说："自然有万事在。如云'不动而敬，不言而
信'，也是自有敬信在。极而至于'无声无臭'，然自有'上天之载'在。盖
是其中自有，不是都无也。"②所以，在朱熹看来，《中庸》"无声无臭"与
老子"玄之又玄"，有着根本的差别。

第三节 "不显之德"与"反身以谨独"

朱熹对《中庸》第三十三章的解说，还与《中庸》首章对应起来。《中
庸》第三十三章第一句引《诗》"衣锦尚絅"，推崇"淡而不厌，简而文，温
而理，知远之近，知风之自，知微之显"；朱熹《中庸章句》认为，"有为
己之心"并且又能"知远之近，知风之自，知微之显"，"则知所谨而可入
德矣"。《中庸或问》还说：

> 盖以一篇而论之，则天命之性，率性之道，修道之教，与
> 夫天地之所以位，万物之所以育者，于此可见其实德。以此章
> 论之，则所谓"淡而不厌，简而文，温而理，知远之近，知风之
> 自，知微之显"者，于此可见其成功。皆非空言也。然其所以入
> 乎此者，则无他焉，亦曰反身以谨独而已矣。故首章已发其意，
> 此章又申明而极言之，其旨深哉！③

---

① （宋）黎靖德：《朱子语类》（四）卷六十四，北京，中华书局，1986，第 1601 页。
② （宋）黎靖德：《朱子语类》（四）卷六十四，北京，中华书局，1986，第 1598 页。
③ （宋）朱熹：《四书或问·中庸或问》，朱杰人等主编：《朱子全书》（第六册），上海，上
　海古籍出版社；合肥，安徽教育出版社，2002，第 604 页。

《中庸》第三十三章第二句引《诗》"潜虽伏矣，亦孔之昭"，推崇"内省不疚，无恶于志"，"人之所不见"；朱熹以为"此君子谨独之事也"，与《中庸》首章讲"慎独"相对应。《中庸》第三十三章第三句引《诗》"相在尔室，尚不愧于屋漏"；朱熹认为，此"承上文又言君子之戒谨恐惧，无时不然"，与《中庸》首章讲"戒慎恐惧"相应。

据《朱子语类》载，

> 问："《中庸》首章只言戒惧慎独，存养省察两节工夫而已。篇末'尚絅'一章复发此两条。然学者须是立心之初，真个有为己笃实之心，又能知得'远之近，风之自，微之显'，方肯做下面慎独存养工夫。不审'知远之近，风之自，微之显'，已有穷理意思否？"曰："也须是知得道理如此，方肯去慎独，方肯去持养，故'可与入德矣'。但首章是自里面说出外，盖自天命之性，说到'天地位，万物育'处。末章却自外面一节收敛入一节，直约到里面'无声无臭'处，此与首章实相表里也。"①

朱熹认为，《中庸》首章是"自里面说出外"，从"天命之性"说到"戒慎恐惧"和"慎独"，从"致中和"说到"天地位，万物育"；《中庸》第三十三章是自外面"直约到里面"，从"衣锦尚絅"说到"潜虽伏矣，亦孔之昭"，即"慎独"；"相在尔室，尚不愧于屋漏"，即"戒慎恐惧"，"一节收敛入一节"，直至"无声无臭"，首尾呼应。

朱熹特别强调《中庸》第三十三章实际上是向内"收敛"。他说：

> 《中庸》后面愈说得向里来，凡八引《诗》，一步退似一步，都用那般"不言、不动、不显、不大"底字，直说到"无声无臭"则至矣。②
> 此段自"衣锦尚絅"，"闇然日章"，渐渐收敛到后面，一段密似一段，直到圣而不可知处，曰："无声无臭，至矣！"③
> 《中庸》末章，恐是说只要收敛近里如此，则工夫细密。而今人只是不收向里，做时心便粗了。然而细密中却自有光明发出来。

---

①　(宋)黎靖德：《朱子语类》(四)卷六十四，北京，中华书局，1986，第 1598 页。
②　(宋)黎靖德：《朱子语类》(四)卷六十四，北京，中华书局，1986，第 1598 页。
③　(宋)黎靖德：《朱子语类》(四)卷六十四，北京，中华书局，1986，第 1600 页。

《中庸》一篇，始只是一，中间却事事有，末后却复归结于一。①

在朱熹看来，《中庸》第三十三章通过向内"收敛"，以阐述"不显之德"。他说：

> 圣人教人，既不令其躐等级做进德工夫，不令其止于学文而已。德既在己，则以此行之耳，不待外面勉强旋做。……凡此工夫，全在收敛近里而已。《中庸》末章发明此意，至为深切。自"衣锦尚絅"以下皆是，只暗暗地做工夫去。然此理自掩蔽不得，故曰"闇然而日章"。小人不曾做时，已报得满地人知，然实不曾做得，故曰"的然而日亡"。"淡而不厌，简而文，温而理"，皆是收敛近里。"知远之近，知风之自，知微之显"，一句紧一句。……学者工夫能如此收敛来，方可言德，然亦未可便谓之德，但如此则可以入德矣。其下方言"尚不愧于屋漏"，盖已能如此做入细工夫，知得分明了，方能慎独涵养。其曰"不动而敬，不言而信"，盖不动不言时，已是个敬信底人了。又引《诗》"不显维德"，"予怀明德"，"德輶如毛"言之，一章之中皆是发明个"德"字。然所谓德者，实无形状，故以"无声臭"终之。②

朱熹还认为，《中庸》第三十三章通过一步步地向内"收敛"，阐述"不显之德"，就是要求"反身以谨独"。

朱熹《中庸章句》第三十三章按语还指出：

> 子思因前章极致之言，反求其本，复自下学为己谨独之事，推而言之，以驯致乎笃恭而天下平之盛。又赞其妙，至于"无声无臭"而后已焉。③

显然，朱熹从《中庸》第三十三章引《诗》"不显惟德"中引申出"不显之德"，以示"幽深玄远"之意，其动机在于要求"反身以谨独"，正如以上引朱熹《中庸或问》所言，《中庸》第三十三章就是要求在"圣人之德而极其盛"之时，避免"学者求之于高远玄妙之域，轻自大而反失之"，因而"欲学者先知用心于内，不求人知，然后可以谨独诚身，而训致乎其极"。

---

① （宋）黎靖德：《朱子语类》（四）卷六十四，北京，中华书局，1986，第1600页。
② （宋）黎靖德：《朱子语类》（七）卷九十七，北京，中华书局，1986，第2490～2491页。
③ （宋）朱熹：《四书章句集注·中庸章句》，北京，中华书局，1983，第40页。

第十一章 "诚"为《中庸》之枢纽

在汉郑玄注、唐孔颖达疏《礼记正义·中庸》中，《中庸》为上、下两大篇，朱熹《中庸章句》将其合为一整篇；尤其是，《中庸章句》把《礼记正义·中庸》中分别属于上篇的第十四至十七章和属于下篇的第十八至二十章，融合为完整的第二十章"哀公问政"，而且，朱熹《中庸章句》第二十章按语还说："章内语诚始详，而所谓诚者，实此篇之枢纽也。"①对此，朱熹《中庸或问》进一步解释说："盖此篇大指，专以发明实理之本然，欲人之实此理而无妄，故其言虽多，而其枢纽不越乎'诚'之一言也。"②可见，朱熹不仅通过"诚"，将《礼记正义·中庸》中的《中庸》上、下两篇合并起来，而且还将"诚"看成贯穿《中庸》始终的主线。

第一节 《中庸》之枢纽

关于《中庸》与"诚"的关系，程颐说："《中庸》之书，学者之至也，而其始则曰：'戒慎乎其所不睹，恐惧乎其所不闻。'盖言学者始于诚也。"③与程颐同时代的范祖禹（1041—1098 年，字淳夫、梦得）所著《中庸论》也说："《中庸》者，言性之书也。既举其略矣，而未及乎性也。夫诚者，圣人之性也；诚之者，贤人之性也。"④显然，他们都认为，"诚"是《中庸》的主题。

如前所述，朱熹《中庸章句》第二十章按语说："第二十章，此引孔子之言，……以终十二章之意。章内语诚始详，而所谓诚者，实此篇之枢纽也。"其中的"此篇"似乎是指《中庸》第十二章至第二十章，以为"诚"是《中庸》第十二章至第二十章的枢纽。然而，在《中庸或问》对"诚为此篇之

---

① （宋）朱熹：《四书章句集注·中庸章句》，北京，中华书局，1983，第 32 页。

② （宋）朱熹：《四书或问·中庸或问》，朱杰人等主编：《朱子全书》（第六册），上海，上海古籍出版社；合肥，安徽教育出版社，2002，第 595 页。

③ （宋）程颢、程颐：《河南程氏遗书》卷二十五，《二程集》（第一册），北京，中华书局，1981，第 325 页。

④ 引自（清）黄宗羲、全祖望：《宋元学案》（第二册）卷二十一《华阳学案》，北京，中华书局，1986，第 849 页。

枢纽"的进一步解说中，朱熹则把"诚"看作是《中庸》全篇的枢纽。

> 曰："何以言诚为此篇之枢纽也？"曰："诚者，实而已矣。天命云者，实理之原也。性其在物之实体，道其当然之实用，而教也者，又因其体用之实而品节之也。不可离者，此理之实也。隐之见，微之显，实之存亡而不可掩者也。戒谨恐惧而谨其独焉，所以实乎此理之实也。中和云者，所以状此实理之体用也。天地位，万物育，则所以极此实理之功效也。中庸云者，实理之适可而平常者也。过与不及，不见实理而妄行者也。费而隐者，言实理之用广而体微也。鸢飞鱼跃，流动充满，夫岂无实而有是哉！道不远人以下，至于大舜、文、武、周公之事，孔子之言，皆实理应用之当然。而鬼神之不可掩，则又其发见之所以然也。圣人于此，固以其无一毫之不实，而至于如此之盛，其示人也，亦欲其必以其实而无一毫之伪也。盖自然而实者，天也，必期于实者，人而天也。诚明以下累章之意，皆所以反复乎此，而语其所以。至于正大经而立大本，参天地而赞化育，则亦真实无妄之极功也。卒章尚絅之云，又本其务实之初心而言也。内省者，谨独克己之功；不愧屋漏者，戒谨恐惧而无已；可克之事，皆所以实乎此之序也。时靡有争，变也；百辟刑之，化也；无声无臭，又极乎天命之性、实理之原而言也。盖此篇大指，专以发明实理之本然，欲人之实此理而无妄，故其言虽多，而其枢纽不越乎'诚'之一言也，呜呼深哉！"①

在这段关于《中庸》枢纽的详细论述中，朱熹首先阐释《中庸》前二十章有关概念和表述中所内涵的"诚"；其次又指出第二十一章直至末后一章对于"诚"的反复论述；最后得出《中庸》全篇的枢纽在于"诚"的结论。

需要指出的是，朱熹把"诚"看作《中庸》全篇的枢纽，为朱熹门人及后学所继承。朱熹门人黄榦《中庸总论》指出："《中庸》之书，《章句》、《或问》言之悉矣。学者读之，未有不晓其文、通其义者也。……程子以为始言一理，中散为万事，末复合为一理。朱先生以'诚'之一字为此篇之枢纽，示人切矣。"②赵顺孙《中庸纂疏》在论及朱熹所言"诚者，实此篇

---

① （宋）朱熹：《四书或问·中庸或问》，朱杰人等主编：《朱子全书》（第六册），上海，上海古籍出版社；合肥，安徽教育出版社，2002，第594～595页。
② （宋）黄榦：《中庸总论》，《勉斋集》卷三，文渊阁四库全书本。

之枢纽"时，引黄氏①曰："《中庸》著个'诚'字锁尽。"并且还明确指出："《中庸》一篇，无非说'诚'。自篇首至十六章，始露出'诚之不可掩'一句，然不过专说鬼神，是以天道言之；至此章（《中庸》第二十章）说许多事，末乃说诚身工夫，便是人道；自此以下，分说天道、人道，极为详悉。"②真德秀说："朱子谓《中庸》一书不越乎'诚'之一字。"③并引述朱熹《中庸或问》以回答何以言"'诚'为《中庸》之枢纽"④。陈栎认为，朱熹"揭一'诚'字以为一书（《中庸》）之枢纽"⑤。

对于朱熹所谓"诚者，实此篇之枢纽"，许谦《读中庸丛说》作了更为详尽的阐释，指出：

> 诚者，此篇枢纽，今以此言观，一篇皆言诚也。言天之实理，固诚也。言圣人之实德，亦诚也。言人之欲实之者，亦诚也。故天命者，以实理赋于人、物也；性者，人、物得天之实理也；道者，循此实理也；教者，品节此实理也。戒惧，存此实理也；慎独，行此实理也。未发之中，实理之体也；中节之和，实理之行也。中和，实理之感；而位育，实理之应也。中庸，诚之至也。大舜，诚者也；颜子，诚之者也。强矫，诚之者当如是也。孔子依乎中庸，亦诚者也。道之费而隐，诚之盈乎天地者也。费之小大，皆诚之所生也。言鬼神，见幽显之皆诚也。仁者，天地生物之诚；而人得以生之，诚也。修道以之者，体此诚也。亲亲尊贤，诚之施也。杀等之礼，诚自然之节也。达道、达德九经，皆以诚行之也。豫与前定，先立乎诚也。自治民推至乎明善，皆在诚乎身也。自"诚者"以下，明言诚又以实夫达德也。二十一章至二十六章，皆明言诚。二十七章"洋洋""优优"，皆诚之著也。"尊德性"以下五事，又言诚之之方也。二十八章"为下不倍"，二十九章"为上不骄"，亦诚之之事。三十章至三十一章，皆诚者也。末章历序诚之以至于至诚，复

---

① 可能是黄榦。赵顺孙《中庸纂疏》属《四书纂疏》之一，其中所引黄氏有二：黄士毅（字子洪），称"莆田黄氏"；黄榦，称"黄氏"。
② （宋）赵顺孙：《大学纂疏·中庸纂疏》，上海，华东师范大学出版社，1992，第224～225页。
③ （宋）真德秀：《读书记》卷十六《中》，文渊阁四库全书本。
④ （宋）真德秀：《读书记》卷十七《诚》，文渊阁四库全书本。
⑤ （元）陈栎：《定宇集》卷一《中庸口义自序》，文渊阁四库全书本。

言天道之诚终焉。又细而推之，何一语非诚也？①

除此之外，王夫之也明确认为，在朱熹那里，“《中庸》以诚为枢纽”②。他的《礼记章句·中庸》还在引述朱熹所言“所谓‘诚’者，实此篇之枢纽也”之后，附“衍”：“以道而言，‘诚’为枢纽；以功而言，‘诚之’为枢纽。”③由此可见，“诚”为《中庸》之枢纽，应当是朱熹对于《中庸》大义的基本判断。

与朱熹把《中庸》看成是完整一篇并以“诚”作为其枢纽不同，不仅郑玄注、孔颖达疏《礼记正义·中庸》分《中庸》为上、下两大篇，而且朱熹之后，也仍有一些学者把《中庸》分为两部分。宋代王柏在他的《古中庸·跋》中指出："《中庸》者，子思子所著之书。所以开大原，立大本，而承圣绪也。……惟愚滞之见，常觉其文势时有断续，语脉时有交互，思而不敢言也，疑而不敢问也。一日，偶见西汉《艺文志》有曰：‘《中庸说》二篇。’颜师古注曰：‘今《礼记》有《中庸》一篇。’而不言亡其一也。惕然有感，然后知班固时尚见其初为二也，合而乱之，其出于小戴氏之手乎!"④王柏认为，《中庸》为子思所作，原为两篇，是汉代的小戴（戴圣）将两篇糅合而为一，而有《礼记》中的《中庸》。明代王祎赞同王柏的看法，指出："《中庸》古有二篇，见汉《艺文志》。而在《礼记》中者，一篇而已。朱子为章句，因其一篇者，分为三十三章。而古所谓二篇者，后世不可见矣。今宜因朱子所定，以第一章至第二十章为上篇，以第二十一章至三十三章为下篇。上篇以‘中庸’为纲领，其下诸章，推言‘智、仁、勇’，皆以明中庸之义也。下篇以‘诚明’为纲领，其后诸章详言天道、人道，皆以著诚明之道也。如是，则既不失古今之体，又不悖朱子之旨，鲁斋王氏盖主此说云。"⑤

冯友兰也认为《中庸》分为两部分。他说："细观《中庸》所说义理，首段自‘天命之谓性’至‘天地位焉，万物育焉’，末段自‘在下位不获乎上’，至‘无声无臭至矣’，多言人与宇宙之关系，似就孟子哲学中之神秘主义

① （元）许谦：《读四书丛说》卷三《读中庸丛说下》，四部丛刊续编本。
② （明）王夫之：《读四书大全说》卷三《中庸》，《船山全书》（第六册），长沙，岳麓书社，1991，第527页。
③ （明）王夫之：《礼记章句》卷三十一《中庸》，《船山全书》（第四册），长沙，岳麓书社，1991，第1290页。
④ （宋）王柏：《鲁斋王文宪公文集》卷十三《古中庸·跋》，《丛书集成续编》第132册，台北，新文丰出版公司，1997，第316页。
⑤ （明）王祎：《王忠文公集》卷二十《丛录》，文渊阁四库全书本。

之倾向，加以发挥。其文体亦大概为论著体裁。中段自'仲尼曰，君子中庸'，至'道前定则不穷'，多言人事，似就孔子之学说，加以发挥。其文体亦大概为记言体裁。由此异点推测，则此中段似为子思原来所作之《中庸》，即《汉书·艺文志》儒家中之《子思》二十三篇之类。首末二段，乃后来儒者所加，即《汉书·艺文志》'凡礼十三家'中之《中庸说》二篇之类也。"①

　　徐复观认为，《中庸》分为上、下两篇：自"天命之谓性"的第一章起，至"哀公问政"之第二十章前段之"道前定，则不穷"止，为《中庸》本文之上篇；自第二十章后半段"在下位，不获乎上，民不可得而治矣"起，一直到第三十三章为止，为《中庸》本文的下篇。② 事实上，这样的理解与郑玄、孔颖达的《礼记正义·中庸》基本一致。但是，他又认为，"上篇多本孔子对一般人的立教而言中庸；下篇则通过一个圣人的人格——亦即孔子，来看性命与中庸之浑沦一体"，所以，"上下篇的思想，实在是一贯的"。③

　　当今学者梁涛则认为，今本《中庸》包括原来独立的两篇，"今本《中庸》上半部分应包括第二章到第二十章上半段'所以行之者一也'"；"今本《中庸》下半部分包括第一章以及第二十章'凡事豫则立'以下"。④ 上半部分主要讨论"中庸"，下半部分主要讨论"诚明"，而"中庸"与"诚明"在许多方面都存在着差异。⑤

第二节　《中庸》与"诚"

　　朱熹《中庸章句》认为，《中庸》第一章为"一篇之体要"。对于该章既讲"天命之谓性，率性之谓道，修道之谓教"，又讲"喜怒哀乐之未发谓之中，发而皆中节谓之和"，朱熹《中庸首章说》指出："天命之性，浑然而已。以其体而言之，则曰'中'；以其用而言之，则曰'和'。……喜怒哀乐未发，是则所谓'中'也；发而莫不中节，是则所谓'和'也。"⑥《中庸章句》则注曰："未发，则性也，无所偏倚，故谓之中。发皆中节，情之正

①　冯友兰：《中国哲学史》（上册），上海，华东师范大学出版社，2000，第273～274页。
②　徐复观：《中国人性论史》，上海，华东师范大学出版社，2005，第66页。
③　徐复观：《中国人性论史》，上海，华东师范大学出版社，2005，第92页。
④　梁涛：《郭店竹简与思孟学派》，北京，中国人民大学出版社，2008，第268页。
⑤　梁涛：《郭店竹简与思孟学派》，北京，中国人民大学出版社，2008，第278页。
⑥　（宋）朱熹：《晦庵先生朱文公文集》卷六十七《中庸首章说》，四部丛刊初编本。

也，无所乖戾，故谓之和。"①显然，在朱熹看来，《中庸》第一章讲的是"中和"，而且"中和"与"中庸"密切相关，《中庸章句》第二章按语引游酢说："以性情言之，则曰'中和'，以德行言之，则曰'中庸'是也。"并且指出："然'中庸'之'中'，实兼'中和'之义。"②

从字面上看，作为《中庸》"一篇之体要"的第一章只是讲"中和"，并没有讲"诚"，然而朱熹《中庸或问》却以"诚"予以解说。如前所述，《中庸或问》说："天命云者，实理之原也。性其在物之实体，道其当然之实用，而教也者，又因其体用之实而品节之也。不可离者，此理之实也。隐之见，微之显，实之存亡而不可揜者也。戒谨恐惧而谨其独焉，所以实乎此理之实也。中和云者，所以状此实理之体用也。天地位，万物育，则所以极此实理之功效也。"朱熹认为，《中庸》第一章讲"天命"、"性"、"道"、"教"，讲道不可离，讲"隐"、"微"，讲戒谨恐惧、慎独，讲中和、天地位、万物育，都是"实理"。在朱熹看来，"诚"，既是"真实无妄之谓"，又是"实理之谓"，所谓"诚是实理，自然不假修为者也"③；"诚是天理之实然，更无纤毫作为"④。所以，《中庸》第一章不仅讲"中和"，而且由于讲的是"实理"，故蕴含着"诚"。后来的王夫之也指出："曰'命'、曰'性'、曰'道'、曰'教'，无不受统于此一'诚'字。"⑤清代李光地说："诚者，实也。在事之谓'道'，在心之谓'性'，在上天之载之谓'命'。实理，自然无声色臭味之可觌，此所以为中庸也。"⑥认为《中庸》第一章贯穿着"诚"，即"实"。

《中庸》第二至第十一章明确讲"中庸"。朱熹认为，中庸"乃天命人心之正"，"人所同得"。但是，由于人们的"德"以及对于中庸的"知"与"行"的差异，"君子中庸，小人反中庸"，"民鲜能久矣"，智者、愚者、贤者、不肖者，因气禀的差异而造成对于中庸的知与行上的过与不及，导致"道之不行"、"道之不明"。朱熹还认为，知、行依乎中庸，并且坚守到底，不半途而废，这就是"知"、"仁"、"勇"的中庸之德。

然而，对于"中庸"，《中庸或问》说："中庸云者，实理之适可而平常者也。过与不及，不见实理而妄行者也。"在朱熹看来，中庸是平常的、

---

① （宋）朱熹：《四书章句集注·中庸章句》，北京，中华书局，1983，第18页。
② （宋）朱熹：《四书章句集注·中庸章句》，北京，中华书局，1983，第19页。
③ （宋）黎靖德：《朱子语类》（四）卷六十四，北京，中华书局，1986，第1563页。
④ （宋）黎靖德：《朱子语类》（四）卷六十四，北京，中华书局，1986，第1563页。
⑤ （明）王夫之：《读四书大全说》卷九《孟子》，《船山全书》（第六册），长沙，岳麓书社，1991，第996页。
⑥ （清）李光地：《榕村集》卷六《中庸篇》，文渊阁四库全书本。

理所当然之道理，因而是"实理"，是真实无妄的道理；过与不及，则不
是实理，而是肆意妄为；因此，中庸蕴含着"诚"。

《中庸》第十二章讲"君子之道费而隐"，以阐明道之体用；讲"鸢飞戾
天，鱼跃于渊"，以阐明道体之"化育流行，上下昭著"；《中庸》第十三章
讲"道不远人"，直至《中庸》第二十章，引孔子之言以述大舜、文、武、
周公之事，其中第十六章言及鬼神之为德，"诚之不可揜"。对此，《中庸
或问》说："费而隐者，言实理之用广而体微也。鸢飞鱼跃，流动充满，
夫岂无实而有是哉！道不远人以下，至于大舜、文、武、周公之事，孔
子之言，皆实理应用之当然。而鬼神之不可揜，则又其发见之所以然
也。"在朱熹看来，《中庸》第十二至第二十章，说的都是"实理"。《中庸或
问》还说："圣人于此，固以其无一毫之不实，而至于如此之盛，其示人
也，亦欲其必以其实而无一毫之伪也。盖自然而实者，天也，必期于实
者，人而天也。"认为圣人以"实理"示人，以"期于实者"。正是由于讲的
是"实理"，按照朱熹所谓"诚是实理"的界定，《中庸》第十二至第二十章
所言"实理"蕴含着"诚"。

《中庸》第二十章，按照郑玄、孔颖达《礼记正义·中庸》，其中"哀公
问政。……道前定则不穷"属上篇，"在下位不获乎上，……虽柔必强"属
下篇。从字面上看，属于上篇的部分，并没有讲到"诚"；而属于下篇的
部分，则较多地讲"诚"，既讲"顺乎亲有道，反诸身不诚，不顺乎亲矣；
诚身有道，不明乎善，不诚乎身矣"，又讲"诚者，天之道也；诚之者，
人之道也。诚者，不勉而中，不思而得，从容中道，圣人也。诚之者，
择善而固执之者也"。但是，朱熹把属于上篇部分中所言"天下之达道五，
所以行之者三，……所以行之者一也"以及"凡为天下国家有九经，所以
行之者一也"中的"一"，注释为"诚"，而与属于下篇的部分中所言"诚"联
系起来，不仅构建了完整的《中庸》第二十章"哀公问政"，而且以"诚"为
枢纽把郑玄、孔颖达《礼记正义·中庸》分属上、下篇的两部分统一起来。

显然，在朱熹看来，《中庸》的前半部分，虽然主要讲"中庸"，而很
少讲"诚"，但讲的都是"实理"，因而内涵着"诚"。朱熹《中庸章句》第二
十章按语说："章内语诚始详。"言下之意为：《中庸》只是到第二十章才开
始讲"诚"，而此前的其他各章实际上也内涵着"诚"，只是没有直接而明
白地说出来。

《中庸》自第二十一至三十二章讲"诚明"，无疑是围绕着"诚"而展开
的。《中庸或问》指出："诚明以下累章之意，皆所以反复乎此，而语其所
以。至于正大经而立大本，参天地而赞化育，则亦真实无妄之极功也。"

《中庸》末章既讲"不显之德",又讲"反身以谨独"。《中庸或问》指出:"卒章尚絅之云,又本其务实之初心而言也。内省者,谨独克己之功;不愧屋漏者,戒谨恐惧而无已;可克之事,皆所以实乎此之序也。时靡有争,变也;百辟刑之,化也;无声无臭,又极乎天命之性、实理之原而言也。"

据《朱子语类》载,

> 问《中庸》"始言一理,中散为万事,末复合为一理"云云。曰:"如何说晓得一理了,万事都在里面?天下万事万物都要你逐一理会过,方得。所谓'中散为万事',便是中庸。近世如龟山之论,便是如此,以为'反身而诚',则天下万物之理皆备于我。万物之理,须你逐一去看,理会过方可。如何会反身而诚了,天下万物之理便自然备于我?成个甚么?"又曰:"所谓'中散为万事',便是《中庸》中所说许多事,如智仁勇,许多为学底道理,与'为天下国家有九经',与祭祀鬼神许多事。圣人经书所以好看,中间无些子罅隙,句句是实理,无些子空缺处。"①

在朱熹看来,《中庸》不只是言"一理",而是"句句是实理"。对此,朱熹后学赵顺孙在所撰《中庸纂疏》中指出:"朱子言万理皆实,又言实理者合当决定是如此,其诚之谓欤!"又引黄氏曰:"道皆实理,人惟诚足以尽道,至此《中庸》一篇之义尽矣。"②

正是通过对《中庸》大义的全面分析和对其内涵的深入揭示,朱熹得出结论,指出:"盖此篇大指,专以发明实理之本然,欲人之实此理而无妄,故其言虽多,而其枢纽不越乎'诚'之一言也,呜呼深哉!"明确认为"诚"为《中庸》全篇之枢纽。

第三节 由"诚"而"中庸"

如前所述,朱熹之后,直至当今,仍有一些学者将《中庸》分为上、下两篇,尤其是梁涛《郭店楚简与思孟学派》有《郭店楚简与〈中庸〉》一节,论证颇详。

---

① (宋)黎靖德:《朱子语类》(四)卷六十二,北京,中华书局,1986,第1483页。
② (宋)赵顺孙:《大学纂疏·中庸纂疏》,上海,华东师范大学出版社,1992,第237页。

　　关于"中庸"一词，郑玄把"中"释为《中庸》"喜怒哀乐之未发谓之中，发而皆中节谓之和"之"中和"，把"庸"释为"用"。朱熹《中庸章句》讲"中者，不偏不倚、无过不及之名。庸，平常也"，同时又指出："'中庸'之'中'，实兼'中和'之义。"梁涛不同意郑玄的说法，认为"'中'的原意是指沟通天人的礼仪、礼器之类"，因此，"中庸一词实是由礼转化而来，是礼的理论化和哲学化"。① 从这一观点出发，他认为，"君子中庸，小人反中庸"是指"君子能够恪守中道，也即恪守礼，而小人不遵守礼仪，故肆无忌惮"，与"天命之谓性"、"喜怒哀乐"之"中和"并没有什么关系。因为从《中庸》第二章到第二十章上半部分没有一处谈到"性"，更没有谈到"中和"。② 所以，他把《中庸》第二章到第二十章上半段"凡为天下国家有九经，所以行之者一也"合为一篇，作为《中庸》上篇，并认为，它主要讨论"中庸"。

　　应当说，"中庸"之"中"所兼"中和"之"和"，即"发而皆中节谓之和"，与"礼"密切相关。朱熹说："尝谓吕与叔说得数句好云：'自斩至缌，衣服异等，九族之情无所憾；自王公至皂隶，仪章异制，上下之分莫敢争。皆出于性之所有，循而行之，无不中节也。'此言礼之出于自然，无一节强人，须要知得此理，则自然和。"③ 可见，在朱熹看来，"中和"之"和"讲"中节"就是礼。重要的是，朱熹认为，"礼之出于自然"，出于人之"性"，即"理"。所以，《中庸》第二章到第二十章上半部分，虽然从字面上看，没有谈到"性"、"中和"，但讲到"中庸"之"中"，讲到"礼"，因而实际上与第一章所言"中和"之"和"、"中节"有直接的关系。

　　需要指出的是，梁涛在文中，把《中庸》第一章与第二十章下半部分'凡事豫则立'以下至末章，合并在一起，作为《中庸》下篇，并认为"是一篇观点明确、逻辑严谨的议论文，因为它主要谈论'诚明'"④。这实际上说明了，不仅《中庸》第二十章下半部分讲"诚"，而且《中庸》第一章也讲"诚"。

　　与梁涛不同，之前的徐复观虽然也把《中庸》分为上、下两篇，但又认为上、下两篇都是围绕着"中庸"而展开。他说："上篇虽不断提出中庸的名词或事实出来；而下篇则好像除了'道中庸'三字外，并没有再提到中庸，于是有不少的人便以为下篇与上篇所说的是两回事。其实，如前

---

① 梁涛：《郭店竹简与思孟学派》，北京，中国人民大学出版社，2008，第271页。
② 梁涛：《郭店竹简与思孟学派》，北京，中国人民大学出版社，2008，第272页。
③ （宋）黎靖德：《朱子语类》（二）卷二十二，北京，中华书局，1986，第513～514页。
④ 梁涛：《郭店竹简与思孟学派》，北京，中国人民大学出版社，2008，第274页。

所述，'中庸'观念的重点是在'庸'字；庸乃指人人应行，人人能行之事而言。庸的根据在于中，所以称为'中庸'。中庸之所以为人人所应行，所能行之事，系因其发自性命。所以性命与中庸，实在是'相即'而不可离。下篇正是再三点明此意，尤其在最后一章。不过上篇多本孔子对一般人的立教而言中庸；下篇则通过一个圣人的人格——亦即孔子，来看性命与中庸之浑沦一体，即所谓'尊德性而道问学，致广大而尽稍微，极高明而道中庸'（第二十七章），亦即所谓诚；所以看来比上篇说得高远一些。……由此我们可以了解，上下篇的思想，实在是一贯的。"①在徐复观看来，《中庸》下篇讲"性命与中庸之浑沦一体"，亦即所谓诚，要比上篇言中庸"说得高远一些"。应当说，他的看法与朱熹所谓"诚"为《中庸》之枢纽的观点有许多相同之处。

与把《中庸》分为上、下两篇不同，朱熹《中庸章句》把《中庸》整合为首尾一贯的完整一篇，并且引述程颢所谓"《中庸》始言一理，中散为万事，末复合为一理"，赞同杨时把第一章看作"一篇之体要"，而把其余各章看成是对第一章的展开。在笔者看来，《中庸》第一章由阐述"性"、"道"、"教"而讲"戒慎恐惧"、"慎独"，由阐述"未发"、"已发"而讲"中"、"和"，最后落实到"致中和，天地位，万物育"，显然，作为《中庸》"一篇之体要"的第一章，其主旨在于"中和"，所以题名为《中庸》。至于其余各章，或阐释"中庸"，或阐释"诚"，都是围绕着第一章的"中和"而展开。

比如《中庸》第一章讲"致中和，天地位，万物育"，那么，如何"致中和"？"致中和"又如何能够达到"天地位，万物育"？第二十二章讲"唯天下至诚，为能尽其性；能尽其性，则能尽人之性；能尽人之性，则能尽物之性；能尽物之性，则可以赞天地之化育；可以赞天地之化育，则可以与天地参矣"，对此作了回答："至诚"、"尽性"而能"致中"，"尽人之性"、"尽物之性"而能"致和"，"至诚"、"尽性"、"尽人之性"、"尽物之性"则可以"赞天地之化育"、"与天地参"，"赞天地之化育"、"与天地参"则可以达到"天地位，万物育"。

由此可见，《中庸》无非是讲"中庸"以及如何由"诚"而"中庸"；而讲"中庸"与讲由"诚"而"中庸"二者是不可分离的。就这一点而言，把《中庸》分为上、下两篇，以为讲"中庸"与讲"诚"可以分离开来的观点，实际上并不理解在《中庸》那里，讲"诚"实为讲由"诚"而"中庸"，因而与讲"中庸"是一致的。

---

① 徐复观：《中国人性论史》，上海，华东师范大学出版社，2005，第91～92页。

朱熹不仅讲"诚"为《中庸》之枢纽，而且认为"诚"与"中庸"是统一的。据《朱子语类》载，

> 或问："中与诚意如何？"曰："中是道理之模样，诚是道理之实处，中即诚矣。"……问："《中庸》既曰'中'，又曰'诚'，何如？"曰："此古诗所谓'横看成岭侧成峰'也。"①

朱熹还说："中与诚……固是一事，然其分各别：诚是实有此理，中是状物之体段。"②对此。元代景星所撰《中庸集说启蒙》指出："朱子曰'中者，道之形状，诚者，道之实处，中即诚矣'，指其见于事无一毫过不及之差，谓之中；指其纯乎理无一毫人欲虚伪以杂之，谓之诚。德诚则事事中理，事事中理则德必诚矣。"③显然，在朱熹看来，"诚"与"中"是不可分离的，是同一的两个方面。

事实上，朱熹《中庸章句》也多处论及"诚"与"中庸"的密切关系。《中庸》说："诚者，不勉而中，不思而得，从容中道，圣人也。"朱熹注曰："圣人之德，浑然天理，真实无妄，不待思勉而从容中道，则亦天之道也。"以为"诚"则能"从容中道"。朱熹还把《中庸》"至诚无息，不息则久"的"久"注为："常于中也。"以为"至诚"就能够"常于中"。显然，这些注释都把"诚"与"中庸"联系在一起。

朱熹还对"诚"、"中"、"仁"三者的关系作了讨论。他说：

> 《近思录》首卷所论诚、中、仁三者，发明义理，固是有许多名，只是一理，但须随事别之，如说诚，便只是实然底道理。譬如天地之于万物，阴便实然是阴，阳便实然是阳，无一毫不真实处；中，只是喜怒哀乐未发之理；仁，便如天地发育万物，人无私意，便与天地相似。④

在朱熹看来，"诚"、"中"、"仁"三者"只是一理"，但是又不可混为一谈。所以，他又认为，"诚"、"中"、"仁"三者，"理固未尝不同。但圣贤说一个物事时，且随处说他那一个意思。自是他一个字中，便有个正意义如

---

① （宋）黎靖德：《朱子语类》（四）卷六十二，北京，中华书局，1986，第1483页。
② （宋）黎靖德：《朱子语类》（一）卷六，北京，中华书局，1986，第104页。
③ （元）景星：《大学中庸集说启蒙·中庸集说启蒙》卷下，文渊阁四库全书本。
④ （宋）黎靖德：《朱子语类》（六）卷九十五，北京，中华书局，1986，第2415页。

此，不可混说"；"言诚时，便主在实理发育流行处；言性时，便主在寂然不动处；言心时，便主在生发处"。① 或者说，"诚"、"中"、"仁"三者所讲的道理是同一的，但"诚"是就本体而言；"中"是就性而言；"仁"是就心而言。

杨时门人胡宏曾说："诚者，命之道乎！中者，性之道乎！仁者，心之道乎！"②对此，朱熹进一步指出：

> "中者性之道"，言未发也；"诚者命之道"，言实理也；"仁者心之道"，言发动之端也。③
>
> 诚是实理，彻上彻下，只是这个。生物都从那上做来，万物流形天地之间，都是那底做。五峰云："诚者命之道，中者性之道，仁者心之道。"此数句说得密。④

不过，对于其中"中者性之道"，朱熹认为，这里的"道"字亦可改为"德"字。他说：

> 五峰曰："诚者，命之道乎！中者，性之道乎！仁者，心之道乎！"此语分得轻重虚实处却好。某以为"道"字不若改做"德"字，更亲切。"道"字又较疏。⑤

朱熹还说："程子云：'中者性之德为近之。'但言其自然，则谓之道；言其实体，则谓之德。"⑥

朱熹讲"中即诚"，强调的是"诚"与"中庸"的统一。但是，据《朱子语类》载，南康一士人云："圣贤亦有不诚处，如取瑟而歌，出吊东郭之类。说诚不如只说中。"朱熹应之曰："诚而中，'君子而时中'；不诚而中，'小人之无忌惮'。"⑦又据朱熹所撰《养生主说》载，有人曾对朱熹说："昔人以诚为入道之要，恐非易行。不若以'中'易'诚'，则人皆可行而无难也。"朱熹应之曰："诚而中者，'君子之中庸'也；不诚而中，则'小人之

---

① （宋）黎靖德：《朱子语类》（七）卷一百一，北京，中华书局，1986，第2583页。
② （宋）胡宏：《知言》，《胡宏集》，北京，中华书局，1987，第1页。
③ （宋）黎靖德：《朱子语类》（七）卷一百一，北京，中华书局，1986，第2583页。
④ （宋）黎靖德：《朱子语类》（七）卷一百一，北京，中华书局，1986，第2584页。
⑤ （宋）黎靖德：《朱子语类》（一）卷六，北京，中华书局，1986，第103页。
⑥ （宋）黎靖德：《朱子语类》（七）卷一百一，北京，中华书局，1986，第2583页。
⑦ （宋）黎靖德：《朱子语类》（四）卷四十七，北京，中华书局，1986，第1189页。

无忌惮'耳。"①在这里，朱熹把"中"分为"诚而中"和"不诚而中"，而明确主张"诚而中"，反对"不诚而中"，并且反对将"以诚为入道之要"中的"诚"改为"中"。

在朱熹那里，"中庸"之"中"，兼"中和"之义，即兼"未发"之"不偏不倚"与"已发"之"无过不及"，而且"无过、不及，乃无偏倚者之所为；而无偏倚者，是所以能无过、不及也"②。也就是说，"未发"之"不偏不倚"是体，"已发"之"无过不及"是用；而要能够达到"未发"之"不偏不倚"与"已发"之"无过不及"，就必须"敬"，所谓"未发之前，是敬也，固已主乎存养之实；已发之际，是敬也，又常行于省察之间"③，把"敬"贯穿于"未发"、"已发"之始终。同时，"诚而后能敬者，意诚而后心正"④，所以，"诚"则能"敬"，"敬"则"未发"而能够"不偏不倚"，"已发"而能够"无过不及"，从而达到"中庸"之"中"。这就是由"诚"而"中庸"，即《中庸》所谓"诚者，不勉而中，不思而得，从容中道"。与之相反，不诚者，实际上并不能真正达到"中庸"之"中"；即使谓"中"，也只是小人之"中"。因此，朱熹讲"中"，更在于讲"诚"，讲由"诚"而"中庸"，即"诚而中"。

由此亦可看出，在朱熹那里，《中庸》前半部分讲"中庸"，旨在讲"中即诚"，讲"诚"是什么；后半部分讲"诚"，旨在讲"诚而中"，讲如何达到"中庸"。所以，《中庸》虽以"中庸"为议题，但其宗旨在于"专以发明实理之本然，欲人之实此理而无妄"，"诚"为《中庸》之枢纽。

---

① （宋）朱熹：《晦庵先生朱文公文集》卷六十七《养生主说》，四部丛刊初编本。
② （宋）黎靖德：《朱子语类》（四）卷六十二，北京，中华书局，1986，第1510页。
③ （宋）朱熹：《晦庵先生朱文公文集》卷三十二《与张钦夫》（四十九），四部丛刊初编本。
④ （宋）朱熹：《晦庵先生朱文公文集》卷五十三《答胡季随》（十三），四部丛刊初编本。

结语：“诚”是朱熹学术的最高境界

朱熹的学术以《四书章句集注》为核心。在朱熹看来，“四书”以《大学》为纲领，以《中庸》为大本，所谓“《大学》是通言学之初终，《中庸》是直指本原极致处”①。然而，由于种种原因，学术界多以朱熹《大学章句》为依据，强调朱熹的格物致知论在其学术体系中的重要地位。为此，笔者曾在所撰《朱子格物致知论研究》中提出朱熹《大学章句》的格物致知论是其学术体系的出发点。② 但是，朱熹的学术，不仅于此，朱熹《中庸章句》通过对《中庸》“喜怒哀乐之未发谓之中”、“中也者，天下之大本也”、“诚者，天之道也；诚之者，人之道也”的诠释，把“中”与“诚”统一起来，把“诚”看作是《中庸》全篇的枢纽，阐述了天人合一的“诚”的境界，从而构成了以《大学章句》的格物致知论为出发点、以《中庸章句》的“诚”为归宿的学术体系。

一、《大学章句》格物为先，以敬为本

朱熹《大学章句》“格物致知补传”讲“天下之物莫不有理”③，然而，朱熹又认为，“心具众理”。《大学章句》在注“明明德”时指出：“明德者，人之所得乎天，而虚灵不昧，以具众理而应万事者也。”④对此，《大学或问》解释说：“惟人之生乃得其气之正且通者，而其性为最贵，故其方寸之间，虚灵洞彻，万理咸备，盖其所以异于禽兽者正在于此，而其所以可为尧舜而能参天地以赞化育者，亦不外焉。”⑤朱熹还说：“明德是自家心中具许多道理在这里。”⑥又说：“能存得自家个虚灵不昧之心，足以具众理，可以应万事，便是明得自家明德了。”⑦显然，朱熹《大学章句》所谓“明德者，人之所得乎天，而虚灵不昧，以具众理而应万事者也”，实

---

① （宋）朱熹：《晦庵先生朱文公文集》卷四十六《答黄商伯》（四），四部丛刊初编本。
② 乐爱国：《朱子格物致知论研究》，长沙，岳麓书社，2010，第109页。
③ （宋）朱熹：《四书章句集注·大学章句》，北京，中华书局，1983，第7页。
④ （宋）朱熹：《四书章句集注·大学章句》，北京，中华书局，1983，第3页。
⑤ （宋）朱熹：《四书或问·大学或问》，朱杰人等主编：《朱子全书》（第六册），上海，上海古籍出版社；合肥，安徽教育出版社，2002，第507页。
⑥ （宋）黎靖德：《朱子语类》（一）卷十四，北京，中华书局，1986，第263页。
⑦ （宋）黎靖德：《朱子语类》（一）卷十四，北京，中华书局，1986，第265页。

际上就是讲"心具众理"。朱熹较多地讲"心具众理"。他说："心者，人之神明，所以具众理而应万事者也。性则心之所具之理，而天又理之所从以出者也。"①朱熹还说："心虽是一物，却虚，故能包含万理。"②"心之全体湛然虚明，万理具足。"③"心包万理，万理具于一心。"④并且赞同门人李孝述所言："心惟虚灵，所以方寸之内体无不包，用无不通，能具众理而应万事"；"心具众理，心虽昏蔽而所具之理未尝不在"⑤。由此可见，朱熹《大学章句》讲"天下之物莫不有理"，实际上同时也认为理具于心，"心具众理"。所以，朱熹《大学或问》在进一步解说《大学章句》"格物致知补传"时特别强调，格物致知并不是"不求诸心，而求诸迹，不求之内，而求之外"，指出："人之所以为学，心与理而已矣。心虽主乎一身，而其体之虚明，足以管乎天下之理；理虽散在万物，而其用之微妙，实不外乎一人之心，初不可以内外精粗而论也。"⑥

　　朱熹讲"天下之物莫不有理"，并且说："欲致吾之知，在即物而穷其理也。"⑦朱熹还说："《大学》是圣门最初用功处，格物又是《大学》最初用功处。"⑧"格物致知是《大学》第一义，修己治人之道无不从此而出。"⑨强调"格物致知"在为学成人过程中的首要性。问题是，朱熹又讲"心具众理"，那么，为什么不可以直接探究其心而要通过"格物"以穷天下万物之理呢？朱熹曾说："大抵人之一心，万理具备，若能存得，便是圣贤，更有何事？然圣贤教人所以有许多门路节次，而未尝教人只守此心者，盖为此心此理虽本完具，却为气质之禀不能无偏，若不讲明体察，极精极密，往往随其所偏，堕于物欲之私而不自知。……是以圣贤教人，虽以恭敬持守为先，而于其中又必使之即事即物，考古验今，体会推寻，内外参合。盖必如此，然后见得此心之真，此理之正，而于世间万事，一切言语，无不洞然了其白黑。"⑩在朱熹看来，"心具众理"而不能"只守此心"，却要通过"格物"以"见得此心之真，此理之正"，是因为"气质之禀

①　（宋）朱熹：《四书章句集注·孟子集注》，北京，中华书局，1983，第349页。
②　（宋）黎靖德：《朱子语类》（一）卷五，北京，中华书局，1986，第88页。
③　（宋）黎靖德：《朱子语类》（一）卷五，北京，中华书局，1986，第94页。
④　（宋）黎靖德：《朱子语类》（一）卷九，北京，中华书局，1986，第155页。
⑤　（宋）朱熹：《晦庵先生朱文公文集·续集》卷十《答李孝述继善问目》，四部丛刊初编本。
⑥　（宋）朱熹：《四书或问·大学或问》，朱杰人等主编：《朱子全书》（第六册），上海，上海古籍出版社；合肥，安徽教育出版社，2002，第528页。
⑦　（宋）朱熹：《四书章句集注·大学章句》，北京，中华书局，1983，第6页。
⑧　（宋）朱熹：《晦庵先生朱文公文集》卷五十八《答宋深之》（三），四部丛刊初编本。
⑨　（宋）朱熹：《晦庵先生朱文公文集》卷五十八《答宋深之》（五），四部丛刊初编本。
⑩　（宋）朱熹：《晦庵先生朱文公文集》卷五十四《答项平父》（五），四部丛刊初编本。

不能无偏”。《大学章句》注“明明德”，不仅讲“心具众理”，而且还接着说：“但为气禀所拘，人欲所蔽，则有时而昏；然其本体之明，则有未尝息者。故学者当因其所发而遂明之，以复其初也。”①《朱子语类》载朱熹说：“明德是自家心中具许多道理在这里。本是个明底物事，初无暗昧，人得之则为德。如恻隐、羞恶、辞让、是非，是从自家心里出来，触着那物，便是那个物出来，何尝不明。缘为物欲所蔽，故其明易昏。如镜本明，被外物点污，则不明了。”②在朱熹看来，“心具众理”，但是又为“气禀所拘，人欲所蔽”，有时而昏。既然为昏，又如何明？所以，必须“即物而穷其理”，“至于用力之久，而一旦豁然贯通焉，则众物之表里精粗无不到，而吾心之全体大用无不明矣”③。

与此同时，正是因为“心具众理”，“格物”不仅仅只是“即物而穷其理”的工夫，所以，朱熹特别强调“格物”必须以“敬”为本。朱熹《大学章句》特别强调“格物致知补传”取自二程之意。④ 为此，《大学或问》不仅引述二程有关格物致知的途径和方法的言论，归结为十条，并指出“此十条者，皆言格物致知所当用力之地，与其次第功程也”，而且还引述二程所言“格物穷理，但立诚意以格之，其迟速则在乎人之明暗耳”；“入道莫如敬，未有能致知而不在敬者”；“涵养须用敬，进学则在致知”；“致知在乎所养，养知莫过于寡欲”；“格物者，适道之始，思欲格物，则固已近道矣。是何也？以收其心而不放也”，并指出：“此五条者，又言涵养本原之功，所以为格物致知之本者也。”⑤显然，在朱熹看来，“涵养本原之功”为“格物致知之本”。《大学或问》还说：“圣人设教，使人默识此心之灵，而存之于端庄静一之中，以为穷理之本。”⑥显然，在朱熹看来，格物穷理要以“敬”为本。朱熹还明确指出：“持敬是穷理之本。”⑦“用诚敬涵养为格物致知之本。”⑧

然而，朱熹《大学章句》“格物致知补传”为什么只是讲“格物致知”，而没有讲“敬”？《大学或问》说：“昔者圣人……于其始教，为之小学，而

---

① （宋）朱熹：《四书章句集注·大学章句》，北京，中华书局，1983，第3页。
② （宋）黎靖德：《朱子语类》（一）卷十四，北京，中华书局，1986，《第263页。
③ （宋）朱熹：《四书章句集注·大学章句》，北京，中华书局，1983，第6页。
④ （宋）朱熹：《四书章句集注·大学章句》，北京，中华书局，1983，第6页。
⑤ （宋）朱熹：《四书或问·大学或问》，朱杰人等主编：《朱子全书》（第六册），上海，上海古籍出版社；合肥，安徽教育出版社，2002，第526页。
⑥ （宋）朱熹：《四书或问·大学或问》，朱杰人等主编：《朱子全书》（第六册），上海，上海古籍出版社；合肥，安徽教育出版社，2002，第528页。
⑦ （宋）黎靖德：《朱子语类》（一）卷十四，北京，中华书局，1986，第150页。
⑧ （宋）黎靖德：《朱子语类》（二）卷十四，北京，中华书局，1986，第407页。

使之习于诚敬，则所以收其放心、养其德性者，已无所不用其至矣。及其进乎大学，则又使之即夫事物之中，因其所知之理，推而究之，以各到乎其极，则吾之知识，亦得以周遍精切而无不尽也。"①在朱熹看来，圣人之教分小学、大学两个阶段，小学"习于诚敬"，以"收其放心、养其德性"，大学则格物致知。另据《朱子语类》载，问："'格物'章补文处不入'敬'意，何也？"朱熹曰："'敬'已就小学处做了。此处只据本章直说，不必杂在这里，压重了，不净洁。"②所以，朱子认为，为学应当先为之小学，"习于诚敬"，然后才进乎大学，格物致知；若是"不曾做得小学工夫，一旦学《大学》，是以无下手处"，在这种情况下，就应当"自持敬始，使端悫纯一静专，然后能致知格物"。③

　　需要指出的是，朱熹《大学章句》"格物致知补传"虽然没有讲"敬"，但并不等于大学阶段就不再需要"敬"。《大学或问》说："盖吾闻之，'敬'之一字，圣学所以成始而成终者也。为小学者，不由乎此，固无以涵养本原，而谨夫洒扫、应对、进退之节，与夫六艺之教。为大学者，不由乎此，亦无以开发聪明、进德修业，而致夫明德、新民之功也。……敬者，一心之主宰，而万事之本根也。知其所以用力之方，则知小学之不能无赖于此以为始；知小学之赖此以始，则夫大学之不能无赖乎此以为终者，可以一以贯之而无疑矣。盖此心既立，而由是格物致知以尽事物之理，则所谓尊德性而道问学。"④因此，朱熹还说："'敬'字是彻头彻尾工夫。自格物、致知至治国、平天下，皆不外此。"⑤

　　朱熹特别强调"敬"对于格物致知的重要性。他说："能居敬，则穷理工夫日益密。"⑥"不持敬，看道理便都散，不聚在这里。"⑦甚至还明确指出："《大学》须自格物入，格物从敬入最好。只敬，便能格物。"⑧"'敬'之一字，万善根本。涵养省察，格物致如，种种功夫，皆从此出，方有据依。"⑨因此，除了讲"格物致知是《大学》第一义"，朱熹还讲过"'敬'字

　① （宋）朱熹：《四书或问·大学或问》，朱杰人等主编：《朱子全书》（第六册），上海，上海古籍出版社；合肥，安徽教育出版社，2002，第 527 页。
　② （宋）黎靖德：《朱子语类》（二）卷十六，北京，中华书局，1986，第 326 页。
　③ （宋）黎靖德：《朱子语类》（一）卷十四，北京，中华书局，1986，第 251 页。
　④ （宋）朱熹：《四书或问·大学或问》，朱杰人等主编：《朱子全书》（第六册），上海，上海古籍出版社；合肥，安徽教育出版社，2002，第 506～507 页。
　⑤ （宋）黎靖德：《朱子语类》（二）卷十六，北京，中华书局，1986，第 371 页。
　⑥ （宋）黎靖德：《朱子语类》（一）卷十四，北京，中华书局，1986，第 150 页。
　⑦ （宋）黎靖德：《朱子语类》（一）卷十四，北京，中华书局，1986，第 151 页。
　⑧ （宋）黎靖德：《朱子语类》（一）卷十四，北京，中华书局，1986，第 269 页。
　⑨ （宋）朱熹：《晦庵先生朱文公文集》卷五十《答潘恭叔》（八），四部丛刊初编本。

工夫，乃圣门第一义，彻头彻尾，不可顷刻间断"①。《大学》"格物致知"
为第一义是就工夫之先后而言，"敬"乃圣门第一义是就工夫之根本而言。
这就是所谓"涵养须用敬，进学则在致知"。

二、《中庸章句》的"至诚"与"至圣"

朱熹所谓"敬"乃圣门第一义的思想，在《中庸章句》中得到充分的发
挥。《中庸》之"中"兼"中和"而言。"中"，即"喜怒哀乐之未发谓之中"，
"中也者，天下之大本也"；"和"，即"发而皆中节之和"，"和也者，天下
之达道也"。所以，天下之大本、天下之达道在于心的"未发"、"已发"之
中。对于"喜怒哀乐之未发谓之中"，朱熹说："'喜怒哀乐未发谓之中'，
程子云：'敬不可谓之中，敬而无失，即所以中也。'"②又说："未发之
际，便是中，便是'敬以直内'，便是心之本体。"③"只是常敬，便是'喜
怒哀乐未发之中'也。"④认为要达到"喜怒哀乐未发之中"就必须"敬而无
失"。对于"发而皆中节之和"，朱熹说："敬是'喜怒哀乐未发之中'，和
是'发而皆中节之和'。才敬，便自然和。""敬与和，亦只是一事。敬则
和，和则自然敬。"⑤所以，朱熹要求把"敬"贯穿于"未发"、"已发"之中。
他说："当其未发，此心至虚，如镜之明，如水之止，则但当敬以存之，
而不使其小有偏倚；至于事物之来，此心发见，喜怒哀乐各有攸当，则
又当敬以察之，而不使其小有差忒而已。"⑥又说："未发之前，是敬也，
固已主乎存养之实；已发之际，是敬也，又常行于省察之间。"⑦"其未发
也，敬为之主而义已具；其已发也，必主于义而敬行焉。"⑧所以，在朱
熹看来，要在心的"未发"、"已发"之中把握天下之大本、天下之达道，
关键在于"敬"。

《中庸》讲"诚者，天之道也；诚之者，人之道也"，朱熹《中庸章句》
从天道与人道合一的层面把"诚"界定为"真实无妄"，又说："诚者，实理

---

① （宋）黎靖德：《朱子语类》（一）卷十四，北京，中华书局，1986，第210页。
② （宋）黎靖德：《朱子语类》（四）卷六十二，北京，中华书局，1986，第1511页。
③ （宋）黎靖德：《朱子语类》（六）卷八十七，北京，中华书局，1986，第2262页。
④ （宋）黎靖德：《朱子语类》（六）卷九十五，北京，中华书局，1986，第2435页。
⑤ （宋）黎靖德：《朱子语类》（二）卷二十二，北京，中华书局，1986，第519页。
⑥ （宋）朱熹：《四书或问·中庸或问》，朱杰人等主编：《朱子全书》（第六册），上海，上
　　海古籍出版社；合肥，安徽教育出版社，2002，第563页。
⑦ （宋）朱熹：《晦庵先生朱文公文集》卷三十二《与张钦夫》（四十九），四部丛刊初编本。
⑧ （宋）朱熹：《晦庵先生朱文公文集》卷四十《答何叔京》（二十九），四部丛刊初编本。

之谓也。"①还说："大抵'诚'字，在道则为实有之理，在人则为实然之心。"②朱熹还通过分析"诚"与"敬"的关系，认为"诚"比"敬"更为根本。他说："'谨'字未如敬，敬又未如诚。程子曰：'主一之谓敬，一者之谓诚。'敬尚是著力。"③"诚，实理也；……实理该贯动静，而其本体则无为也。"④

正是在深入阐释《中庸》"诚"的内涵的过程中，朱熹明确提出"诚"是《中庸》全篇的枢纽，指出："盖此篇大指，专以发明实理之本然，欲人之实此理而无妄，故其言虽多，而其枢纽不越乎'诚'之一言也。"⑤而且又认为《中庸》讲"中"与讲"诚"是统一的。他说："中是道理之模样，诚是道理之实处，中即诚矣。"⑥还说："中与诚……固是一事，然其分各别：诚是实有此理，中是状物之体段。"⑦同时，他又强调"诚而中"，指出："诚而中者，'君子之中庸'也；不诚而中，则'小人之无忌惮'耳。"⑧

在朱熹《中庸章句》看来，"诚"既是天道也是人道，"天理之本然也"⑨。就"诚"是天道而言，"天地之间，惟天理为至实而无妄，故天理得诚之名，若所谓天之道、鬼神之德是也"⑩，朱熹还说："天地之道，可一言而尽，不过曰'诚'而已。不贰，所以诚也。诚故不息，而生物之多，有莫知其所以然者。"⑪就"诚"是人道而言，朱熹把"诚"看得比"五达道"、"三达德"更为根本，认为"父子有亲、君臣有义、夫妇有别、长幼有序、朋友有信"五者与"知、仁、勇"三者，"一有不诚，则人欲间之，而德非其德矣"⑫。因此，朱熹讲"凡事皆欲先立乎诚"⑬。同时，朱熹还特别强调，诚者，既能成己，又能成物。他说："人之心一有不实，则虽有所为，亦如无有，而君子必以诚为贵也。盖人之心能无不实，乃为有

① （宋）朱熹：《晦庵先生朱文公文集》卷六十一《答林德久》（七），四部丛刊初编本。
② （宋）朱熹：《晦庵先生朱文公文集》卷四十六《答曾致虚》（一），四部丛刊初编本。
③ （宋）黎靖德：《朱子语类》（一）卷六，北京，中华书局，1986，第103页。
④ （宋）黎靖德：《朱子语类》（六）卷九十五，北京，中华书局，1986，第2393页。
⑤ （宋）朱熹：《四书或问·中庸或问》，朱杰人等主编：《朱子全书》（第六册），上海，上海古籍出版社；合肥，安徽教育出版社，2002，第595页。
⑥ （宋）黎靖德：《朱子语类》（四）卷六十二，北京，中华书局，1986，第1483页。
⑦ （宋）黎靖德：《朱子语类》（一）卷六，北京，中华书局，1986，第104页。
⑧ （宋）朱熹：《晦庵先生朱文公文集》卷六十七《养生主说》，四部丛刊初编本。
⑨ （宋）朱熹：《四书章句集注·中庸章句》，北京，中华书局，1983，第31页。
⑩ （宋）朱熹：《四书或问·中庸或问》，朱杰人等主编：《朱子全书》（第六册），上海，上海古籍出版社；合肥，安徽教育出版社，2002，第591页。
⑪ （宋）朱熹：《四书章句集注·中庸章句》，北京，中华书局，1983，第34页。
⑫ （宋）朱熹：《四书章句集注·中庸章句》，北京，中华书局，1983，第29页。
⑬ （宋）朱熹：《四书章句集注·中庸章句》，北京，中华书局，1983，第31页。

以自成，而道之在我者亦无不行矣。……诚虽所以成己，然既有以自成，则自然及物，而道亦行于彼矣。"①

尤为重要的是，朱熹《中庸章句》进一步强调"诚"为圣人之德、圣人之心，指出："圣人之德，浑然天理，真实无妄，不待思勉而从容中道，则亦天之道也。"②又说："圣人之心为至实而无妄，故圣人得诚之名。"③"诚是天理之实然，更无纤毫作为。圣人之生，其禀受浑然，气质清明纯粹，全是此理，更不待修为，而自然与天为一。"④显然，在朱熹看来，"诚"与圣人之德、天地之道是一致的。

朱熹认为，《中庸》第二十二章从圣人"至诚"，而能"尽己之性"，进而能够"尽人之性"、"尽物之性"，直至"赞天地之化育"，"与天地参"，实际上是一个由内而外、"至诚"与"至圣"统一起来的过程；《中庸》第二十六章讲"至诚"而能"悠久"、"博厚"、"高明"，说的是"圣人与天地同用"，而"博厚配地，高明配天，悠久无疆"，则说的是"圣人与天地同体"。⑤ 这就把圣人之德与天地之道统一起来。

朱熹《中庸章句》特别强调"至诚之道"与"至圣之德"的统一，既展现圣人与天地同体、同用、同德的最高境界，指出："惟圣人之德极诚无妄，故于人伦各尽其当然之实，而皆可以为天下后世法，所谓经纶之也。其于所性之全体，无一毫人欲之伪以杂之，而天下之道，千变万化皆由此出，所谓立之也。其于天地之化育，则亦其极诚无妄者，有默契焉。"⑥以为圣人至诚，因而在根本上与天地化育相一致；又进一步认为只有"至诚"才能达到"至圣"，指出："至诚之道，非至圣不能知；至圣之德，非至诚不能为，则亦非二物矣。"⑦并且认为"至圣"与"至诚"是表里关系，"至圣，是其德之发见乎外者"，"至诚，则是那里面骨子"⑧；"圣以德言，诚则所以为德也"⑨，强调"至诚"对于"至圣"的根本性。尤为重要的是，朱熹《中庸章句》还特别要求在"圣人之德而极其盛"之时，"用心

① （宋）朱熹：《四书章句集注·中庸章句》，北京，中华书局，1983，第34页。
② （宋）朱熹：《四书章句集注·中庸章句》，北京，中华书局，1983，第31页。
③ （宋）朱熹：《四书或问·中庸或问》，朱杰人等主编：《朱子全书》（第六册），上海，上海古籍出版社；合肥，安徽教育出版社，2002，第591页。
④ （宋）黎靖德：《朱子语类》（四）卷六十四，北京，中华书局，1986，第1563页。
⑤ （宋）朱熹：《四书章句集注·中庸章句》，北京，中华书局，1983，第34页。
⑥ （宋）朱熹：《四书章句集注·中庸章句》，北京，中华书局，1983，第38～39页。
⑦ （宋）朱熹：《四书章句集注·中庸章句》，北京，中华书局，1983，第39页。
⑧ （宋）黎靖德：《朱子语类》（四）卷六十四，北京，中华书局，1986，第1594页。
⑨ （宋）黎靖德：《朱子语类》（四）卷六十四，北京，中华书局，1986，第1595页。

于内，不求人知，然后可以谨独诚身，而训致乎其极"①，"至于'无声无臭'而后已"②。这显然已经超越了"涵养须是敬，进学则在致知"的工夫论层面，而达到了天人合一的境界。这不仅仅是一种道德境界，更是一种天地境界③，即朱熹《中庸章句》所谓"盖天地万物，本吾一体，吾之心正，则天地之心亦正矣，吾之气顺，则天地之气亦顺矣"④，《中庸》所谓"致中和，天地位焉，万物育焉"，"赞天地之化育"、"与天地参"。

<h2 style="text-align:center">三、道统在于"心"</h2>

朱熹《中庸章句·序》认为，从尧、舜、禹至孔子、孟子的道统所传之"道"在于"心"，在于《尚书·大禹谟》所言"人心惟危，道心惟微，惟精惟一，允执厥中"，即所谓"十六字心传"，而《中庸》"乃孔门传授心法"⑤。朱熹之所以作《中庸章句》也是为了接续这个以"心"为主轴的道统。因此，他把"诚"看成是《中庸》全篇的枢纽，将"至诚"与"至圣"统一起来。

朱熹虽然没有明确把圣人的道统之学称为"心学"，但是，他的再传弟子真德秀撰《心经》并附赞曰："舜禹授受，十有六言，万世心学。"⑥何基在解说朱熹诗句"大哉精一传，万世立人纪"时认为，此诗句"明列圣相传心学之妙，惟在一敬"⑦，显然是把朱熹《中庸章句·序》所谓尧、舜、禹至孔、孟的道统之学称为"心学"。朱熹门人黄榦认为朱熹以"居敬以立

---

① （宋）朱熹：《四书或问·中庸或问》，朱杰人等主编：《朱子全书》（第六册），上海，上海古籍出版社；合肥，安徽教育出版社，2002，第604页。
② （宋）朱熹：《四书章句集注·中庸章句》，北京，中华书局，1983，第40页。
③ 冯友兰说："天地境界的特征是：在此种境界中底人，其行为是'事天'底。在此种境界中底人，了解于社会的全之外，还有宇宙的全，人必于知有宇宙的全时，始能使其所得于人之所以为人者尽其发展，始能尽性。在此种境界中底人，有完全底高一层底觉解。此即是说，他已完全知性，因其已知天。他已知天，所以他知人不但是社会的全的一部分，而并且是宇宙的全的一部分。不但对于社会，人应有贡献，即对于宇宙，人亦应有贡献。人不但应在社会中，堂堂地做一个人，亦应于宇宙间堂堂地做一个人。人的行为，不仅与社会有干系，而且与宇宙有干系。他觉解人虽只有七尺之躯，但可以'与天地参'。虽上寿不过百，而可以'与天地比寿，与日月齐光'。"见冯友兰：《新原人》，上海，商务印书馆，1946，第33～34页。
④ （宋）朱熹：《四书章句集注·中庸章句》，北京，中华书局，1983，第18页。
⑤ （宋）朱熹：《四书章句集注·中庸章句》，北京，中华书局，1983，第17页。
⑥ （宋）真德秀：《心经》，文渊阁四库全书本。
⑦ （宋）何基：《何北山先生遗集》卷三《解释朱子斋居感兴诗二十首》，北京，中华书局，1985，第20页。

其本，穷理以致其知，克己以灭其私，存诚以致其实”四者而存诸心，①
将朱熹学术列入道统之“心学”；陈埴甚至明确指出：“格物致知，研穷义
理，心学也。”②直接称朱熹的学术为“心学”。

自朱熹讲道统在于“心”之后，王阳明接着讲道统“十六字心传”，明
确指出：“圣人之学，心学也。”③把圣人的道统之学称为“心学”，同时还
把陆九渊之学列入道统，指出：“陆氏之学，孟氏之学也。”④但是却把朱
熹的“格物”误读为“析‘心’与‘理’而为二”⑤，并指出：“析‘心’与‘理’而
为二，而精一之学亡。”⑥把朱熹的格物致知论与道统“十六字心传”对立
起来。

如前所述，朱熹曾明确指出：“盖‘致知格物’者，尧、舜所谓‘精一’
也。”而且，朱熹讲“格物”，虽然承认心之外有物之理的存在，但又认为，
“心具众理”，万物之理统一于心，“心便是理之所会之地”⑦。尤其是，
朱熹还明确讲“心即理”。他说：“仁者心便是理。”“仁者理即是心，心即
是理。”⑧另据《朱子语类》载，朱熹门人在解《大学或问》时说：“……千言
万语，只是欲学者此心常在道理上穷究。若此心不在道理上穷究，则心
自心，理自理，邈然更不相干。……今日明日积累既多，则胸中自然贯
通。如此，则心即理，理即心，动容周旋，无不中理矣。……此谓格物，
此谓知之至也。”朱熹说：“是如此。”⑨此外，朱熹还讲“心与理一”。他
说：“心与理一，不是理在前面为一物。理便在心之中。”⑩又说：“理无

① （清）黄宗羲、全祖望：《宋元学案》（第三册）卷六十三《勉斋学案》，北京，中华书局，
　　1986，第2023页。
② （宋）陈埴：《木钟集》卷八《礼记》，文渊阁四库全书。
③ （明）王守仁：《象山文集·序》，《王阳明全集》（上册）卷七，上海，上海古籍出版社，
　　1992，第245页。
④ （明）王守仁：《象山文集·序》，《王阳明全集》（上册）卷七，上海，上海古籍出版社，
　　1992，第245页。
⑤ （明）王守仁：《传习录中》，《王阳明全集》（上册）卷二，上海，上海古籍出版社，1992，
　　第44～45页。
⑥ （明）王守仁：《象山文集·序》，《王阳明全集》（上册）卷七，上海，上海古籍出版社，
　　1992，第245页。
⑦ （宋）黎靖德：《朱子语类》（一）卷五，北京，中华书局，1986，第88页。
⑧ （宋）黎靖德：《朱子语类》（三）卷三十七，北京，中华书局，1986，第985页。此段文
　　字分别为林恪录，癸丑（1193年，朱熹64岁）所闻，李方子录，戊申（1188年，朱熹59
　　岁）以后所闻。
⑨ （宋）黎靖德：《朱子语类》（二）卷十八，北京，中华书局，1986，第408页。此段文字
　　为汤泳录，乙卯（1195年，朱熹66岁）所闻。
⑩ （宋）黎靖德：《朱子语类》（一）卷五，北京，中华书局，1986，第85页。

心，则无着处。"①"仁者心与理一，心纯是这道理。"②并以此与释家相区分，指出："儒、释之异，正为吾以心与理为一，而彼以心与理为二耳。"③又说："吾以心与理为一，彼以心与理为二，亦非固欲如此，乃是其所见处不同。彼见得心空而无理，此见得心虽空而万物咸备也。"④因此，在朱熹那里，"心"与"理"并不是对立的，不能如王阳明那样认为朱熹是"析'心'与'理'而为二"。

应当说，朱熹的学术，尤其是《中庸章句》具有丰富而深刻的"心学"内涵，与陆九渊一样，在根本上都认为"心与理一"、"心即理"，他们之间的差异属于大同而小异。⑤然而，现代学者对于朱熹的研究，多以《大学章句》"格物致知补传"为依据，接受王阳明的观点，以为朱熹"析'心'与'理'而为二"，并且较多强调朱熹的"理学"，而忽略其更为根本的"心学"，似有偏颇之嫌。当然也有例外。

张岱年于1937年完成的《中国哲学大纲》虽然认为朱熹讲"性即理"为理学、陆王讲"心即理"为心学，但是又对朱熹的心说予以充分肯定，指出："秦以后的哲学家中，论心最详者，是朱子。朱子综合张、程之思想，成立一精密周详之心说。"⑥又说："朱子论心的话甚多，可总为四点：一，心之特质是知觉，乃理与气合而后有；二，心是身之主宰；三，心统性情；四，人心与道心。"⑦并且还说："朱子之说，条理实甚缜密，乃张、程心说之大成。"⑧甚至还认为，"象山虽是心学开山，与朱子之为

---

① （宋）黎靖德：《朱子语类》（一）卷五，北京，中华书局，1986，第85页。
② （宋）黎靖德：《朱子语类》（三）卷三十七，北京，中华书局，1986，第985页。
③ （宋）朱熹：《晦庵先生朱文公文集》卷五十六《答郑子上》（十四），四部丛刊初编本。
④ （宋）朱熹：《晦庵先生朱文公文集》卷五十六《答郑子上》（十五），四部丛刊初编本。
⑤ 笔者认为，朱陆的差异在于朱熹既讲"天命之性"又讲"气质之性"，而陆九渊"不知有气禀之性"。《朱子语类》载朱熹说："陆子静（陆九渊）之学，看他千般万般病，只在不知有气禀之杂，把许多粗恶底气都把做心之妙理，合当恁地自然做将去。……看子静书，只见他许多粗暴底意思可畏。其徒都是这样，才说得几句，便无大无小，无父无兄，只我胸中流出底是天理，全不著得些工夫。看来这错处，只在不知有气禀之性。"见（宋）黎靖德：《朱子语类》（八）卷一百二十四，北京，中华书局，1986，第2977页。此段文字为叶贺孙录，辛亥（1191年，朱熹62岁）以后所闻。朱熹《答郑子上》说："儒、释之异，正为吾以心与理为一，而彼以心与理为二耳。然近世一种学问，虽说心与理一，而不察乎气禀物欲之私，故其发亦不合理，却与释氏同病，又不可察。"见（宋）朱熹：《晦庵先生朱文公文集》卷五十六《答郑子上》（十四），四部丛刊初编本，此书信作于宋绍熙二年辛亥（1191年），这里所谓"近世一种学问"即指陆学。
⑥ 张岱年：《中国哲学大纲》，北京，商务印书馆，1958，第253页。
⑦ 张岱年：《中国哲学大纲》，北京，商务印书馆，1958，第253页。
⑧ 张岱年：《中国哲学大纲》，北京，商务印书馆，1958，第256页。

理学宗师相对立；但象山论心，实不若朱子之详备"①。

钱穆于1948年发表的《朱子心学略》开宗明义便说："程朱主性即理，陆王主心即理，学者遂称程朱为理学，陆王为心学，此特大较言之尔。朱子未尝外心而言理，亦未尝外心而言性，其《文集》、《语类》，言心者极多，并极精邃，有极近陆王者，有可以矫陆王之偏失者。不通朱子之心学，则无以明朱学之大全，亦无以见朱陆异同之真际。"②强调要从研究朱熹"心学"入手。接着，钱穆通过大量引述朱子所言，以证明朱子不外心言理，不外心言性，而且还说："其明言心即理处尚多。"③该文最后得出结论："我尝说，一部中国中古时期的思想史，直从隋唐天台禅宗，下迄明代末年，竟可说是一部心理学史，个个问题都着眼在人的心理学上。只有朱子，把人心分析得最细，认识得最真。一切言心学的精彩处，朱子都有；一切言心学的流弊，朱子都免。识心之深，殆无超朱子之右者。今日再四推阐，不得不承认朱子乃当时心理学界一位大师。"④

在朱熹看来，道统在于"心"，作《中庸章句》是为了接续这个以"心"为主轴的道统，而这个"心"就是天人合一的"诚"。因此，如果将朱熹《大学章句》、《中庸章句》综合起来考察，那么便不难发现，朱熹的学术不仅讲"天下之物莫不有理"，以格物致知论为出发点，而且还以敬为本，在"涵养须用敬，进学则在致知"的过程中，达到天人合一的"诚"的境界。这实际上正是朱熹对于道统"十六字心传"的一种延续。

① 张岱年：《中国哲学大纲》，北京，商务印书馆，1958，第257页。
② 钱穆：《朱子心学略》，《学原》1948年第2卷第6期，第1页。
③ 钱穆：《朱子心学略》，《学原》1948年第2卷第6期，第1页。
④ 钱穆：《朱子心学略》，《学原》1948年第2卷第6期，第11页。

主要参考文献

[1]《孔丛子·居卫》，四部丛刊初编本。

[2]（三国·魏）王肃：《孔子家语》，文渊阁四库全书本。

[3]（唐）李翱：《李文公集》，四部丛刊初编本。

[4]（宋）欧阳修：《欧阳文忠公文集》，四部丛刊初编本。

[5]（宋）陈善：《扪虱新话》，北京，中华书局，1985。

[6]（宋）王安石：《性论》，《宋文选》卷十《王介甫文》，文渊阁四库全书本。

[7]（宋）王安石：《周官新义》，文渊阁四库全书本。

[8]（宋）王安石：《临川先生文集》，四部丛刊初编本。

[9]（宋）司马光：《温国文正司马公文集》，四部丛刊初编本。

[10]（宋）苏轼：《经进东坡文集事略》，四部丛刊初编本。

[11]（宋）周敦颐：《周敦颐集》，北京，中华书局，2009。

[12]（宋）邵雍：《皇极经世书》，文渊阁四库全书本。

[13]（宋）张载：《张载集》，北京，中华书局，1978。

[14]（宋）程颢、程颐：《二程集》，北京，中华书局，1981。

[15]（宋）吕大临著，陈俊民辑校：《蓝田吕氏遗著辑校》，北京，中华书局，1993。

[16]（宋）游酢：《游廌山集》，文渊阁四库全书本。

[17]（宋）杨时：《龟山集》，文渊阁四库全书本。

[18]（宋）胡宏：《胡宏集》，北京，中华书局，1987。

[19]（宋）罗从彦：《罗豫章集》，北京，中华书局，1985。

[20]（宋）刘子翚：《屏山集》，文渊阁四库全书本。

[21]（宋）李元纲：《圣门事业图》，北京，中华书局，1991。

[22]（宋）朱熹、吕祖谦：《近思录》，文渊阁四库全书本。

[23]（宋）朱熹：《朱文公校昌黎先生集》，四部丛刊初编本。

[24]（宋）朱熹：《晦庵先生朱文公文集》，四部丛刊初编本。

[25]（宋）朱熹：《诗集传》，四部丛刊三编本。

[26]（宋）朱熹：《四书章句集注》，北京，中华书局，1983。

[27]（宋）朱熹：《中庸辑略》，文渊阁四库全书本。

[28] (宋) 朱熹：《周易本义》，上海，上海古籍出版社，1987。

[29] (宋) 朱熹著，朱杰人等主编：《朱子全书》，上海，上海古籍出版社；合肥，安徽教育出版社，2002。

[30] (宋) 黎靖德：《朱子语类》，北京，中华书局，1986。

[31] (宋) 张洪、齐熙：《朱子读书法》，文渊阁四库全书本。

[32] (宋) 张栻：《孟子说》，文渊阁四库全书本。

[33] (宋) 陆九渊：《陆九渊集》，北京，中华书局，1980。

[34] (宋) 杨简：《慈湖遗书》，文渊阁四库全书本。

[35] (宋) 叶适：《习学纪言》，文渊阁四库全书本。

[36] (宋) 黄榦：《勉斋集》，文渊阁四库全书本。

[37] (宋) 陈埴：《木钟集》，文渊阁四库全书本。

[38] (宋) 陈淳：《北溪字义》，北京，中华书局，1983。

[39] (宋) 卫湜：《礼记集说》，文渊阁四库全书本。

[40] (宋) 真德秀：《西山先生真文忠公文集》，四部丛刊初编本。

[41] (宋) 真德秀：《读书记》，文渊阁四库全书本。

[42] (宋) 王柏：《鲁斋王文宪公文集》，《丛书集成续编》第132册，台北，新文丰出版公司，1997。

[43] (宋) 赵顺孙：《大学纂疏·中庸纂疏》，上海，华东师范大学出版社，1992。

[44] (宋) 金履祥：《资治通鉴前编》，文渊阁四库全书本。

[45] (宋) 王应麟：《困学纪闻》，四部丛刊三编本。

[46] (元) 许衡：《鲁斋遗书》，文渊阁四库全书本。

[47] (元) 吴澄：《吴文正集》，文渊阁四库全书本。

[48] (元) 胡炳文：《四书通》，文渊阁四库全书本。

[49] (元) 陈栎：《定宇集》，文渊阁四库全书本。

[50] (元) 许谦：《读四书丛说》，四部丛刊续编本。

[51] (元) 史伯璿：《四书管窥》，文渊阁四库全书本。

[52] (元) 景星：《大学中庸集说启蒙》，文渊阁四库全书本。

[53] (明) 胡广：《四书大全》，文渊阁四库全书本。

[54] (明) 王守仁：《王阳明全集》，上海，上海古籍出版社，1992。

[55] (明) 蔡清：《四书蒙引》，文渊阁四库全书本。

[56] (明) 王祎：《王忠文公集》，文渊阁四库全书本。

[57] (明) 王夫之：《船山全书》(第四册)，长沙，岳麓书社，1991。

[58] (明) 王夫之：《船山全书》(第六册)，长沙，岳麓书社，1991。

[59](明)王夫之：《船山全书》（第七册），长沙，岳麓书社，1990。

[60](明)王夫之：《船山全书》（第十二册），长沙，岳麓书社，1992。

[61](清)李光地：《榕村集》，文渊阁四库全书本。

[62](清)李光地：《榕村语录　榕村续语录》，北京，中华书局，1995。

[63](清)黄宗羲、全祖望：《宋元学案》，北京，中华书局，1986。

[64](清)黄宗羲：《明儒学案》，北京，中华书局，1985。

[65](清)毛奇龄：《四书改错》，续修四库全书本。

[66](清)戴震：《戴震全书》（一），合肥，黄山书社，1994。

[67](清)戴震：《戴震全书》（六），合肥，黄山书社，1995。

[68](清)阮元校刻：《十三经注疏》，北京，中华书局，1980。

[69](清)朱彝尊：《经义考》，文渊阁四库全书本。

[70](清)王懋竑：《朱熹年谱》，北京，中华书局，1998。

[71](清)崔述：《崔东壁遗书》，上海，上海古籍出版社，1983。

[72](清)袁枚：《袁枚全集》（第五集），南京，江苏古籍出版社，1993。

[73](清)俞樾：《湖楼笔谈》，续修四库全书本。

[74](清)王引之：《经义述闻》，南京，江苏古籍出版社，1985。

[75](清)唐鉴：《清学案小识》，上海，世界书局，1936。

[76]陈寅恪：《陈寅恪文集》之三《金明馆丛稿二编》，上海，上海古籍出
　　版社，1980。

[77]钱穆：《朱子新学案》，台北，三民书局，1971。

[78]冯友兰：《中国哲学史》，上海，华东师范大学出版社，2000。

[79]冯友兰：《中国哲学史新编》，北京，人民出版社，1998。

[80]冯友兰：《新原人》，上海，商务印书馆，1946。

[81]张岱年：《中国哲学大纲》，北京，商务印书馆，1958。

[82]徐复观：《中国人性论史》，上海，华东师范大学出版社，2005。

[83]周一良：《魏晋南北朝史论集续编》，北京，北京大学出版社，1991。

[84]陈荣捷：《朱子新探索》，上海，华东师范大学出版社，2007。

[85]余英时：《朱熹的历史世界》，北京，生活·读书·新知三联书店，
　　2004。

[86]赵守正：《管子通解》，北京，北京经济学院出版社，1989。

[87]钟肇鹏：《春秋繁露校释》，石家庄，河北人民出版社，2005。

[88]庞朴：《帛书五行篇研究》，济南，齐鲁书社，1980。

[89]李学勤：《先秦儒家著作的重大发现》，《郭店楚简研究》（《中国哲学》
　　第二十辑），沈阳，辽宁教育出版社，2000。

［90］陈来：《朱子书信编年考证》，上海，上海人民出版社，1989。

［91］陈来：《早期道学话语的形成与演变》，合肥，安徽教育出版社，2007。

［92］束景南：《朱熹佚文辑考》，南京，江苏古籍出版社，1991。

［93］束景南：《朱熹年谱长编》，上海，华东师范大学出版社，2001。

［94］蔡方鹿：《朱熹经学与中国经学》，北京，人民出版社，2004。

［95］朱汉民、肖永明：《宋代〈四书〉学与理学》，北京，中华书局，2009。

［96］梁涛：《郭店竹简与思孟学派》，北京，中国人民大学出版社，2008。

［97］丁四新：《郭店楚墓竹简思想研究》，北京，东方出版社，2000。

［98］乐爱国：《朱子格物致知论研究》，长沙，岳麓书社，2010。